落户

刘林海 著

作家出版社

目录

楔 子

槐树村的村民没有料到，十几年后，那癞花子的预言居然应验了，槐树村最穷的人家真的让来自异乡的媳妇换了风水。

槐树村的村名当然来自村口的那株古槐。

古槐有三人合抱粗，高约三丈。树冠不算太大，稀稀拉拉的枝丫胡乱地伸向四周，看着并不茂盛。关于古槐的树龄，众说纷纭，直到进入二十世纪八十年代，当地政府有关部门派员勘测后，在古槐身上挂了个小铁牌子，注明树龄四百五十年，才一锤定音。

关于古槐的身世，有多个版本的传说。一说是老魏家的先人当初从山西大槐树下西迁时，有年长者随身揣上了大槐树上落下的几棵槐籽，待到落脚此地后下种，幸得其中一株茁壮成长，后成参天大树。一说是魏家先人从大槐树下往西走了几年，偶然在此地发现了一株生机勃勃的槐树，遂认定是神仙暗示，一众人等就驻了脚。不管哪种说法成立，其共性有一点，即古槐与槐树村的建村是密切相关的。

古槐是槐树村的象征，自然也是槐树村村民的骄傲。村民喜欢在古槐下面扎堆，族长常召集族人在古槐下议事，那古槐俨然就是槐树村的政务中心。偶有外乡过往行人，也喜欢在古槐下歇脚，更不用说那些游商货郎首选的摆摊处也在古槐树下，古槐自然又成了商务中心。不知从什么时候起，又有几个神婆子给槐树干上拴了几条红带子，像模像样地焚香膜拜，让古槐平添了一层神秘色彩。

槐树村是方圆百里少有的独姓村落。五百多号村民中，除了嫁到槐树村的外姓女人外，一律姓魏。不用说，同宗同源是全体村民对相互关系的共识。若论起亲疏远近，概以五服为基础，五服以内称为本家，五服以外皆视为族人。翻阅魏氏族谱，鲜有可圈可点的辉煌。论文道，曾经出过一个贡生；论武道，曾经出过一个步军蓝翎长。因为没有得道的人，槐树村也就没有升天的户族。土改后，槐树村也一路进入互助组、初级社、高级社、人民公社，但却永远保持着一穷二白的面貌。久而久之，槐树村成了香陵公社辖区内一个老大难村。按几任下乡干部共同的评价，槐树村贫穷的原因是户族太单一，少了竞争，缺了活力。三年严重困难时，槐树村雪上加霜，本就困顿的村民又经历了一场严酷的洗礼，一拨人没能熬过浮肿的考验，提前在公墓里安了身。从那时起，槐树村人就把吃食看得金贵，以至于有了乞丐讨饭也要绕开槐树村的说法。

按说槐树村的村风本应淳朴善良，却不想因为一场轰轰烈烈的“文化大革命”，搅起了波澜。县城里开始武斗的时候，村里几个后生也把自己武装起来，扎上黄皮带，操起红缨枪，成立了槐树村卫东革命造反司令部，在村子遍贴大字报，矛头直指几个在村上主事的人。幸得闹活的后生家长们联手出击，将那些初出茅庐的小将个个镇压下去，败坏槐树村村风的闹剧终成昙花一现。但这一苗头却被上头及时发现，方才明白槐树村形象要改观，需要依靠新生力量。

却说这一年槐树村来了一个外乡花子，一连在村上乞讨了三天。花子是个老头，约莫五十来岁，头上生有癞疮，大家就喊他癞花子。癞花子并不像一般花子挨家挨户多讨些干粮积攒着回家，而是饭点时讨吃，吃饱后就找村人搭讪，又引得一帮孩子嬉戏追闹。花子对孩子不气不恼，反倒是做着各种滑稽的动作逗弄孩子们开心。花子学狗叫、学驴叫，还翻跟头、打猴拳，孩子们欢闹时也让村上的成年男女在烦恼中有了一些笑声。那癞花子白天乞讨嬉闹，晚上就和衣蜷在村口古槐树下过夜。一天中午，癞花子在古槐树下突然大呼小叫，引来一帮村民围观。原来癞花子有了重大发现：那古槐高处一股横枝上竟然长出了一株小榆树。那榆树已有尺把高，植根在槐树的枝干上。想来也是因为槐树和榆树枝叶难以分辨，竟在几年间瞒过了槐树村几百双眼睛。榆树长上槐树枝头的稀罕事很快传遍了全村。忽然就有人说这是晦气的征兆，想那老槐树本是槐树村的象征，又是魏族人脉气的聚合，突然让一株不明来历的榆树扎在头顶，岂不是吸尽了灵气，让老魏家从此没落么。此言一出，众人附和。遂有人张罗着找工具上树清理那妖孽小树。却不料癞花子口出狂言，说这槐树村混沌几百年，人穷志短，难得红火起来，原因就是缺些点化。这槐树顶上的小榆树乃是精灵，过几年，槐树村必有外乡人来。外乡人落户谁家，谁家就该发达了。谁要是胆敢毁掉这株精灵，槐树村会有大难。癞花子说完，大笑一阵，飘然离开槐树村，却把一份期盼和虔敬留给了村人，任谁也不敢再动毁掉小榆树的心思。又有人接着癞花子的评判，说这老魏家世代平庸，怕只怕要靠异乡外姓能人辅佐哩。自此，槐树村古槐枝上长榆树又成了一景，过往的人常会驻足树下，忍着酸脖的痛楚，仰头努力寻找一番。而癞花子的预言，十几年后果然就应验了。

第一章

芒种一过，农家人好不容易有了喘口气的机会。

大中午时分，田野里见不到人影，如火的骄阳似乎要把大地烤焦。早苞谷已长得没膝高，只是因为旱象，少了原本应有的葱绿，呈现出死灰色，叶子皱皱巴巴地拧成麻花状。收完麦子的歇茬地里留下一片惨白的麦茬，刺眼得让人发慌。路边的白杨树倔强地挺立着，树叶随着微风哗啦啦地响着，顽强地与暑热抗争。偶有几只田鼠欢快地在地埂与行道上窜来窜去，让这个静寂的世界显现出几许活力。

念莲孤身一人走在乡道上。

出嫁已有五年的念莲自从离开娘家槐树村，除了努力过好自己的光景外，心思没有一天不操在娘家。念莲在娘家排行老大，是父母和邻居公认的乖乖女，早早地就知道帮衬着父母料理家务，论起下厨做饭、洒扫庭院、饲猪喂鸡、捉针弄线，一应精通。做姑娘时常有人赞叹说日后谁家后生娶了念莲，那才叫上辈子烧了高香。谁料念莲命苦，十九岁那年，正值媒人踢破门槛之际，母亲突然得了一场瞎瞎病，肚子鼓得老高，村里人说是要命的臌症，公社卫生院的医生说是肝腹水，吃了几个月的药没见好转，丢下三个孩子撒手西去。母亲一死，家中就剩下老爹、念莲以及念莲的两个弟弟。念莲的大弟念牛比念莲小三岁，正是长身体的时候。小弟念猪刚满两岁，才在牙牙学语。这一家老小的吃穿生计立马成了大问题。懂事的念莲立誓要担起母亲撂下的挑子，从此谢绝媒人登门，一心帮着父亲拉扯两个弟弟长大。念牛继承了爹的基因，生性木讷，读书时不得要领，成绩老是排在班级的末尾，勉强读到初中后，辍学回家跟爹一起在生产队挣起了工分。念猪的性格跟哥哥念牛却有天壤之别，是村里出了名的匪孩子。村里人念着念猪没娘，多少对他有些宽容，那念猪也就仗势东家进、西家出，上树掏鸟窝，下池捉王八。可怜念莲，光是为小弟做鞋纳鞋底就常常手上血泡不断。一转眼，念莲过了二十五岁，念莲爹才在邻人的劝说下如梦初醒，明白了好端端一个人见人羡的好闺女熬成了老姑娘，再不让念莲出嫁恐怕就寻不下人家了。好在念牛已是二十啷当的小伙子，到了持家的年龄，念猪也背着书包进了学校，念莲不得不顾及自己的前程。在媒人的撮合下，念莲半推半就嫁到离娘家十来里的一个村子，男方在汉京城当工人，比念莲大几岁，是那种一头沉的职工，原先有个妻子在农村伺候父母，不幸得病死了。娶念莲也是打听得念莲勤恳能干，是个合适的补缺人。念莲中意人家在城里有一份工作，也不嫌弃填房的名分，就在象征性地收了几件聘礼后，一步三回头地离开了娘家槐树村。

念莲夫家的日子过得还算宽裕，毕竟男人在外边挣工资，手头比一般人要活泛一些。念莲包里揣上零花钱的时候，不免就时时想起娘家爹和弟弟困顿的生计，忍不住就背着公婆和男人常常块儿八毛地捎回槐树村。好在公婆大义，念着念莲过门后手脚勤快，也就对念莲身在曹营心在汉的情形看破不说破。念莲生了孩子后，又常以抱孩子让姥爷瞧瞧为由三天两头回槐树村。

接济归接济，但想让娘家拔掉穷根，却是念莲想得到做不到的事情。槐树村本就是远近闻名的穷村，因为没有副业收入，生产队年终结算时，一个劳动日往往只合到一毛多钱。念莲娘家又是村中的穷户，日子的恓惶程度就更是可想而知了。

日子困顿倒也罢了，最让念莲揪心的是弟弟的婚事。念牛已过了二十七岁的生日，却一直打着光棍。村上同龄的男人大都已经做了父亲，念牛少不了内心煎熬，那情形姐姐念莲如何不知？为这事念莲没少求过人，可槐树村的穷酸名气本就不招姑娘们待见，再加上娘家如水洗般干净，别说没有女娃愿意登门，就连媒人也是望而却步。眼看着弟弟一天天错过说亲的年龄，念莲愁得晚上连觉也睡不踏实。

昨日念莲的男人从厂里回来，带回一个好消息。男人说厂里的一个工友老家在四川，工友的表妹想在这边找一个婆家，但条件是要带着哥哥一同落户。念莲头回听说有姑娘带哥哥出嫁的，就跟男人刨根问底。男人说好像姑娘家成分太大，哥哥找不到媳妇，妹妹就想跟哥哥一块儿逃到外乡，换个活法。念莲就自然想到了弟弟念牛，又觉得那姑娘既愿为哥哥做出牺牲，心眼儿肯定不错。又问姑娘的年龄。男人说十六岁。掐指一算，比念牛小了十一岁，就又有了些遗憾。男人却说不打紧，这婚嫁本就应当男大女小，十一岁的差距算不得什么，何况工友说他表妹并没有太高的要求，何不试试看呢？念莲就又来了精神。今日一大早，收拾得齐整，在自家房后割了一捆韭菜，又到隔壁二嫂家的杏树上摘了小半篮青杏，就借着看忙罢的由头奔娘家来了。

那棵让念莲魂牵梦绕的老槐树终于映入眼帘，念莲心中一热，脚下的步子就迈得更欢了。一进村口，念莲就看见念猪正跟几个一般大小的孩子在翻跟头玩。一身灰土的念猪像风轮一样在地上连着翻了几个圈，引得其他几个孩子拍着手大呼小叫。

“猪儿。”念莲唤了一声弟弟的乳名。

念猪一回头，发现姐姐站在不远处，大喊了一声“姐”，就飞快地冲过去，两手抱住念莲的腰身，全不顾自己满身的灰土染了姐姐一身。

念莲把手在念猪的头上摩挲了一阵，又替念猪拍打身上的灰土。看着念猪屁股上的裤子开花露出了肉，念莲的眼泪就忍不住扑簌簌地落下来。

念猪掀开念莲挎在胳膊上的竹篮盖，迫不及待地抓起一个青杏塞进嘴里，愣了一下，又抓了一把杏转回身散给仍在老槐树下打闹的小伙伴们。

“快些回家，姐今日给你包韭菜饺子。”

念猪应了一声，撇下几个伙伴，欢快地颠着步子抢在姐姐前头，朝家里奔去。快到家门口时，又连着大喊几声：“我姐回来了！”那嗓门儿好似恨不得让全村人都听见。

用树棍和铁丝扎起来的栊栊门开启着。院子里倚墙搭着的两间茅草房孤零零地占据着一个小角落，让院子显得出奇地宽敞。清明节念莲回娘家时在院墙边上种下的几窝南瓜长出的藤蔓已爬满了院子，金黄色的南瓜花夺人眼目，几只蝴蝶在空中悠然地飞舞着。一阵暖意涌上念莲的心头。

出嫁前，北屋草房是念莲的闺房兼全家的厨房，南屋草房住着爹和两个弟弟。念莲在一丈见方的北屋里待了二十多年，在烟熏火燎中做了上万顿的饭，缝过的衣衫和纳过的鞋底难以计数。念莲出嫁后，北屋就归了大弟念牛。虽说人已离开，但念莲的梦境大多都和此间小屋有关，不是饭烧煳了，就是缝衣针扎破了手指，抑或是耗子撞倒了醋瓶子。小屋里沉淀着念莲青春时的痛楚，也承载着她孩童时的欢乐。每次回娘家，念莲内心都百感交集。

听见小儿子的呼喊声，德强老汉趿拉着鞋，从南草屋走出来，一眼看见女儿念莲已站在院子里，不由得心中一喜，连说怪不得清早出门时看见杨树上落了两只喜鹊，叽叽喳喳地叫个不停，原来是念莲要回来了。说着话就接过女儿胳膊上的篮子，又吩咐猪儿快去给姐姐舀些水来喝，说念莲一路走得急，怕是已渴得难受。

念莲接过念猪递过来的土瓷碗，喝了几口水，抹了一下嘴跟父亲说：“咋还喝生水？”

念莲出嫁前一直习惯喝生水，那时候一家大小口渴时都会操着马勺在水瓮中舀出半勺水一气灌下。出嫁后，念莲才发现讲究的人家是要把水烧开才饮用的，自己的房间第一次摆上了竹皮玻璃胆的热水瓶，也开始学着喝开水。谁知这肠胃不宜惯，开水喝习惯了，回娘家再喝生水时，念莲就时常肚子不舒服。后来她就跟父亲唠叨喝开水的好处。上一次回来时，她特意给念牛留了两元钱，嘱咐念牛到香陵街道上的供销社去买一只热水瓶回来。看来念牛并没有按她的意思去办。

“人老几辈子了，谁不是喝瓮里的水长大的，啥水也赶不上咱槐树村现成的井水。”德强老汉显得很自负。

“爹，喝生水会生病的。”念莲加重了语气。

“不干不净，吃喝不病。”德强老汉讪笑着说。

念莲无可奈何地摇了摇头，又问念牛干啥去了。德强老汉说今日男劳力全上北碾子地里锄苞谷，上下工路长，会耽误时间，估计这阵子也快下工了。

念莲从篮中取出韭菜，蹲在房檐下开始择菜。念猪从房中搬出草墩子塞到姐姐的屁股底下，念莲就势坐下。念猪也学着姐姐的样子，蹲在姐姐对面，笨手笨脚地把韭菜根上的烂叶子剥掉。德强老汉倚着门框蹲下，从后脖颈的衣领处抽出烟袋锅，把烟锅头伸进烟荷包，满满地装上一锅烟，把烟嘴噙在嘴里，用火镰打着火石，把火星引燃的硝棉对着烟锅头，狠狠地吸了几口，嘴里又吐出一串长长的烟雾，在吧嗒吧嗒的吸烟声中，脸上洋溢着幸福。

“都啥年月了，还舍不得你那套老家伙。”念莲嗔笑着数落爹。

“念莲，你就不懂得。”德强老汉说，“我抽了一辈子烟，这烟里的香味都是由这硝棉中传过来的，哪像洋火，方便是方便，可惜头上发火时的怪味把一锅烟都瞎了。”

念莲心里明白，爹是舍不得那掏钱买来的火柴，想起自己小时候，常常采灰灰菜榨汁为爹做硝棉的事，就笑问爹谁现在替爹找灰灰菜。德强老汉说有猪儿在，使唤起来得心应手哩。念猪的脸上就显出几分得意。

“爹，我今天回来跟你说个正经事。”念莲一脸严肃。

德强老汉从嘴上取下烟锅，把烟锅头在地上磕了几下，专注地盯着念莲。

“念牛老大不小了，让人急得慌。”念莲说。

德强老汉眼中刚刚发出的亮光瞬间黯淡下去。他又拿起烟锅，用一根不知从哪里捡起的小草棍把烟锅头上的烟锅眼儿捅了一阵，又噙着烟袋嘴儿“噗噗”地吹了几口气，方才慢吞吞地说道：“急有啥用，老天爷不怜念我魏德强，急死又能咋样？”

不待念莲细说根由，念牛从栊栊门外走进院子。念莲抬眼望去，只见弟弟乱草似的头发蓬在头顶，面孔比几个月前更黑了，印着“突击队”字样的跨栏背心已不太分得清颜色。汗渍像云朵一样绣在前胸，肩膀上被太阳烤晒得半蜕的皮肤像小麻点一样延伸到肘弯。打着补丁的裤子腿脚挽得老高，干燥的泥土让赤裸的小腿连带双脚完全变成了白色。念莲忽然觉得念牛像是接近五十岁的半老头。

念牛看见姐姐，忙不迭地把手中拖拉的锄头靠在院墙边，嘴里招呼着：“姐，你来了。”一边从揳在土墙上的木棍上抓下一条脏得发黑的毛巾擦脸，脸上原本像瀑布一样的印痕就被混沌的灰色取而代之。

“去洗把脸！”念莲怜爱地看着弟弟。

“庄稼汉洗不洗都一样，吃完饭后还得在泥里滚哩。”念牛说。

念莲叹了一口气：“念牛，别嫌我说你，老大不小的人了，自个儿心里得有数！咱屋里光景不好，可你好歹也得让自己齐整些。就你这邋遢样子，别说有姑娘愿意上门，就是老远看见你，怕也得回转身像兔子一样跑了。”

念牛低着头没有作声，就势圪蹴在离爹不远的房檐下。又像想起了什么似的站了起来，从裤袋中掏出半盒揉得皱皱巴巴的羊群纸烟，抽出一根递给父亲，另抽一根噙在嘴上，笨拙地把父亲烟锅边上依然燃着的硝棉对在纸烟头上吸了几口，显然是经不起烟雾的刺激，连着咳嗽了几声。德强老汉把儿子递过来的烟拿在手上像把玩稀罕物一样来回翻转了一阵，又在鼻子下方嗅了嗅，小心翼翼地夹在自己的耳轮上，方才说：“这洋玩意儿中看不中用，抽着没劲道。”

念莲头一次见弟弟抽烟，忍不住又数落起来：“别的没学好，烟倒是抽上了。有那买烟的钱，还不如买块洋碱，把你身上犄角旮旯洗上一遍，省得那汗味冲鼻子。”

念牛苦笑了一下：“姐，我哪有钱开这洋荤，上午在北埝子锄苞谷，二癞说他腰闪了，我帮着二癞锄了半畦地，二癞把这半盒烟当成人情送给我了。”

干家务活麻利是念莲做姑娘时练就的本领。不大会儿工夫，念莲和好了面，剁好了馅儿，把擀好的饺子皮跟调好的馅儿端出来放在窗台下，一边包着饺子，一边跟爹和念牛扯起正经事儿。

念莲说话的时候，德强老汉仍然很有节奏地吧嗒着烟锅子，脸上少有表情。念牛像断了脊梁一样把头耷拉下去，深深埋在两膝中间。

念莲直到说完，仍不见爹和念牛有一丝反应，就忍不住把声音提高了几度：“你俩倒是说话呀！”

一旁的念猪凑上来问姐姐：“四川离咱这儿得有多远，人长得跟咱一样不一样？”

念莲的面手在念猪的脸上拨拉了一把：“一边玩儿去！”念猪的脸上顿时出现了几个白色的指印。

“本乡的闺女咱都搞不定，外乡的女子能看上咱这过活？怕只怕是折腾来折腾去，又是竹篮子打水一场空。”德强老汉说。

念牛陷入了沉思。

念莲问念牛想啥哩。念牛回过神来，一脸无奈：“我琢磨着我这七八年间，见过的女子总也有十个，每次见面都得给人家两块钱，合下来超过二十元，要是用这些钱捉几对猪娃回来，养大了交到供销社收购站，说不定都能给咱这院子盖间大瓦房了。”

念莲说：“念牛你要犯傻，没有女人，房是盖不起的。常言说房是人的面子，人是房的馅子，而这馅子中的精华就是女人。男人是耙耙，女人是匣匣，不怕耙耙没齿齿，单怕匣匣没底底。咱这屋里没个女人，永远都是漏底的匣子，除了空还是空。有了女人，日后就有了机会，房子一定能盖起来。”

德强老汉把烟锅头在地上磕了磕：“念莲你说的对是对，可咱这院子老少就三个爷们儿，不像个俗家倒像个寺院，没有梧桐树，哪有凤凰来。谁家女娃瞎了眼，肯往咱这火坑跳？”

念莲说：“爹，你先不要灭了自家的志气。念牛真的再不敢耽搁了，我感觉这回是个好兆头，那女娃既然要带着她哥一起离开家乡，也就没了后路，只要咱肯答应人家的条件，让人家兄妹两个人在槐树村落户，不怕她不铁心跟咱念牛一搭过日子。”

德强老汉说：“槐树村几十年婚娶，除了出门的，进来的不管是媳妇，还是倒插门的女婿，都是单帮儿一个人，没见过有个拖挂的。我寻思着队上不会答应给咱一下子添上两张嘴。再说了，那女娃跟她哥若肯过来，咱这屋里咋安顿？就现在这两间草房，我跟猪儿住一间，念牛的一间还要做饭，总不能让人家住在亮天地里吧。”

念莲说：“事在人为嘛，爹给队上做了十几年的饲养员，谁不说你把牲口侍弄得好，没有功劳也有苦劳吧。咱念牛在队上干活从不耍奸溜滑，社员们不会心里没数。咱家的具体困难明摆着，我不信乡里乡亲的大家不给个活便。至于人来了咋安顿，我都想好了，挨着这两间草房，咱沿墙再起上一间，待秋上咱就动工，提前把麦草和土坯准备好，木料要不了多少，我让毛妞的爹想办法。新房就算是念牛的婚房了。新房落成以前，让那女娃住到我家，跟我做个伴，圆房前接回咱槐树村，也显得有模有样。女娃她哥先到咱家跟念牛将就着住到一起，我想着都是下苦人。他们兄妹也不会太计较。”

念莲一口气说了许多，德强老汉听着不由得点起了头。念牛也把头从裤裆间抬起来，看着姐姐，眼中又有了一丝亮光。念猪却嚷着肚子饿了，说饭罢还要早些到学校去，下午学校组织同学们学工学农到生产队的棉花田里去捉棉铃虫，不能迟到。看着盆子里的馅儿已经不多了，念莲就让念牛去锅底下填柴火，先去烧煮饺子的水。念猪一跃蹦起来，说烧锅的事儿还是他去干。须臾间，一阵噼啪噼啪的风箱声就从念牛的房间传了出来。见念猪懂事，念莲不由得开心地笑了。

韭菜馅儿的饺子开锅就熟。念莲把饺子分盛在几个碗里，又撒上盐巴浇上醋水，端给爹和念牛。德强老汉把饺子端在手中，端详了一阵子，才把碗沿搭在嘴边，用筷子把一只饺子扒拉到嘴里。嘴巴动着时，那下巴上的胡须也似乎兴奋地跳跃起来。念猪吃了一口饺子，烫着了舌头，“哇”地喊了一声，又把咬破的饺子吐到碗里，嘴里吸啦了一阵，才又狼吞虎咽地把一满碗饺子吃得一干二净。

放下碗，念猪瞧着姐姐，突然眼泪汪汪。念莲诧异念猪是不是饭吃得急，噎住了。念猪却摇摇头，问姐姐啥时候再回来，说他还想吃饺子。念莲心里一热，一把把念猪揽在怀里，一边用手背抹着眼泪，一边说：“姐下回来把毛妞带上，到集上割上一斤肉，让你跟毛妞把肉饺子吃个够。”

念猪背着书包出门时，念莲唤住念猪，郑重其事地问：“猪儿，姐给你念牛哥寻下的媳妇，进了咱家门就是你嫂子，她以后给你做衣服、包饺子，你乐意不乐意？”

念猪弯着头，思考了一阵儿：“她会不会骂我？”

念莲笑了：“你要是做错了事，当然会骂你，说不定还会打你屁股。”

念猪顿了一下，用拳头把鼻孔中快要冒头的鼻涕蹭了一下，高声喊道：“我愿意！”一溜烟地跑出了门外。

出工的铃声响起来。念牛条件反射般站起来又去拿靠在墙边的锄头。念莲见念牛疲惫的样子，说要是身子不舒服，后晌就别出工了。念牛说不打紧，锄苞谷是包工活，锄一畦地是十分工，半天能顶寻常一天。念莲摇着头心疼地说：“念牛啊，你实实在在就是一头只知道干活的笨牛。”

念牛一出门，德强老汉说他也要到槽上去，二癞爹还等着他换班吃饭哩。念莲说她这就回去，毛妞爹还在家等着信儿。她打算先把话回给人家，说念牛这边欢喜这桩事儿，让人家稍等一阵，村上落户的事儿还得张罗张罗。念莲又叮嘱爹一定跟队上好言相求，实在不行了就找德茂伯，德茂伯在队上人缘好，说出话来大家都给面子。德强老汉虽点着头，面情上却少了些自信。念莲又不无忧虑地说：“爹，念牛兄弟是老实人，就靠你撑腰了。你可一定得打起精神，等弟妹将来过了门，咱家的日子保准能好起来。”

念莲回了一趟娘家，送来了希望，也留下了难怅。

依着念莲的说法，这桩姻缘对念牛来说是打着灯笼也难找的好机会，只是一定要抓紧，免得夜长梦多。若是有别的人家抢了先，或是女娃那边有了变故，就只剩下空叹气的份了。念莲让爹和念牛务必在三五日内把允许女娃和她哥在队里落户的事说妥，一定要把准信尽快捎给毛妞爹。时间紧，任务重，这如何不让德强老汉犯难。

德强老汉大半辈子在农业社里辛劳，是那种勤恳朴实、爱社如家的主儿。五好社员的奖状，多得快成了炕头的糊墙纸。年轻时，德强是队上人见人羡的十二能，庄家行当的技术活，没有一样能难住德强。德强最得意的四大巧活：扬场、摆楼、擩麦秸、赶车能打回头鞭，样样做得呱呱叫。不想在三十五岁那年，车把式德强赶着生产队的三挂马车给香陵供销社拉脚挣外快，马车下坡时，一辆该死的汽车超车鸣笛，辕马受惊，脚下打闪，前腿倒卧，一车重货前倾，车辕把辕马死死地压在地下。眼看着价值几百元的牲口要废了，德强不知哪来的力气，双手搂定榆木车辕，大吼一声，硬生生把那上千斤的大车撑了起来。辕马保住了，德强却瘫在车边。自此，德强落下了病根，干不了重活不说，一年四季腰直不起来。生产队念着德强为了集体的财产受伤，又加上德强爱惜牲口，就让德强做了饲养员，侍弄队上那几十头马、骡、驴、牛。德强干一行爱一行，爱一行精一行，赶车是好车把式，喂牲口是优秀饲养员，把几十头牲口管护得膘肥体圆。只是因为常年佝偻着腰，看上去比实际年岁要大得多，所以早早就赚了个“德强老汉”的称号。牲口是生产队的命根子，生产队的饲养室就成了要害岗位。荒年时，就是人饿肚子，也得保证牲口最低需求的精料。为了防止有手脚不老实的人跟牲口争食，饲养员必须由根红苗正、大公无私的老贫农担任，德强老汉自然是最佳人选。德强老汉觉得生产队信任他、照顾他，就越发仔细认真。按规定，饲养员的岗位是十分工，德强老汉觉得那些在大田里顶着烈日流着热汗的人比自己在凉房中喂牲口累多了，就主动跟队上提出来把自己的工分降成八分，跟出工的妇女们持平，这又让队长和社员们对德强老汉的品行有了称道。几十年从来没跟队上张口提过要求的德强老汉，如今要为儿子的婚事让队上开绿灯，一下子添上两个外来户口，这种史无前例的事，顿时让德强老汉觉得如老虎吃天，没法下爪。

后晌，德强老汉在饲养室忙活的时候，仍然不歇气地思忖着。不消说，这件事得先去跟队长魏东风求情。魏东风会不会答应，德强老汉心里一点底也没有。说到魏东风，也还有些来历。这第五生产队一百来户人家占着槐树村西北一隅。“文化大革命”红火时，一帮年轻人成立了红色革命造反司令部，这魏东风就是骨干分子，连他的名字都是当时现改的。后来“文革”大潮退落，香陵公社革委会觉得这槐树村村子穷，极大地阻碍了革命生产，究其原因是因为老魏家户族太壮，尾大不掉，就要求村上把有闯劲的年轻人多发挥用场。魏东风原住村东，成家后庄基地划到村西头，也算是村上有意识播撒革命种子。成为五队社员后，魏东风被大队的支部书记任命为五队队长，一干就是三年。初上任时倒还兢兢业业，以身作则。几年后，会开得多了，话讲得溜了，身上就有了些官气。德强老汉明白，魏东风如果在这件事上不肯提供便利，后边的戏肯定就没法唱了。

本地人把吃晚饭称作喝汤。因为有中午那顿饺子垫底，德强老汉家的晚汤就省了。念猪是孩子，肠胃消化得快，还像往常一样拿一根蒸红苕就着半碗生水当晚汤。不待吃完，念猪掂着小半根红苕边吃边跑出桄桄门，又到老槐树底下疯去了。院子里德强老汉和念牛又合计起来。德强老汉说魏东风做事虽然狠了些，但对自己从来没为难过，或许这回能爽快应承下来。只要魏东风肯点头，估计大队那一关不成问题。念牛把他从二癞那里挣来的半盒烟又抽了一根，呛得咳嗽，依然很少说话。德强老汉让念牛晚上记完工后去一趟魏东风家，把事儿跟人家说得诚恳些。念牛半晌迸出了一句：“咋个开口嘛。”德强老汉就有些来气，说你自己的事情得你自己想法子说。低头想了一会儿，叹了口气又说道：“罢了，还是豁出我这张老脸去蹭一下。”又问念牛那半盒烟还剩下几根，念牛把烟从盒子里倒出来数了数说还剩下九根。德强老汉说到队长家里去总不能空着手，把这半盒烟拿上还能显示出对人家的敬重。又想起中午念牛递给他的那支烟还没顾上享用，就又在炕头的窗台上找来让念牛装在盒子里。整整十根烟，恰好半盒。德强老汉就把那半盒烟从念牛手中接过来，只是遗憾那烟盒表面皱巴了不太平整，又反复地用手指抻了一阵。忽然想起了什么，起身到念牛的房间转了一圈，从灶间提了一只油瓶出来。

念牛问："爹，你提油瓶干啥？"

德强老汉说："去魏队长家里得带上礼物，这瓶子里的油还能剩下七八两，给魏队长送过去。"

念牛说："把油送了，咱吃啥。"

德强老汉当然心疼。去年秋天队上交完棉花，棉绒厂返回的棉籽送到县榨油厂，社员们欢天喜地地分了棉花油，人均半斤，德强老汉一家三口分了斤半油。这斤半油就成了一家人伙食中的灵魂，每顿饭都会用筷子伸进瓶里蘸些油搅进饭里，喷鼻的香味会让一家人都快活。现在瓶子里剩下的油，还指望着接上今年分油的茬口。但德强老汉是个明白人，他知道求魏队长的事对这个家庭的重要意义。他没理会儿子的问话，又转回身从灶间的案板上拿来已烂成破絮的抹布，细细地擦拭起那油腻腻的油瓶。

"不能为了我，让全家人跟着恓惶。"念牛嘴里嘟哝着。

"你懂个屁！"德强老汉忍不住骂了儿子一句，"不吃油，能死人不成。"

可巧念猪回来了，看见父亲跟哥哥拌嘴，也就掺和上了。知道父亲要把半瓶油送给魏队长，心里不高兴，就附和着哥哥一起反对起爹来。

念猪说："凭啥把咱家的油送给他家吃，利强家才不缺油呢，我都见过他拿着半截油饼在槐树底下吃哩。"念猪说的利强是魏队长的儿子，跟念猪一起在学校念书。

德强老汉说："傻猪儿，咱谋大事哩，等给你娶回了嫂子，咱这屋子就全活了，日子就该好起来了，到那时就有吃不完的油，隔天就让你嫂子给你炸油饼。”

德强老汉把擦干净的油瓶放在窗台上，又蹲在一边抽起了旱烟。

念猪眼睛死死地盯着那瓶即将飞到利强家的油，突然觉得喉咙里奇痒，忍不住一个蹦子冲出去，操起油瓶，将瓶口对着嘴巴，咕咚灌下了一大口，又用手掌抹了一下嘴巴，登时半个脸染成了酱红色。

德强老汉一惊，操起烟袋锅去打念猪。念猪一闪，德强老汉扑了个空，顺嘴骂道：“你个尽嘴的东西，生油也能喝？小心喝得滑肠了，还得看大夫。”

念牛问：“猪儿，你喝生油是啥味道？”

念猪说：“我没尝出来。”

德强老汉把烟荷包上长长的带子缠在烟杆上，对念牛说：“该去记工了。”

一般来说，饲养室是村子里最宽敞的房间。槐树村五个生产队，队队皆是如此。饲养室虽说也是麦草苫的屋顶，但因为木料使得匀实，双褡裢的房脊让室内的开间总也有三丈宽。房屋面墙上洞开的三个门说是门，因为没有门扇，充其量可称为门洞。两边的门洞是走牲口的，一边进出高脚牲口，一边进出低脚牲口。中间的门洞稍小一些，是供人出入的。进得饲养室里间，两道硕大的木槽中间相隔两丈多，横贯着把偌大的圈舍分成三个区域。一边属于高脚槽，十来匹马、骡、驴大部分时间挺立在槽头，喷着响鼻，长长的尾巴来回扫着驱赶讨厌的牤虫，偶尔还会相互啃咬几下。高脚槽对面是低脚槽，一群牛则时常卧在槽后，随着腮帮子一起一合，永不停歇地咀嚼着。在两个大槽拱卫的中央地带，对着门洞盘起一个硕大的火炕，炕上除了一张芦席外，就是几块枕头砖。坐在火炕上环视四周，颇有一些滑稽感。火炕好似阎君的龙位，而槽头旁的牲口无疑就是众多的牛头马面。只不过这里丝毫没有阎王殿里的恐怖和肃杀气息。比人的体格大得多的动物在人的组织和照顾下，安详地进食和排泄。

饲养室是第五生产队名副其实的社员活动中心，有关队务的重大决策基本都是在这里出炉的，有关社员生产生活的政令当然也是从这里发出的，这里几乎囊括了五队社员对队上各类重大活动的全部记忆。人们已经习惯于在潮霉且散发着牲口粪便气息的氛围中说东道西，聆听包括魏东风队长在内的各级领导的启发训导。作为饲养员的德强老汉，无疑就是这一神圣殿堂中的值勤官。

喝罢汤后的记工，是社员们心目中分量最重的事务。每日的劳作，不管是包工还是日工，都要由记工员记录在人手一册五寸见方的工分簿上，再由魏队长加盖上鲜红的私章。工分簿是夏秋两季收获后分配的唯一依据。出再大的力、流再多的汗，若是工分簿上没有记录，则意味着力白出、汗白流。所以，记工活动一般是不需要督促提醒的。

从天擦黑时起，饲养室圈舍里就陆陆续续从四面八方拥入男女老少，先来的占了室内的空间，后到的就蹲在室外的空场上，等着里间的人记完工退出来再填进去。记工时又是魏队长发号施令的好时机。魏队长会对当日的劳动情况进行概括总结，对表现好的社员予以表扬，对表现差的社员予以批评，并结合褒贬对象的行为程度随机决定对某人奖励工分两分或扣减工分一分。魏队长的决定自然会登时引来某些人的眉开眼笑，又造就某些人的愤愤不平。魏队长的权威，当然也就在这个时候凸显得淋漓尽致。

今晚天热，圈舍里间的人一多，就显得有些闷，一部分人又退到外间的空场上。魏队长照例坐在大炕沿上，保持着那套标准的动作，一条腿蜷着盘在炕上，另一条腿垂在炕沿下，趿拉着军用黄球鞋的脚若无其事地持续抖动着，连带抽动着上半截身子像坐上摇摇椅一样幸福地颠动。魏队长在批评某个人之前往往会猛咂一口烟，再狠憋一会儿，眼睛死死地盯住手指间那燃着的半截烟，仿佛那红红的烟头是凶恶的妖魔。待到烟雾从鼻孔中浓浓地喷出时，中枪的主儿脸上就该难看了。这当口，魏队长又把二癞抢白了一通，说早间二癞锄过的苞谷地锄脚太大，锄一锄，盖一锄，这样如何能保住墒？可恨的是还锄断了不少苞谷苗，说着就决定扣二癞一分工。魏队长说话的时候，一只老猫在炕脚下连着“喵喵”地叫唤了几声。饲养室日常老鼠不少，老猫出入本是常事，但正值魏队长义正辞严之后的静寂中，老猫的叫声就显得有几分滑稽，惹得有人禁不住“吃吃”发笑。立在槽头边上的二癞却不气不恼，也把一只腿抖着，像是要和魏队长比赛似的。魏队长当然瞥见了二癞貌似挑衅的架势，指鸡打狗般地脱下脚上的球鞋，朝那喵喵叫着的老猫狠狠地砸去。机灵的老猫箭一样射向槽头，沿着槽沿上了房梁，骄傲地俯瞰着圈舍里的一众人等。

魏队长训话已毕，记工开始。德强老汉又坐在了自己那永不腾位的铡刀边上。给牲口铡草是饲养室最重的活路，需要由三个人来完成，压铡刀和推铡背的人是要靠力气完成的，尺把粗的草捆要靠铡刀切成牲口食用的短截，没有两个精壮小伙子操作就难以完成。记工时分的铡草，恰好就给了喜欢表现的后生们一个绝佳的展示机会，尤其是那些爱在年轻姑娘和媳妇面前显摆的男人们就抢着去抓那铡刀把和铡刀背。但铡草时的另一个工位撂草活儿却轻易无人敢贸然上手。撂草是将草捆用双手握着递到铡刀下，要保证草铡得短，就必须用两手虎口均匀地贴近铡刀，贴得愈近，草铡得愈短，但一旦近得过火，那铡刃就会切掉手指，这是体现技术和胆量的活儿，也是被大家公认的把式活儿。德强老汉是撂草的把式，没有人敢挑战德强老汉的权威，也没有人愿意冒着断指的危险丢人现眼。再说，德强老汉是饲养员，牲口就像他的孩子一样，他不能容忍别人给自家孩子造饭的时候粗制滥造。德强老汉铡草时，嘴上常常念叨的一句话就是“寸草铡三刀，没料也上膘”。那分明是告诫他人，想坐到撂草位上，切出的草超过一寸，你就别来糟蹋行当。当德强老汉稳坐铡刀边时，杠生早已拉开了开铡的架势，又有一个小伙抓稳了铡背，随着德强老汉熟练的招式，铡刀一上一下，“喀嚓喀嚓”的铡草声像是富有节奏的乐曲，悦耳动听。

因为惦着重大的使命，德强老汉的心里一直不静。魏队长指责二癞时，德强老汉心想着自己一会儿要拿上念牛从二癞那里挣来的半盒烟去送给魏队长，万一魏队长发现那正是二癞抽过的，岂不让魏队长笑话，又坏了大事？又想着念猪生生喝掉的那口生油，后悔还不如给娃在小铁勺里炸半片馍，让娃开一回洋荤。正想心事的时候，突然听见杠生大喊了一声：“德强叔！”

德强老汉抬起头，怔怔地看着杠生，不明白他为什么把铡刀停在空中不压下来。

“你的手……指……”杠生语气已不连贯。

顺着杠生的目光，德强老汉低下头，看见自己左手血丝糊拉。这才感觉一阵钻心的疼。待把左手举起来凑近细看，昏暗的灯光下，依稀可辨半截小拇指已不知去向，鲜血正滴答滴答地从断茬处落下。

“德强的指头吃了铡刃！”有人喊了一声。圈舍里的人齐刷刷围过来，外面空场上的人也纷纷拥进来。

魏队长初时稳坐炕沿，看大家无心记工，方才下了炕，一边喊着闪开，一边分开人群，挤到铡刀跟前。

早有人在铡过的碎草堆中翻捡出约莫有小半寸长的半截指头，断指外表已成了灰白色，茬口上沾着碎草屑，隐约能看见骨头茬子。

看见魏队长挤到跟前，脸上布满了汗珠子的德强老汉颤颤巍巍地站起来，做错了事似的满脸羞愧。

“咋回事嘛，咋回事嘛？”魏队长明知故问。

“怨我……我不小心，指头吃……吃了铡刃。”德强老汉哆嗦着嘴唇。

魏队长把脸转向压铡刀的杠生，厉声吼道：“咋搞的？咋搞的？”

杠生保持着那副抬起铡刀的架势，像一尊雕塑一般。

魏队长把目光落在那小半截断指上，那断指还捏在二癞的手上。二癞像是把玩一件艺术品一样用手指捻动着那断指，脸上的表情说不出是遗憾还是嬉戏。魏队长狠狠地白了二癞一眼，一时不知道该说啥好。

被魏队长赶走的那只老猫不知什么时候又从房梁上溜了下来，蹲在墙角又“喵喵”地叫唤了两声。

德强老汉忽然从二癞手里抢过断指，看也不看一眼，将断指扔到老猫跟前，那老猫弓起身子一跃，将断指像宝贝一样抢着衔在嘴里，转过身像黑色的幽灵一样，一闪出了圈舍，消失在人们的视野中。

德强老汉的举动让大伙一时有些发蒙，待大家回过神来，才有人责怪德强："自己身上的物件，咋能喂畜生呢？"

有人喊："快叫冬梅来！"冬梅是村上的赤脚医生。

德强老汉用右手把脸上的汗珠抹了一把，往地上甩了一下，摇摇晃晃地从牛槽边上靠墙的豁口处走进牛圈那边。众人自是疑惑。一直站着不知所措的念牛这才如梦方醒，尾随着父亲走进牛圈，却见父亲抓起一把鲜牛粪糊在那指头断茬上，想去阻拦时已经来不及了。德强老汉在大家的注目中又走了回来，却换了一副面容，一脸的镇定。跟在德强老汉身后的念牛边走边跺脚，嘴里发出"咳、咳"的声音。

二癞这会儿也回过神来，抓住德强老汉的右手腕说："德强叔，牛粪里有细菌，会感染的。"

德强老汉咧了咧嘴："你碎崽娃子懂个啥？牛粪是药膏，贴上就能好。"说着话又坐回到铡刀边上，抓起草捆，声调不高却是极为有力地喊道："再铡！"

杠生却站着不动，也没有其他人再去抓那铡刀把。

德强老汉双手抱着草捆，把目光在人群中扫了一圈，最后定格在念牛的脸上："念牛，你来！"

念牛也没有动。

"没出息的东西，快些过来！"德强老汉骂了一声。

念牛终于缓缓地走过去，抓起铡刀把。"喀嚓"的声音又响起来，只是不再那么清脆，节奏也明显慢多了。

"好样的！"魏队长突然大喊一声，"这才是我们爱社如家的老贫农。"

不待魏队长继续说下去，有人喊了一声"冬梅来了！"就见背着红十字药箱的冬梅急急火火地跑进圈舍，昏暗的灯光下依稀可见满脸的汗珠，蓬松的短发上似乎冒着热气。

众人自觉地闪开一条缝，把冬梅从那人缝中送到铡刀跟前。看见冬梅，念牛松开了铡刀把。德强老汉也丢下了手中的草捆，把受伤的左手举起来，右手拄着铡刀背艰难地站起来。

“你那手指上糊的什么？”冬梅边问边把药箱从肩上卸下来放在地上。

人群里有人替德强老汉回答：“他贴的是牛粪膏药。”

“啥？牛粪膏药？”冬梅把德强老汉的左手抓住，低头用鼻子嗅了一下，把眉头皱得老高，“简直是胡闹哩，这是谁的主意？”

冬梅喊着拿清水来，杠生急忙跑到给牲口拌料的水瓮边，操起马瓢，舀了半瓢清水递给冬梅。

冬梅吹掉水面上漂浮的草梗，细细地冲掉德强老汉断指上的牛粪，嘴里仍是喋喋不休地“愚昧、愚昧”念叨个不停。

牛粪冲掉，德强老汉那半个指头看得清楚了。伤口已不流血，白花花的骨头露了出来。

冬梅仍是把那断指端详一番，说切掉了有三分之一多，又问那切掉的指头哪里去了。二癞嘻嘻笑着说：“德强叔开恩，给黑老猫开荤了。”冬梅再不说话，打开药箱就从里面取出一瓶酒精，用镊子夹着棉球，蘸上酒精去擦那断指。

一阵钻心的疼让德强老汉龇牙咧嘴，发出嘶嘶的声音。冬梅让德强老汉挺住：“这是酒精刺激。”用了四五个棉球方才擦拭完毕。德强老汉的脸上一直难看，嘴里却再没有发出声音。待冬梅给那断指上撒了些白色粉末，将断指用纱布和胶布密实地缠裹起来，德强老汉的脸上终于绽开了笑容。

“还疼不疼？”冬梅的脸上露出了得意的神色。

“不疼了。”德强老汉摇了摇头，表情极其虔诚。

冬梅忙活的时候，魏队长一直站在冬梅身边。这会儿见德强老汉舒坦，方才说话：“冬梅你越来越能干了。”

二癞问：“冬梅，你平常一瓶红药水包打天下，今儿咋没见用呢？”

冬梅说：“没见我刚才敷的那白面面？那可是神药云南白药，治跌打损伤盖帽儿了。那还是前几天公社卫生院组织全公社赤脚医生考试，我考的成绩好，卫生院给我奖励了两瓶。”

二癞说：“冬梅，你把卫生院给你的奖励用到我们五队了，是不是看着魏队长的面子？让魏队长咋感谢你？”

冬梅没理会二癞，又盯着德强老汉那包扎好的指头，遗憾地说：“那半截指头丢得太可惜了，我前阵子到卫生院培训，听县上来的老师说，如今外科手术发达得很，切掉的手指头还能再安上，叫作断指再植手术。要是那半截指头还在，兴许还能到城里找医院给安好。”

二癞嘻嘻一笑：“冬梅，你是不是在魏队长跟前显摆？照你这么说，赶明儿杀场上前面有刽子手剁头，后面有人去接头，还不把刽子手累死才怪哩。”众人就都哄堂大笑，冬梅也跟着笑了。

几声清脆的巴掌声响起，人们循声望去，才发现魏队长已经坐回到原来的位置上，依旧是一条腿盘在炕上，一条腿吊在炕沿下，单腿抖动带动着全身晃悠。

见大家的目光又都集中在自己身上，魏队长清了清嗓子，说话的声音比往常提高了几度：“今晚的事儿大家都看见了。啥叫爱社如家？啥叫老贫农的阶级觉悟？老饲养员魏德强就是活生生的典型，这种舍生忘死的精神值得我们大力表扬。五队的革命生产要搞好，树立典型少不了。魏德强就是我们队热爱社会主义集体的典型。”魏队长放慢了语速：“现在，我宣布……”

众人齐刷刷地支棱起耳朵，唯恐漏掉魏队长金科玉律中任何一个细小的内容。

魏队长又把目光在人群中扫视了一圈，一字一顿地说道：“奖励魏德强同志工分五十分，外加休假三天。”

人群一阵躁动，有人脸上就露出无限的羡慕，仿佛遗憾今晚那被铡掉指头的人不是自己。

那二癞却是一脸嘲讽，嘴角上扬着，两只胳膊合抱在胸前，两腿交叉靠墙立着抖腿。

“当然了，好人好事有人夸，坏人坏事有人抓。”魏队长继续说话，“杠生今晚闯了祸应当受罚，扣工分两分。”

二癞替杠生打抱不平：“魏队长你错了，杠生不是故意的。他主动铡草，应当受到表扬。你怎么能说他是坏人坏事呢？”

魏队长把手里的烟屁股往地下一摔，把头抬起来冲着二癞想发火，嘴张了张却又合上了，然后不屑地把脸转向记工员：“继续记工。”

二癞却似乎意犹未尽：“魏队长你还忘了一桩，既然是好人好事有人夸，赤脚医生张冬梅同志今天晚上及时赶到火线，抢救德强叔，又把她自己获得的奖励云南白药贡献出来，你咋个奖励呢？”

正在收拾药箱的冬梅转过脸：“二癞你别贫嘴，待明日你把整只手切掉时，姑奶奶把一整瓶药给你糊上。”

魏队长接过话头：“冬梅，你虽不是我们五队的，但也希望你常来，好贯彻毛主席的教导，把医疗卫生工作的重点放到基层。”

记完工，人们陆陆续续地散去。魏队长虽然宣布德强老汉歇工三天，却并没有安排饲养室顶班的人。二癞爹阉客是副饲养员，就跟德强老汉说这几天由自己扛着，不需要德强老汉来换班。德强老汉说这如何使得，让二癞爹一人干着两人的活不公平。念牛因为挂念着爹的伤，散场后还待在饲养室，就伙着二癞爹一起劝爹先回家歇着。德强老汉其实心里头一直惦着那件大事，也就跟着念牛一同回了家。

念猪已经睡下。德强老汉摸揣着小儿子，想把他在炕上摆正，却发现念猪的两只鞋还套在脚上。他嘟嘟囔囔地把鞋脱下来，给念猪的脖子下方又塞了半截枕头砖才走出房间，蹲在屋檐下又开始抽烟。随着吧嗒吧嗒的声音，烟锅头一明一灭。烟锅头明的时候，能映出德强老汉脸上的皱纹，像是也累得稀松了。

念牛蹲在离父亲不远的地方，偶尔在自己的肩膀和小腿上狠劲地拍一下，显然是驱赶叮咬的蚊虫，抑或是想通过这种方式告诉爹自己还陪着他。

德强老汉像是下定了决心，把烟锅头在地上磕了几下，跟念牛说：“你把那半瓶油拿来。”

念牛说："你今黑刚受过伤。"

德强老汉哼了一声："你懂个屁，这正是个好时机。"

德强老汉再没跟儿子多说，提上那半瓶油，又揣上那半盒纸烟，摸索着出了栊栊门，借着星光，深一脚浅一脚地朝队长魏东风家里走去。

槐树村的街道上虽然坑坑洼洼，但德强老汉每一脚踩出去，都像用指头抚摸自己躯体上的部位那样熟悉。从饲养室到自己家，五六十米的距离，他每天都得走七八趟。白天走，夜里也得走，圈里的牲口和炕上的念猪他都放心不下，常常是半夜给槽头上添完草，再回家给念猪掖上被子，这才能放心地回到饲养室睡个踏实觉。日复一日，夜复一夜，他已经熟悉到不需睁眼就可以走到街道上任何一个角落。然而，今天晚上他却有一种过去从来不曾有过的感觉，他觉得心里有些虚，仿佛是做贼一般，生怕碰见别人。

白天的燥热随着夜幕的降临稍稍消退，那些被毒日头关了一天禁闭的各类夜虫这阵子比赛一样尽情地展示起自己的鸣叫器官，白天叫得最欢的知了偶尔嘶嘶啦啦地哑喊几声，显得那"知知、知知"的蝼蛄叫声分外亢奋，此起彼伏的蛐蛐声像是进入了大合唱状态，稀疏的几声蛙鸣又像打击乐一样让这幕交响曲显得有了节奏感。

随着几声低沉的呜咽声，斜刺里一道黑影蹿过来。德强老汉的心里照例涌上来一阵暖意，这是杠生家的看家狗大黑。大黑白天被人拴着，晚上链绳常被解开。因为饲养室灯火灭得晚，大黑时不时就去饲养室溜达，德强老汉爱畜生，一来二去就和大黑熟了，常把口袋中省下来的半个红苕或一小块苞谷面发糕匀给大黑享用。大黑知恩图报，德强老汉走夜路的时候，十回有九回都能看见大黑的身影。今晚上有大黑相伴，德强老汉忽然觉得腰杆子硬了一些。连大黑都来陪他，说明他做的事堂堂正正。

说鬼见鬼。正当德强老汉心里念叨着千万别碰见别人时，一个人影冲着自己走过来，德强老汉来不及躲闪，只好硬着头皮迎上去。走到近前，就着星光，一看竟然是二癞爹阄客。

阉客也看见了德强老汉，惊得嘴巴里吐不出囫囵句子：“德……德强哥，……这大晚上……”

德强老汉心里更虚：“我，我转……转一会儿。”

德强老汉突然回过神来：“你离开饲养室，不怕狼溜进去？”

阉客支支吾吾：“也是，也是，我这就回去。”说着话，阉客转过身子，又朝着饲养室方向走回去。

德强老汉清清楚楚地看见阉客的后肩膀上搭着半截小口袋，小口袋鼓鼓囊囊，他一下子就明白了。不消说，阉客肯定是把饲养室的牲口精料偷着往家运哩。没想到做贼似的他倒真的遇到了贼，德强老汉一阵来气。依着他的脾气，不当面给阉客一个下不来台的抢白算是留情，但今晚自己先觉得心虚气短，只好压住气，朝着那消失的背影“啐”了一口。

那大黑大约是发现德强老汉走偏了方向，把头在德强老汉的裤脚上来回蹭了几下。嘴里又“呜呜咽咽”地发出提示声。德强老汉在大黑头上轻轻拍了一下，自言自语道：“今晚我不去饲养室。”大黑好像听懂了德强老汉的话，“汪汪”低吠了两声，顺从地往前走去。

魏队长的家是新划的庄基，跟大部分社员幅宽两间的庄基不同，魏队长家是三间宽，这就使得魏队长的宅子在半条街上有些鹤立鸡群的味道。槐树村因为人多地少，历来严格控制庄基占地，新批的庄基标准面积为幅宽丈八，进深九丈。而率先破了这规矩的就是魏队长魏东风。魏队长那年自封为槐树村红色革命造反司令部司令，造反结束后，魏队长也就成了村子里不可小视的人物。魏队长从村东搬到村西，自视为革命火种的播撒者，居功自傲，私自把自家的庄基外扩了一丈。村上的头面人物尝过魏队长的造反滋味，也就听之任之。魏队长遂有了第五生产队独树一帜的宽敞院落。这也算魏队长一场轰轰烈烈的造反之后获得的殊荣。

魏队长家的大门是那种少有的黑漆木门。德强老汉清楚地记得，这合门是用饲养室旁边那株已有些年头的老椿树伐倒后打成的。那株椿树本是队上的财产，魏队长搬到五队时看上了那株树，还是大队的人发话，说是要热烈欢迎革命队伍的新战友，就动员五队把那株椿树奉献出来。此后，德强老汉的牛马就少了一处夏天里歇凉的树荫。魏队长给庄子上门的时候，还专门请德文写了“安门大吉”四个字，又放了一挂鞭炮。这合威武的黑漆大门就成了当年的风云人物魏东风扎根此地的见证。

站在黑漆大门前，德强老汉心跳得厉害，不由自主地把那瓶油举到眼前，以确认那油不曾外洒。又摸摸怀中那半盒纸烟，感觉到已被热汗浸得潮潮的。鼓起劲伸手欲敲门，却猛然发现大黑依然依偎在自己身边。急忙又拍拍大黑的脖子，往外边走了十来步，让大黑蹲下。那大黑听话地把两只后腿屈着，两只前腿撑起来，屁股着地，像一尊雕塑，黑黢黢地杵在路边。

德强老汉把那黑漆大门外边挂着的大铁环拉手轻轻地拍了几下，却不见里面有啥反应。等了一阵，再拍几下，依然是沉寂。心想这魏队长是不是劳累了一天，已经睡下，就犹豫着要不要改个时间再来。但一思量念莲临走时交代一定要快点答复人家的话，又觉得不能再等，何况送礼这种事总还得晚上来，也就把心一横，干脆加大了力度，把门上的两个铁环轮番使劲拍着。

终于，门里面传来不耐烦的声音：“谁呀？”明显是魏队长的声音。

德强老汉压着嗓子，又怕门里面听不见，遂鼓着丹田之气低声答道：“是我，魏队长，我是魏德强。”

门“吱呀”一声开了，黑影中魏队长赤着上身穿着大裤衩，揉着眼睛，嘟嘟囔囔地问：“德强叔，大半夜的，你日鬼个啥？有事白天不能说？”

德强老汉嘴里支吾：“我，我想，这事急，急得人慌了……”

看德强老汉一两句把话说不完的情形，魏队长只好把德强老汉让进门里。德强老汉诚惶诚恐地随着魏队长走进院子，却感觉旁边人影一闪，一个人夺门而出，那身影背后一个小箱子依稀可见。德强老汉一愣，感觉那黑影就是今天晚上给他包扎伤口的冬梅。随着身影闪出大门，外面传来了大黑的吠叫声，不过并不激烈，可见那黑影的确就是槐树村的人。德强老汉不由得心里泛起一阵说不清的滋味。

魏队长家里点着高脚玻璃罩子煤油灯，这比德强老汉家念猪用墨水瓶做的小油灯亮过几倍。罩子灯摆在炕桌上，灯光下两盘吃剩的菜仍然夺目，一盘炒鸡蛋黄澄澄地晃眼，一盘炒红苕丝油汪汪地打闪，那香味刺激得德强老汉不由自主地抽动起鼻子。炕桌边上，一床绣花被子胡乱地团成一堆。

“咋不见淑芳跟娃呢？”德强老汉显示殷勤，下意识地问了一句。

魏队长说：“淑芳娘家有事，利强他舅捎话让去一趟。明儿个礼拜天，利强不上学，就跟她妈一道走了。”

魏队长看见德强老汉手里的油瓶，问提的是啥东西。

德强老汉尴尬地咧嘴笑了一下：“我不常到你这搭来，顺手把家里存的一点棉花油给你捎来。我和念牛爷儿三个寻常不太炒菜，油白白放着怪可惜。利强娃正上学，要长身体，让淑芳给娃饭里多放些油。”

魏队长把脚跺了一下：“德强叔你咋能这样？队上分的那点油也就够锅里漂几个油花子。你拿过来，难不成你家顿顿清汤寡水？”

德强老汉把油瓶放在炕桌上，嘿嘿地笑了两声。

魏队长却不依不饶：“德强叔，甭怪我说你，我树你做个典型，你也莫要太不把自己当回事。今天晚上你受了恁大的伤，竟然咬着牙不吭一声。说起奖励你的那五十分工，想起来都让人寒碜。算算一个劳动日一毛五分钱，五十分工也就七毛五分钱。你就是把这半瓶油拿到黑市上去卖，它也能换来七毛五分钱，你说我咋能好意思收你这油呢？”

德强老汉说：“魏队长，你一天到晚为着队上的事儿操心，你吃好点也是咱队上的福分。有你领着大伙，我们吃点苦心里也欢喜。”

魏队长说：“德强叔，我猜你有事要跟我说。”

德强老汉觉得脸上发烧，幸好灯光下看不太清楚那涨红脸色。他咽了一口唾沫，定了定神，就把那在心里不知编排了多少遍的话，吞吞吐吐地跟魏队长讲了一遍。

魏队长听着德强老汉的话，脸色慢慢地严肃起来，最后竟然有些难看。待德强老汉说完，魏队长不知从哪儿找来一截草梗，把牙齿剔了半晌，末了又“嘶嘶”地倒吸了几口气，方才张嘴说话。

“念牛兄弟也真挺难的，”魏队长说，“眼看着快三十岁的人了，如今还打着光棍，前一阵子我还跟淑芳提起，看她娘家村上有没有合适的女人，给咱念牛提说提说。”

魏队长的开头话，让德强老汉眼里闪出一丝亮光。

“不过队上的难处明摆着，这事能不能做成，我心里一点底儿也没有。”

德强老汉眼里的亮光一闪即逝。

德强老汉说话的时候，魏队长早已在炕沿上坐定。见德强老汉一直站着，魏队长拍了拍炕沿，示意德强老汉落座。德强老汉摇了摇头，在魏队长对面的墙角蹲下来。

魏队长从炕头拿起一盒宝成烟，抽出一根远远地向德强老汉做出递烟状，德强老汉这才想起来揣在怀里的那半盒羊群烟，忙不迭地站起来，掏出那烟，走过去双手捧给魏队长。

魏队长嘴角往上翘了翘：“德强叔，你如今日子过到上风头，开始抽起纸烟了。”

德强老汉嘴里呵呵着，头却摇摆，不知道是对魏队长的话认可还是否定。

“那烟太呛了，我抽不惯。”魏队长把做样子递给德强老汉的那支烟送到自己嘴唇上，点着，深吸了一口，咽下肚。待再张嘴时，一股白烟从嘴里出来，又顺着鼻孔钻了进去，脸上一阵惬意。

德强老汉捧着烟的手一直悬在空中，直到魏队长嘴里的烟吐尽了，方才讪讪地把手垂下，把那烟递上也不是，再揣上也不是，只好捏在手里，又退到墙角处，蹲下听魏队长讲话。

魏队长扳着指头给德强老汉算起了账：“咱五队这几年的人口生多死少，到去年底，在册人口男女老少一百六十八口，全队耕地三百一十亩，人均耕地不到两亩，每年要完成公社下达的棉花和烤烟种植面积，能种粮的也就一半多一点。夏秋两季的公购粮一交，能分给社员的口粮想着都恓惶，去年人均分麦子一百二十斤，不是苞谷、红苕掺和着，小半年大家得喝西北风。这样的光景，添一张嘴就多一份负担。按理说，娶媳妇那也是人之常情，可这媳妇还没正式进门，却要拖带上一个男丁，这男丁将来还要娶媳妇，这不一下子等于添了三张嘴么？何况这种事一旦开了头，怕只怕日后那些娶不上媳妇的老大难都看样学样，五队的光景还有奔头么？”

魏队长的话入情入理，德强老汉不由得把头低下，思忖着这事儿该是没戏了。心里只怨自家命不好，只怨念牛窝囊不招女人待见。

“难虽是难，可谁让我魏东风是这一队之长呢？”魏队长说。

德强老汉把头抬起来，眼中又露出希望。

“德强叔，我今黑夜刚说要把你树成咱五队的典型。你几十年如一日勤勤恳恳，不像有些人一贯耍奸溜滑。为了队上，你刚刚又丢了一截指头，对你这样的好社员适当照顾一下还是应该的。”魏队长略显慷慨地说。

德强老汉激动地站了起来，嘴唇哆哆嗦嗦说不出话来，想把那半盒烟再捧上去，犹豫了一下还是忍住了。

“不过这是队上的大事，得让大伙表个态，”魏队长说，“这几天抽空开个社员会，跟大伙儿说道说道。德强叔你人缘好，大家会同意的。”

德强老汉幸福得有些发晕，以至于双眼也有些模糊。他突然觉得对面坐着的魏队长像是庙里供奉着的菩萨。

“念莲那边等着信儿，说这事要快。”德强老汉又试探着说道。

“说干就干，明天就开社员会。”魏队长一锤定音。

寻常队上开会，多半是由魏队长或者上头来的领导给社员讲讲话，参加会议的社员只要带上耳朵就行了。哪怕那耳朵不中用，反正只要人到就有工分挣。今天的社员会议，魏队长却要求每户只派一个代表参加，说是要研究事关社员每家每户利益的大事。这个特殊的议题和特殊的参会方式自然就多了几分神秘感。吃罢早饭，全队三十一户人家派出的三十一个代表齐聚饲养室外边高高的粪堆旁。因为好奇，家家户户除代表以外的成员能来的也都来了。魏队长看着人多，跟大家强调非代表人员可以旁听，但无权发表意见。有人就嘻嘻哈哈说魏队长现在也会搞民主集中制了。

会议开始，魏队长像往常一样，从立志解放世界上三分之二受苦受难的劳苦大众讲起，号召全队社员立足槐树村，放眼全世界，最后的中心思想落脚到每个人要干好活计。魏队长少不了又把德强老汉夸了一番。话头一转进入正题，魏队长说德强老汉有困难需要队上解决，就把念牛要娶个外地媳妇带一个人落户的事儿讲了一遍。末了，让大家表态。

会场上立时鸦雀无声。

魏队长又说话："我知道咱五队人口本来就多，多两张嘴就得社员每人少吃几口，念牛的困难得大家担当。"

二癞作为家里的代表参加会议，昨天被扣掉工分的怨气似乎还没消，就趁机发泄："既然这是福利，人人有份，我建议凡是该娶媳妇没娶的，每户多补两个人的口粮。我家也算一份。"

杠生爹外号戏匣子，又说起了怪话："这槐树村要来一个穆桂英，后面还跟着穆瓜，但不知这兄妹二人能耐咋样，槐树村不养懒汉。"

德强老汉也是代表，众人说话时他一直低着头。念牛不是代表，却也没有和那些旁听会议的人站在一起，一个人远远地蹲在粪堆旁，静待命运的安排。

"我来说两句。"说话的人是营长德茂。众人齐刷刷地把头仰起来。

德茂是德强老汉没出五服的本家，跟德强老汉同属"德"字辈。德茂早年参军，还当过志愿军，上过朝鲜战场，官至营长。在一次战役中被美国佬的炸弹碎片击中了腰部，后来以残废军人的身份光荣退伍。在槐树村居住几十年，一直被人称为营长。每遇重大活动，营长都会被上头请去参加座谈之类的活动。加之营长为人良善，处事公道，就在槐树村得了个"八贤王"的美誉。营长的户口在五队，五队上上下下没有人敢把营长不放在眼里。营长一说话，大家自然就肃然起敬洗耳恭听了。

“德强一家的难处大家都能看见，德强和念牛父子俩对咱农业社的热爱程度大家心里也都明白。爱社如家是要有回报的，既然他父子俩把五队当家，五队也要像家人一样关心家庭成员。再说了，咱五队都姓魏，一笔写不出两个魏字，咱老魏家的后人可不能看着念牛一辈子打光棍呀。”德茂一口气说出了自己的意见。

营长一说话，就好像盖了帽，赞成的人觉得无须说话，反对的人也不敢再说话。一阵沉寂之后，魏队长说还是用老办法表决，无记名投票。

外号“混账”的会计发永撕了三十一个小字条，每个代表发一片，同意落户的人打“√”，反对落户的人打“×”，弃权的画上“O”。

二癞喊叫着没有画票的笔，魏队长就让混账在那字条上分散开画好三个符号，投票的人按照自己的选择，撕下选好的符号揉成团交上来。

字条发毕，混账把一个草帽反过来放在地上，那草帽就成了票箱。

德强老汉也得了一张票，他哆哆嗦嗦地撕下了画“√”的部分，小心地叠成一小团，不意纸团被手汗瞬间浸得透湿。

待那选票都集中在草帽中，魏队长把众人扫视了一遍，问还有没有人没投票。人群静默。魏队长就开始唱票，混账在地上画“正”字，魏队长展开字条的时候，有几个人站在魏队长身后成了自发的监票人。

混账画“正”字更是在众人目不转睛的审视下进行，计票的程度自然是精准公正。

德强老汉的心提到嗓子眼儿，随着魏队长“同意”“反对”的喊声，画“正”字的混账似乎成了手握朱笔的黑脸包公，反对栏下每一个横竖笔画，都像针一样扎进德强老汉的心里。

唱票已毕，众人的目光齐刷刷聚焦在混账脚下那几个“正”字上，同意的“正”字有两个，外加一画，反对的“正”字也是两个，但外加两划，弃权的是一个“正”字。魏队长宣布：“发出去三十一张票，收回来二十八张，同意票十一张，反对票十二张，弃权票五张。”

德强老汉觉得一口痰涌上嗓子眼儿，使劲用手捶了捶胸膛。

一直蹲着的念牛始终低着头，听到投票结果，一屁股坐在地上。

念牛娶媳妇的事儿眼看着又黄了。

晌午，德强老汉懒得做饭。念牛心里难受，蹲在院子里把那铁锹用一块瓦片反复打磨得锃光瓦亮。念猪玩耍回来，一看见厨房里冰锅冷灶，跟爹直喊肚子饿。德强老汉说锅台上还放着头天蒸下的红苕，能充饥。念猪说老吃红苕噎。德强老汉说噎着也比挨饿强。

惦着念莲那头还在等消息，德强老汉让念牛去一趟念莲家，告诉念莲让毛妞爹回了人家，让人家另寻合适的主儿。念牛说来回一趟得半天时间，还得跟魏队长请假，等有顺当人过去时捎个口信就行了。德强老汉就禁不住骂了念牛几句，说念莲为着你念牛的事操碎了心，念牛你没良心连跑半天路的工夫都不愿意耽搁。

念猪听到爹跟哥哥为去姐姐家拌嘴，就势说他愿意去一趟姐家。德强老汉问念猪后晌能不去上学么。念猪说下半天还要到地里去学农，他不去就是了。德强老汉怕念莲着急，也就同意让念猪跑上一遭。德强老汉叮嘱念猪只需跟姐姐说哥哥的那件事办不成，队上不同意，别误了人家那头的事儿就行了。念猪灵醒，知道姐姐头前说的那个四川女人来不了了，又想起爹送给魏队长的那半瓶油，就问爹那油还能不能要回来。德强老汉没好气地又骂念猪碎崽娃子懂个屁，不该操的心乱操。

念猪从炕洞里掏出一个草纸粉笔盒，小心翼翼地捧在手中。德强老汉问念猪拿的啥东西。念猪说他前天到棉花田里抓棉铃虫时寻见一个鹌鹑窝，掏了一窝鹌鹑蛋，他要给毛妞带去玩。德强老汉心里赞许念猪懂事，叮咛念猪把书包掏空，把那粉笔盒里塞上草装到书包里，也省得路途上把蛋颠破了。

天擦黑，念猪返回槐树村，不想身后却随着念莲，念莲背上还背着毛妞。

一进桄桄门，念莲把毛妞放下。毛妞一个猛子，扎到还没明白过来的姥爷怀里。待到德强老汉看清是外孙女来了，高兴地把毛妞抱住亲个不停，毛妞直喊叫姥爷的胡子把她的眼睛迷了。

念莲把毛妞从爹的怀里拉开，抓住爹那只缠着纱布的手一阵抢白："爹，你是咋搞的，当了半辈子揣草的把式，咋能让指头吃了铡刃？伤口捣治的咋样？见水了没有？可不敢害上破伤风，咋就不会经管好自己。"

德强老汉把手从念莲的手里抽出来，乐呵呵地笑着问："念莲，你刚回去，今天咋又来了？十来里路背着毛妞也不怕累得慌。"

念莲说："猪儿说你铡草时指头吃了铡刃，我放心不下。再说天黑了，猪儿一个人回来也让人操心，偏这毛妞嚷着要跟她猪儿舅回来去寻那鹌鹑窝，我就顺带着把她抱回来让爹瞧瞧。"

听见院子里的欢叫声，念牛从房间里走出来，跟姐姐打了一声招呼。

念莲说："念牛，你能不能看着欢喜些？整日里吊着个脸，像是谁欠了你几吊钱一样。"

念牛说："没有啥高兴事，空欢喜个啥？"

念莲把头转向爹："猪儿跟我说，念牛的事儿弄不成。到底咋回事嘛？"

德强老汉长叹了一声，就把今天早间队上召开社员大会表决的事说了一遍，末了又无可奈何地抱怨念牛命不好。念莲问爹为啥不早些把魏队长的门子钻通。德强老汉说怨不得魏队长，魏队长头天晚上答应得好好的，谁知道投票时竟然有十二户人家不乐意。

"五队的人也太没良心了。"念莲说，"爹把大半辈子都交给了队上，念牛也是个只知道闷头干活不讲条件的人，咱家就这么个具体困难，大家伙就不能行个方便？"念莲说着话脸色乌青，一屁股坐在草墩上生闷气。

“五队太苦了。”德强老汉说，“添两张嘴，老少爷们就得再勒一勒腰带，咱也不能光图自家。魏队长也说了，就怕这口子一开……”

“爹，你别说了。”念莲打断了爹的话，“这事儿不能这么了了，还得想招数。”

念莲下厨操持着一家人喝罢汤，拉着念猪说要去营长伯家里走一趟。德强老汉说社员会上德茂都已经替自家说话了，再去难为人家，显得不通情理。念莲不理会爹的劝导，在念猪肩上拍了一把，姐弟俩出了桄桄门。毛妞从后面喊着追上来要跟着去，念莲说：“乖，毛妞待着，不听话舅不带你去寻鹌鹑窝。”

营长一看出嫁多年的念莲上门，自是意外，忙把念莲迎进院子，又热情地招呼念莲进屋里喝茶。念莲一进屋子，却看见老右德文蹲在地上，灯光下能看见小桌上一盘正走着的象棋。念莲就明白原来营长伯正跟老右悄悄地下棋。

“老右”是德文的外号。关于老右的来历，念莲听说过一些。老右原来是县里的教师，传言他在大鸣大放时期曾经画过一张画：一只大手捏着一只公鸡的脖子，公鸡悬空，两只翅膀扑腾，爪子乱抓，旁边一行文字“让你鸣，让你放”。为了这张画，他后来被打成右派，开除公职，遣送回原籍槐树村修理地球。老右的这个外号就是这样得来的。因为老右属于村上的“四类分子”，寻常他多是低着头，不太与人来往。念莲没想到德茂伯一个堂堂正正的革命军人，却肯和老右这种人来往。碍着德茂伯的面子，念莲礼节性地说了声：“德文叔也在这里。”老右尴尬地点头讪笑：“念莲来了，稀客稀客。”

老右起身跟营长告辞。营长却按住了老右肩膀说：“德文你别走，念莲娃来找我，我知道是为着啥事儿，你一块儿帮着合计合计。”说话间营长的老婆从另一间厢房走过来，搂着念莲亲热话说了一大箩筐。营长对老婆说：“你别不着调，给娃沏上茶，让娃说正经事。”

念莲把念猪支开，屋里就剩下念莲、营长和老右三个人。念莲盯着营长问：“伯，你咋知道我找你说啥事？”

营长哈哈一笑："念莲，槐树村谁不知道你人虽嫁出去，心还拴在槐树村。你念牛兄弟的婚事，你比你爹操的心还大。这回队上开会结果不理想，难为你一得到消息就在婆家待不住。你说你不为这事还能为啥事？"

营长寥寥数语，把念莲说得眼圈红了起来。念莲抽着鼻子，唠叨起爹和念牛的难怅："我娘死得早，我爹为了三个儿女劳着咧，到现在吃不上个热饭，饥一顿饱一顿。念牛老实，三棒槌打不出一个屁来。可怜念猪像个野娃，荒长了十来年。伯呀，你说那冷清的院子，前出后进老少三个男人，哪能算得上个家？这好不容易有了个好茬口，可五队的人就不念个情分，叫人心里咋不难受呢？"

营长说："五队太穷，人心又散。"

"依我看，责任不在大家伙身上。"半晌没说话的老右开了腔。

念莲顿了一下："德文叔，不怨大家伙，怨就怨我爹和念牛人缘太差。"

老右惶恐地连忙把两只手摆来摆去："别，别，念莲我不是那意思，我是说……"老右把嘴边的话又憋了回去。

营长说："德文，这里没有外人，咱念莲不是个是非人。你有话尽管说。"

"开会的情形你也看见了，魏东风的那几句开场白其实已经给大伙定了调子。他强调说落户的人跟大家争食，无非就是明里暗里提醒大家把这事挡住，要说他组织大家开会，无非是落个空头人情。"老右说。

营长听着，点着头："德文，你脑子灵光，是这么个理。"

念莲若有所悟："原来魏队长把我爹骗了。"

老右说："也不能这么说，但我肯定魏队长的那一票是'×'。"

"我爹还送给他半瓶油哩。"念猪不知道啥时候又溜进了房子。

念莲在念猪的嘴巴上轻轻拍了一把，又把念猪推出房门："小孩子家家，别瞎掺和。你先回去跟毛妞玩吧。"

念莲做姑娘的时候，曾经当过几天女民兵，那时候民兵训练时，常常在“四类分子”身上练习绑人的技术，念莲就曾经绑过老石。但那个时候念莲心里从来没有来回过，因为她知道老石是需要专政的阶级敌人。多少年过去了，那一幕幕场景念莲忘不掉，老石肯定也忘不掉，所以现在一看见老石，念莲自然就觉得有些不好意思。听了老石刚才几句话，她忽然心里有了强烈的愧疚感，原来老石竟然能替自家操心。

老石抬头看着房顶，像是僵住了一样，好大一会儿才把目光落到营长的脸上：“德茂，我有个馊主意，不知当讲不当讲？”

营长说：“德文你尽管讲，在我这里说话没有人抓你辫子，何况我让你留下就是想听听你的意见。”

“这事得直接去找魏玉良。”老石一字一顿地说道。

“魏玉良？”营长轻蔑地笑道，“你指望他发善心？”

魏玉良是槐树村党支部书记兼革委会主任，是槐树村名副其实的领袖人物。他是魏东风队长的远房叔叔。魏东风能够主政五队，也是得益于魏玉良的提携。在槐树村，魏玉良是公认的一号人物，只不过这位土皇帝除了整天在公社开会听报告，在村口的古槐树下作报告之外，很难见到人影。指望他深入五队解决社员的具体困难，只怕是异想天开。营长觉得老石的想法有些离谱。

“你忘了魏玉良有个花妹？”老石说。

营长瞪大了眼睛，思忖了半晌，突然一拍后脑勺：“你是说把嫁念牛那女子带来的哥哥说给花妹？”

老石轻轻地点了点头。

花妹的故事说来话长。魏玉良早年是槐树村少有的初中毕业生。回乡后风华正茂，风流倜傥，四乡八村的好女子上杆子求嫁，媒人把魏玉良家的门槛快要踢断。偏偏这魏玉良色重一点，死活看上了自家姨母的孩子，也就是自己的姨表妹。魏玉良父母拗不过儿子，也就顺着亲上加亲，把魏玉良的表妹迎进家门做了儿媳妇。原本就是走动比较多的两家亲戚，公婆和儿媳的关系自然也无须磨合，其乐融融。谁料这媳妇进门几年，虽没少怀胎产子，却胎胎都是死婴。后来魏玉良带着媳妇去县医院看大夫，大夫说病根在于魏玉良夫妻近亲结婚。找到病根后，盼子心切的魏玉良父亲动员儿子离婚，偏这小两口情深意笃，抗命不遵。时间一长，公婆和儿媳的关系就紧张起来，三天两头骂仗声让街坊邻居不得安宁。再过几年，老两口一先一后带着无后的遗憾进了公墓。村上的人都说魏玉良把他爹娘活活地气死了。魏家老两口一死，儿媳妇却意外地生下了一个活胎，是个女孩。

魏玉良夫妻喜不自胜，将小闺女视若掌上明珠，取名花妹。却不想这花妹长到三岁时，仍不辨识父母，待去医院检查时，确诊为先天性智障。不用说，还是那病根惹的祸。魏玉良夫妻俩牙齿落了往肚里咽，也只好认了命。或许是老天怜念，没给魏玉良一个好后代，却给了魏玉良政治上平步青云的机缘。魏玉良也就在享受政治荣耀的过程中，把心中的痛楚隐忍下来。然而随着花妹长大成人，魏玉良心里的疙瘩却越来越大，因为没有人愿意娶一个傻妞做媳妇。难不成自家香火就这样断了？魏玉良想给自己招个上门女婿，没少央媒人。可那些有心攀支书高枝的小伙子在和花妹打过照面后，无一例外地打了退堂鼓。魏支书招不到上门女婿的情形，也就在方圆几十里成了尽人皆知的事。

营长说："德文，你这想法是不是有些太损？人家女娃带着她哥到咱这里奔前程，你却算计着让人家跳火坑，不道德么。"

老右摇摇头，苦笑着说："好我的营长大人哩，你是饱汉子不知道饿汉子饥。按念莲的说法，那女娃兄妹两个人是地主崽子，是在唾沫星中长大的，让他入赘干部家庭，那才真是鲤鱼跃龙门，说不定高兴得不得了。这感受我比你懂。"

老右继续分析："再说了，千里姻缘一线牵，强扭的瓜儿不会甜，不妨先试着找找魏玉良。若魏玉良有心，先让那兄妹俩落户槐树村，至于女娃她哥能不能跟花妹对上缘，也看各自的造化。那时候，人已经来了，念牛的婚事先是有了着落，难不成能有人再把人赶回去。"

念莲说："我寻思要是跟四川那边说让哥哥倒插门娶个傻女子，人家不一定愿意来。"

营长沉思了一会儿，把双手一拍：“念莲，你德文叔出的主意不赖，凡事得一步一步来。四川那边你先别明着说，魏玉良这边咱先吹个风，只要他愿意帮忙让人家先落户就行。”

当下商定由营长带着念莲第二日一早去拜会魏玉良。

第二章

念莲是第一次踏进魏玉良支书的家，心里不免有些紧张。

魏玉良的家是四间宽的门脸，比五队队长魏东风的庄子更加气派。两搭连的大瓦房比四周分散的草房和单面房高出许多，显出非同寻常的气派和威严。因为瓦房面街而盖，院门实际上也就成了房门，那砖墙的厚实和做工的精细程度自不必说。进了头门，第一感觉就是宽敞豁亮，白生生的檩条和椽子像网格一样织在房顶，面朝院子的房墙上，两扇大得吓人的窗户镶着槐树村绝无仅有的玻璃，墙角处一张八仙桌，旁边摆着两个太师椅，八仙桌上方墙上贴着一张毛主席戴草帽站在谷子地里的画像，画像两边是一对条幅，一是“大海航行靠舵手”，一是“万物生长靠太阳”。八仙桌对过墙角靠着一堆红旗，旗杆五花八门，有竹竿、木棍，还有粗糙的葵花秆。这些陈设，让念莲感觉出些许公家的气息。

因为大门洞开着，加之是营长领头，念莲两人未打招呼就直接穿过大房进了魏玉良家的院子。那偌大的院里又是一番好景致，一边建了三间厦房，院子中央竟然砌着一个小半丈见方的花坛，花坛中栽着月季花、牡丹花，还有念莲叫不上名字的几种花木。时月已过，牡丹花败了，只剩下月季花和几株叫不上名字的花仍然鲜艳。这种花坛，念莲只在公社和供销社的院子里见过，心里又是悄悄地吃惊，原来这魏支书竟然把只有公家才可以拥有的景致也搬到自家院子了。

花坛边蹲着一个人，看身形像是女人。营长喊了一声“花妹”，那蹲着的人应声转过身来，果然就是花妹。花妹一看有人进来，高兴地站起来，一手指着脚下，一手在空中舞着做招呼状，口里喊着：“来看，来看。”随着嘴巴一张一合，清亮的鼻涕与涎水正从腮帮和嘴角溢到下巴上。营长和念莲走到花妹身边，顺着花妹的手指看去，原来地上布着巴掌大一片小蚂蚁，黑黢黢的蚂蚁群中，一条约莫半寸长的小白虫正挣扎翻滚。

听见说话声，魏玉良从中间厦房中走出来。待看清营长和念莲，有些意外地说：“老营长可是无事不登三宝殿，今儿个啥风把你吹来了？”又盯着念莲问：“这女同志是谁呀？”

营长说：“魏支书你忘性大，这是咱村的姑娘念莲，五队德强的女子。”

魏玉良把后脑勺拍了一下，笑着说：“想起来了，想起来了，是念牛他姐，那是稀客了，快些坐，快些坐。”说着话又把营长和念莲招呼着坐到前院大房的八仙桌旁。

营长和魏玉良分坐在八仙桌的两边，念莲把旁边的一个高脚方凳挪过来坐下。魏玉良的老婆提着个锃亮的锡壶出来，往三个土瓷碗里倒上水，动作看起来很娴熟。念莲心里就明白了，原来这间大房是魏支书商议槐树村村务大事的议事房。

宾主坐定，念莲仔细地打量起槐树村这位头面人物。

魏玉良四十六七岁的样子，从年龄上划分，应当和念莲是两代人。在念莲的记忆中，魏玉良曾经是槐树村的人物尖子，要模样有模样，要能力有能力，以至于念莲觉得毛主席诗词中“风华正茂”那四个字简直就是为魏玉良定制的。眼前的魏玉良梳着领袖式的大背头，红润的脸庞上隐约埋着几条威武的横肉，蜷在太师椅上的躯体醒目地凸起了肚腩部位。念莲的脑海里突然有了一个奇怪的感觉，和槐树村清一色黑黑瘦瘦的庄稼汉对比，这魏玉良真像是一箱蜜蜂群中独一无二的肥硕蜂王。

“老营长，你是咱村的老革命，对咱们村子的革命生产起着至关重要的指导作用，连公社的王书记都常常打问你的情况哩。”魏玉良开言说话。

“我老而无能，又是个残废人，哪敢说指导作用？毛主席说‘不要吃老本，要立新功’，我立不了新功，心里着急没办法。”营长说。

“你只要精精神神、健健康康，就是咱槐树村的福分。”魏玉良说。

“看着咱社员的难怅解决不了，我精神不起来么。”营长指了指念莲，“你叫娃说说，多好的一个姻缘，眼睁睁地成不了。”

魏玉良把目光移到念莲的脸上，一副专注倾听的样子。

念莲没等开腔，先是用手绢抹着眼睛。营长让念莲把根由慢慢地跟魏支书说来。念莲就把自己出嫁后爹和两个兄弟困苦的情形渲染了一通，说念牛的婚事再拖下去可能一辈子都得打光棍。又把四川那女娃愿带哥出嫁的好机缘得不到五队认可的事讲了一遍。

念莲说毕，魏玉良低头沉思了一会儿说：“老营长，这事还真有些难办，咱们农村的所有制模式是‘三级所有，队为基础’，社员的户粮关系都在生产小队，咱大队就是连接公社和生产小队之间的一个桥梁，除了监督小队贯彻上级政策之外，不能直接伸手干预小队的具体事务。”

“魏支书你过谦了。”营长说，“下级服从上级，全党服从中央，这是党的原则么，大队咋不能干预小队的事务？再说，这件事主要看从哪个角度来认识，两个人落户添两张嘴不假，但更重要的是增加了两个劳动力，尤其是那个女娃她哥，听说也是读过书的，保不准真能给咱引进一个人才。”

魏玉良的眼睛突然亮了一下，问那女娃和她哥多大岁数。

念莲说那女娃十七岁，她哥比女娃大三岁。

魏玉良嘿嘿地笑了：“咱不能犯法，婚姻法规定最低结婚年龄是男的二十岁，女的十八岁，人家女娃还不到最低结婚年龄哩。”

念莲说："我家念牛都二十七岁了。"

"年龄可不能搞平均。"魏玉良说，"真要让那兄妹俩来村上落户，一定得等到人家女娃满十八岁才能跟念牛圆房，法律上的事不是耍的。"

魏玉良话没落音，念莲激动地站了起来："魏支书，只要能允许他们先落上户，我拍腔子保证过一两年再给念牛办婚礼。"

营长说："魏支书，只要你肯出面，这问题能解决。"

魏玉良抬头看着墙上的毛主席像，像是说给营长和念莲，又像是说给自己："毛主席他老人家说过，'关心群众生活，注意工作方法'，这事我来想想办法。"

念莲激动地啜泣起来。

营长和念莲告辞，魏玉良起身送客。未走出大门，仍在院子里待着的花妹突然冲过来，拉住念莲的手嚷着再去看蚂蚁。营长说："花妹是好孩子，你念莲姐还要急着赶回家去，回头再来看你。"那花妹不悦，竟将口水朝营长吐过去。魏玉良高声训斥了花妹一句，脸却涨红起来。营长说："魏支书，你整日忙着工作，家里的事也该多操操心，花妹老大不小了，兴许找个主儿，冲冲喜，一切都会好的。"

看着营长和念莲的背影，魏玉良陷入沉思。

隔天，魏东风队长稀罕地跑到德强老汉的家里。

见魏队长大驾光临，德强老汉慌得忙不迭给魏队长递上烟锅头。一想魏队长不抽旱烟，又忙去房内窗台上寻着那晚魏队长拒收的半包羊群纸烟，抽出一支递过去，又从兜里掏出火镰打火。魏队长饶有兴趣地看着德强老汉两只手一上一下地打出火星点着硝棉，硝棉嗞嗞地冒烟燃着，笑嘻嘻地说："德强叔，只说你是赶车擩麦草的把式，我看打火的能耐你也是一流的。"德强老汉呵呵笑着说："老古董了，给咱五队脸上抹黑。"

魏队长不待德强老汉相邀，自己走进房子，把土炕上那条已经分不清颜色的被子推到一边，揭开被烟熏黑的苇席看看土炕面，惊讶地说："这土炕已裂了一条缝子，保不准随时塌下去就会陷到炕洞里。"德强老汉说这都怨念猪那小子太匪，上下炕时没轻没重，他也正打算秋忙罢打几个炕坯，把炕面补一下。魏队长又走进念牛的房间，抬头瞅了瞅那已经有几处漏光的草房顶，揭开灶间的锅盖，摇了摇头叹着气，说这前出后进没个女人的日子实在是太难熬了。

魏队长问："大中午歇工的时候，咋不好好休息，念牛干啥去了？"

德强老汉说："早间队上下工，念牛回家掂了一块蒸红苕，啃完了又到自留地里去了，自家那七分苞谷地也得锄一遍。"

魏队长说："念牛兄弟是好样的，就是脑子一根筋。"

德强老汉说："少不了要靠队长帮衬。"

魏队长说："昨晚上魏支书把我叫过去了，问了我念牛的婚事。我把队上表决的事跟魏支书说了，魏支书批评我工作方法太简单，说像你这样几十年如一日爱社如家的老社员，如果队上不能给解决困难，都埋汰了社会主义的优越性。"

德强老汉听着话，高兴得嘴巴半晌合不上："这么说，魏支书同意为了念牛，让那两个四川人落户咱这搭？"

魏队长说："魏支书只是问了这事，说同意不同意那女娃跟她哥落户还是五队自己决定的事，我这过来就是想跟你商量商量。"

德强老汉脸上又显出失望的神色，跟魏队长说他也想不明白那天开会时谁投了反对票，现在想着跟人家求情都不知道该上谁家的门。魏队长说："哪里需要去家家户户做工作？因为这件事表决过一次，要想翻过来，还得重新再表决一次，需要你家里正式写个申请。"德强老汉担心自己不识字，念牛文化程度又不高，申请书写不好。魏队长说："你家不是还有个念猪么，他都上小学五年级了，还能写不了个申请？"魏队长又交代让在申请中多写些困难，再把那两个人落户后会增加队上劳动力的好处说一下。

临走，魏队长叮咛德强老汉务必今天就把申请写好交给他，后天一早再开社员大会，会上让念牛当着大伙的面宣读申请书。

魏队长给德强老汉又带来了希望。德强老汉把魏队长要求写个申请书的事说给念牛和念猪。念牛把头挠了半天问念猪会写申请不。念猪说他会写请假条。德强老汉说："念猪，我听人家说文章都是套出来的，你就按写请假条的模式写个请媳妇的条子，就说咱屋没人做饭，你那嫂子真要能来，咱屋里就活便了，你嫂子再带个人来，还能让五队添个壮劳力。"

后晌放学，念猪把一张写好的申请书交给德强老汉，申请书内容如下：

申请书

申请人魏念牛，男，二十七岁，槐树村五队社员。申请人家庭成员三人，系爹、本人和小弟。因申请人家境贫寒，一直未能婚娶，一家老小吃饭和穿衣受到很大影响。现经人介绍欲与一四川女子结婚，女子出嫁的条件是随带其兄落户槐树村五队。若二人落户，申请人家庭困难可得解决，五队的革命生产队伍也会得到壮大。申请人特申请允许在五队落户两人。恳请队上领导和广大社员群众理解支持。

申请人：魏念牛

× 年 × 月 × 日

德强老汉把那半页纸的申请书拿在手里颠来倒去端详了一阵，用心数了数，其中认得的字也就十来个。就又把申请书递给念猪让念猪念一遍。念猪磕磕巴巴地念完，德强老汉眼睛瞪得老大："念猪，这上面的话咋写得这么高级，这是谁写的？"念猪说他下午写申请书时有好几个字不会写，他去问老师，老师就问他写啥东西，他把写申请书的事跟老师说了，老师就帮他写了这个。德强老汉听着就咂嘴称赞，说老师就是老师，能耐这么高，德行还这么好，改日一定要当面把老师谢一下。

德强老汉把那申请书小心翼翼地对折了两下，揣在贴心的肚兜里，急急地去寻魏队长。

今晚轮到副饲养员阉客看夜牲口，德强老汉在家里住。因为心里有事，他一夜没有睡好，晚间像烙烧饼一样在炕上翻来覆去合不上眼睛。上一次社员投票的场景历历在目，这一次尽管魏队长看着实心帮忙，但谁敢保证乡里乡亲不各打各的算盘？眼看着窗户外有些泛白，麻雀已是叽叽喳喳地叫个不停，德强老汉习惯地坐起身，倚着炕墙，打火抽了一袋烟，方才觉得提了些精神。又推醒仍在熟睡的念猪。念猪翻身坐起来，迷迷糊糊地揉着眼睛，嘟哝说今天是星期天，不用去上学。德强老汉这才想起来不该搅了儿子的好梦，又让念猪去睡个回笼觉。念猪却溜下炕，一边弯腰勾着鞋跟，一边说："待会儿开社员会，我也要去。"

日上三竿的时候，五队的社员们又齐齐地聚在饲养室圈外大粪堆前。今日又是个晴天，湛蓝的天空飘浮着几片白得刺眼的巨型云朵。虽是盛夏，早间的太阳晒在人身上，却仍是暖融融的舒服。一阵清风掠过，又让人惬意连连。一夜的歇息，让大家伙看起来都很有精神。

谁也没有料到，在魏队长站在粪堆顶上正要开始讲话之时，老远阔步走来了气宇轩昂、神采奕奕的村支部书记魏玉良。

见书记驾到，魏队长慌得急火火从粪堆顶上跑下来。因为步子迈得太快，一个趔趄滑倒在粪堆的坡沿上，爬起来一边拍着手上的粪土，一边迎向魏玉良，又从兜里掏出纸烟递上去。魏玉良摆了摆手表示谢绝，仍大步流星地朝人群处走去。等魏玉良走到自己前边，魏队长才单腿金鸡独立，脱下一只鞋，鞋底朝上在空中甩动，显然是刚才滑倒时鞋里钻进了粪土。

粪堆旁蹲着的人大部分站了起来。魏支书朝大伙儿挥了挥胳膊，提高了嗓音说："五队开社员会，很好啊，光埋头干活不行，要坚持正确的政治方向，革命生产两不误。"又冲着依然蹲在地上的营长说："五队有你老营长在，偏不了航向。"

追上来的魏队长说："支书，五队今天想讨论两个人落户的事。"

魏支书问是不是为了魏念牛家的事。魏队长说难为支书把这些鸡毛蒜皮的事都操着心。

魏玉良正色道："东风，你这是什么话，群众的疾苦怎么能说是鸡毛蒜皮的事，你们前几天开会的事我也听说了，今天能再开一次会，说明你们在对待社员利益的问题上是慎重的。我今天碰巧遇上了，顺便也列席一下你们的社员会。"

魏队长说："支书能出席我们五队的会，真是我们的福气。"又朝着大伙儿高声喊道："魏支书今天来五队指导工作，我们请魏支书给大家伙作指示。"

魏玉良说："东风你继续开会，我只是听一听。"

魏队长又站到粪堆顶上，先提议为魏支书深入基层鼓掌欢迎。稀稀拉拉的掌声之后，魏队长就把前几天社员大会表决之后念牛又正式提出书面申请的事说了一遍。魏队长强调说之所以再开这个会，就是考虑到上次开会表决得有些仓促，怕社员们来不及认真考虑，现在又过了几天，想着大家都冷静了，再把各自神圣的权利行使一遍。末了就掏出那张申请书，朝念牛摇晃着说："魏念牛，快过来把你这申请书给大家伙儿念一念。"

念牛蹲在地上半天没反应，二癞冲着念牛的屁股蹬了一脚说："队长让你过去念申请书哩。"

念牛的脸涨红得像熟透的柿子一般，嘴里"啊""呃"地不知说些什么。

魏队长有些不耐烦："魏念牛，这么大的事，你连念个申请都不敢？"

二癞嘿嘿一笑："队长，你让念牛牵上一头牛念一念没麻达。"

魏队长无奈地摇头，突然间一眼盯上德强老汉身边的念猪，忙招了招手让念猪过去。念猪应声跑到粪堆顶上。

魏队长说："念猪，你替你哥把这申请书念一下。"

念猪愣了一下，把眼光投向了爹。德强老汉老远朝小儿子点了点头。念猪就从魏队长手里接过那张纸，学着在学校讲台上发言时的架势，面对粪堆下的人群弯腰鞠了个躬，就一字一板地把那个申请书念了一遍，念完后又鞠了一个躬。因为已经读过几遍，对那上边的内容也熟悉了，念猪就比昨天给爹读时显得顺畅多了。

读完申请书，人群静了几秒钟，却突然爆发出一阵掌声，那掌声远比刚才欢迎魏支书时还热烈。魏支书正是鼓得最欢的一个。鼓罢掌，人群中就响起不绝于耳的啧啧声。戏匣子说："这一娘生九种，一种分九等，念牛跟念猪是一个娘生的，差别咋这么大呢。"

二癞朝粪堆顶上的念猪喊道："念猪你有了嫂子，将来还要不要娶媳妇？"

念猪说："我嫂子给我娶媳妇。"

人群又发出一阵哄笑声。

念猪在大伙的夸赞声中得意地跑下粪堆。魏队长就喊着发永，让快些发纸阄。却不料，魏支书喊了一声："东风你等一下！"众人的目光又齐刷刷地聚在魏玉良身上。

魏支书缓缓地上了粪堆，站在魏队长的身旁。相形之下，魏支书就显得富态得多，灰色的府绸短袖显出文化人的气息，短袖与裤管随风摇曳，越发让那包裹着的躯体显得高大挺拔。只是那裤臀上染料未能掩盖住的"尿素"二字依稀可辨，引人联想。

"社员同志们，"魏支书拖着腔，"我参加过的小队会议不算少了，可是像今天这样让我感到触动灵魂的会议真的不多。现在是新社会，贫下中农翻身做主人，可我们的老贫农魏德强一家却依然过着算不上幸福的生活。这真是我们的悲哀呀。这个问题不解决，我们五队的工作就难说做得好。大家说是不是这个理？"

"是这个理！"魏队长高声喊道。

"魏支书把问题看得透，大家伙儿心里都亮着哩。"营长说。

"我提个建议，"魏支书说，"把群众的表决搞得简单透明一些，用举手的方式进行。"

魏队长拍了一下脑袋："我这人就是教条，抓阄抓惯了。还是支书站得高。"接着就喊了一声："同意魏念牛家落户两人的请举手！"

一半多的人举起了手，魏支书把目光在人群中来回地扫视着，且在未举手人的脸上停留片刻。终于，那有权参加投票的人胳膊全都竖了起来。魏队长报票全数通过。魏支书脸上浮出满意的笑容。

魏队长宣布："根据全体社员的意见，五队同意魏念牛同志家里落户两人。"

蹲在墙角的德强老汉眼睛有些模糊，抖抖索索地站起来，想说几句感谢的话。不待开口，却只见念猪双脚蹦起，高喊一声："好！"把两只手使劲地拍了起来。跟着念猪的掌声，人群竟也随着响起了掌声。德强老汉再用眼光去寻念牛时，见念牛仍蹲在地上，脸上透出稀有且似乎带些羞涩的笑意。

仍站在粪堆上的魏支书把两只胳膊举起来往下压了压，示意大家停止掌声。他清了清嗓子又说道："五队社员的革命觉悟高着哩，一家有难，八方支援，我今天很受教育。听说念牛要娶的那媳妇兄妹俩是四川人，四川可是个好地方，没准他们还能给咱们带来先进的生产经验哩，咱们要像接待客人一样热情地欢迎他们。不过话说回来，是骡子是马也要拉出来遛一下才知道，万一那兄妹俩是混吃混喝的，念牛不会接受他们，我们槐树村也会拒绝他们的。所以我建议，等他们来后，五队先给他们匀出半年的口粮，半年之后，再按照正常社员待遇分配自留地。"

魏支书的话说得入情入理，魏队长当即表示就按魏支书的指示办。

念猪凑到德强老汉身边问："爹，啥时候接我那嫂子回来？"

德强老汉双手摩挲着念猪的头说："瓜娃，哪有那么简单。"

苞谷抽穗的时节，念莲从县城的长途汽车站带回了一男一女两个年轻人。

念莲事先得了丈夫的信，按照信中的嘱咐，一大早就赶到县城汽车站，直到中午时分，才等到省城汉京开来的长途公共汽车进站。在下车的人流中，念莲一眼就瞅中了两个貌似兄妹的青年。上前一打问，果然就是要接的客人。念莲把挎包里带着的干粮拿出来，几个人简单地打了尖，又急急地赶了小半天路，后晌才回到娘家。

一走到大槐树底下，早有眼尖的人老远跑过来。几个人一边跟念莲打招呼，一边就像看稀罕一样把念莲带的两个人仔细打量一番。念莲满脸堆笑，回应着不绝于耳的问候。那些打完招呼的人并不散去，而是跟在念莲一行的后边。等走到自家的桄桄门前，念莲的身后已跟了一群人。

不消半顿饭的工夫，念牛寻下的四川媳妇已经到了的消息传遍了槐树村，得信的人就赶了过来看热闹，有的竟然全家出动。德强老汉家有史以来从未有过如此的阵势。那情景就好似遇着外星人下凡，不睹真容终生遗憾一般。

念莲跟大家说，那兄妹两人从四川赶过来，光火车就坐了两天一夜，到达省城汉京后，又坐了半天汽车才到县城。村里人就啧啧称奇。有人就问那火车有多大，火车轮子是胶皮做的还是木头做的。又有人问那火车路比通县城的马路能宽多少。见过世面的人就耻笑问话的人，说火车走的是铁路。这更引起一阵诧异，人们想不通金贵得只能打制菜刀和锄头什物的东西竟然能舍得拿去铺路。

念猪放学回家，老远看见自家门口出出进进的人像赶会一般，就撒开脚丫子跑进院子，忽听到有人喊“念猪也急着看他嫂子”，心里顿时明白，不由得放缓了脚步。

念猪的后腰被人狠狠地推了一把。回头一看，见是同学利强，显然也是来看热闹的。利强作为魏队长的儿子，小小的年纪也知道狐假虎威的道理，平日爱在同学面前要横逞能，唯有念猪不肯买他的账。念猪本想回敬利强一拳，想想是在自家院子，又怕爹看见嫌他惹事，就忍住了冲动。利强却并不理会念猪的反应，亲热地搂起念猪的肩头，朝人堆中走去。

一个大小伙坐在草墩子上，周遭围了一圈人，前边的人蹲着，后边的人站着。大家七嘴八舌地问那小伙子话，小伙子显然不知道该回答谁的话，多是腼腆地笑。张嘴说话的时候，念猪惊讶地发现他说话的腔调竟然跟槐树村所有人都不一样，但好像跟喇叭里日常说话的腔调也不一样。小伙身上的衣服也打着补丁，但念猪觉得他比哥哥念牛干净得多，看着也精神得多。

念猪跟爹住的房里已被人挤得水泄不通。念猪也想挤进去看一看，却奈何被那些叔叔、婶婶们高大的身躯堵着，不好意思使劲挤。却不料利强高声喊着："闪开！闪开！"堵在门口的人回头看时，见是念猪和队长的儿子，就闪开了一条缝，把念猪和利强让进了屋子。

当念猪看见一个陌生的女子半倚半坐在自家的炕边上时，禁不住莫名其妙地打了一个哆嗦。那女子站在地上，身子斜着，屁股半坐半靠在炕沿上，露在蓝色土布短袖外的两只胳膊像扒过皮的杨树干一样白净。两条粗黑的大辫子从前胸垂下来，两只手正在抚弄着自己的辫梢。

姐姐念莲坐在女子身边的炕沿上，满面笑容地跟大家说话，好像是替那女子回答大伙儿的提问。一看见念猪，念莲眼睛一亮，把身边的女子肩头拍了一把说："香包，你看，咱兄弟念猪看你来咧。"

那女子抬起头来，目光正好和念猪撞在一起。念猪一惊，他觉得好像在哪里见过这个人。女子张开嘴轻轻地唤了一声。念猪却并没有听见她说什么，房间里的人又是一阵嘻嘻哈哈。念猪突然觉得一阵心慌意乱，头一扭，扔下利强，钻出人群离开了屋子。又听见身后有人喊："瞧念猪没出息的样子，头回见了嫂子，还不好意思哩。"

念猪站在房檐下发呆，他努力地在记忆中搜寻，自己啥时候见过这个女子。终于，他想起来了，去年利强家门前贴过一张画，那画上一个女青年在闪光的毛主席头像下采拾棉花，画上一行字念猪记得很清楚："种植优质棉花，支援国家建设。"原来这女子跟那张画上采拾棉花的女青年太像了。那女青年也有两条大辫子。念猪心里就在想，说不定那张画上的人就是照着这个要给他当嫂子的女子画的。

外边突然传来洪亮的说话声，院子里的人都把目光集中在桄桄门口。念猪也循声望去，只见利强他爹跟在魏支书的身后，走进了自家的院子。

德强老汉不知从哪个角落迎了上去，双手握着合在胸前，弯着腰反复地念叨：“魏支书你来咧！魏队长你来咧！”

魏支书和魏队长一进来，院子里围着那小伙子的人就自觉地散开，而后又绕到魏支书二人身后。那小伙子早早站了起来，恭敬地看着这两个显然非比寻常的人，眼神中流露出几丝不安。

“你是从四川来的？”魏支书问话的声音很洪亮。

“四川广阳。”小伙子怯怯地回答。

魏队长插了一句：“这是咱槐树村的最高首长，支部书记兼革委会主任魏支书。”

小伙子弯下腰给魏支书和魏队长鞠了一个躬，引来了围观人的哄笑。按照本地人的礼节，除了对长辈或逝去的人磕头行礼，寻常最隆重的礼节不外乎抱抱拳，而这种类似于低头认罪的弯腰方式就显得有些搞怪。

魏支书和魏队长也笑了，小伙子就显得更加窘迫起来。魏支书又问了小伙子的姓名、年龄、文化程度。小伙子回说他姓苗，叫苗伟，今年虚龄二十一岁，上过初中。魏支书说既然这小伙子上过初中，就是有知识有文化的人，槐树村欢迎这样的人落户，希望小伙子把革命的新观念和先进的生产经验带进来。魏支书说完话，那苗伟又是鞠躬，围观的人照例发笑。

魏支书和魏队长又分开众人进了房间。念莲一见二人，慌忙溜下炕边，说：“咋把你两个都惊动了？原本我要带着这兄妹二人去拜见你们的，这倒让你们先来了，都怪我处事不当。”说着又抓住那女子的手说：“香包，你好好看看，这是咱村的支书，这是咱队的队长，他们都是咱家的大恩人。没有他们，咱这家都不知道糟成啥样子了，你们也来不了。”

香包把头抬起来，眼神中流露出感激。

魏支书呵呵地笑着说：“这念牛真是艳福不浅啊，娶来的媳妇咋这俊样？看来还是人家四川的水土好，养美女。”

魏队长却只是呆愣着，眼睛直勾勾地看着香包，半张着的嘴巴半晌合不拢。直到魏支书在魏队长肩上拍了一把，魏队长才回过神来，尴尬地笑了笑说："我看这女娃身上穿的蓝布衫子咋织得那么细，全不像咱村女人织下的布，通体都是棉球疙瘩。"魏支书心里明白魏队长见色忘形，也就容着魏队长借坡下驴，顺着说："赶明儿你们五队就让这香包把女人们培训培训，把线纺得细一些，把布织得匀一些。"

魏支书又问香包的年龄和文化程度，香包说她小学毕业，今年十七岁。

德强老汉一直跟在魏支书和魏队长的身后，待魏支书二人退到院子，德强老汉搬了两个草墩想让魏支书和魏队长坐下，魏支书却摆摆手表示谢绝。魏支书问念牛去哪里了，德强老汉回说念牛嫌院子里人多，扛个锄头到自留地里锄草去了。魏支书说这念牛真没出息，家里这大的事怎么连个面都不闪一下。魏队长说念牛家的自留地让念牛侍弄得快能绣花了，别人家的苞谷锄两遍，念牛至少能锄四遍。草长到念牛家的自留地里，算是瞎眼了。

魏支书沉下脸说："德强叔，我得跟你说个严肃的问题。"

德强老汉一阵心悸，只觉得手脚发麻。

看见德强老汉的紧张劲儿，魏支书却又轻松地笑了笑，眼光恰好落在了屋檐下念猪的身上，就朝念猪招了招手。念猪三脚两步跑过来。魏支书说："念猪，你那天在队上的社员会上念那个申请书，念得很不错么。"念猪就羞涩地笑了笑，把手在头上不停地挠着。魏支书又说："你是你们家有知识的人，你知道不知道国家有个婚姻法？"

念猪摇了摇头，越发地害羞起来，脸也红了。

魏支书说："那婚姻法可不是闹着玩的，谁敢不遵守，国家就会把谁抓起来。婚姻法规定男的二十岁以上，女的十八岁以上才能结婚。现如今你这没过门的嫂子才十七岁，还不到结婚年龄，敢和你哥结婚么？"又把头转向了德强老汉："德强叔，你是模范社员，可不敢干犯法的事。"

德强老汉顿时一脸汗珠。

魏支书说完，念猪反倒定下心来，脸上露出自信："这么说我哥还得等上一年。不打紧么，我哥都等了七八年了，还在乎一年时间么？"

魏支书赞许地点点头，对魏队长说："我看，这念猪是个人才，说不定这个家庭的发达就指望着他了。"

魏队长附和着："我看也是。"

魏支书往一边走了几步，魏队长跟着过去。两个人窃窃私语了一阵又转回来。魏队长对德强老汉说魏支书对念牛的婚事极为重视，要求五队一定要把这件事作为关心群众疾苦的大事做好。为了能让念牛合法地结婚，要想办法让念牛媳妇在满十八岁之前跟念牛分开住，最好寄住在别人家，十八岁以后再圆房。德强老汉听着连连点头，嘴里应着"对的、对的"。

魏支书思考了一阵又说："德强叔，我看你家这光景，念牛娶了媳妇肯定不能再住到灶房里，念猪也慢慢大了，得有自己的小天地，家里的房子显然不够住。依着我的意思，在念牛圆房之前，干脆再造一间新屋吧。"

德强老汉苦笑着说："好当然是好，可是……"

"不用可是了。"魏支书说，"我知道你想说造新屋有困难。这样办好了，东风你随后安排一下，拨两个壮劳力给念牛家打上几千个土坯，房顶上的苫草就先从生产队的牲口料上挪几百斤麦草。至于木料么，又不是瓦房，用不了几根椽，回头把我家上回拆老房剩下的几根椽凑合着先用上，盖上两间茅草屋房，一间给念牛做婚房，一间给咱这未来的顶梁柱念猪做书房……"

"这可使不得。"不待魏支书把话说完，德强老汉慌得把两只手连连摆动，"这念牛结婚是咱家的私事，咋能让队上派劳力打土坯呢？牲口草料本来就很紧张，咋敢用到咱私人的房顶上？再说用魏支书家的木料，我猴年马月能给支书还上？指望念牛还账怕是有年没日头的事。"

魏支书说："东风你看，这就是咱老贫农的觉悟，越是这种不肯向集体伸手的人，我们就越要照顾他。这事就这么定了。"

德强老汉大张着嘴，半天没合拢，说不清是高兴还是惊讶。

魏支书又语重心长地叮咛："刚才说婚姻法的事不是闹着玩的，

那个男娃先挤着住下来，念牛这媳妇最好先住在别家，实在找不到地方，可以先住到我家。”

“住到我家也行，我是队长，淑芳也是个好相处的人。”魏队长说。

魏支书瞪了魏队长一眼：“住到谁家都行，就是不能住到你家。”

魏队长讪讪地笑了。

第三章

自从哥哥念牛订好了婚事，念猪感到自家的日子家好像比过去红火多了。那天魏支书提出来让嫂子香包先住到别人家，姐姐念莲一百个赞成，并且坚决表示让香包先住到她家，等一年后再红红火火地接回槐树村，后来就那样决定了。随后香包跟着念莲走了，单把与她同来的哥哥苗伟留了下来。苗伟就和念牛住在了灶房内。跟念牛不一般，苗伟虽也话少，但那表情好像会说话，尤其是那眼神，能让每一个和他对视的人感到开心。苗伟已经开始跟社员们下田劳动了，魏队长不止一次表扬苗伟，说苗伟心眼儿实在，干活灵巧。下工的时候，苗伟总在院子里忙活，眼里好像有干不完的活儿。也许是因为苗伟一开始就撒下好人缘，念猪家常有左邻右舍的大人串门子，跟苗伟有一搭没一搭地闲扯几句。苗伟永远是面带笑意，不知疲倦地反复回答着别人的问题。因为口音不同，往往一句话还得说上好几遍。

最让念猪自豪的是，魏队长常来他家，魏支书也来过两回。

为了帮念猪家造新屋，五队派工给念猪家打的三千多块土坯，已经快晾干了，如果不下雨，十来天以后就能动土盖房了。那天魏支书来他家时，还亲自用脚步把他家后院丈量了一番，指点了新屋地基的位置，那架势宛若村上搭建宣传舞台一般。念猪心里的那个甜蜜就不用说了。

念猪明白，给他们家带来这一系列变化的源头都是自己那个还不能过门的新嫂子。没有嫂子香包，就没有苗伟的到来，也没有魏支书和魏队长的频繁登门，甚至都没有那天让他站在饲养室的大粪堆上念申请的机会。思量起这些，念猪就在心里感激着嫂子香包。

嫂子香包给念猪留下的印象太深了，从香包进到自己家一直到姐姐念莲领着离开，念猪竟然跟香包没说过一句话。但香包那又粗又长又黑的一双辫子，那露在蓝土布短袖外像剥皮树干一样白生生的胳膊，如同烙铁把影子烙在念猪的心里。那天虽然没跟香包说过话，但香包随着姐姐一步三回头地离开时，念猪分明看见香包把目光在自己的脸上停留了一阵，嘴唇仿佛还动了一下。那时候他心里就有了一阵暖意。

念猪盼着时间过得快一些，他现在相信，等嫂子过了门，他们家的日子一定会越来越好。他想起那天晚上他把爹准备送给魏队长的那半瓶油抢喝了一口后爹说过的话，他现在相信了，嫂子来了，说不定不光有吃不完的油，或许还有肉，还有洋布衣服穿。

生产队决定给念猪家动工的前两天，德强老汉让念猪再去一趟姐姐家，告知念莲屋里要动土了。槐树村有个习惯，造屋前的动土和上梁是要通知亲戚上门作贺的，尤其像舅家、娘家、出门的女儿家等至亲。念莲虽已出门多年，但实际上仍是魏家的台柱子，家里破土开挖的大事，当然少不了念莲的出场张罗。念猪受了爹的指派，心里一百个愿意，他过去奔姐姐家，图着逗毛妞玩，图着姐姐给他做一顿好吃的。现在去姐姐家，他有了一个不愿意告诉别人的更大的喜悦，他可以看到那个有些神秘且又能给他带来无限憧憬的嫂子香包。

恰好又是礼拜天，念猪天一亮就起身赶路，蹦蹦跳跳赶到姐姐家的时候，念莲一家人正端着碗吃早饭。

香包第一个看见念猪，高兴地喊了一声，放下碗筷，朝念猪迎上去。念猪也没听见嫂子嘴里说了啥，只看见她脸上像开了花儿一样。念莲闻声也站了起来，跑过去把念猪肩膀搂起来。毛妞的爷爷和奶奶也紧着招呼念猪，看着念猪一脸热汗，让香包去拿毛巾来。香包跑到厨房里端来半盆水，把一条毛巾在水中搓了几下，拧干后递给念莲。念莲把湿毛巾在念猪脸上擦了几遍。念猪就觉得凉丝丝的，舒服极了。

念莲说："猪儿你跑了半天的路，饿坏了吧，快叫你嫂子给你盛饭来。"

见香包站着没动，念莲嗔笑着推了香包一把："我是让你快些给咱兄弟盛饭吃。"

香包方才明白过来，腼腆地一笑，一溜烟跑进厨房，瞬间端着一碗黄澄澄的苞谷粥，那稠粥上还顶着一小撮萝卜做成的咸菜。

香包一手捧着碗，一手拿着筷子，递给念猪。念猪伸手去接时，手指触到了香包的手背。念猪觉得嫂子的手很光滑，像是摸到了先前二癞家养的那鸽子身上。念猪坐下来吃着饭，却久久回味着那摸鸽子的感觉。

念莲问念猪饭香不香，念猪点头说香。念莲说这饭都是你香包嫂子煮的，又跟念猪夸香包到这儿可让她省事多了，连毛妞现在也恋着香包快把娘忘了。说话间毛妞从大门外跑回来，一看见念猪，就高兴地趴在舅舅的背上不肯下来。香包拽住毛妞的手，说别搅了舅舅吃饭。

念猪记着此行的正经事，就一边吃着饭一边把造新房动土的事跟姐姐说了。念莲显得很高兴，问念猪土坯打了多少，苫草和大料备齐了没有？念猪对有些事情说不清楚，但想起队长和支书几次到家里来的情形，就像个大人似的满脸透着自信，说队上都正张罗着。念莲像是说给念猪又像是自言自语道："也不知咱家啥时候烧了高香，能把灯捻子塞到官油里。"

毛妞从兜里掏出一个东西藏到身后，跟念猪说："舅舅你猜我拿着啥好东西？"念猪略一思索，脱口而出："鹌鹑蛋！"毛妞说："比鹌鹑蛋好玩。"毛妞就让念猪先把眼睛闭起来。

待毛妞让舅舅睁开眼睛时，念猪一眼看见毛妞手上捧着一只五颜六色的鸡毛毽子。那鸡毛毽子的底部是用红布缝的，顶上插着数不清的鸡毛，红的、黄的、蓝的、黑的、白的，朝四周散开，像一朵大花一般。念猪在学校，见过不少女同学踢毽子，但他敢肯定，没有一只像毛妞手中这样好看的毽子。

念猪问毛妞毽子是拿谁的？毛妞骄傲地把头一扬，说是她自己的。念猪觉得惊讶，问毛妞是谁做的。毛妞把手指向香包，唯恐舅舅听不见似的大声喊道：“妗子！”念猪又是一愣，半晌方才明白过来，原来毛妞把嫂子香包称“妗子”。

念莲笑嘻嘻地问念猪：“猪儿，你想不想让嫂子快些回家？”

念猪觉得不好意思，闭着嘴巴没有回答。

“你嫂子可会做饭了。”念莲说，“今日晌午饭就让你嫂子做，你吃完饭后再回去。”

“姐，我给咱做抄手。”香包说。

吃罢饭，毛妞拉着香包的手说要跟妗子一起踢毽子，还嚷着要让舅舅一起踢。不待念猪说话，毛妞就拉开架势，把毽子扔到空中，再抬起脚去接，无奈动作跟不上，那毽子总是落在地上。毛妞就把毽子递给香包，香包把毽子接在手上，轻轻往空中一抛，随着毽子落下，香包的脚一起一落，那鲜艳的毽子上下翻滚，如跳舞一般。香包的脚起落时，竟又不停地变换着左右，毽子下坠时，一会儿落脚尖，一会儿落脚面，一会儿又跳到脚跟。毽子飞起时，一会儿高过头顶，一会儿又绕过脖颈。念猪看得眼花缭乱，情不自禁地鼓起掌来。

远处响起了生产队出工的铃声，念莲扛着锄头出门，叮咛念猪好好歇上半天，又嘱咐香包早早地把晌午饭备好。念莲一走，香包让毛妞跟舅舅玩着，自己端着个蒲篮，坐在房檐下纳起了鞋底子。念猪没想到这个从四川过来的嫂子也会纳鞋底。念猪日常跑路多，脚上的鞋穿着就费，苦了姐姐念莲，一年总得为念猪做上四五双鞋子，纳鞋底就是最费时间的营生。念猪看香包手里的鞋底，大小尺寸和自己的脚差不多，他就猜着八成嫂子是在替姐姐为自己纳鞋底，心里又觉得一阵暖暖的。

日头偏西的时候，香包下厨做饭。一会儿厨房传来菜刀剁在案板上啪啪作响的声音，让念猪听着很亲切。姐姐回槐树村给家里包饺子时，案板上就会响起这种声音，念猪就会在期待中感到陶醉。现在，这个嫂子也能制造出这种悦耳的声响，不由得让念猪觉得跟这个嫂子又亲近了一步。他记得嫂子说晌午要做抄手，抄手是个什么东西，为什么也要跟剁饺子馅一样剁好长时间？念猪有一种好奇的冲动，终于忍不住自己的脚步，挪到厨房里去一看究竟。

香包站在案板前头，正用切好的面片逐个地捏着像饺子又不是饺子的东西，那东西里边也包着馅，只是形状像花朵一样，比饺子好看得多。看见念猪进了厨房，香包微微一笑算是跟念猪打了个招呼，依然忙着捏抄手。念猪觉得香包的动作很快，那面皮和馅在她手里像变戏法一样，瞬间结合成一个个神气活现的小精灵。念猪有些不明白，为啥那鸡毛毽子和这面皮到了香包的跟前都变得这般乖巧温顺呢？

“念猪！”香包第一次呼唤念猪。

念猪觉得那声音很软很甜。他不由自主地品味着这种感觉。直到香包又喊了一声时，念猪才回过神来，应了一声：“嫂子！”

“你今年多大了？上几年级？”香包问。

“十三岁，上五年级。”念猪答。

“你喜欢上语文课还是喜欢上算术课？”香包问。

“我喜欢上美术课。”念猪说的是心里话。美术课虽然一周只有一节，但念猪崇拜那个美术老师能把鸡呀、牛呀、兔呀活生生几下子就搬到黑板上。

“那你改天给我画个小兔子。”香包说。

“我画不了。”念猪不好意思地挠着头。忽然又想起上一次语文老师帮他写那个申请的事，就又说道，“嫂子要是喜欢兔子，我让我们老师给你画一张。”

香包突然停下手中的活，把脸转向念猪：“念猪，跟你商量个事，你能不能不叫我嫂子？”

念猪一脸蒙相："那叫啥？"

"你叫我姐姐！"香包说。

念猪自然就想起了姐姐念莲。他觉得姐姐是个大人，是能管他吃饭穿衣的人，而眼前这个香包好像跟姐姐不是一回事。他犹豫了一阵说："我有姐姐。"

"多一个姐姐不好么？"香包问。

念猪觉得，姐姐念莲是他在这个世界上最亲近最崇拜的人，姐姐的称谓是不能乱加给别人的。可是，面对着这个他已经有了十二分好感的嫂子，他又实在不忍心拂了她的意。他下意识地点了点头，却没有张嘴说话。

香包捏抄手的时候，两条大辫子搭在肩后，弯腰包馅的时候，那大辫子就时时滑落到胸前，香包就不停地用胳膊肘把辫子拨拉到肩后。念猪觉得，那两条辫子真是淘气得可爱，他甚至想伸出手去摸一摸那辫子。

"念猪，"香包问，"你哥哥叫念牛，你叫念猪，可有啥说道？"

念猪挠了挠头，就把几年前从爹嘴里听到的故事又说给香包听："我娘生我哥哥的时候，家里缺劳力，爹念想着给家里养上一头牛，就给哥哥起名念牛。等到生我的时候，有了生产队，各家各户的牛都拉到生产队饲养室去了，我爹又念想着给家里养一头猪。"

香包笑了："这么说，娘生姐姐的时候，莫非是爹念想着给家里养上一池莲花？"

念猪也笑了，摇摇头说："爹没告诉我，我不知道。"

毛妞在院子里喊了一声"娘"。念猪抬起头看时，见姐姐念莲已经歇工回来。香包刚好把案板上的抄手捏完，又忙着往锅里添水，在锅底下生火。等到念莲擦了把脸坐着歇了口气，香包就喊着饭停当了。

念猪头一次吃这种像饺子又不是饺子的抄手，觉得比姐姐包的饺子味道又好吃了许多，只是那汤中汪实的辣椒刺激得嘴巴哧溜哧溜地吸着凉气。

念莲问念猪，嫂子做的饭好吃不好吃？念猪说好吃。念莲说待香包过门到了槐树村，一家人吃饭就不用再凑合了。念莲又掰着手指算了一阵说：“等到明年开春，你嫂子年龄就够了。咱家新盖的房子也能干透，就把你哥的婚事办了。姐心里也就放下了。”

念猪偷眼看了一下香包，却见香包脸上没有了刚才的那种欢喜。

念猪盼着春天快些到来。

两间新草屋从平地基开始，用了三天时间就落成了。德强老汉站在院子里，看着平地拔起的新屋，只觉得百感交集。几十年的窝囊，让魏支书和魏队长几句轻松的话赶得无影无踪。队上这几天为德强老汉家抽出了十几个壮劳力，德强老汉苦于不能请大家吃上一顿像样的饭食，心里老大过不去。大家伙完工撤场的时候，魏支书竟也来了，还指指点点地让人把房顶上几处看着不太平整的苫草归整利索，俨然像主人验收一般。末了还掏出一包烟给参与建房的人每人赏了一根。德强老汉激动得不知所措。魏支书特意把那落户的小伙子苗伟唤过来说：“要记住社会主义的优越性，要感谢社员感谢党，扎根槐树村，为槐树村的革命事业添砖加瓦。”

原先两间草房屋顶的苫草已用了五年时间，黑乎乎的已经完全板结在一起。那专门长在草房顶上的绿色麦苔灰溜溜一片，显示着沧桑的气息。而加盖的两间新房屋顶上却是白得刺眼的新草，彰显出一种勃发的魅力。德强老汉忽然觉得自己原本一家人就像那两间旧房顶，无人涉足，无人过问，任由苫草黑，任由麦苔长。而这两个四川人的到来，却像是两间新房顶一般，来得突然，来得晃眼。

德强老汉盘算，等到开春三月份，柳树抽枝的时候，把那个叫香包的女子接回来，给念牛圆了房，自己这个家就算是圆满了，念牛娘若是地下有知，也该心满意足了。

但德强老汉又多了一桩心事。儿子念牛的婚事算是有着落了，可儿媳妇带来的哥哥苗伟不能不让德强老汉多想。德强老汉是善良人，他觉得苗伟已落户到他家，那也就跟他的儿子念牛和念猪一样，都是自家的孩子。苗伟也是二十多岁的人了，也跟念牛一样需要成家立业，他担心解决了一个念牛，却搭上了一个麻烦。好在经过一段时间的观察，德强老汉觉得这苗伟手脚勤快，举止得体，人也机灵，说心里话，要比自己的儿子念牛优秀得多。德强老汉就又有些安慰，他想着梧桐树上不愁招不来凤凰，兴许这苗伟能惹得多家女子上门提亲哩。

想啥来啥。后晌喝罢汤，不等记工时分，魏队长早早赶到饲养室，把正在给牛拌草的德强老汉拉到一边，说寻个僻静处说话。德强老汉从来没享受过魏队长这种郑重其事的说话待遇，就忐忑不安地随着魏队长走出圈舍。魏队长走到大粪堆旁边蹲下身，德强老汉也诚惶诚恐地蹲下。魏队长给德强老汉递了一支烟。德强老汉摆手谢绝，习惯性地掏出烟锅装上一袋烟，欲要打火石时，魏队长早已划着一根火柴，替德强老汉点上。因为紧张，德强老汉嘴唇哆哆嗦嗦地咬不住烟袋嘴。

“德强叔，我得恭喜你了。”魏队长说。

德强老汉把烟锅拿下来，连声说：“得感谢队长你，给念牛要上媳妇不说，还让公家给盖上了新房，真是做梦都不敢想的事。”

“还有个人你忘了感谢，咱们的魏支书。”魏队长说。

“咋能忘了呢？”德强老汉摆着手，“要不是那天魏支书到咱五队来参加那个会，没准儿大伙还是想不通。”

“魏支书有事求你哩。”魏队长脸色变得严肃起来。

“求我？”德强老汉有些发蒙，“我一个养牲口的，能帮支书啥忙？”

魏队长没有急着回答德强老汉的话，却又问起德强老汉家里添了人后感觉如何。德强老汉说念牛的媳妇香包现在寄住在女儿念莲家，他寻思着这女娃善良灵光，配念牛应当绰绰有余。说到香包的哥哥苗伟，德强老汉禁不住竖起大拇指，夸苗伟勤快能干，说像这样的好后生在槐树村真是难得找到。魏队长说苗伟是没有根基的外乡人，落户到德强叔家里就跟念牛一样，都是德强叔的儿子，凡事得凭着德强叔做主。德强老汉说苗伟比念牛强得多，能逮着苗伟这么个后生做儿子那真叫福分，只不过依着自己的能耐怕是架不住这个当口。

魏队长说：“拴到咱家的槽上，就是咱家的牲口，就得听咱的。”

德强老汉不明白魏队长的意思，把两只眼睛睁得大大的，直勾勾地盯着魏队长。

魏队长说：“魏支书想跟你结亲家，德强叔你的鸿运来了。”

“啥？跟我结亲家？”德强老汉惊得站了起来，“魏支书跟我结的哪门子亲家？”

魏队长也站了起来，“咳”了一声，把脚在地上跺了一下：“德强叔，你咋不开窍哩？苗伟已经落户到你家，你是家长，魏支书想把他花妹说给苗伟，这不就是跟你结亲家么？”

“花妹？”德强老汉浑身打了个哆嗦，“你是说把魏支书的那瓜女子嫁给苗伟做媳妇？”

魏队长脸色一沉：“德强叔你咋能这样说话？魏支书的花妹咋能叫瓜女子，她不就心眼儿实诚一些！说实在话，娶妻就是为了生子，要下那刁钻鬼精灵的货，只怕几天就把个好端端的家搅得鸡飞狗跳哩。”

德强老汉一个劲地摇着头：“使不得，使不得，苗伟兄妹两个人大老远跑到咱这儿，念牛配人家香包已经亏了香包，咱再让哥哥寻个瓜女子，咱槐树村人伙着欺负人家外乡人，死了没脸见老祖宗。”

魏队长的脸拉得更长了：“德强叔，你莫要犯糊涂，魏支书是革命干部，愿意把女儿许配给这个来路不正的外乡人，也是体现了无产阶级的伟大情怀。对苗伟来讲，能被魏支书看中，也是他烧了高香。你别忘了，当初同意他兄妹俩落户五队，也还有个考验期，如果他们缺少阶级情感，对生活方式挑三拣四，队上有权重新讨论他们兄妹的去留问题。”

魏队长的话说得有些高深，但基本的意思德强老汉听明白了，那就是如果不肯答应花妹和苗伟的婚事，念牛和香包的婚事也该黄了。

德强老汉只觉得双腿有些绵软，无力地蹲下身，仍有些难受，索性一屁股坐在地上，双手抱着脚跟，把头埋在膝盖里，痛苦地思索起来。

“德强叔，我把话给你搁这儿，没有魏支书，就没有苗伟和香包落户的事。花妹的婚事你不答应，就是过河拆桥，莫说魏支书那里说不过去，就是我也不答应！”魏队长说完话，气哼哼地扬长而去。

德强老汉作难了。

再说魏队长受了魏支书之托说合花妹与苗伟的婚事，原指望着德强老汉听到这个信儿会兴高采烈，却没想到这个不开窍的榆木疙瘩竟然掂不出轻重，把福分当灾难哩。不免就有些窝火，顺水人情没做成，反倒惹上臊气。不过魏队长使命在身，也不在乎德强老汉一家咋样看他。素的不行就上荤的，苗伟若死不答应娶花妹，就把苗伟兄妹俩落户的事找个茬口否定了，大不了再开一次社员会而已。主意已定，晚上收工后，魏队长又轻手轻脚地到了魏支书的家。

一见魏队长苦着个脸，魏支书心里明白了七八分：“东风，你不用说我就知道，花妹的事儿办得不顺当。”

“玉良叔！”魏队长在人背后一直这样称呼魏支书。魏队长比魏支书小几岁，两个人没出五服，魏支书是魏队长的远房叔，魏队长日常到魏支书家，也就显得顺理成章。

魏队长说：“我没有料到德强那老糊涂竟然不愿意扯这档亲事，他说这是咱槐树村人伙着欺负人家外乡人哩。”

魏支书却并不生气，从烟盒中抽出一根烟叼在嘴上，又递给魏队长一根。魏队长急忙抽出火柴划着，先给魏支书点上，却把自己手中的烟恭恭敬敬地捏着，像是要等待魏支书首肯后才能抽上。魏支书深深地吸了几口烟，自言自语道：“难得德强老汉有这一份善心。”

魏队长有些不解：“难道就这样白白地让两个外乡人抢了咱的食，还容忍着他们不识抬举？”

“好姻缘离不了好媒人，这事得从长计议。”魏支书说，“德强老汉的话说得对，咱不能明着欺负外乡人，要想法子做通那个苗伟的思想工作。看来你这个媒人的角色有些勉强，我得另寻高明，不过有用得着你的时候。”

魏队长见魏支书把原因归咎于自己无能，尴尬中有些悻悻然。想问魏支书打算另找何人，又担心魏支书拒绝告知自讨没趣，就试探着问魏支书需不需要他跑腿去找个能说会道的媒人。魏支书鼻子里哼了一声：“这个人未必肯买你的账。”

魏队长脱口问道：“玉良叔，你想下合适的人了？”

魏支书点了点头。

魏队长显得迫不及待：“玉良叔，你打算找谁，说给我么。”

“营长德茂！”魏支书轻轻说道。

“营长？他会说媒？”魏队长觉得有些意外。

“为了女儿，我去求他。”魏支书说。

在槐树村，没有人敢不把支书魏玉良放在眼里，魏支书也像皇帝一样傲视着臣民般的村民，但唯有营长魏德茂例外。究其原因，一是德茂人缘好，在大家伙的心目中有一定的号召力；二是德茂通着天，德茂若想见到公社书记或更高的领导，难度并不比魏支书大。这第二个原因其实对魏支书来讲更为重要。魏支书日常在村子里的施政方案和效果，在意的就是营长的评价。魏支书是个有智慧的人，他知道花妹找外乡人苗伟做女婿的事有些说道，正说可以被人夸作收留落难人，反说可以被人骂作仗势抢婿。他当然力求前一种结果。派魏队长出面说合，原本想着让德强老汉多鼓些劲儿，可没想到魏队长一上阵就出师不利。魏支书意识到自己把问题想得有些简单，魏队长在他跟前流露出霸王硬上弓的想法也就自然遭到他的断然否定。找德茂帮忙的事儿，魏支书心里有些谱儿，毕竟是为了一桩姻缘，不怕在道义上遭谴责。另外，当初为了苗伟兄妹落户的事，就是德茂领着德强的女儿念莲来求他的，德茂能为着德强家的念牛登他的门，自己又为何不能为了自家女儿的婚事去登德茂家的门央一回媒呢？

若是去别人家，魏支书会有一种驾临视察的感觉，而今去营长德茂家，魏支书却是心态有别。他琢磨了一阵，把前次去公社陪王书记吃饭时王书记赏给他的那瓶未曾打开的柿子酒拿出来，用毛巾细细地擦净瓶身，计划着作为正儿八经的央媒礼。他现在得放下身段，以花妹父亲的名义去求德茂。

挑了个雨天，寻思着营长歇工在家，魏支书揣上柿子酒，去了营长家。不想竟撞上了老右德文。魏支书就有些难堪，因为平常看见老右时，魏支书必定板起严肃的面孔，用犀利的目光把老右从头顶到脚跟扫视几遍，直到老右状态接近筛糠时方才赦免。而今天到了营长的家，似乎不同于公共场所，又加上自己为了私人事务，不便太过使势，就觉得有些轻重不得。老右一见支书驾到，慌得连忙站起来，本能地俯下身子，眼睛盯住脚尖。营长看到魏支书未打招呼径自上门，也有些意外，不卑不亢地招呼道：“呦，书记今天有空来我家坐了。”

魏支书瞧了一眼地上摆着的象棋残局，自嘲道：“搅了营长的局了，要不然你俩继续杀着，让我观战，开开眼界。”

营长爽朗地一笑：“也好，也好，德文咱俩把这盘棋下完，也算是给咱支书来场表演。”

蜷成虾米状的老右站着没动。魏支书说：“魏德文，老营长让你下棋，你倒是听见了没有？”

在老右的记忆中，这恐怕是除了批斗会外唯一一次支书喊他的名字。魏支书喊出他名字的时候，他下意识地想张口答“到”。多亏魏支书喊完名字没有停顿，才让他意识到魏支书只是在和他说话，一时间竟生出些许的感动。魏支书话说完，营长又喊了两声“德文”，他才如梦初醒，连声答：“听见了，听见了。”

营长的老伴递给魏支书一杯茶。魏支书就把那瓶柿子酒掏出来放在桌沿上说：“给营长解个馋。”营长老伴说：“支书你送酒给他，莫不是鼻涕倒着流进眼睛哩。”魏支书说：“婶子，你说的这是哪里的话？营长是老革命，我们槐树村全体村民都要爱戴呢，更何况我这个支书。”营长说：“支书，你来我家带礼，实在是给我出难题呢，我头疼没礼回你。”

说着话营长已蹲在棋盘前。老右偷眼瞥了一下魏支书，见魏支书脸上饶有兴趣的样子，心里踏实了，也蹲下身，却是把一只腿弯曲着跪在地上，这是标准的“四类分子”姿势。营长一声“将”，把自己的黑车砸在老右红帅一侧，老右捏着红马挡住，手却抖得厉害。魏支书说：“魏德文你错了，你跟老营长下棋，咋能执红棋呢，这是对老营长的不敬。”老右闻声站了起来，嘴唇哆嗦着：“支书，我错了，我是右派，我应该用黑棋。”

营长有些索然：“德文，不下了，改日再杀。”

老右得了赦令一样抽身出门。营长撇下魏支书，跟着老右，一直把老右送出自己的院子。

返回屋子后，营长问魏支书有什么重要事情还需要亲自跑一趟来。魏支书说听营长的话像是在批评他，这不是说他犯官僚主义不肯深入群众么。话头一转就开始夸赞起营长来，说营长真是遵循毛主席教导的好群众，担着那么大的老革命荣誉却硬是不吃老本，再立新功，参加生产队的活计比一般社员更积极，还能替干部操心出主意。说着说着就谈到德强家大儿子念牛的婚事上，说要不是营长把这个问题及时反映给他，又会耽误关心群众生活的大事。

话说到这里，营长心里已经明白了七八分。

“可又有谁知道，领导也是群众，生活也需要关心。”魏支书说。

营长微微一笑：“领导的生活，有更上头的领导关心哩；领导生活好不好，底下的群众也不知道。”

魏支书脸上现出凄楚：“好我的营长哩，各人有各人难念的经，你把咱槐树村人扳着指头数一数，看我这个支书是不是过得最恓惶。”

营长把眼睛瞪得老大：“魏支书你莫要寒碜我，你是咱槐树村的头号人物，你日子要是过得恓惶，那其他社员怕只是剩下哭的份儿了。”

魏支书摇着头，一脸的诚恳：“营长我是说心里话哩，这人活在世上，图的就是个念想。啥叫念想，念想就是往后看。说实话，我老眼红你了，你一儿一女，儿子在县城食品公司当干部，前程无量，女子找了个好婆家，你这一辈子还有啥烦心事？可是你看看我，就一个瓜女子，眼看着到我这一辈子就断了香火，你说我有啥念想哩？我只愁着死后咋见我那些列祖列宗呢！”

营长说：“魏支书，你莫要太跟自己过不去。毛主席说时代不同了，男女都一样。女孩儿也是咱的后人么。再说花妹也就是智力上稍欠了一些，其他都好着哩，等你给花妹招个倒插门女婿，一个好女婿不比儿子差，你的念想仍然大着哩。”

魏支书说：“营长你真是咱的贴心人，我就是为着这事来寻你帮忙的。”

营长问：“我能帮上啥忙？”

魏支书说：“你得像帮德强老汉家的念牛一样帮帮我家花妹。”

营长明白了魏支书的意图：“魏支书的意思是……”

“我想让你这个老革命做个媒，把念牛媳妇带来的哥哥苗伟说给花妹。”魏支书原以为营长会对自己的请托感到惊讶，却没想到营长听着话一脸的平静，遂一口气把自己的想法和盘托给营长。魏支书说：“我观察苗伟那个小伙子，心眼儿实在，是个过日子的主儿。如果人家愿意，我就招赘他上门，花妹的婚事解决了，我的家业也有人顶门立户了。另外苗伟落户到另一个队，也可以给五队减些负担，这岂不是一举多得的美事？”

魏支书说话时，营长微微地点着头，这让魏支书很受鼓舞。魏支书原想着营长也会像德强老汉一样本能地排斥这桩婚姻，按照乡里人的说法，毕竟是在自家的牛粪上寻着插花，谁肯去惹那臭味？没想到营长的气色却让他感觉着似乎乐意接受这桩使命。魏支书心里当下有些暖暖的，自己这几年对营长的另眼相待，看来没白费心思。

“其实这花妹跟那苗伟年龄上正般配哩。”营长说。

“就是么。”魏支书有些激动，“苗伟他妹跟念牛差了那么多岁数，都不嫌弃。我那天还专门叮嘱德强老汉要守法，不敢在苗伟他妹十八岁以前圆房。要说比起念牛的婚姻，花妹跟苗伟更合适。”

“我能理解你，”营长说，“守着一个花妹，心里到底空落落的，能早点给花妹寻个男人，过上三两年，怀里抱个孙子，一样的乐哉悠哉。”

魏支书的眼泪差点涌出了眼眶。在这个自己说一不二的领地上，他是个顶天立地的人物，能让他动情到想流眼泪的地步，恐怕除了花妹，再没有别的能勾起他伤感的物事。

“姻缘么，就是男女伙着过日子，也未必都得金花配银花，关键是看两个人合不合眼缘。健康人自愿跟残疾人结婚的事例多的是，何况花妹也就比一般人暮气了一些，兴许苗伟不在乎这些。”

魏支书连连点头：“就是，就是，咱老先人还说过女子无才便是德哩。”

营长思索了一阵，脸色却又变得严肃起来，一字一板地说道：“魏支书，你是咱槐树村的最高领导，一言一行大家伙儿可都看着哩。这件事我试着做做，但你得答应我一件事：若苗伟肯答应这门亲事，你堂堂正正地把苗伟迎进门，当亲儿子一样看待。若苗伟不肯答应这门亲事，你得保证让苗伟顺顺当当地在这槐树村待下去。”

魏支书不假思索道：“这还用说，婚姻自主，人家若是不愿意，咱还能不让人家在村里待着？那我那天去你们五队参加会议的行为不就成了以权谋私了么？如果这事成了，苗伟当然就是我的儿子，我不疼他谁疼他？”

营长轻轻拍了一下桌沿：“这事儿我来张罗。”

不出营长所料，当营长在饲养室找德强老汉提说这档事时，德强老汉依然把头摇得像拨浪鼓。德强老汉坚持说他不能干那缺德事，让香包一个水灵的好女子嫁给老实巴交的念牛本就亏了人家，再搭上人家的哥哥倒插门娶一个瓜女子，只怕自己日后死了无颜面见地下的先人们。营长不同意德强老汉的看法，说出了另一番见地。营长说婚姻掺和了很多说不清道不明的事，一个好男人，再配一个百依百顺缺些能耐的女人，强似那花里胡哨在外边惹是生非的女人。再说这男女过日子，还得图个好条件不是，魏支书家里经济条件是没的说的，更不用提政治条件了，没准儿苗伟打心眼儿里愿意哩。

其实，对于撮合苗伟和花妹的婚事，营长想得远比德强老汉深得多。当初，五队第一次社员会否决了苗伟兄妹落户的事，念莲来找他合计，还是老右德文想出找魏支书这一手，其意就是出于魏支书对自己女儿婚事的牵挂。不出德文所料，魏支书果然在这件事情上表现出了异乎寻常的热情。现在魏支书反过来求他帮忙，他多少也就有些投桃报李的意思。另外，依着营长的猜测，那苗伟兄妹能背井离乡远离故土，必定是因为政治上的原因，家庭成分太高应当是最大的因素，一旦长期被政治歧视，也许精神上的解脱会超过一切追求，而魏支书无疑可以给予苗伟他最希望得到的东西。还有一点让营长一直有所顾虑，那就是担心这个凭着妹妹嫁人而勉强被村子接纳的小伙子能不能长久扎下根来。如果他能堂堂正正地入赘魏支书家，岂不是一切顾虑都可以打消么？只不过这些想法除了和老右德文悄悄地说道外，营长无法告知外人，现在跟德强老汉也只能蜻蜓点水说些表面的话。

德强老汉打心里尊重营长，他见营长如此上心，也就觉得没有强阻的道理，只不过他一再要求营长跟苗伟去谈时要委婉一些，切不可让人家娃感到霸王硬上弓，更不能让人家知道他同意这件事。德强老汉觉得苗伟已经成了自己家里的成员，甚至可以说没有苗伟的到来，队上也不会出工出料为他盖上那两间簇新的房子，他不能对有恩于他的人过河拆桥、卸磨杀驴，借着人家的势盖了新房子，立马就张罗着要把人家撵出去。营长听了德强老汉的顾虑，笑着说德强老汉小瞧了苗伟。

当营长以串门的方式走进德强老汉家的时候，德强老汉只觉得脸皮发烧，自己反倒像做贼似的慌不择路出了自家院子。念牛已从爹那里知道了营长的使命，也寻借口扛着一把锄头去了自留地。偌大的院子就剩下营长和苗伟两个人。一段时间，苗伟已经跟五队社员共同下地劳动，耳濡目染，苗伟也知晓了这个外号营长的人虽无甚官职，却是村里上上下下谁也不敢小瞧的人。营长这会儿要和自己聊天，他自然又是诚惶诚恐。

营长让苗伟和他一道坐着说话。苗伟急忙搬过一个草墩子，恭恭敬敬地请营长先坐下，自己就在营长的对过一屁股坐在地上，虔诚地听营长说话。

营长再一次认真地打量着眼前这个小伙子。国字形的脸庞，两道剑眉显出几许英气，直直的鼻梁棱角分明。单看长相，苗伟无疑是一个人见人爱的小伙子。营长就在想，若到了部队上，这样的新兵，八成会被挑作首长身边的通信员。想想那个数不出十个数字的瓜女子将连累苗伟一生，心里又觉得不是滋味。

营长问苗伟来槐树村这么长时间，过得习惯不习惯，念牛一家人亲热不亲热？苗伟说有房子住，有饭吃，好得很嘞。又夸大爹和念牛哥不拿他当外人看。还说自己老觉得心里过意不去，怕给大爹家和队上添了麻烦。

营长就明白这苗伟是个知道感恩的人。

营长问香包和念牛的婚事准备得怎么样。苗伟一脸的羞惭，说自己这个当哥哥的太窝囊，妹妹出嫁拿不出嫁妆，还得拖累妹妹，妹妹的婚事全得靠大爹和念牛哥张罗。营长说槐树村方圆几十里有个乡俗，兄弟姐妹婚嫁得讲个顺序，哥哥姐姐不成亲，弟弟妹妹不能走到前头，这就叫大麦不进仓，小麦不搭镰。营长说出的谚语苗伟没太听明白，但大概的意思知道，脸上一下子涨红起来，结结巴巴地问道："那香包的婚事得耽搁了？"

营长笑了笑，没说话。

低着头沉思了一会儿，苗伟把头抬起来，眼神中流露出忧伤："叔，我明白了，我待在槐树村，妹妹的婚事就办不成，看来我还得离开这里。"

几句话让营长体会到苗伟心底的善良。营长有些动情地说："好娃哩，你误会我的意思了，你来这槐树村之前，队上是开过社员会的，大家可是投过票同意你落户的。你既然来了，谁也不能再赶你离开这里。"

苗伟的眼眶中溢出了晶亮的泪珠。

"我是想给你说上一门亲事。"营长说。

"啥子？"苗伟的眼睛瞪得老大，"你给我说一门亲事？"

营长点了点头。

“要不得，要不得！”苗伟连连挥手，“我来这里已经给队上和大爹家添了太多麻烦，我要再娶个媳妇，莫不是实实地得寸进尺？”

营长微微地摇了摇头：“这桩婚事，若是成了，对你，对香包，对念牛一家都是好事。”

苗伟一脸疑惑。

“咱们村里的魏支书看上你了，想把你招作上门女婿，配给他家姑娘。”

“啥子？”苗伟像弹簧一样从地上蹦了起来，“伯，你别跟我耍了，魏支书让我给他做上门女婿？”

“愿不愿意就在你了。不过，孩子……”营长有些吞吞吐吐，“支书家的姑娘花妹智力上有些小问题，看着不灵光。”

苗伟的嘴角挤出一丝难堪的笑意：“是个傻子？”

营长叹了口气：“傻子倒算不上，脑子有些问题，不过她是魏支书的独生女儿，魏支书可一直把她当作掌上明珠哩。”

一阵沉默，苗伟没有说话。营长觉得有些尴尬。

营长说：“苗伟，婚姻的事不能勉强，我来说合这件事，其实心里没谱，我就是想听听你的意见。不同意不打紧，咱日后寻更合适的伴儿。”

苗伟揉了揉眼睛，神态坚定地说：“伯呀，我愿意！”

营长说不上来是高兴还是难过。他想着让苗伟作出决定之前再慎重思考一下：“苗伟，婚姻是一辈子的大事情，不敢一时冲动。莫若改天瞅个机会，让你和花妹见上一面，你再下决心不迟。”

苗伟摇着头：“伯呀，人家魏支书能看上我，对我来说是打着灯笼都难找下的好事，我哪里还有不愿意的道理。那花妹莫说是个半瓜子，就是个瘫子、瞎子，我也是十二分愿意的。”

营长听得心里有些发酸。

“不过，伯，”苗伟若有所思，“我来没几天，就图了自己的事，大爹和念牛哥没把我当外人，这事得跟他们商量。也得告诉香包一声。念莲姐那边也得听听她的意见，她可是我们的恩人哩。”

营长的眼睛有些潮湿。

魏支书要招赘外乡人苗伟做上门女婿的事，自然在槐树村引起了一场不小的骚动。

尽管魏支书低调行事，但花妹寻下男人的消息经由好事人传播，像长了翅膀一样飞遍全村。这也难怪，花妹是槐树村的公主，花妹的命运其实也是槐树村这个政治舞台上的主角魏支书的命运，引起关注是自然的。消息一传开，说好的有，说孬的也有。说好的赞扬魏支书不图虚名，捡了个外乡人做女婿，完成了人生的大事一桩。说孬的就把魏支书在五队参加社员会议的情形添油加醋地渲染了一番，结论无非是魏支书假公济私，以给念牛找媳妇为名给自家姑娘择婿落户。但议论归议论，花妹的婚礼还是在众多村人的自发帮助下紧锣密鼓地筹备开了。

按照魏支书的计划，秋忙后就要把花妹的婚事办了。这主要是考虑秋收期间田里的活太忙，魏支书不愿意让有心帮他的社员从田里分身。另外，等到秋播结束，撒上种子，大家闲下来，也好借着花妹的婚事把那些平日里热心拥戴自己的人好好犒劳一下。

冬梅是往魏支书家跑得最勤的人。花妹的婚房里间墙上要糊纸，窗上要贴窗花，更重要的是虽不能叫作嫁妆但数量不能少的被子、褥子着实得有人张罗。花妹的娘也就是魏支书的老婆不是个会干活的人，冬梅就成了里里外外一把抓的得力人手。再加上冬梅是赤脚医生，按规定属于半脱产的特殊人员，不需要准点跟着社员一起出工。所以背着药箱进出魏支书家的时候，俨然履行使命一般。

花妹感觉到家里气氛与往日不同，家里每每来人的时候，爹不像过去那样老是板着脸，而是常常笑眯眯的。花妹自然也就受了些感染，笑得更开心了，有时候笑声大了一些，爹也不像过去那样动不动拉下脸训斥她。这让花妹感到无比地舒坦。常背药箱来她家的冬梅姐姐是花妹最喜欢的人，冬梅姐姐帮她家缝被子、剪窗花。冬梅姐姐贴在窗子上的大红蝴蝶跟活的一样，她有时就忍不住用手去赶那红蝴蝶。冬梅姐干活时还常跟她说话。冬梅姐说她快要当新娘子了，不能老流着鼻涕。新娘子是什么，她不知道。她只知道自己的娘就是娘，怎么她自己就要变成一个新的娘了。虽然不明白具体的内容，但从冬梅姐兴高采烈的神态看，她琢磨着当新娘子肯定是好事情。于是她就在心里默默地等待着，等待着成为新娘子的神奇时刻。

花妹对冬梅的依赖，当然又让冬梅在心中产生了自豪感。不知不觉间，冬梅把自己当成了魏支书家里的成员。

早饭罢，各队的社员陆陆续续上工了，村里的小学也开始上课了，村子里一下子显得有些清静。冬梅照例背上药箱准备去魏支书家。走到村口，却发现公社的邮递员胯下骑着个绿色的自行车，一路打着铃声骑过来。待自行车在她身边停下，邮递员屁股仍坐在座位上，两只脚叉在地上跟她打招呼。

冬梅跟邮递员很熟悉。邮递员一周来村上一次，冬梅算是主要的服务对象。因为冬梅常按广播上告诉的联系方式购买医疗卫生方面的书籍，这只能靠着邮递员提供方便了。一来二去，就成了熟人。

邮递员胯下的自行车一直以来都是冬梅梦寐以求的尤物。摸着自行车把手，冬梅的心里又觉得痒痒的。冬梅让邮递员把车子给她再让她过把瘾。邮递员很爽快地从车座上下来，把车子把手交给冬梅。冬梅左脚踩着脚踏，右脚在地上蹬了两下，那车子就哧溜着滑出去，没想到身上背着的药箱摆到胸前，挂住了车把，冬梅急着想甩开，身子一歪，“哗啦”一声连人带车摔倒在地上。药箱甩在地上，箱盖散开，连带药箱中的药瓶、针管、棉球散落一地。邮递员忙着把冬梅搀起来。冬梅顾不上拍打身上的灰土，急着去捡那掉落在地上的器具什物。等收拾好药箱，方才想着跟邮递员道歉，问车子摔坏了没有。邮递员说车子摔坏了不打紧，把大医生的身子摔坏了可担当不起。冬梅见邮递员不恼，一时逞强还要再骑。邮递员说干脆他就坐在后车座上护佑着冬梅再过一把瘾。冬梅就把药箱交给邮递员背上，自己又跨上车子，邮递员双腿叉着坐在后座上，用双手卡住冬梅的后腰身。

车子蹬起来，冬梅的后腰贴着邮递员热乎乎的胸膛，一时间觉得很是受用。

邮递员让冬梅把车子骑到村上的领导家里去。冬梅说她正好要去支书家。心里高兴，冬梅就把那车把上的响铃不停地按动着，恨不得让全槐树村的人都看见她骑上了自行车。只可惜正是上工时间，路上并没有几个走动的人。等骑到魏支书家门口，冬梅仍觉意犹未尽。

邮递员从随身背着的邮包中翻出一封信说是要面交村支书。冬梅说她可以转交，邮递员就把那牛皮纸信封交给冬梅，还让冬梅在一张纸上签了个字。冬梅乐得干这些事。签毕字，邮递员借势在冬梅的后腰上亲昵地掐了一把，跨上车子扬长而去。

冬梅把邮递员留下的信封端详了一阵。牛皮纸质的信封已折得皱皱巴巴，看得出已经有不少人抓捏过。信封的收件人除了写明省、县、公社外，注明为槐树村党支部负责同志。落款处写着四川省广阳县牛梁公社苇子壕村党支部。冬梅纳闷这魏支书竟然能跟想来至少上千里路外的村子搭上线，怪道是当上领导就能见上世面。

邮递员前脚走，魏支书后脚就赶回家。冬梅紧着把那封信交给魏支书。魏支书当着冬梅的面，熟练地撕开信封，掏出一页折叠的信笺。冬梅偷眼瞥去，信笺背面，赫然透视出一枚血红的公章印迹。

冬梅却突然发现魏支书捏着信笺的手抖了起来，待把视线移到魏支书的脸上时，分明看见魏支书脸上的肌肉有些抽搐。

魏支书摇摇晃晃地走到房檐下，一屁股坐在藤条椅上，手搭在脑门上。花妹娘看见丈夫的异样，唠叨着说当家的中了啥邪，回家来生闷气。机灵的冬梅说玉良叔是不是中暑了，可巧她药箱里还有藿香正气水。魏支书喊着让花妹娘倒碗水来。冬梅抢着扑进厨房寻着热水瓶，倒了一碗开水端出来。待把水递给魏支书时，一眼看见方才拿在魏支书手上的那张信笺掉落在身后的地上。趁着魏支书喝水的当口，冬梅捡起那张纸，把纸上的内容飞快地浏览了一遍。那纸上写道：

槐树村党支部：

根据群众检举揭发，我村潜逃的地主崽子苗伟、苗香包兄妹二人已流窜到你村。该二人之父马善礼系恶霸地主，解放前勾结国民党反动势力，欺压贫雇农，无恶不作，解放后已被我人民专政机关枪毙镇压。苗伟和苗香包作为反动子女，本应感恩党和政府，接受监督改造，但却怀念恶霸地主的阴魂，不思悔改，趁我村革命群众监管疏漏之际出逃。若二人已落脚你村，请即遣返其回原籍，促其继续接受阶级改造。

茅子壕村党支部

一九七二年八月五日

冬梅一阵惊讶，她没想到这两个在槐树村引起不小波动的外乡人竟是正在接受专政的逃犯。她忽然又为自己是除魏支书外第一个知道这个消息的人而感到得意，不由得脸上现出窃喜之色。却没想到魏支书已经喝罢水，站起来一把从冬梅手中抓过那张信笺，满脸怒气地问冬梅看什么。冬梅慌乱地支吾说自己没看到什么。魏支书厌恶地摆了摆手。冬梅悻悻地转身朝花妹房间走去。那里边有冬梅自寻的永远干不完的活儿。身后却传来魏支书恶声恶气的言语："冬梅你听着，不遵守纪律，小心把你身上那药箱摘下来！"

第四章

屈指算来，香包在念莲家生活了近三个月时间。香包觉得很舒坦。念莲姐把她这个未来的弟媳当作亲妹一般，毛妞更是把她这个天上掉下来的小妗子喜欢得不得了。念莲姐跟公婆关系处得好，毛妞的爷爷和奶奶丝毫也不嫌弃新添的这一张嘴。念莲家有人在外头挣工资，是村子里稀罕的人家，有零花钱支应的日子少不了令人羡慕。在这样的环境中生活，香包感到一生从未体验过的幸福。不免就在心里常把故乡苇子壕的境况与目下对比一番。想到从小跟自己一样在村子里不受人待见的好朋友莉娜，思念之余就想跟莉娜絮叨一番。前不久，她给莉娜写了一封信，央念莲姐着人塞到公社门口的邮箱里。香包是个聪明女子，虽然依恋念莲姐一家，但却懂得梁园虽好，非久留之地的道理。她明白自己的未来在十来里路外的槐树村，那里有个老实巴交的男人在等她，虽然谈不上喜欢，但她相信那个男人不会欺负她。未来的公爹不用说是个慈祥善良的人，尤其是那个浑身透着灵气的弟弟让她觉得舒心。在那样一个新家，无疑会把日子过得像芝麻开花一样节节高。香包想着这些时，甚至多少有一丝期待，期待着能尽快过上属于自己的生活。

这天，念莲姐把一封信递给香包，说是公社的邮递员刚刚送来的。念莲一看那信封上的字迹，正是莉娜写来的，禁不住一阵兴奋，把信贴在胸口，忍不住咚咚地心跳。念莲姐爱怜地在香包肩头掐了一把，说了声“臭美吧！”就忙活去了。香包一个人蹲在屋檐下，用剪刀小心翼翼地剪开信口，抽出信笺一字一句地品读起来。

几行字读罢，香包却是打了个寒战。待到读罢信，冷汗早已冒了出来。

莉娜在信中说，香包写给她的信在她没有收到之前已被村上的领导拆开看了，村上的支书是拿着拆封的信跟她核实情况的。支书说村上已经决定把苗伟和香包抓回去，说不定还要定个抗拒革命改造罪送到县公安局蹲大狱哩。莉娜替好友担心，冒着风险，写了这封信，偷偷地寄给香包，让香包早早做好准备。

莉娜是香包要好的朋友，两个人年岁一般大。莉娜的爸爸原来在城里工作，莉娜五岁的时候，举家从城里迁到苇子壕村，莉娜就成了香包的好玩伴。香包是在大人们风言风语中知道了莉娜一家的遭遇。莉娜的爸爸是个大学问家，还会说外国话，老早前常跟高鼻子的外国人在一起谈事，后来那些外国人都离开了中国，莉娜的爸爸也不吃香了。又过了几年，莉娜的爸爸被人揪出来，说是苏修潜藏下来的特务，被送到监狱里，再后来虽放了，却被公家开除了。莉娜一家在城里待不下去，就回到原籍苇子壕村。莉娜爸爸寻常戴着个厚厚的眼镜，眼镜一摘跟瞎子没啥两样。莉娜娘本是城里人，住到苇子壕以后还把麦苗当韭菜。这一家肩不能扛、手不能提的人自然不被村人待见，连莉娜也被同学们唤作苏修小特务。而香包却觉得莉娜肚子里装的东西真不少，她喜欢听莉娜讲城里的动物园、电影院，幻想着自己有朝一日也能感受一番。听莉娜说到吃面包和冰棍儿，她也禁不住不停地咂嘴。相似的命运，让香包和莉娜成了无话不谈的知心人。小学毕业后，别的同学都被推荐上了初中，唯有莉娜和香包因为出身问题被淘汰成永久的农民。离开学校，莉娜和香包遭受的白眼更多了，只不过莉娜还有父母护着，而香包虽有一个哥哥，却也是自身难保，哪有能耐保护妹妹。香包跟哥哥是靠着一个远亲表哥牵线搭桥偷跑到这边来的。有了好的着落，香包就想把这份欣慰分享给好友，却不承想大意露马脚，自己的信被村上截获，如今惹来了天大的麻烦。

突如其来的意外让香包陷入巨大的恐惧中，她想象着自己和哥哥被五花大绑成粽子一样押走。有心告诉念莲姐，又担心念莲姐因她一直隐瞒身世而啐她，那么她就连目下已剩不多时日的幸福也荡然无存。她把信小心翼翼地折起来，塞进衣兜里。见念莲姐还坐在不远处做针线活儿，就拿起一把扫帚，把早上刚扫过的院子又扫了一遍。

念莲是何等明白的人，拿到邮递员送来的信，一看落款就知道是香包老家发过来的，因为对香包的身世知之甚少，就自然留意起来。香包读信后的神态，岂能逃过念莲的眼睛。她断定这封信给香包带来了麻烦。几个月的共同生活，念莲已感觉出香包是个善良的女子，她心里应当藏着不可告人的苦痛。念莲决定找机会跟香包好好谈谈。

晚上喝罢汤，趁着毛妞已睡熟，念莲和香包扯起了家常。念莲问香包这几个月习惯不习惯，恋不恋家，老家那边还有没有什么挂念的事情。香包除了对念莲姐一家的呵护千般感谢外，说到老家时，几次欲言又止。念莲摸着香包的头，贴心贴肺地说："香包，你大老远地过来陪念牛过日子，你就是姐的亲人，你心里有啥事，不说给姐听，就是拿姐当外人，姐心里也不好受的。"

念莲把话说到这里，香包再也忍不住心里的苦楚，情不自禁地扑到念莲的怀里。若不是怕惊扰熟睡的毛妞和隔壁房间毛妞的爷爷奶奶，香包说不准会放开喉咙痛快地号啕一顿。

念莲拿来毛巾替香包擦了擦脸，温言柔语地说："娃呀，有话慢慢说，姐给你做主。"

"姐，我说了你不会赶我走吧？"香包抬起泪眼。

念莲轻轻但无比坚定地摇了摇头。

"我跟我哥不是一个爸生的，我哥他爸是恶霸地主……"香包似乎讲出了骇人的秘密，不由自主地用手捂住自己的嘴巴。

念莲并不感到惊奇，当初毛妞爹牵线的时候，念莲已大概知晓香包兄妹背井离乡的缘由，只不过她不知道这对兄妹家庭成分到底大到什么程度，为什么难到非得逃离不可。

从念莲的眼神中，香包读出了信任，体味到了安全。她抹了抹眼泪，继续讲下去：

“我哥本来姓马，我哥他爸解放前是邻县的一个大地主，家里有上千亩的土地，我娘是马地主的小老婆。解放后，政府宣布马地主是恶霸，开公审大会后毙了。马地主一死，我娘还是整天跟马地主的大老婆一起被大会小会批斗。后来我娘就抱着我哥趁人不注意逃跑了，一路要饭到苇子壕村，得了病昏倒在村口，遇上了我奶。我奶把我娘和我哥接到家里，管吃管喝，我娘病好后抱着我奶喊了几声娘，我奶就不让我娘走了。再后来，我娘就嫁给我爸，我爸比我娘还小三岁。再过了几年，我娘生下了我。后来我和我哥都随我爸姓了苗。

“我进小学时，我家日子过得挺好的。我哥已经上四年级，每个学期都被评为五好学生，因为有我哥保护我，别的同学也不敢欺负我。谁知道从那年暑假开始，我们家的好日子就到头了。那天我爸从村部回来，铁青着脸，手里捏着一个白袖章，白袖章上写着三个黑字‘地主婆’。

“原来一个串村的小炉匠来我们村做生意，那小炉匠解放前给马地主家干过活。千不该万不该，我娘把屋子里一个漏壶拿去找小炉匠焊眼儿，被那小炉匠认出来。天杀的小炉匠嘴长，把我娘的身世给人悄悄说了。这事很快就传开了，后来竟然被公社知道了。公社让村上把我娘送回原来的村子。还好，我们村上的头头儿念着我娘跟我爸过了多年，还生了我，跟公社讲情让我娘留下来，但公社要求村上必须把我娘清理出贫下中农队伍，给我娘戴上地主婆的帽子。

“后来，我娘就时常把那个白袖章戴在胳膊上。我娘成了地主婆，我和我哥就成了地主崽子。我哥小学毕业后只上了一年初中就被学校撵回来。我挂在脖子上不到半年的红领巾也被人家解下来了。

“又过了几年，我们苇子壕村一帮子年轻人造反，把原来村上的领导打倒了。整天大会小会批斗人，不管斗谁，我娘都得陪斗。陪斗不算，后来干脆赔上了性命。”

随着香包的叙述，念莲的心揪成一团。尽管她此前隐隐约约能感知香包命运的坎坷，但她没想到这个小女孩子竟在刚刚懂事时就开始承受磨难。无疑，香包是在血泪的浸泡中回忆着痛楚的往事。念莲握着香包的手，能感觉到香包手腕上脉搏突突的跳动。

“有一天晚上，我家的大门被踢开，几个大汉冲到屋子里，揪着我娘的头发，把我娘拽下炕，随后打着火把，把我娘押出村子。我爸拉我妈时，被人在头上打了一棍。我娘走出老远后，我爸又一扭一拐地追了上去。当天晚上，我娘和我爹都死了。

“我娘和我爹出门后，我奶死死地抱着我和我哥，一家三口提心吊胆地守在屋子里。直到第二天中午，我们才知道了娘和爹的死讯。原来娘被人家执行了死刑，跟邻村的几个地主一同被扔到后山的天坑里去了。听人说娘被踢下坑时，高声喊着我爹的名字，我爹随后就自己跳进了坑里。”

香包终于忍不住放声号啕。念莲把香包紧紧地抱住，轻轻地拍着香包一起一伏的肩膀，任由香包的眼泪打湿了自己的前襟。

哭过一阵，香包抬起头，擦了擦眼睛，控制了一下情绪，又继续说下去:“我娘和我爹死后，我和我哥仍然是地主崽子。我哥在队上劳动，人家男劳力一天挣十分工，我哥一天只挣七分，比妇女还少一分。我在学校也被人欺负，书包里常被人放上屎壳郎或癞蛤蟆，我也不敢声张。将就着上到五年级的时候，我奶死了，我也就回队上劳动了。

“可恨队长是个孬货，也欺负我们姐弟。把最脏最累的活儿派给我们，工分却给得最低。最不要脸的是队长还在我跟前动手动脚，我哥气不过跟队长理论，队长竟然左右开弓打了我哥十几个耳光。后来听人说，队长也在那天晚上把我娘推到天坑里的人群之中。所以一看到队长，我就不由得浑身哆嗦。

“苦日子过了几年，村里有好心的人劝我快快找个婆家离开苇子壕村。可我年龄还小，再说我哥还没娶下媳妇，我咋能早早地嫁人。

但是我跟我哥心里都明白，没有哪家姑娘肯上门给我哥这个地主崽子做媳妇。后来一个多年不来往的表叔来我家，看到我们兄妹的恓惶，就给我们出了个主意，让我们一起离开苇子壕村。再后来，表叔就让他儿子张罗着我们来到这里。"

香包又把莉娜写来的那封信递给念莲。

念莲全明白了。面对着孤苦的香包，怜爱中突然又激发了一腔愤怒。香包和苗伟都是善良的好孩子，凭什么就因为一个不好的出身受人欺凌？念莲又想起自己的身世，娘离世后自己挑起了照顾一家老少的担子，她知道无娘的孩子心里有多苦。可对比香包，念莲起码还有父亲呵护，还有乡亲帮衬。现在，香包就像暴风雨来临前一只落单的孤鸟，随便一阵狂风或者暴雨就会让她死无葬身之地。念莲打定主意，这个还没有真正成为自己亲人的小妹妹，她豁出身家性命也要保护起来。

"姐姐，我就担心我给你和念牛哥一家也带来麻烦，就像我娘到了苇子壕村给我爹一家人带来麻烦一样。"香包因为恐惧，眼睛显得更大了。

"好妹妹！"念莲再也控制不住自己的情绪，又一次把香包搂进怀里。念莲感叹香包在自身危难中还惦念着别人，多么善良的一个姑娘啊，她禁不住失声哭了起来。香包受到了感染，也放开了感情的闸门，两个人抱头痛哭起来。

念莲双手托起香包的脸颊，四只泪眼相对凝视片刻，念莲一字一顿地说道："香包，你既然叫了我这么长时间的姐姐，我就是你亲姐姐，不管你以后给不给念牛做媳妇，姐姐都认你这个妹妹，谁要是再敢欺负你，姐姐豁出这百八十斤跟他见个高低！"

"扑通"一声，香包跪了下去。

念莲双手去拉香包的肩膀，香包双手死死抱住念莲的双腿。

不承想念莲和香包的哭声惊动了毛妞的爷爷和奶奶。老两口循声走过来，正看见香包跪地的一幕。

念莲就势也跪在地上，给公婆磕了三个头，深情地说："爹，娘，媳妇求您二老，认下这个香包，做你们的亲闺女吧！”

支书魏玉良陷入了深深的难堪中。

女儿花妹的终身大事可以说是他最头疼的事。魏支书叱咤风云大半生，别说是在槐树村，就是在香陵公社范围内，也没有几个人敢把魏支书不放在眼里。但魏支书的致命短处却让他始终觉得矮人一截，那就是少个顶门立户的后人。虽说女儿能顶半个男，可自己的女儿跟废物没有多大差别。魏支书有时想着宁愿把自己的身份和权势都让出去，换来哪怕是在贫寒中守着几个壮实的儿女过日子都行。为给花妹寻个上门女婿，魏支书没少费心思，可方圆几十里巴结他的人虽不在少数，真正愿意以身相许的正常后生却实在难觅。也有人给魏支书介绍过几个候选人，但条件却和花妹半斤八两，不是跛子就是哑巴，还有堪与花妹比上下的半傻子。魏支书当然不能把招女婿当成搞慈善，让自家残疾人扎堆，事情就这么拖下来，魏支书的心事也就一天重似一天。德强老汉给自己的老大难儿子订了个外乡女子，意外地带来个小伙子，魏支书不由得心思活络起来。后来的事情顺风顺水，眼看着了却大事一桩，魏支书人逢喜事精神爽，就在心里铆着劲要风风光光地为自己后半生的人生大事张罗一回。按着魏支书的筹划，要在秋忙罢把那苗伟接到家里，一家人好好地红火一把。没想到人算不如天算，节骨眼儿上却出了这么一档子事。

魏支书受党培养多年，深知阶级立场的重要性。自己一个堂堂的大队党支部书记，为大恶霸地主的子女提供庇护，甚至还把亲生女儿嫁给恶霸地主的儿子，这岂不是在搞阶级调和么。一旦有人拿这事做文章，别说花妹的婚事黄了，恐怕连他这支书身份的合法性都得重新认定。有心悬崖勒马，黄了这件事，除了内心实实有些不舍外，关键是这股风早已张扬得老远，四村八乡的人都已经晓得槐树村村支书寻下个外乡的乘龙快婿，这不明不白地夭折了，该引起多少非议。再说一旦事情原委大白于天下，自己仍然少不了惹来一场笑谈。左右两难中，魏支书觉得这回把人丢大了。

一筹莫展之际，魏支书又想到了营长魏德茂。当初让苗伟兄妹落户槐树村，就是营长带着念牛的姐姐来求他的；后来把花妹许给苗伟，是他去求营长的。营长是这出连环剧中的关键人物。常言说解铃还须系铃人，这事儿不妨再找营长商量商量。

魏支书没料到，在营长家里，他又意外地碰到了德强老汉家已出嫁的姑娘念莲。

原来，念莲在得知苗伟和香包被追逃的消息后，半是出于捍卫自家兄弟的婚姻，半是出于侠肝义胆，立誓要保护这对可怜的兄妹。念莲知道凭借着自己一个弱女子，很难与拿着盖有鲜红大印介绍信的人抗衡，她必须寻找更强大的力量。香包家乡那边知道这兄妹俩落户在槐树村，必然要发信或派人到槐树村抓人，这就势必要在槐树村这边下力气抵挡住。为了提早做好准备，念莲就急急地赶回娘家。不用说，营长德茂伯自然是念莲最信得过的主心骨。

看到魏支书突然造访，营长自是高兴，念莲更是喜出望外。

营长问啥风把支书吹来了。魏支书说常想来老革命家沾些光荣气息，只怕主人家不欢迎。念莲似乎眼眶中还残存着泪花，有些不好意思地揉着眼说："支书来得真巧，我正求伯带着我去寻你哩！"

坐定后，魏支书问念莲找他有啥事。念莲没急着说话，却是用眼神征求营长的意见。营长说："支书是明白人，念莲你把根根节节给咱支书讲一遍，支书会给咱做主的。"

念莲一开言，就又忍不住抹着眼泪，她把香包兄妹连同他们父母的事从前到后讲了一遍。说到那边要来抓人时，念莲说毛妞的爷爷和奶奶已经认下念莲做干闺女，老两口这回拼着老命也不准旁人再把他们的干女儿拖回火坑。念莲说她回槐树村，就是想跟营长伯讨个主意，这事儿思来想去还得靠魏支书撑腰。

魏支书听着念莲说话，目光死死地盯着房檐下的燕子窝。几只黑色的雨燕像精灵一般来回穿梭着进进出出，像是把魏支书的思绪带着飘摇。

营长说："魏支书，保不准这几天四川那边就会有函过来。"

魏支书回过神来，表情严肃地说：“函已经到了。”

念莲惊愕地张大了嘴巴。

魏支书从兜里掏出那封已折得皱皱巴巴的公函，递给营长。一边又对念莲说：“念莲，你是贫下中农社员，这件事我也不瞒你，但你得提高觉悟，要保守秘密。”

念莲连连点头：“支书，我知道轻重。”

营长看完公函，脸色也变得难看起来。屋子里一时静下来，三个人都沉默着不说话。

院子里突然响起脚步声，念莲透过窗户望去，原来是老右德文。

老右看清屋里的几个人时，动作立马僵住了。一只脚迈进门里，另一只脚还留在门外。他显然拿不定主意是把前脚收回去，还是把后脚迈进来。当他的目光与魏支书的目光发生碰撞时，本能地赶紧躲开，把目光投向脚尖，瞬间宛若一尊佝偻的泥塑。

魏支书说：“魏德文，你不好好改造，整日里乱窜什么？”

老右嘴巴嗫嚅着没有发出声音。

营长似有不悦：“德文你进来坐，咱俩再杀一盘让魏支书开开眼。你若嫌有人观战扫了兴，咱另选个时间。”

老右把腰弯成了虾米状，连声说道：“我改日再来，改日再来。”一边打着躬，一边把脚步收回去，后退了几步，方才像怕踩着蚂蚁似的轻手轻脚出了院门。

老右走后，屋子里仍是一阵沉默。半晌，营长突然说话：“魏支书，你若愿意，把德文叫着一起商量一下。”

魏支书一惊，眼睛瞪得老大：“营长你犯糊涂了吧。魏德文这种阶级敌人，敢轻易相信？他要是再散布些小道消息出去，那麻烦能收得住么？”

营长摇了摇头：“魏支书你错了。德文的做派和为人我最清楚。他心地善良，爱憎分明，是个难得的真君子。就连当年被划成右派的那档事，依我看也是因为他心口如一、是非分明。”

念莲附和着营长：“伯说得对，我当年在村上的时候，德文叔没少帮过人。他心肠好，主意多，有他在，干起事来又出活又省力，我们一帮年轻人还把他喊作智多星老右哩。”

魏支书沉思了一阵，轻轻地点了点头。念莲见状，说她去请德文叔再过来。营长却拦住念莲，说念莲去请，德文未必敢来，按说应当让支书亲自上门。为了不给人留下闲话，还是由他自己跑一趟。魏支书点头表示赞许。

一袋烟的工夫，营长回来了，背后果然跟着老右。只不过老右仍像一个犯事的人，低着头畏畏缩缩地走进来。

念莲搬过一张凳子，招呼老右落座。老右却摆着手不肯让屁股沾那凳子，依旧站在屋子中央，诚惶诚恐地把眼神在魏支书和自己的脚尖上来回游移。

营长说：“德文你坐下，魏支书有个事想和你商量一下。”

魏支书轻轻地咳嗽了一下，盯着老右，嘴巴朝凳子努了努，示意让老右坐下。老右这才弯下身，把半个屁股搁在凳子上。

营长说：“德文你前后都知道，咱念牛要了个四川媳妇，顺带着又让花妹寻下个女婿，这事可算好事么？”

老右像弹簧一样从凳子上弹起来：“好事么，当然是好事么。人常说千里姻缘一线牵。不说念牛媳妇，就苗伟那小伙子，我看着就是人中龙凤，要模样有模样，要能耐有能耐，和花妹配着，保准过上好日子。”

“可好事难成，苗伟老家有些麻烦。”营长把脸转向念莲，“念莲，你给你德文叔把事情说一遍。”

念莲就把香包给好友写信被村上截获惹来麻烦、她和毛妞的爷爷奶奶决心保护香包兄妹的事一五一十讲了一遍。

营长又从桌上拿起那份盖印的函交给老右。老右仔细地看了几遍，把目光转向了魏支书。见魏支书盯着他，慌忙又低下头，低声问道：“魏支书，这事还有谁知道？”

“应当没人知道，冬梅把挂号信交给我时，还没有拆封。”魏支书眉毛扬了一下，“魏德文，没人知道，这事就能抹过去么？”

老石自言自语道:“如果没有第二个人见到公函,就先把一锅饭做熟了再说。”

营长把老石又鼓励一番:“德文,你是文化人,主意多,你就放心大胆地给咱想个法子。这里没别人,魏支书也相信你哩,你就是说错了也不打紧。”

老石抬起头来,把众人看了一圈,那眼神里分明透出了从来不曾有过的光芒:“依我看,念牛跟香包,苗伟跟花妹,这四个孩子的婚姻都是神灵牵线的。”老石突然意识到失口,下意识地用手捂了一下嘴巴:“我说错了,天底下哪有神灵,他们的婚姻都符合贫下中农的阶级利益。”

营长说:“德文,你捞干的。”

“既是对咱贫下中农有利的事情,咱们就坚决把它做成了。”老石说着话又站了起来,“这封公函既然没有第二个人看见,就权当没有这回事。先让四个娃把婚事办了,等到木已成舟,四川那边再有函或人过来,再做理论不迟。不过我们得提前把应付四川那边的法子琢磨琢磨。”

魏支书把身子往前倾了一下,脸上透出了诚恳的神色。

老石的脸上显出自信:“念莲不是刚才说了么,毛妞的爷爷和奶奶已经把香包收作干闺女了,那香包不就成了贫下中农家庭的子女了?等念牛结婚时,就让毛妞的爷爷奶奶堂堂正正地送女出嫁。至于苗伟,我们也不妨来个如法炮制,把苗伟的出身也包装一下,给他找个根正苗红的家庭,拜个干爹娘,风风光光地出赘。待到四川那边再有行动,这兄妹俩早已脱胎换骨,他们能怎么样?再说了,党的政策,历来是有成分论,但不唯成分论,如今中央的那些大领导大部分原本家庭出身也都不是贫农。”

如果放在往常,老石这些话被魏支书听到,无疑属于现行反动言论。而此时此刻,魏支书却听得频频点头。

营长说:“苗伟拜干亲,现成着哩。德强哥是贫农,又是一个热爱集体的好社员,他给苗伟当个干爹最合适。”

老石却摇了摇头："戏还得做真一些。德强哥是香包未来的公公，到底还是有些勉强。"

念莲忽然开口："我看伯最合适。你是老革命，这方圆几十里没人不敬你，有你罩着苗伟，谁敢说个不字？"

老石微笑着点了点头。

魏支书也笑了："营长，难不成咱两个要做亲家了？"

营长说："既然大家说我行，那我也刚好捡个儿子。"

计议已定，老石又强调说这些事情办起来宜早不宜迟，倘若四川那边后续的行动发生在两对人的婚礼之前，事情就难办了。魏支书说花妹的婚礼原来定在秋忙罢。老石扳着手指算了一阵，说有些迟了。当下就建议越快越好，最好把香包和念牛的事也加快办了。念莲担心香包不到结婚年龄。营长说心里有规矩就行了，婚礼可以早些办，圆房的时间往后拖一拖。

魏支书如释重负，长出了一口气。

一桩意外事件，让苗伟在槐树村名声大噪，也让营长认亲有了绝好的机缘。

那天大中午时分，骄阳似火。邻村一名复转军人去香陵公社办完事，回家路过槐树村，行至五队棉田边时，口渴难耐，见灌溉毛渠内有一汪清水，禁不住蹲下身用手掬着喝了几口，没承想走出百十步，腹内剧痛，蜷缩在路边。恰逢苗伟路过，急急扶起。复转军人已是言语含混，呕吐物把衣服污得狼藉一片。苗伟在复转军人断断续续的言语和比划中，断定复转军人是急性农药中毒，便把那复转军人翻转得脸朝下，用手指在那人喉咙中搅和着催吐。复转军人吐得猛，又被呕吐物卡住了喉咙。苗伟一时着急，竟把自己嘴巴贴着复转军人的嘴巴吸了起来。一番鼓捣，复转军人才有了气息。苗伟施救之中，又被魏队长的儿子利强撞见，一番大呼小叫，招来了一干人众，营长德茂也赶到现场。见复转军人一时难以脱险，营长提议尽快背到赤脚医生冬梅那里。苗伟二话没说，把复转军人搭到背上，三步两步跑到冬梅的医疗站。冬梅翻看了复转军人的眼皮，听了苗伟的陈述，急忙又配了肥皂水给复转军人灌下。折腾了大半天，复转军人终于睁开了眼睛。冬梅说要是再耽误半个小时，复转军人就没命了。冬梅救人的时候，那利强早像小喇叭一样，把他亲眼所见的场景添油加醋地在村子里讲了个遍。待复转军人意识清楚说明原委后，营长一分析，麻烦原来出在头天给棉田喷完剧毒农药一〇五九后，那些喷药的人图省事把药渣倒进了灌溉毛渠。一场人命风波侥幸化解，苗伟的壮举却因利强的宣传而家喻户晓。谁料后续还有文章。那复转军人回到自己村子后，把脱险经历讲给人听，又触动了他们村上支部书记的神经，心想着这正是联结两村友谊的好素材，遂组织一帮人来到槐树村，先是在大槐树底下噼里啪啦地放了一挂鞭炮，又在粗壮的树干上贴了一张大红纸书写的感谢信。魏支书一干村上领导闻风后热情接待。两村领导握手互谢，整得跟会师般隆重。复转军人那天被救醒后第一眼看到的是营长，立马就要拜营长为干爹。营长说真正救人的是苗伟。就着人把苗伟找来。复转军人抱住苗伟直喊兄弟。感人的场景被魏支书尽收眼底，突然间他脑洞一开，计上心来，当着两个村的头头脑脑和槐树村男男女女，提议让营长将苗伟和复转军人一并认作干儿子，也好让这两个异性兄弟有个名分。这提议当然合了营长的心意，又兼魏支书拿捏得恰到好处，营长不假思索地应允，立时唤来一阵掌声。那复转军人和苗伟顿时双双跪地给营长磕了三个头，同声唤营长一声“爹”。营长又让苗伟和复转军人各自报了年岁，苗伟二十一岁，复转军人二十三岁，苗伟又羞答答地把复转军人唤了一声“哥”。

魏支书有意要做些文章。邻村登门感谢之后，魏支书让村小学的老师把村上几个巷口的黑板报内容刷新一下，集中宣传苗伟奋不顾身抢救过往群众的英雄壮举。这事后来又传到香陵公社，香陵公社的宣传干事又炮制了一篇文章，题目是:“奋不顾身救群众，化险为夷留美名——记毛主席的好社员苗伟勇救阶级兄弟的感人事迹”。文章以简报方式发送全公社各村，苗伟成了新闻人物。

营长现场认了两个干儿子，也称得上是意外收获。不过营长醉翁之意不在酒，他无意结纳干亲，只是想让外乡小伙子苗伟牢牢地把根扎在槐树村。他觉得那天苗伟与复转军人双双跪拜的仪式太过随便，为了让苗伟这个干儿子实至名归，营长又隆重地在家里备了一桌宴席，名为“拜亲宴”。

拜亲宴上，除了干爹干娘营长夫妇和干儿子苗伟这三个主角外，又盛邀德强老汉、魏支书、魏队长几个人见证助兴。拜亲宴吃罢，营长就以干爹的身份跟魏支书正儿八经地议起了苗伟和花妹的婚礼事宜。说定中秋节过后就把喜事办了。营长又顺带着建议德强老汉把念牛的事也赶着办了。德强老汉心里牢牢记着魏支书早前叮嘱他不敢犯法让媳妇香包早婚的话，看着魏支书不敢搭腔。不想魏支书却笑着说还是早些比晚些好，德强老汉也就含含糊糊地点着头表示应和。

拜亲宴吃罢，营长坚持让苗伟在自己家里住上几天，营长夫人也喜欢这刚捡来的儿子，也就极力相邀。苗伟就真的在干爹干娘的家里临时搭了伙。

槐树村这边发生的一幕幕喜剧，当然很快传到了念莲的耳朵里，香包自然也就知道了。见槐树村父老乡亲厚待他们兄妹，那封信带来的恐惧也渐渐化解了，只是听说哥哥找的嫂子是一个智力上有些缺陷的女子，不免心里又有些替哥哥惋惜。

又过了几天，念莲从娘家给香包带回消息，说跟家里商量好了，苗伟的婚事放在中秋节后的第六天，也就是阴历八月二十一，念牛和香包的婚事延后一星期，放在八月二十八。念莲解释说之所以两场喜事日子挨得这么紧，主要是秋收大忙时节，凑一个农闲日不容易，干脆就一口气把两档事都办了，人手利用起来方便。另外，魏支书说婚宴的材料一次性备着也顺当划算。原本说好到来年春天才能举办的婚礼，现在提前了小半年，提前离开念莲姐一家人，香包说不出高兴还是难过。她默默地算了算，离自己穿上婚装的日子也就剩下不到一个月。

农谚说，早上立了秋，下午凉飕飕。这不，立秋一过，暑热立马像被阉割了一样失去了往日的威风。夏夜里常被人们挪到户外的席铺已不见踪影。太阳升起之前和下山之后的时辰，人们的肩头上就得加上薄衫。树上的叶子慢慢变得昏灰，叶缝中撒欢了一个夏天的知了鸣叫声已不再嘹亮，嘶嘶啦啦的哀嚎显示出末日的凄凉。

农人们又进入了一年中的第二个生龙活虎季。与三夏大忙相比，秋忙虽不比夏忙来得紧，却比夏忙拖拉得多。夏天的收割碾晒，十天半月就能歇下。可秋忙的阵势一旦拉开，没有一个半月消停不下来。晚苞谷已进入成熟期，男劳力务必要在收获前把秋播的底粪运到田头。棉田的采收是女劳力这当口的重中之重，一地白花花的棉朵要靠女人们逐个细心地从棉荚中扯下来，棉桃陆续绽开，采棉就得次第完成，一棵成熟的棉花总得采过四五轮，遇上阴雨天，为了保证棉花的采收质量，还得和老天爷比赛着抢时间。生产队大田里的活儿赶得紧，社员自家屋里的劳作也马虎不得，储藏红薯的地窖需把表层整体铲上一遍，以确保头年烂薯留下的病菌清理干净。老人和娃娃们也不能闲着，得空就挎上个篮子，镰刀、铲子齐上阵，把那沟渠壕岸上能够得着的青草收拢回家，晒干了作为猪羊越冬的饲料。萧瑟的秋景中，无处不充满着人类的活力。

农活虽忙，魏支书女儿花妹的婚礼筹备却丝毫没有耽搁。冬梅依然忙前忙后，有魏支书本家和那些虽已出五服却贴上热脸上门帮忙的男女，花妹的嫁妆备得甚是丰盛，单那缎面的被子就缝了六床。至于婚宴所需的菜品，公社供销社的收购站已经答应头天把二十斤猪肉送过来。万事俱备，只待良辰。

不消说，冬梅是婚礼筹备活动中最活跃的人。说到冬梅，又得费些笔墨。冬梅是一个上进的人，上学时只想着能有机会吃上商品粮，跳出农门。高中时，曾经瞅准一个随父母从城里回乡插班读书的男生，锲而不舍地早早实践了一场热恋，终因动机太露骨无果而终，只惹得一场笑话。高中毕业回到农村，冬梅把命运哀叹了一阵子，终究还是无可奈何地扛起了锄头。几年后，经人介绍嫁到槐树村，丈夫魏保田虽无甚能耐，但冬梅父母看中魏保田是家里的独子，屋里的过活说得过去，不必担心别的兄弟分家当。冬梅同意亲事的主要原因却是魏保田担任村小学的民办教师，总能沾些公家人的边。冬梅嫁过来后，又把自己骨子里深藏的激情点燃起来，但凡村上的各类活动都热情地掺和，又常得高中同学魏东风相助，很快就成为槐树村公共舞台上被关注的人物。前些年公社贯彻落实毛主席的“六二六”指示，要把医疗卫生的重点放到农村，冬梅被选定为赤脚医生，送到县上培训了一个月，回村后就成了半脱产的泥腿子大夫。冬梅人聪明，知道自己的前程握在支书的手中，如何不铆着劲跟支书一家搞好关系？何况，冬梅并不满足眼前的现状，村上妇女主任位子一直空着，冬梅觉得那或许就是书记留着考验她的平台。一旦当上妇女主任，说不定还能有机会提到公社妇联去，那可就真的圆了年少时逃出农门的美梦。

那日无意中窥见了那封来自异乡的公函内容，冬梅又惊又喜，惊的是外乡人苗伟兄妹原来是逃亡的恶霸地主崽子，这种人不蹲大狱都算便宜他们，竟敢流窜过来招摇撞骗。喜的是她是除支书外第一个知道这个秘密的人，支书遇到麻烦，她正可以找机会再为支书做些贴心的事。至于这件事会对支书造成什么样的麻烦，那不是她关心的事。可让她感到意外的是，其后一段时间，魏支书却丝毫没有异常举动，俨然没有这档子事。憋不住心里的秘密，有天和魏东风队长亲热时，冬梅到底还是把这事透给了魏队长，魏队长听后也是吃了一惊，觉得这是划分阶级界限的大是大非问题。魏队长是魏支书的铁杆，见魏支书风平浪静，知道魏支书铁着心要走一着险棋，也就劝冬梅不敢嘴长，务必静观事态。依着魏队长的分析，若冬梅所见属实，那苗伟老家那边肯定还有后续动作，且静观事态发展。

苗伟机智救人的事被传为美谈，又被公社在简报上通报表扬，让冬梅感到啼笑皆非。一个地主崽子做些好事，充其量称得上戴罪立功，何须大动干戈去宣传表扬。不过对那个地主崽子的形象，冬梅并无恶感。那天苗伟把复转军人背到她的诊室时，她还刻意把苗伟打量了一番，他身材匀称，浓眉大眼，充溢着聪慧和友善，怪不得魏支书舍不得把真相捅开。可谁让他徒有外表，灵魂却浸泡在剥削阶级的染缸中呢？

眼看着花妹的婚期一天一天逼近，冬梅却等不见魏东风分析的那种后续动作。这一日，冬梅背着药箱去给人扎针，走到巷口时恰好碰上了苗伟。苗伟上次搭救复转军人时已和冬梅熟悉，就跟冬梅热情地打招呼。冬梅心里惦着苗伟的身世秘密，支支吾吾地嘴上应付着苗伟。待苗伟走出去一大截，冬梅不禁自言自语："地主崽子，地主崽子。"

冬梅话音未落，却不想身边有人说话："冬梅，你说什么？"

冬梅回头一看，原来是营长德茂的老婆。一时不知说什么好，嘴上搪塞着："我没说啥，没说啥。"

冬梅一走，营长夫人却沉思起来。

营长夫人把巷口碰见冬梅的过程跟营长讲了一遍。营长顿时明白，魏支书收到的那封公函其实已被冬梅瞧见了内容。营长知道冬梅不是个厚道女子，担心冬梅播撒小道消息，让两桩婚事出现意外。想了想，还是决定跟魏支书通个气，好想法子堵住冬梅的嘴。

魏支书闻知消息后，自是十分吃惊，疑冬梅来家干活时偷看了那封公函，就去打开炕头小桌上加锁的抽屉，却发现那封公函还好端端地躺在那里，抽屉外的锁子仍是完好无损。就又把那天冬梅交给他公函的过程细细地回忆一番，不由得懊恼地拍了一下后脑勺，知是冬梅从地上捡起公函时偷眼观看了。既已如此，得让这女子知道轻重，闭上那张臭嘴。

说曹操，曹操到。正在魏支书和营长商量着让冬梅如何缄口的当口，那冬梅又莺歌燕舞地背着药箱进了魏支书的院子。一见营长也在，冬梅满脸堆笑着打了招呼。营长却是冷冷地点了点头。再看魏支书脸色，也是阴云密布。冬梅瞧出气氛，心里一沉，没话找话地说花妹还剩一件褥子没有缝上，就往花妹的新房里走，却被魏支书唤住："张冬梅，你过来！"

被人连名带姓地呼唤，不是有仪式的正式场合，就是找茬前的宣示。冬梅心里一紧，忙转身紧走几步，像泥塑一样杵在魏支书和营长的面前。

魏支书和营长半天不说话，冬梅只觉得额头上一阵发凉，用手抹了一把，感觉渗出了一层细汗。

“张冬梅！”魏支书终于开口，“你是半脱产的赤脚医生，参加生产劳动是基本职责，可你现在根本不下田，我不得不考虑你还能不能胜任！”

冬梅下意识地护住了胸前挂着的药箱，如堕五里雾中，不知道自己哪里得罪了一直尊敬有加的支书，她更不理解，在这种场合，为什么会掺和上很少关心政事的营长。

“你是共青团员，村上还想发展你做党员，还想让你负责村妇女工作，你可真是让组织上失望。”魏支书一脸激愤。

冬梅嗫嚅着嘴：“支书，我错……可是……”

魏支书从椅子上站起身，鄙夷地看了冬梅一眼，拂袖进了屋子。院子里只剩下坐着的营长和站着的冬梅。

“冬梅，我问你个事。”营长的口气比魏支书和缓得多。

冬梅苦下脸：“德茂叔你说，你问我啥我说啥。”

“你说我干儿子是地主崽子？”

冬梅一惊：“德茂叔，我没说！我没说！”

“你给我干儿子乱戴帽子，是给我泼脏水哩，还是给魏支书泼脏水？你婶子回家给我说这事，我都不相信你一个追求进步的青年怎么能糊涂到这程度！”营长既是批评，又是开导，显得语重心长。

冬梅心里明白了，低下头，把目光投在自己的脚尖上。

“冬梅，你告诉我，你为什么要说这些不着边际的话？”

“我，我看见了……信……”冬梅吞吞吐吐。

“什么信？”营长追问。

“四川那边发来的信。”冬梅声音小得像蚊子。

“张冬梅，你私拆了别人的信件？”

“没……没有……”冬梅慌乱地摇着头。

营长放缓了语气："张冬梅，如果你私拆信件，这是犯法的事，你一个共青团员怎么不懂这个道理？"

"德茂叔，你相信我，我真的没有拆信。"冬梅说。

"偷看信件也要受罚。"营长说。

冬梅又低下了头，低声啜泣起来。少顷，突然左右开弓打了自己几个耳光。

"这件事你还告诉过别人么？"营长问。

冬梅犹豫了一阵，抬起头怯怯地说道："就魏东风知道，我想着他是队长，反正早晚都会知道。"

营长和冬梅的对话其实已被进入房间的魏支书伸长耳朵听得清清楚楚。待听到冬梅说魏东风知道这件事时，魏支书心里一沉。

花妹的婚礼如期举行。

魏支书家的头门上早挂起了两个大红灯笼，花妹的婚房门外挂着大红门帘，门帘左右上方又是两个大红被面束成的硕大的牡丹花朵。撩开门帘，枣红色的板柜边上，两把带靠背的椅子显示着无与伦比的尊贵，耀眼的搪瓷洗脸盆竟然架在半人高的木架子上。被碎花墙纸三面围起来的大炕上，粉红色的太平洋单子下面，铺着蓬松得有一寸高的棉花褥子。一大摞缎面被子折起来叠放在炕面一侧，看颜色有枣红、桃红、橘红、粉红、铁锈红、石榴红、胭脂红等，不一而足。足有一尺宽的一对枕头也苫着火红的枕巾。大炕的上方，半墙上三角撑子撑起的架板上，一溜码着四个照样是漆成红色的樟木大箱子，箱子面上绘着麒麟送子的图画。新房汇成了红色的海洋。槐树村人老几辈谁见过这样的阵仗，有幸进入房间的人除了咂嘴之外还能说些什么？

大院里的排场更是了得。靠墙处临时盘起了一溜能支起六口铁锅的连火道灶炉，一张大得赛过乒乓球台子的大案板上堆着山似的生熟菜品，大锅里散发出的肉香味弥漫着整个院子。从村小学借来的学生课桌拼成了十个席口，均匀地置于院落中央。按着主人家的预估，这流水席大约得吃上至少四拨，也就是说，按每席八人计，上门作贺的亲朋乡邻得超过三百人。这样的婚礼规模，在槐树村自然是史无前例的。

从早上亮天起，魏支书家里人流已是络绎不绝。大队党支部的副书记、支部委员、文书、会计、五个生产队的队长等，自是争先恐后地汇聚在日常议事的房间。只不过因为使命的特殊，人人都显得轻松快活。也许是相互商量过，反正各队今天都没有安排社员出工，花妹的婚礼成了心照不宣的村庆日。入秋后劳作疲倦的社员们乐得有个休息日，既歇身体又看热闹，皆大欢喜。碍着各自的身份，能体体面面自由出入魏支书家的人毕竟是少数，那大部分的人就聚在离魏支书家不远的巷口，男男女女聚成几堆，如饥似渴地捕捉着从魏支书家里传出来的各类信息，在加盐调醋的接力传播中，各自开动脑筋发挥着想象的空间。不过，最吊人胃口的还是这场盛事的两个主角，人们都想一睹瓜女子花妹和精干的苗伟如何把手牵到一起。

人逢喜事精神爽，魏支书招婿心里高兴，也就传话下去，允许槐树村每户派一个代表上门吃席。为了树立自己的清廉形象，魏支书还特意交代只待客不收礼。其实明白人都知道，槐树村百来户人家，有成员在外头挣工资的也就那么三五户，让那些连买盐钱都得借的户头抠个五分一毛的现银给魏支书行礼，只怕是魏支书既嫌寒碜又怕丢份子。魏支书既已有圣谕，那各家各户断不会有缺席的，谁也不愿意在这个特殊背景的特殊舞台上缺位。

阉客跟德强老汉说了几句好听的话，就早早抽身离开了饲养室，回家换上皂色的土布对襟衫，把鞋子上的牛粪用麦草刷干净，大摇大摆地朝魏支书家走去。阉客想着早早地去，或许能混个知客的身份，那样除了可以吃两顿饭外，运气好时还能被赏上一盒纸烟。走到魏支书家门口，老远看见五保户“鸡骨头”蹲在大门一侧，不停地用手掌在鼻子下边扇动着。阉客觉得自己是有身份的人，懒得跟鸡骨头打招呼，径直进了支书家的门。因为院子里人多闹哄，阉客的到来并没引起别人的注意。阉客随着啧啧称赞的一群老女人进了婚房，正被那一应家什铺盖晃得眼花缭乱之际，后肩头却被人重重地拍了一把，回头一看却是自己的顶头上司队长魏东风。魏队长一脸怒气，拽着阉客走到院子的墙角边，问阉客不在饲养室待着，跑到这里凑什么热闹。阉客分辩说魏支书发话每户来一个人，他过来看看支书家有什么需要他帮忙的地方，说不定一会儿用得上一头高脚牲口去驮女婿过来，他还能牵牵马。魏队长咳了一声，说就是把全村的乡党死完了，帮忙的知客也轮不上阉客。阉客不满意魏队长编派他，说队长也莫要门缝里把人看扁了，他德功也是堂堂正正见过世面的人。魏队长说要是没见过世面，倒也没啥，只怕那见世面的日子里阎王爷早都把账记下了，难不成今天还要让人家花妹再沾那晦气？魏队长这话一说，阉客立马像鼓圆的尿泡儿被戳了一针，泄气地低下了头。

原来，这槐树村一带有个讲究，谁家嫁女娶媳妇，都得图个吉利，那劁猪骟羊的匠人是断断不能登门的，谁也不愿意专门从事断子绝孙营生的人上门触了霉头。阉客早些年走村串乡，割下的牲畜命根成千上万，只是现如今公社有了兽医站，阉客的手艺没了用场，阉客把自己的身份也淡忘了。魏队长这会儿一提醒，阉客才明白魏支书虽说是革命干部，其实也讲封建迷信。他自知理亏，就悻悻地出了魏支书家的院子。不过他并不忍心离去，魏支书既是发话让每户来一人吃席面，不能因为他过去的身份就剥夺他吃席的权利，他不在院子待着可以，在大门外和鸡骨头谝闲总可以吧。他打算到开席时，随着人流坐在席间，不信有人能把他拉下来。

鸡骨头仍然用手掌在鼻子前扇着，不过旁边又多了“戏匣子”。戏匣子就是杠生的爹，原来是村上自乐班子的台柱子，“文化大革命”一开始，自乐班子散了，戏匣子就没了营生，只不过偶尔还能在夜深人静时听到戏匣子锯起呜呜咽咽的板胡。阉客问鸡骨头在扇啥，鸡骨头眯着眼睛陶醉地说这院子里飘出来的肉香味可是金贵着哩，过了这个村，没了这个店，今天不把这肉香味多扇些到鼻子里，只怕是到死再不会有盼头。鸡骨头年轻时也在外头瞎混过，解放前从外乡带回来一个女人，生了个儿子后又跟人跑了。鸡骨头游手好闲惯了，拉扯着个儿子过得难怅，有一回把人家城里来槐树村搞勘探的地质队员野外吃饭掉在地上的鸡骨头拾回家跟儿子开荤，遂落下个外号。儿子长到十五岁时，染上脑膜炎，不治死了。鸡骨头孤身一人生活，年岁一大，就被列入五保户。阉客说："鸡骨头，你不如找个葫芦来，进院子讨些肉汤装上，把鼻子贴在葫芦口上往死里闻。"鸡骨头白眼翻了翻阉客，没有说话。

阉客让戏匣子猜猜今日魏支书家的婚宴席面能上些啥菜。戏匣子说支书家过事，可得代表槐树村最高水平，估计能上个"十三花"，最不济也得来个"十出头"。阉客说不能光拿数说话，要看碗碟里盛的货硬不硬，去年娃他三姨给自家娶媳妇，席上端上了九碗，凉拌红萝卜一碗、凉拌白萝卜一碗、凉拌红白萝卜混着一碗、菠菜清煮一碗、豆芽清煮一碗、菠菜豆芽混煮又一碗，最硬的菜是煎豆腐，可不都笑死人了。吃客说这糊弄人的席面诚心是要娶下个麻迷子媳妇，生下个没屁眼的孙子。鸡骨头一听阉客谈席面，一下子来了精神，冲阉客撇了撇嘴，说论起筵席，在这槐树村没有人比他见过更大的光景，想自己年轻时走州过县，吃过的大席面扳着手指头数不清，那一年县城东关王财东的娘升天，王财东做了七天道场，筵席摆了七天，那席面上的东西才是了得，鸡鸭鱼整个上，肉有红肉、白肉、蒸肉、炒肉，桌子上的碗碟多得垒起来，连垒的法子都有讲究，左青龙、右白虎、前朱雀、后玄武，一招一式没得含糊的。宴客的空当，台子上唱着大戏，《下河东》吼得房顶能炸开。台子下又是一溜吃食摊子，麻花、豆腐脑、叉酥、油茶、凉粉，想吃谁家吃谁家，想吃多少吃多少，钱可都是人家王财东家全掏过的。鸡骨头说着话，嘴角往外流着涎水，用劲一吸，哧溜哧溜地响。

阉客说鸡骨头吃着社会主义五保户的现成饭，骨子里念着万恶的旧社会。王财东是恶霸地主，解放后早被政府拉到县城北的河滩枪毙了，没想到这里还有人替他招魂。鸡骨头下意识地用手捂住嘴巴，愣了一阵，眯上眼，兀自又用手掌扇起来。

戏匣子说，想想年轻的时候，村子里常有串乡的吃食担子，一个角子票或者两个麻钱总能打个牙祭，现如今那些挑担的人不知道都死到哪里去了。阉客说那些人死倒没死，只是该死的蒋介石打了败仗后把那些人都带到台湾，供自个儿享用去了，赶明儿咱解放了台湾，把那些担子客也都解放了，咱就能又吃上豆腐脑，吃上麻花了。

阉客突然问戏匣子有多长时间没拉板胡了。戏匣子说这弦儿一拉起来，就得有人吆喝，一个人吱里哇啦地响着怪没意思，也挺招人烦的。阉客突然眼睛一亮，说莫若今天借着这机会在支书家门口热闹热闹。一句话把戏匣子心里的痒痒虫勾醒了，戏匣子就觉得周身不自在。站起身来想了一会儿又蹲下，又站起来，抓耳挠腮地左顾右盼。阉客问戏匣子是不是抽上了羊角风。戏匣子说他有心唤人来吊上几嗓子，本是给人家魏支书捧个场，又怕人家不领情，莫不是舔腚倒让稀屎给呛着了。阉客说戏匣子想多了，常言说有理不打上门客，何况这是给他支书助兴哩，再说现在提倡婚事新办，咱借机会宣传毛泽东思想，他魏支书也不敢咋地。戏匣子让阉客一煽呼，立马摩拳擦掌要去张罗。阉客说动作要快，最好把能唱旦角的混账发永叫上。

戏匣子果真给力。约莫小半个时辰，戏匣子手里握着板胡，后面跟着发永一溜小跑奔过来。阉客跟发永打招呼说会计今儿个又该开金口了。发永说支书家过事，也算是干群同乐。

阉客进院子搬出两张凳子，伺候着戏匣子和发永坐下。戏匣子把板胡架在大腿上，调好弦调，瞬间那呜呜咽咽的声音就飘扬开来。戏匣子刚才手操板胡在街道上走动的时候，已无异于发出了广告，早有三三两两的人借机尾随着戏匣子来到支书家大门外。这会儿板胡声音一起，呼啦啦围上来一大群人。戏匣子朝着发永点了点头，发永就和着调子唱起了弦板腔：

提起那万恶的旧社会，
咱穷人道不尽的辛酸泪。
狗日的地主们把良心昧，
天下的乌鸦一般黑……

大门外一响动，院子里的人也都跑了出来。魏队长一看这几个折腾的人都是自己五队的社员，一时不知道该是表扬还是训斥。未待开口说话，却见魏支书大驾被惊动走出院门，也就闭上嘴巴，往后边闪了一下。通常遇到这种场合，魏支书总是不苟言笑地审视一番，再是微微地点点头或是摇摇头。而今天魏支书却是稀罕地一凑上来就满脸堆着笑，又把那手中的一盒纸烟分着散给戏匣子、发永以及身边的众人。魏队长心里就明白了，原来魏支书讲原则也是看场合的。

戏匣子和发永得了魏支书的烟，就越发地得意起来，戏匣子板胡声更激越了，发永的嗓子更亮了：

共产党领导穷人翻了身，
受苦人扬眉吐气做主人……

发永唱得口渴，趁换气的间隙，冲阉客说端一碗水来。便有腿勤的人从院子里端来一瓷碗水，阉客接过瓷碗递给发永。发永一仰脖子把水喝干，用手背抹了一下嘴，正欲再开唱，阉客说："发永，你能不能给咱换个曲儿，这腻人的东西都快把人的耳朵听出茧子来了。"人群中就发出了一阵附和声。发永没兴头再唱下去，戏匣子的板胡也停下来。

阉客趁热打铁说："发永，你敢不敢唱一段《夸陪房》？"

不待发永说话，周围的人却齐声叫起好来，不知谁领了个头，一阵哗啦啦的掌声响了起来。发永把人群细细地扫了几眼，已不见了魏支书和魏队长。再看戏匣子，犹犹豫豫地挠着腮帮子。人群中的鼓噪声给戏匣子和发永鼓上了劲，戏匣子和发永对视着交流了一阵眼神，戏匣子把脚一跺，板胡声又响了起来。发永的曲儿换了：

女儿要嫁如意郎，
父母勿吝好陪房。
张家女儿要出嫁，

娘拉女手夸陪房。
樟木箱子有一对，
衣服压满两皮箱。
各样上身三十件，
花色裤子十五双。
薄厚褥子分冬夏，
缎面被子十六床。
耳环戒指数不尽，
一双金镯戴腕上。
打鸣公鸡娃不要，
下蛋草鸡全捉上。
水浇旱地二十亩，
一对犍牛都吆上。
案头摆上金元宝，
银锞带上两大缸……

“唱什么？”一声炸雷似的吼声从人群后方响起。发永条件反射地闭上嘴巴，戏匣子的板胡也戛然而止。人们齐刷刷把头转过去。这一看不打紧，发永却是吓得三魂出了七魄。喊话人不是别人，正是香陵公社至高无上的首长王书记。

王书记到槐树村来过不少次，半年前公社在槐树村上举办的阶级教育公捕大会上王书记还作过重要讲话，正是王书记一声令下，几个英姿勃发的基干民兵才三下五除二地把两个偷窃生产队财物的坏家伙捆得像粽子般服服帖帖。王书记虽只有一米六几的小个子，但敦实的体型却壮似铁塔般沉稳威严。此时的王书记正手推一辆簇新的飞鸽牌自行车，身后跟着仍然骑着车的公社通信员。显然是风尘仆仆骑行赶过来的。

早有人将消息报给魏支书。魏支书一溜小跑从院子中奔了出来，身后跟着魏队长等一干各队的大小头目。魏支书从王书记手中接过自行车把儿，忙不迭地说没想到咋把书记给惊动了。王书记似乎余怒犹在，看着一群不知所措的人，大声说：“没想到解放都快二十年了，槐树村还有歌唱地主阶级封资修的东西。”

王书记一拉脸，魏支书的面子上也就有些挂不住，碍着戏匣子一帮人是在为自己捧场，深不得浅不得，一时间搓着手不知说些什么。魏队长乖巧，适时放开嗓子训斥戏匣子等人：“胡闹什么？胡闹什么？刚才的《翻身情》不是唱得好好的么，一不留神咋就胡乱唱起来？怪不得阶级斗争要年年讲、月月讲、天天讲、时时讲！”看着戏匣子和发永低眉顺眼的样子，魏队长干脆抓住时机表现自己，把手一挥：“都滚了去，别在这儿丢人败兴，腌臜了一场革命化的婚礼。”魏队长话一落音，戏匣子和发永像是听到赦令一般，逃也似的分开人群，一溜碎步离开了是非之地，哪顾得上身后一阵阵的哄笑声。

忽然有人喊了一声：“亲家来了！”众人齐刷刷地把目光聚到一处，王书记也随着众人看过去，几十步外，只见营长魏德茂大步流星地走过来。营长今天似乎特别收拾了一下，上身穿着一件稍稍褪色但显然是刚刚洗干净的草绿色军上衣，下巴上的胡须也剃掉了。老远看见王书记，营长紧走几步，抢上去握住王书记的手。

王书记的脸色恢复了惯常的豁达，拽住营长的手使劲摇了摇说：“你老革命收下个奋不顾身救人的干儿子，又把干儿子许给模范支书魏玉良做女婿。这桩婚事在咱公社院子传为佳话，我是专程赶过来祝贺的。”

营长说：“一桩小小的婚礼让书记颠簸十几里地，足见书记关心群众生活的程度，实在让人过意不去。”

王书记说：“我也是来开开眼界。魏支书嫁女，了却大事一桩。我们这些干部，都是俗人，也得安顿好家小呀。我们一起分享魏支书的喜悦，也是快活事。”

王书记爽朗的话语，听到魏支书的耳朵里却有些不是滋味。魏支书心里明白，自家的花妹痴得远近闻名，瓜女子结婚，少不了会制造一些趣闻。莫不是这王书记也是冲着猎奇，不远十几里来瞧热闹？

王书记朝身后的通信员招了招手。通信员从胸前卸下挎包，掏出了四卷红彤彤的塑料封皮《毛泽东选集》。王书记像颁奖一样把四卷红宝书双手递给魏支书，说是庆贺新人婚礼的一片心意。魏支书小心翼翼地把红宝书捧在怀里，说刚好孩子的柜子上需要摆上一套。王书记说光摆上四卷宝书不行，还得有更神圣的。说着就用手势示意通信员。通信员小心翼翼地从挎包中又掏出一个红布包裹着的物件，双手捧着递到王书记手中。

王书记驾临槐树村，本就是惊天动地的事情，这又给事主家奉上礼物，当然更吸引人们的眼球。待看清礼物也是社员们循环着送来送去的红宝书后，不免就有些失望。不承想通信员后续又掏出红布包裹，大家一下子提足了精神，一个个大眼瞪小眼，紧盯着王书记手中慢慢绽开的红布，生怕放过任何一个细节，似乎担心着那红布绽完内中一只神鸟倏乎间飞得无影无踪。

红布终于绽完了，王书记手掌上赫然托着一尊金光闪闪的毛主席去安源塑像。王书记手掌稍一转动，那塑像把太阳光就反射到周围人的脸上，有人就揉起了眼睛。待到大家再细看一阵后，就响起了一片咂嘴的声音。阉客说：“咱槐树村家家户户请来的毛主席像都是石膏做的，没见过还有这么金贵的东西，敢情这玩意儿是鎏金瓷的。这得值多少钱呢？”王书记咳嗽了一声。魏支书白了阉客一眼。阉客自知失口，下意识地捂住了嘴巴，挤出了人群。

魏支书和营长一干人簇拥着王书记进了魏支书家的院子。

营长现在是魏支书的亲家，作为干爹，他希望干儿子的婚礼尽量办得顺当一些，尽管他相信魏支书这边会把一应事务张罗得齐整，但他明白必须由花妹亲自参加的仪式保准是令魏支书头疼的事。这院子里上上下下忙活的人，连同前来捧场的王书记，恐怕都在等着看主人家的洋相，而营长务必与魏支书携手尽力，争取把婚礼办得妥帖一些。按计划的方案，苗伟从营长家出门，赶中午十二点准时登入魏支书的家门。营长家距魏支书家也就四五百米远，按乡俗要套上一挂马车把苗伟接到魏支书家。魏支书觉得仪式感有些太强，营长也认同，就说好由魏支书这边派人步行把苗伟接进门。眼看着时辰快要到了，营长到底放心不下，不由得再过来看一看，恰好就遇上了王书记。

魏支书和营长陪着王书记参观了花妹的婚房。王书记由衷地夸赞了一番，又四周环视一圈问新娘子人在哪里。魏支书说花妹一直跟她娘在一起。王书记又问拜堂的场子安顿好了没有，魏支书脸上透出难堪，说现在移风易俗，婚事新办，那些“四旧”的老古董就不搞了。王书记却是摇摇头，说必要的礼节还是不能少的，既是移风易俗，革命的仪式不能少，不拜天地是对的，得夫妻合着拜拜毛主席的像，感谢他老人家让大家过上好日子。

魏支书听着王书记的话，心里就在叫苦，原来这王书记真是闲得蛋疼，大老远跑过来看热闹来了。明明知道自己守着个瓜女子，却非得把这块疤揭一下，看热闹不嫌事大。他心里一阵厌恶，嘴上却说道：“有王书记参加的婚礼，仪式好赖都是次要的，待会儿王书记跟大家伙儿讲个话，让槐树村的社员懂得啥是革命的婚姻。”说着话和营长交流了一下眼神，营长会意。

你道这一场牵动多人神经的活动的主人公花妹在哪里？一段时间以来，魏支书夫妻给女儿收拾新房，置办新装，花妹已从父母的言语和举止中感觉到这事儿和她有关，不免就时时期待着让她兴奋的事端。新奇终于来了，一大早，冬梅姐和娘连哄带骗地让她穿上了红得耀眼的褂子和裤子，连鞋子都是红的，那鞋面上竟然还绣着花。她穿上衣服，隔窗户看着院子里穿梭往来的人，就想跑到院子里把自己从不曾有过的装扮给人显摆一番，却不料被娘死死地按住。娘吓唬她说要敢出门就打她的屁股，还把手掌在她的眼前比画。她心里真有些犯糊涂，娘给她穿上好看的衣服，为啥不让人看见，就觉得那衣服穿在身上没意思。娘让她待着不动，她又觉得那衣服套在身上闷得慌，就又去解那衣服扣子。没想到那扣子不像平常衣服上的塑料扣子解着容易，用布头缝起来的那种阴阳扣子咬得紧紧地难以脱开。一时来气，趁着娘不注意，使劲一撕，那褂子就扯开了。响声惊动了娘，娘看着扯烂的褂子，气得眼泪挂在眼眶，竟罕见地赏给她一个清脆的耳光。

娘平日很少打她，今天看似很重要的日子，却打她耳光，她觉得心里委屈，忍不住咧开嘴哇哇地大哭起来。哭声一起，娘显得更惊慌，竟用手掌捂住她的嘴巴。她出不了声，憋得眼泪直流。娘说再敢大声哭就憋死她，她点着头表示不哭了，娘才松开了手。深深地吸了几口气，她才缓过劲来，忍不住又打了两个喷嚏，把鼻涕口水都洒在褂子和裤子上。娘又找来一条毛巾帮她擦拭脸蛋和衣服上的秽物。擦着擦着，娘忍不住低声啜泣，眼泪像断线的珠子般掉下来。

太阳当头，正中午时分，苗伟在干爹营长的陪同下，胸前扎着个大红花，由魏支书家派出的一群男女簇拥着，从临时寄居的干爹家走向即将获得正式身份的新家。沿途几百米的距离，看热闹的村民们早已把街道挤得水泄不通。苗伟感觉自己好像在两道人墙中行走。两边叽叽喳喳的声音不绝于耳，不用说都是些对他品头论足的言语，他虽然听不清囫囵话，但却分明感觉到有人羡慕、有人惋惜。

早有人在魏支书家的大门口挑起一串鞭炮。光看那鞭炮的长度，就知道这桩婚姻的不同凡响。寻常人家娶媳嫁女，也就是放个半尺长的百头炮，而魏支书门前竹竿上吊起的鞭炮，少说也有三尺长，这显然是足五百头鞭，通常只有公家单位搞庆典时才放的那种。随着迎亲队伍的走近，大门口的人目光都聚拢在新女婿身上。利强和七八个半大的小伙子围在鞭炮的下方，单等鞭炮燃响之后，抢拾那未爆响的哑炮。随着一声“鸣炮”指令，“噼里啪啦”的声音震耳欲聋，浓浓的白烟腾空而起，刺鼻的硫磺味道弥漫开来。拾炮的小子们脚手并用，争抢着把那落地的散炮仗捻灭捻子。一个炮仗炸响在一个小子手里，疼得那小子龇牙咧嘴地甩着手。

魏支书站在大门外，与魏队长一干人拥着王书记。因为王书记背着手在观赏这一幕场景，倒显得魏支书成了配角。魏支书脸上的表情甚是复杂，期待中掺着几许无奈，时不时拿眼睛瞟一下王书记。王书记倒是一脸笑眯眯，兴奋中透着惬意。

新女婿招进门，魏支书夫妻作为高堂，按规矩是要经由正儿八经的仪式行拜见礼的。苦于自家女儿的具体情况，魏支书跟营长商量后决定取消那些冗繁的俗套，也好给外人一个书记带头“破四旧”“立四新”的形象。没想到王书记一个堂堂的公社一把手，竟以给下属作贺之名来瞧稀罕，还强调必要的仪式不能少。魏支书心里虽有不忿，面子上却还得千恩万谢。王书记站到大门外，魏支书也就顾不上在众人面前端架子，屁颠屁颠地紧随着王书记。

迎亲队一行人走到大门口，面对着以王书记为首的一群干部，不由得驻步。新女婿苗伟害羞，一直低着头，任由别人摆布着走走停停。这会儿听见有人喊着让他把头抬起来，就怯怯地扬起脸。一眼看见岳父身边站着一个体型虽不甚高大却气宇轩昂的人，顿时更觉手足无措。

魏支书故作大方地喊了一声“苗伟”，大着嗓门儿说：“今儿个是你和花妹大喜的日子，把咱香陵公社党委王书记都惊动了。王书记来给你们祝福，你还不快些给王书记道谢。”

苗伟呆了。在老家时，他觉得公社书记就是能决定把某个人抓起来或者振臂一呼就引得千万个人高呼万岁的神一般的人物。他甚至认为自己和香包的出逃也是因为那一方公社书记法力太强，令他们兄妹无法容身。而现在自己面前就站着一个公社书记，甚至还是为了自己的婚事露面。想起自己的身世，苗伟只觉得呼吸急促，心跳加速。

一阵呜里哇啦的声音突然从院子中传出来，人们齐齐回过头去，却见花妹正风风火火地跑过来，一身红色的婚装，只是上衣已扯开，前襟被风扬起来露出了白花花的肚皮。幸好那裹着两只大奶的紧身小汗衫还齐整着。紧随花妹身后的是花妹娘，她手足并舞地唤花妹站住。

原来，外边一阵紧似一阵的鞭炮声刺激了花妹。花妹再也不能容忍娘对她的管束。自家屋里从来不曾有过这等热闹，凭啥不相干的人都可以自由自在地掺和，而她却连瞧一眼的权利都没有，娘真是太不讲道理了。趁着娘抹眼泪的机会，她哧溜一下，从娘腋下闪过身，箭一般冲出房子。待花妹娘明白过来，哪里还扯得住女儿。

魏支书一脸的羞愤，朝女儿大喝一声。那花妹受到惊吓，脚下一不留神，又加那婚服宽宽大大的裤脚，少了平日的轻巧，绊在了一条凳腿上，哗啦一下摔了个重重的狗吃屎。

几个人七手八脚地把花妹扶起来，只见花妹的鼻孔中血流如注，额头和下巴上的皮也擦破了，涂过粉的脸上沾上灰土，被血流一冲刷，像红色的小瀑布印在脸庞上。花妹娘哭着在花妹后脑勺上拍了一把。花妹拨开娘的胳膊，就势用手掌在脸上擦了一把，顿时那脸犹如五颜六色的画布一般。

有人急呼冬梅。冬梅应声而至，急急地从药箱中取出两粒药棉塞进花妹的鼻孔。又说让花妹赶紧平躺下。花妹兀自要挣着去看那鞭炮响过的地方。魏支书发话，让几个女人强拖着把花妹拉回房间。

一场意外看傻了众人。不过在众多的看客中，虽不乏有替魏支书伤心惋惜者，但幸灾乐祸者或许更多。纵使魏支书在人前吆五喝六、风光八面，但这不争气的瓜女子却给不了他脸面。在冬梅几个人把花妹拖回房间的时候，意犹未尽的表情仍然停留在人们的面孔上。

事已至此，王书记也觉无趣。或许是感到一场期待的喜剧出人意料地快速谢幕，王书记找了个由头，跟魏支书说还有急事要回公社。魏支书和营长自然极力挽留。魏支书说书记大老远过来参加婚礼，不吃完婚宴就离开太让人过意不去，传出去少不了让人笑自己这个事主。王书记说吃不吃饭是小事，能代表公社党委来一趟表心意是大事。那通信员也在一旁帮腔说王书记日理万机，今天抽个空实在是见缝插针，公社还有好多大事等着哩。见王书记去意已决，魏支书也不敢违拗。王书记就在众人不绝于耳的道谢和祝福声中，携着通信员，骑车扬长而去。

目送王书记二人的背影消失在街角，魏支书和营长回过头来，这才惊讶地发现婚礼的主角苗伟被冷落在大门一边，依然傻傻地戴着个大红花站在那里。

此刻，没有人比苗伟心情更为复杂。为了能取得槐树村的落户认可，苗伟小心翼翼地面对着一切令他舒心或难堪的人和事。妹子香包上门嫁汉理所当然，而自己一个大老爷们儿厚着脸皮蹭妹子的缘分寻饭吃，谁敢保证哪天不被人轰走？天赐良机，槐树村的最高统帅魏支书垂青于他，别说是让他做上门女婿，就是让他做终身仆人，他也会满口答应。至于魏支书女儿智力上的问题，他根本顾不上在乎，只要没有人欺负他、歧视他，甚至在生命上威胁他，就是他幸福的归宿。魏支书招他做女婿，德高望重的营长收他做干儿子，他甚至觉得这是在天坑栖身的母亲神灵护佑的结果。当初牵媒时，干爹问他要不要见见花妹，他不假思索地谢绝了。他觉得自己没有资格选择，如果连这么好的机会他都不珍惜的话，那就对不起母亲的在天之灵。今天婚礼上，他是第一次见到花妹这个将成为他一生中不可分割的另一半。本来，他完全有机会在扯结婚证时跟花妹一起去一趟公社，但后来听说魏支书有意不让花妹抛头露面，他也就央求干爹跟魏支书说自己也不想出面了。今天花妹呼喊着从院子往外跑的时候，形象尽收他的眼底，花妹倒地的时候，他也吃了一惊，待看到花妹画布似的脸孔时，他身不由己地打起了哆嗦。几十天来，他无数次想象过，傻女人有几分傻模样，抑或丑到何种地步。但他做梦也没有料到，她会以如此狰狞和恐怖的面容，把第一印象深深地刻在他的脑海中。人们都忙着去照顾花妹，那个至高无上的公社王书记更是吸引了大家的关注。在这个说不上自己算是主人还是客人的场合，没了别人的指令，他一时间无所适从，只有呆愣愣地站着。直到魏支书和干爹把王书记送走后才回顾到他这个“主角”。

魏支书朝四周看了一圈，大声喝问迎亲的人在哪里。先前陪同苗伟的一帮人才如梦初醒，又快快地聚到苗伟身旁，拥着苗伟穿过院子，进入布置好的婚房。

一进婚房，苗伟似乎淹没在红色的海洋中，那红色的被单和花妹方才脸上的血迹色彩一模一样，苗伟似乎闻到了一股血腥味，那红色的血水从脚下正慢慢地抬升，瞬间就淹没了脖颈。他只觉得快要喘不上气来，憋得眼眶满是泪水。

有好事的人说魏支书给女儿办婚事出了头彩，一是公社王书记光临捧场，且亲眼见证了那引人入胜的时刻，二是花妹以独到的表现让婚礼越发地红火起来，三是婚宴席面上的内容丰盛得不得了。不管这些说法有多少调侃的成分，但在槐树村解放以来绝无仅有的奢华筵席中享受了酒足饭饱的村民们都把这次参宴引以为豪。在其后许多年困顿的日子里，这场婚宴成了不朽的话题。

关于花妹与苗伟的婚姻，有人说苗伟一个流浪的外乡穷小子烧了高香进了豪门。有人说可怜苗伟一个百里挑一的好小伙子得伺候一个瓜女子一辈子，真的是一朵鲜花插在牛粪上。持第二种观点的人又连带着叹息苗伟的亲妹妹香包，如花似玉的俊模样，却嫁给了三棒槌打不出一个屁来的魏念牛，那才是鲜花插在牛粪上，而且是插在一摊稀粪上。

于是，人们又期盼着观赏第二幕戏——念牛和香包的婚礼。

第五章

现在得说说念猪了。

从第一眼看见嫂子起，念猪就打心眼儿里乐意这个人成为自家的成员。跟嫂子在姐姐家说话时，嫂子让他改口叫姐姐，他以自己有姐姐为借口轻易不肯改口，其实他心里何尝不想喊一声姐姐。此后的日子，他盼着嫂子快点过门的急迫甚至一点也不比爹和哥哥差。他幻想着嫂子来家后和他说话，给家人做饭，踢毽子给他看。突然有一天，姐姐念莲神神秘秘地说让嫂子提前回来，他不晓得原因，但却委实高兴。姐姐说苗伟的婚事办完就娶回嫂子，他就盼着苗伟快快地上门到魏支书家。苗伟婚礼那天，利强唤念猪去看热闹，说肯定能拾到一把炮仗。念猪却觉得少了兴趣，他要把一腔新奇和兴奋，倾注在迎接嫂子的盛典上。

天真的念猪并不知道，嫂子来家的路上，已经滚来了绊脚石。

离迎娶香包还剩下两天时间，槐树村来了一高一矮两个外乡人。

这两个外乡人操四川口音，是在香陵公社武装干事的陪同下来到槐树村的。一进村，他们先是去了民兵连长的家。经武装干事介绍，民兵连长知道了事情的原委。原来这两个人是四川广阳县苇子壕大队的基干民兵，以矮个为首，受村上指派，前来抓捕逃亡此地的恶霸地主崽子苗伟和苗香包兄妹。这两个执行任务的民兵持本公社武装部的介绍信，自然就先到香陵公社武装部寻求协助。武装部长就派武装干事协助两个外地民兵来槐树村抓人。这武装干事一番话说完，民兵连长吃了一惊。原来前几日魏支书风风火火招进家门的女婿竟是逃亡的地主崽子。民兵连长是魏支书一手提拔上来的，岂肯做对不起魏支书的勾当？立马就找个由头安排武装干事和外乡人先歇下喝水，抽空一溜烟赶到魏支书家说了来龙去脉。魏支书虽当下黑了脸，却并无惊愕之色。民兵连长当然不知道魏支书早已心里有数，还奇怪魏支书竟然如此处乱不惊。魏支书冷冷地叮嘱民兵连长先稳住那几个人，容他想想再作决断。民兵连长顿时知晓魏支书已把女儿的前程放在第一位，遂庆幸自己没有贸然把武装干事和外乡人直接领过来。民兵连长向魏支书表了忠心，说自己才不管那武装干事咋指手画脚，在这民兵连长的位子上，他牢牢记着毛主席的教导，党指挥枪，槐树村的党就是魏支书，任何情况下，他都绝对服从魏支书的领导，不干半点对不起魏支书的事。

没想到苗伟家乡那边的人说来就来，魏支书到底心里有些七上八下。打从知道苗伟兄妹的身世以及那边组织上的态度后，魏支书对招赘苗伟的事不是没有打过退堂鼓，毕竟自己是一个村子里的政治领袖，这阶级阵线不清的事儿还真不是闹着玩儿的。也是营长鼓舞了他，最终个人利益战胜了阶级观念。与营长一番策划后，先是设法把冬梅的嘴封上。至于对苗伟家乡那边进一步的动作，魏支书寄希望于那边的头头脑脑失去兴趣，没了下文。如果再有书信过来，如法炮制就是了。但现在那边派人过来，麻烦的是还跟着个香陵公社的武装干事，魏支书作难了。

魏支书思来想去，还是决定去找营长商量。

营长得信儿，也是吃了一惊，方知苗伟家乡那边政治气氛远浓于本地。不过营长倒很镇静，说不相信两个外乡人能在槐树村翻了天。思索一番后，营长突然眼睛一亮，说花妹结婚时公社的王书记不是来捧过场么。魏支书说人家还送了一套四卷红宝书和一尊毛主席金像哩。营长把大腿一拍，说难不成要让王书记对这桩婚姻承担领导责任？！魏支书说王书记人家是来道贺的，并不知情，他还担心这事给王书记身上泼了脏水哩。营长却说这事真闹开了，那脏水就泼定了，如能利用这件事做文章，把事态压下去，岂不是把王书记的名声也保住了？魏支书心里明白，营长的意思是拉大旗作虎皮，用王书记来唬住这两个外乡人。营长说外乡人对付起来简单，强龙压不住地头蛇，关键是要治住同行的公社武装干事。

魏支书对营长心悦诚服，当下就决定由营长出面会一会武装干事和外乡人，一切见机行事。

为了确保营长工作顺利，魏支书先是派人悄悄地通知民兵连长魏胜利，说营长魏德茂随后要去见见武装干事和外乡人，让民兵连长务必做好配合。民兵连长正因夹在中间而心绪不宁，一听营长要来，自然是得了主心骨，跟魏支书回话说他一切看营长的眼色。

营长是第一次到民兵连长家串门。营长进门的时候，民兵连长正陪着武装干事和两个外乡人坐在院子里喝水。武装干事正在擦枪，手枪零件散开着摆放在小桌子上。一见营长进来，民兵连长忙不迭地站起来，说老营长今日登门，可得好好指导指导工作。营长看了一眼坐着的几个人，故作随意地说既是有了客人，他改日再来。民兵连长却拉住营长的手说，正好这几个重要的客人需要营长陪陪。

那武装干事从公社下来，自视上头衙门的人，哪肯把寻常的村民放在眼里。待民兵连长喊着“营长”的时候，不由得又有些诧异。直到民兵连长跟大家介绍说这位是参加过抗美援朝的转业军人老营长魏德茂时，他方才迟迟疑疑地站了起来，点了点头算是跟营长打了招呼。民兵连长又把武装干事向营长作了介绍。

营长说：“魏连长，前几日公社的王书记来咱们村，对你们的民兵工作可是提出了要求，你们可要生产训练两不误呀。”

民兵连长说：“咱们村有您这个老军事专家，不会让王书记失望的，您也得常跟王书记说说，多关心关心咱们民兵。民兵的工分补贴，一天只有两分，太少了。”

听着民兵连长和营长的对话，武装干事变得谦恭起来。

营长盯着武装干事问道：“前段时间我在县城碰上县武装部李副部长，说是县上要组织一场冬季民兵大比武，不知咱们公社接到通知没有？”

武装干事站起来，诚惶诚恐地答道：“老营长，我不知道。”

营长看着外乡人，问民兵连长这两位是哪里来的客人。民兵连长说是四川过来的两个基干民兵。营长呵呵笑着，说论起四川可算是有些感情的地方，当年他所在的部队在四川剿过匪，那里山大沟深林密，国民党撤退前留下了大量的潜伏人员，有些骨干分子拉起武装作恶，解放军剿灭他们可没少花气力，他有几个战友就牺牲在四川。那两个外乡人听罢肃然起敬。

几句闲话过后，营长又显得善解人意地说：“魏连长，我本来想跟你提些有关民兵训练方面的建议，你这里既有正经公事，我改日再来。”

民兵连长却神情严肃地说道：“营长，你来了正好，有个事刚好听听你的主意。”说着倒了一碗水递给营长。

营长平静地听完民兵连长的叙述，又看了那两个外乡人随身带来的介绍信，思索了一阵，说道：“这事儿还真不简单，要绷紧阶级斗争这根弦，既要帮助外地同志完成押解任务，又要注意平息本村社员的情绪，防止坏人利用这件事破坏槐树村一片大好的革命生产形势。”

武装干事已经把散开在小桌上的枪械零件装在一起，把枪塞进腰间的套子里，拍了拍枪套说：“老营长您放心，有革命的枪把子在，保管让那些地富反坏右规规矩矩。”

营长摇了摇头说：“毛主席教导我们说，政策和策略是党的生命。这事情还得讲策略。”

武装干事是年轻人，见营长说话政治水平不一般，就下意识地频频点头，说：“老首长就是想得深远。”营长趁热打铁，说两个外乡的同志人生地不熟，别让他们抓瞎，先让他们休息，养足精神，待一切铺垫工作做好了，让他们带人上路就是。两个外乡人客套着说不用客气。营长一使眼色，民兵连长连推带拉地把他们引到里屋一张炕上歇下。

支走外乡人，营长问民兵连长把苗伟和香包的婚嫁情况跟外乡人说透了没有。民兵连长说外乡人知道苗香包嫁到槐树村带上了哥哥苗伟落户的事。对苗伟的婚事，他正不知道该咋说。营长又问武装干事可知道苗伟上了谁家的门？武装干事迷茫地摇了摇头。

“苗伟的婚姻可是一桩革命的婚姻。”营长说，“苗伟奋勇救人，英雄事迹传遍全公社，又丝毫不嫌弃根红苗正的无产阶级后代的瓜女子花妹，与她结为夫妻，这可是一桩佳话哩。”

武装干事瞪大了眼。

“关键的问题是，苗伟与花妹是由公社王书记直接主持的婚礼，王书记还送了厚重的礼物。”营长继续说道。

武装干事吐了吐舌头：“原来是这样，这倒难办了。”

民兵连长说：“我们不能给王书记脸上抹黑。”

几个人沉默了一会儿。营长又问：“那两个人说没说苗伟和香包有啥现行罪状？”民兵连长说只听他们说苗伟兄妹是恶霸地主崽子，竟敢私自潜逃。营长显得胸有成竹起来：“这就不对了。共产党的政策，是有成分论，但不唯成分论。我们有好多老一辈无产阶级革命家都是剥削阶级家庭出身，但最后都背叛家庭，成为革命领袖。这苗伟能奋勇救人，不也正说明他完全符合无产阶级的革命要求么？”营长顿了一下，看了看武装干事，用征询的口吻问道：“你说呢？”

武装干事机械地点了点头。

“依我看，把这两个人轰走算了。”民兵连长说。

“不行。”营长摆了摆手，“那样会把事儿搞砸，他们再跑到县上去，问题就复杂化了。”

武装干事的态度不知不觉也发生了变化：“老营长说得对着哩。我们不能任由外地人在我们这里胡来，我们也不能胡来。”

营长拍了拍武装干事的肩膀："依着我看，这事情还是交给槐树村自己来办。村上有党支部，魏连长觉悟也挺高，相信会执行好政策。你从公社下来，分寸不好把握，可以不参与具体工作。你介绍了魏连长，任务就算完成了，莫若你先回去？"

武装干事稍稍有些迟疑："那我回去咋跟部长说？"

营长哈哈一笑："你只说你见过魏德茂了，魏德茂让你先回去。"

武装干事如释重负，说他立马就走。又交代民兵连长，一旦那两个人问起他来，只说公社突然派人来找他，有急事先回去了，有什么问题，可再去公社找他。营长笑眯眯地点头认可。

武装干事一走，营长跟民兵连长又合计了一阵，当下有了主意。营长告辞出门时，眼光又落在了小桌旁一个竹篾编成的毛主席诗词画框上，那上面的内容是"风雨送春归，飞雪迎春到……"见营长关注，民兵连长说这是那两个外乡人送来的礼物，他打算随后挂到民兵连部去。营长思索了一下，说留着正好派上用场。

德强老汉这几天真可谓人逢喜事精神爽。队上资助盖起的房子已经干透了，他又把饲养室前些年给牲口圈消毒后剩下来没舍得扔掉的石灰泡了水，把那新房的内墙仔仔细细地刷了一遍。念牛的婚房已布置就绪。有念莲给念牛准备的新里、新面、新棉絮的被褥，外加一身毛妞爹送念牛的簇新劳动工装，德强老汉相信自家儿子的婚礼会圆圆满满。

念猪的喜悦程度丝毫不亚于念牛。念牛是个不肯把情感溢于言表的人，幸福来临之际，他似乎更显木讷了，每每有人跟他开玩笑说他要当新郎官时，他只会咧开嘴巴笑一笑，那模样儿倒像是哭一般。念猪就不同了，看着那收拾停当的新房，就像是自家院子里搭起了戏台，单等着那装扮耀眼的演员登场。念猪觉得这是自家的盛事，是值得所有村民羡慕的盛事。在学校里，念猪觉得自己不再比别的同学气短，在村子的街道上，他恨不得所有人都跟他谈起有关他嫂子的话题。

没有人能理解念猪的心情。念猪是在姐姐念莲的怀抱里长大的，姐姐是他在这个世界上最可亲、最可敬、最崇拜的人。当年姐姐出嫁的时候，他还未脱懵懂，待到明白姐姐已成为人家家里人时，念猪感觉像塌了天，他哭，他闹，他要跟姐姐一同去别人家，可也只是徒劳一场。姐姐的离去，让他感觉一家人的日子过得灰塌塌的，就像一窝遭过瘟病的鸡一样。唯有在姐姐偶尔回来的时候，他才又开心一回。有时候，他会盼望夜晚，因为他常在梦里跟姐姐在一起。然而现在，一个突然的缘由，一个陌生的外乡女子闯进了念猪家，让本来静得像死水的院子顿时掀起了浪花，这个女子是准备给哥哥念牛做媳妇的，但念猪却感觉到一丝姐姐要回来的气息。在姐姐家，他和嫂子香包说话，对嫂子的好感又增加了几倍。他开始憧憬，这样的嫂子一旦成为自己家里的成员，他就会像当年姐姐出嫁以前一样，有热饭吃，有干净衣服穿。现在，这幸福的生活眼看着就要来到了，有什么理由能让他掩饰自己的喜悦之情呢？

两挂大车已经装饰得停停当当。德强老汉当饲养员之前，是远近闻名的车把式，吆车接新媳妇的次数，已经记不清了。近年来虽说车赶得少了，但遇上谁家娶亲需要多赶彩车时，德强老汉仍常常披挂上阵。这回娶儿媳香包，虽说“娘家”客人不多，但魏队长还是开恩派出两挂彩车。魏队长说喜事虽是念牛的，但门面却是五队的，不能太寒酸。德强老汉这回自告奋勇再当一回车把式，或许他要为自己的赶车生涯留下一个完美的句号。头天下午，德强老汉把队上的两挂木轮大车仔仔细细地刷了几遍，又从饲养室水缸里舀了一盆水，把车厢里残留的粪渍擦洗得干干净净，再背来一背篓麦秸，把两个车厢垫得松松软软。末了，才将队上晒粮的芦席拱起来篷在车顶上，又把借来的两条大红被面扎成牡丹花状分别挂在芦席棚顶上。德强老汉干这些事儿轻车熟路，何况还有小儿子念猪跟前跟后做帮手。念猪的心劲儿更是高得不得了。按着乡俗，娶媳妇的彩车上来回必得有一个小男孩做“押车娃”，因为有父亲这个车把式，念猪就常常近水楼台先得月。做押车娃除了得个一毛两毛的红包外，男女两边的好吃好喝是少不了的。念猪做押车娃跟父亲搭档了很多回，这一次父亲为哥哥娶亲赶车，念猪当然得随车来往，只不过心情大不相同。他绝不会再惦着那浸过不少人汗渍的红包，贪图那塞进口袋的几把瓜子和核桃，他要用自己的行动去迎接自家红红火火的新生活。念猪盼这一天盼得太久了。父亲扎彩车的时候，念猪就在心里琢磨着明日随父亲到姐姐家时，嫂子香包会装扮成啥样子，那大辫子会垂在胸前，还是会搭在后背上。

鸡叫二遍的时候，爹推了念猪一把，说该起身了。念猪知道，爹昨夜一夜未曾合眼，因为他能感觉到爹不停地翻身，中间还摸索着抽了几袋烟。只是爹不知道，念猪也是翻来覆去地睡不着。昨晚二癞的爹阉客替德强老汉看管牲口，他就回家来住，也图的是好好歇一宿，攒下劲儿今天赶车接回儿媳妇，却不承想一夜不曾入睡。

念牛起来得更早。念猪走出房门时，黑乎乎地看见哥哥坐在房檐下的草墩上。念牛已经把那身新劳动服工装穿上，还戴上了一顶鸭舌帽，模模糊糊的光线中，念猪觉得哥哥有一丝滑稽。

念牛和念猪随爹摸黑赶到饲养室时，阉客正在给牲口槽中添晨草。见德强父子进来，阉客就急着要去解那槽头牲口的缰绳。德强老汉连忙拦住，说牲口跟人一样，吃饱了才好上路，哪有从出门人手中夺下饭碗的道理。德强老汉又蹲下身抽了一袋烟，直到那食槽中的草料被吃得干净了，高脚头牯响鼻喷得一串一串时，德强老汉才把烟锅在鞋底上磕了磕，起身张罗着套车。可巧另一个赶车人也到了，德强老汉免不了又是千恩万谢。几个人从槽头解下了牲口，麻利地套在车上。

随着一声清脆的响鞭，德强老汉顿觉精神抖擞，那甩出的响鞭不像是吆喝牲口，倒像是给自己发出了号令。辕马和两头梢驴不约而同地扬起了蹄子，牲口项下的铃铛也欢快地响了起来。念猪早已坐在车前帮上。德强老汉叮嘱儿子坐稳实后，手把车沿儿，一纵身像一只踩了弹簧的老猿一样弹起来，稳稳地坐在大车前帮上。德强老汉赶的这辆车是由自己最心爱的枣红马驾辕的，枣红马似乎也知道今天的使命意义非凡，出圈舍时就仰天长啸一声，这会儿更是昂首奋蹄。德强老汉的车领头，另一挂车紧随其后，依然沉睡着的槐树村，洒下了一串串细碎悦耳的铃铛声。

也许是牲口铃铛唤醒了某只公鸡，两挂大车行至大槐树下时，一声鸡鸣划破夜空，霎时间，此起彼伏的第三遍雄鸡鸣叫让槐树村沸腾起来。鸡叫声像是给接亲的人送行，更像是召唤槐树村的人早早地起来为迎接新人做好准备。

老天爷很守本分。秋分刚过，这亮天的速度就显得迟缓起来，鸡都叫过三遍了，天空依然灰蒙蒙的，半弯月牙挂在西边的天际，若明若暗地摇摇欲坠，头顶的北斗七星依稀可见，东方那颗硕大的启明星倒是亮得刺眼。随着大车轱辘咯吱咯吱地转动，东方的云朵背后终于散放出几道金色的光。大地苏醒了，万物扯去了帷幔，毫无羞涩地把自身形象毕现在人们的眼帘中。道边的杨树叶儿已经有些泛黄，一阵风吹来，哗啦哗啦的响声带下几片黄透的叶子，摇曳着飞向远处。地里的苞谷棒子已经收获完毕，只剩下一地枯干的苞谷秆，在静静地等候着被收割。歇茬的田里显然已被播种过，地面上透出了一层薄薄的绿意。周而复始的生命轮回，让这个世界永远充满着活力。

念猪和念牛分别坐在两辆车上。念猪坐在爹赶的这辆车上，先是在撑着芦席铺着麦秸的车厢里小躺了一会儿，不大工夫就轻手轻脚地又爬到前车帮上，靠着爹的背坐了下来。德强老汉怕风凉冻着孩子，叫念猪回到车厢里去。念猪却突发奇想地要求爹把鞭子交给他，由他来赶一会儿车。德强老汉哪放心让念猪操起赶车鞭，跟念猪说这一挂车连带着车头前的牲口可是五队的小半个过活，咋能让毛孩子当耍子。念猪懂事，也不再淘气，就跟爹拉起了话儿。念猪问爹这是不是最后一回赶车。德强老汉笑着朗声说：“赶明儿我念猪娃子娶媳妇，爹还要赶一回车哩。”

见儿子没有搭腔，德强老汉回过头，却见念猪低着头像是想事。德强老汉有意逗儿子：“猪儿，你盼不盼快快地长大了好娶媳妇？”

念猪答非所问：“要娶媳妇还得盖房子，咱家这回要不是队上派劳力出麦草，房子怕是盖不起。”

“瓜娃哩，”德强老汉又是一个响鞭，那木轱辘的转动声明显响亮了，“咱家日子过得穷，那是爹本事不强。等到你长大了，你跟你牛哥搭伙使劲，日子保准越来越红火。甭说盖一间新房，就是另起一个新院子，说不定都不在话下。”

念猪把头扬起来，憧憬着爹的宏伟设想。

“猪儿，你觉得你嫂子咋样？”德强老汉问儿子。

念猪一时不知道该咋样回答。

德强老汉叹了一口气：“猪儿，你牛哥是个老实人，不会耍奸溜滑。你嫂子接回来，要是能帮着你牛哥一心一意操持日子，也是你牛哥的福气。”德强老汉看似说给儿子听，其实更像是自言自语。

“猪儿，等你长大了，你想娶个什么样的媳妇？”德强老汉把话题又转到跟儿子逗乐上。

念猪的眼前突然浮现出嫂子香包的身影，那碎花短袖下白得像剥皮葱段的胳膊，那又粗又长又黑的两条大辫子，那踢得鸡毛毽子上下翻滚跳舞的脚。他忍不住脱口说道：“嫂子！”

“哈哈哈……”德强老汉放声大笑。

在念猪的记忆中，别说是这样开怀的笑声，就是爹现出笑意的脸，念猪也几乎从来没见过。

日上三竿，两挂彩车驶进念莲的村子。也许这桩奇特的婚姻多少已被村人们知晓，德强老汉感觉得出，打从车进村口起，瞧热闹的村民数量就非常多，及至车子赶到念莲家门口，已是人山人海，娃娃们喊着闹着，大人们指指点点。德强老汉来过女儿家不少次，村子里本来就有不少人认识德强老汉，但德强老汉今天的身份可谓复杂，既是念莲的娘家爹，又是新媳妇香包的婆家公，同时又兼作赶车人，光这一点，就够村人们津津乐道了。

念莲已早早守在大门口迎候父亲一行人的到来。毛妞爹头天也专程赶了回来，这会儿也满面春风地前出后进忙活张罗。最高兴的要数毛妞，舅舅和姥爷要过来，而且是赶着两挂扎着彩花的车来，这可是从来没有过的红火事。毛妞心里明白，陪了她几个月的妗子要回槐树村了，她虽然心里不舍，但妗子说等过段时间，就把毛妞接到槐树村多住一段时间，那样她还可以天天跟舅舅一起玩，毛妞当然乐意。老远看见彩车头前的姥爷和舅舅，毛妞兴奋得蹦跳着奔了过去。德强老汉也看见了外孙女，跳下车抱着毛妞亲了一口，又把毛妞抱到车前帮上坐在念猪身旁。毛妞拉着舅舅念猪的手，看着彩车周围小伙伴发亮的眼光，一下子觉得幸福极了。

德强老汉带着两个儿子站在亲家的大门口。念牛的胸前戴着一朵红绸布绾成的花，只是面部表情有些僵硬，像是木偶一般。念猪手里托着早就准备好的木盘，木盘上放着四样东西，谓之四色礼。哪四样？大葱两根，寓意接回的媳妇聪明能干；生姜一坨，寓意新媳妇多生贵子，人丁兴旺；莲菜一束，寓意今日喜结连理；大肉一吊，寓意婚后生活富足殷实。只可惜那莲菜和大肉都是用木头刻成的，这一带不产莲菜，猪肉也稀罕，故而莲菜和猪肉都用道具代替，循环使用。因为家家户户如此，约定俗成，谁也不见怪。

很少有人知晓，这仪式实在是有些难为了念莲。按乡俗，香包今日辞别毛妞的爷爷奶奶，以女儿身份出嫁，念莲自然就成了大嫂子。小姑子出嫁，那还不得让夫家敬上多少礼数才肯放小姑子出门。可娶亲的又是自己的亲弟弟，何况亲爹亲自上门。当姐姐的、当女儿的念莲生怕哪个细节关顾不周，让爹爹和弟弟心里不快。念莲是个爽快人，索性也就撇下讲究，把自己的角色灵活转换。她这边招呼着爹和两个弟弟站在门口拉开架势，那边又急急奔进屋子，搀扶着公婆二老迈着方步走出大门口。

看见久别的亲家翁，毛妞的爷爷早顾不得那些冗繁的礼数，紧走几步，拉住德强老汉的手，连说："好啊！好啊！"德强老汉心里激动，一时语塞。半晌才憋出几个不连贯的词："亲家，香包吃……吃你家几……几个月……"毛妞爷爷"咳"了一声，连连摇头："这么好的姑娘真舍不得让她离开。可话说回来，你把念莲养那么大送到我家，我把香包才养了几个月。"一对亲家四只手抓着摇了半天，久久没有松开。

毛妞早飞身跑回家去给妗子香包报信。待进了屋子，却看见妗子被几个婶子围着，有人给妗子梳头，有人给妗子脸上擦粉。听到喊声，妗子回过头看了她一眼，意味深长地笑了。毛妞忽然觉得妗子的脸上好像放出了光芒，那光芒的颜色白里透红，红里透白，比那年画上的仙女还要耀眼。毛妞不由自主地一阵难过，眼泪竟流了出来。

毛妞的表情吸引了人们的目光。香包正被人打理着头发动弹不得，忙伸出胳膊招呼毛妞到她的怀里去。有人问毛妞高高兴兴的日子里哭什么？毛妞说妗子好看得跟仙女一样，怕妗子飞到天上去。一屋子的人就都哄笑起来。

德强老汉领着两个儿子接亲的时候，自家屋子里就由弟弟德刚带着儿子念富和念贵张罗着招呼上门作贺的客人。虽然念牛的婚礼规模和档次比起魏支书家花妹的婚礼天差地别，但宴席总还是准备了几桌。无酒不成席，德强老汉早前几天已跟冬梅讨要了几瓶消毒用的酒精，按半对半的比例和着井水配好了喜酒。虽然席面上的红烧鱼、清蒸鸡都是木刻的模子，但白菜、萝卜之类的素菜还是应有尽有。德强老汉把彩头押在一盘炒鸡蛋上，他自信这盘硬菜能给自家挣来体面。

按照习俗，德强老汉五服内的本家基本都到了。本家们知道德强家的光景，也都在自家屋子里提前填饱肚子。大家只等着那彩车进村后，红红火火热热闹闹地把新媳妇接进来，然后一哄而散。可令德刚没有料到的是，营长也早早地到了，而且特别叮咛说自己要吃席面，务必在席上给他留四个位子，最好再安排几个能喝酒的人作陪。

不说德刚，连德强老汉也压根儿想不到，为了保住念牛和香包的幸福，营长要在这场简单的婚礼上，上演一出鸿门宴。

再说前日民兵连长家来的那两个外乡民兵，休息起来不见了作陪的武装干事，问民兵连长时，民兵连长说武装干事突然有急事回了公社，把一应配合抓捕苗伟兄妹的事务悉数交给他来办理。民兵连长说凭着槐树村几十号男女民兵，布下个天罗地网不成问题。关键是要注意行动计划的保密性，以保证采取行动之前不让苗伟兄妹溜号，这就得两个外乡来的同志待在自己家里，不要外出走动。两个外乡民兵两眼一抹黑，焉有不赞同的道理，也就规规矩矩守在民兵连长家里，静静等着消息。等到第二天，民兵连长传过来准信儿，说那兄妹中的哥哥苗伟前几日随本村一个在远山林场中工作的工人奔赴林场干临时工去了，剩下妹妹苗香包许给了本村社员魏念牛做媳妇，明日即将举行婚礼。民兵连长建议趁着婚礼之际，组织几个本村民兵配合外乡同志将苗香包现场抓捕，动静闹得大一些，既让魏念牛一家无话可说，也好教育本村社员群众擦亮眼睛。两个外乡民兵拍手称好。民兵连长又表示，对于苗伟的踪迹，待查到进一步的信息后设法通知外乡同志，或者请求林区工人民兵协助抓捕。

对于这样的安排，两个外乡民兵求之不得。其实，对于抓捕哥哥苗伟，他们之前并不十分感兴趣，按照他们临行前村上领导的交代，这苗香包人小鬼大，自己逃脱阶级专政不算，竟然还打信给本村同龄女子莉娜进行策反，实属挖社会主义的墙角，故这次跨省执行任务，不管苗伟能否抓到，务必将苗香包押回原籍。有这样的原则性交代，两个民兵乐得押回一个小女子既轻松又解闷。

又过了一夜，两个外乡民兵养足精神，早早起来收拾停当，单等着在魏念牛和苗香包婚礼现场如神兵天降般大闹一场。

民兵连长的家距念牛家直线距离不过几百米，当一阵清脆的鞭炮声响起时，外乡民兵知道苗香包的婚礼开始了，想着即将在这异乡土地上展示风采，外乡民兵一阵激动。半个时辰后，民兵连长一挥手，早已在院子待命的两个本村民兵陪着两个外乡民兵，一行四人雄赳赳气昂昂地向念牛家走去。民兵连长还特意让外乡民兵把那份礼物抱着，说好在抓捕现场当着广大革命群众的面，将来自远方的深情厚意献给槐树村。

为何民兵连长没有随外乡民兵一同前行，这正是营长布下的机关。民兵连长告诉外乡民兵，第一步先由本村民兵协同外地同志徒手去魏念牛家，确认苗香包的身份，无误后设法稳住局面；第二步由民兵连长集合部分民兵带武器组织抓捕，并召开现场大会，对民兵们以实战演练方式进行宣传教育。客随主便，民兵连长的方案，外乡民兵哪有提出异议的权利，只是做梦也想不到稀里糊涂地钻进圈套。

主客方四个民兵走到念牛家门口，早被营长交代好的念富和念贵兄弟俩接住，异常热情地拉扯着坐到预留好的座位上。那矮个外乡民兵待要提出异议时，却被本村民兵以与贫下中农打成一片为由连蒙带哄地安排坐定。这婚礼现场本来就闹哄哄一片，婆家的主人和娘家客人来自四面八方，故而两个生面孔并没有引起大家的注意。宴席一开，那吆五喝六的猜拳声不绝于耳。乡下人忙得久了，好容易逮着个放松的机会，岂能不一醉方休。两个外乡人受到感染，也不知不觉地举起了杯子。岂料已然中计，只觉得本地乡党热情好客，络绎不绝的敬酒者个个盛情难却，也不知喝下多少杯。连苗香包的面还没见上，已是双双酩酊大醉。

德强老汉用来招呼客人的喜酒是冬梅提供的医用酒精配制的，难说在兑水过程中比例能掌握得恰到好处。喝了这种酒，吐得昏天黑地的人不在少数，那两个外乡人又不是金刚不坏之身，如何能经得起这般折腾？直到民兵连长闻讯赶到时，两个外乡人仍迷迷瞪瞪。

民兵连长是在获悉两个外乡民兵已经大醉的情况下赶到现场的。看到民兵连长，高个外乡人竟然举起酒杯要和民兵连长干杯，遭拒后更是强行将酒杯凑到民兵连长的嘴边，拉扯中杯中的酒悉数洒在民兵连长的衫子上。民兵连长半是恼怒，半是借题发挥，一记响亮的耳光赏给了外乡人。

高个外乡人挨了耳光，酒醒了一大半，捂住发烧的脸蛋，不知所措。另一个矮个待要张口分辩时，民兵连长却不由分说朝一旁挥了挥手，过来几个人将两个异乡人连拖带架着离开了念牛家。

发生在念牛和香包婚礼上这一桩本该惊心动魄的事，竟然没有引起多少人的注意，甚至民兵连长怒扇外乡人耳光的场景，也被参加婚礼的人误以为司空见惯的酗酒打闹。从进门就被迎进新房的苗香包也一直蒙在鼓里，她根本不知道院子的酒桌上居然坐着千里之外来抓捕她的家乡人。

那两个外乡民兵头昏脑涨地又被请回民兵连长的家，努力回味着进入婚礼现场的根根节节，却悟不透变故出在哪里。二人坐立不宁地在院子里来回打转转，却不敢贸然出门去看个究竟，毕竟人地生疏，再捅出个娄子怕是跟谁都没法交代。直到掌灯时分，才在望眼欲穿中看见民兵连长腋下夹着一个木框一脸怒容地回来，身后还跟着那个被称为营长的复转军人。

高个外乡人依稀还记得醉酒中挨耳光的情景，看见民兵连长，就不由得把手掌贴在自己的半边脸上。矮个外乡人讪讪地搓着手，口中不停地念叨着："添麻烦了，添麻烦了。"

民兵连长把腋下夹着的木框子往桌上一拍，恶声恶气地说："你们干的好事！"

两个外乡人伸长脖子，细看那木框子。这不看不打紧，一看不约而同打了个激灵。那木框子不是别的，正是他们从千里路外带给槐树村的礼物，那个竹篾编制的毛主席诗词画框。只不过那诗词落款处毛泽东三个字后面，又被人用墨汁写上"魏念牛苗香包同志大婚贺喜，苇子壕村革命委员会"。

民兵连长盯着呆若木鸡的外乡人，一字一顿地从牙缝中挤出问话："你们——到底——是——干——什么的？"

矮个外乡人哆哆嗦嗦："不——不知——道咋搞的。"

民兵连长说："我集合了二十多号民兵，战前动员都做过了，可你们两个唱主角的却喝得东倒西歪，还竟然让人在毛主席诗词上写了贺词，多亏我发现得及时，没让民兵动手。毛主席的诗词做了礼物，魏念牛和苗香包的婚礼就成了革命的婚礼，难道你让我们槐树村的民兵集体成为现行反革命不成？"

民兵连长言语中的逻辑关系未必能为外乡民兵所接受，但基本的意思外乡民兵应当听明白了，那就是再想抓回苗香包，就与反革命无异了。矮个外乡民兵回忆着中午进那家人屋子的过程：老远有人热情地从他的手中接过诗词画框，他只道那是革命群众的接待礼节，何况客随主便，哪里能料到在这个不经意的环节上大意失荆州。心里想着，嘴上就喃喃地说：“连长，我们被人算计了。”

“没有人算计你们，”半晌没有说话的营长开了腔，“出了这样难收场的事，连长跟我商量怎么办。我原本以为这是阶级斗争的新动向，悄悄了解了一下，才知道事情原委。原来你们把那个画框交给事主家，事主家误以为是送来的贺礼，又见你们在酒桌上喝得开心，打听得你们是苗香包家乡来的客人，为了给你们撑面子，就请人在画框上写下了一行贺词。”营长又加重了一下语气：“这事千不该万不该，你们不该把如此贵重的宝物随意交给不知底细的人。”

两个外乡人面面相觑，高个儿不停地挠着头，矮个儿不住地搓着手。半晌，矮个儿苦着脸问民兵连长：“连长，这事儿我们回去可咋交代？”

民兵连长余怒未消：“咋交代是你们自己的事情，我现在只惦着我咋给我们的民兵队员交代。”

“魏连长你得有些气度。”营长说，“外地来的同志人生地疏，出了失误也是可以理解的。我们要发扬互助友爱的革命精神，帮助他们克服困难。”

民兵连长说：“这件事要是发生在我们民兵连，依着我的脾气，我立马把他开除出民兵队伍，不治他个现行反革命罪算是便宜了他。”

见营长说话和气，外乡民兵把转机的希望寄托在营长身上。矮个瞅着营长，眼神中透出无限的恭敬：“老同志站得高、看得远。”

“依着我的看法，”营长说，“苗香包的婚礼有了来自家乡的毛主席诗词作贺礼，就自然要受到革命的保护。要是再去折腾，既会给槐树村革命生产秩序带来混乱，也会让你们苇子壕村那边下不来台，影响两地革命关系。”

到了这份上，外乡民兵也只有借坡下驴了。矮个儿无可奈何地说：“我们听老同志的。”

营长继续说道：“事已至此，为了二位同志回去好复命，最好把事情简单化处理。你们回去，就跟村上说那苗香包随着哥哥苗伟在槐树村待了个把月，最终没得到群众同意，没能落下户口，就又离开了。至于去向问题，暂时不得而知。若你们那边再来询问，我们安排这边做好配合工作。”

两个外乡民兵相互对视一阵，无可奈何地点了点头。现在他们纠结的已经不是能不能抓回苗香包的问题，而是他们如何回去交差的问题。

“关键的问题还是你们自己，”营长又似语重心长地叮嘱，“这事本也不是坏事，剥削阶级家庭出身的人大多也都是可以教育好的子女。苗香包在我们槐树村这个革命熔炉里，也会出脱成革命群众的一员，你们也算是歪打正着做了一件好事。为了不引起误会，不给你们自己惹麻烦，你们知道该咋样管住自己的嘴吧？”营长的话，无疑是在安抚两个外乡民兵焦躁不安的心，以便让他们心安理得地回去说谎，并且把真相烂在肚子里。

两个外乡人频频点头。

应付完外乡民兵，民兵连长把营长送出自家院门。夜色中，两个人不约而同地笑了起来。

此刻，德强老汉家的院子里才算进入婚礼的高潮。外乡民兵抓捕苗香包胎死腹中的惊险事端，村民们被蒙在鼓里。到了天黑，苦闷中劳作的村民尤其是年轻人岂肯轻易放过这难得的闹新房的逗乐机会？吃罢晚饭，一大群后生就先拥入德强老汉的家，端的让这个寻常清清冷冷的院子挤得水泄不通。按乡俗，主家娶媳妇，乡亲们顾着宴席上待客人数的限制，白日上门作贺时多少有些畏首畏尾，但夜幕降临后的闹新房却是断断不能漠然。来闹念牛新房的人出奇地多，这有几个特别的原因。一是苗香包是外乡人，又被传言貌若仙女，大家就想近距离地看看插在念牛这堆牛粪上的鲜花到底有多娇嫩。二是毕竟苗香包兄妹是经由社员大会决议通过批准落户的，大家的潜意识里就有一种做出奉献后理所当然地享受一下被感恩的滋味。第三个原因大家心照不宣，几日前花妹和苗伟的婚礼虽在规模和档次上办得空前绝后，但基于花妹的具体情况，作为婚礼中必不可少的闹新房环节却不得不省略，人们就自然而然地把这份遗憾填补在可被称作花妹小姑子的苗香包婚礼上。

新房的顶棚上吊着马灯，是从生产队借来的，这也可以算作惯例。马灯的用途除了晚上记工使用外，最大的用场就是出借给社员用于红白喜事。马灯把屋子照得亮如白昼，婶婶姨姨们像观赏稀罕物一样前脚赶着后脚进房子，把香包从头到脚放肆地品评一番。在此起彼伏的啧啧称赞声中，香包的脸羞得通红。

闹新房要讲规矩。长辈的男人们是不能参与的，否则会被认为老不正经。晚辈的女人们也不能参与，否则会被视为有伤风化。通常是婶婶姨姨们先行在房中轮番把新娘子夸赞和勉励一番，然后就把时间留给那些急不可耐的未婚后生们。俗话说嫂子的尻蛋子，兄弟的一半子，日常只能在骂人的言语中展开性幻想的未婚小伙子们，可以在闹新房的过程中不顾忌触碰底线地完成自我启蒙。念牛是晚婚，年岁一大，那唤香包作嫂子的小伙子可就不老少。天黑透的时候，德强老汉的院子已是人山人海，那新房里更是无处插足。

初时，念牛和香包一同待在房间，被要求着和香包做各种各样的亲昵动作。念牛到底不忍心当着众人的面，让这个虽被称作媳妇却实在陌生的小姑娘难堪，就极力违拗着众人，却不承想被二癞抓住胳膊强拉到房子外面。新房只剩下香包，有些人就禁不住心中的骚动，众多看不见主人的手前后左右在香包的身上揣摸。渐渐地，香包的表情从无可奈何转向恐惧，她不由得双手紧紧抱住前胸，肩膀上下起伏，浑身瑟瑟发抖。

谁也没有料到，随着“啊呀”一声大叫，从人缝中钻出了念猪。念猪用手使劲地拨拉开香包四周的大手，拼尽力气喊道：“不准欺负我嫂子！”

众人不禁哈哈大笑起来。二癞说：“念猪，新媳妇是你哥的，又不是你的，你发的哪门子神经？”

念猪毫不示弱：“我哥让你拉到门外去了。”

二癞嘻嘻笑着：“你哥不在，你就替一下你哥，你敢把你嫂子裤子拉下来，你就是个男子汉！”

“呸！”念猪把一汪口水稳稳当当地吐在二癞的脸上。

二癞没想到这个比自己低过一头的半大小子竟敢当众如此冒犯他，一时气血上涌，也顾不得场合，抡圆胳膊，一个巴掌打在念猪嘴巴上，念猪的脸上顿时出现了五个暗红的指印。念猪愣了片刻，突然间扑上去一口咬住二癞的胳膊，二癞立时像杀猪似的哇哇大叫起来。

闹新房突然变成了一场殴斗，人们的焦点一下子从香包身上转移到念猪身上。念猪死死地咬着二癞。二癞此时大概也意识到方才那一记耳光抽得有些鲁莽，毕竟跟一个孩子动手是让人瞧不起的事情。又羞又恼的二癞抓扯着念猪的头发，无奈那念猪像小猴缠上笨熊一样令二癞甩不掉、解不脱。看热闹的不嫌事大，闹房的人巴不得多有几个插曲，哄笑中有人喊加油，有人吹起口哨。

“念猪！”明显带着哭腔的女子声音让一屋子人瞬间静下来。

屋子里的女人只有新媳妇香包，无疑这是香包的喊声。何况，那浓浓的异乡口音更让人感到异乎寻常。

随着香包的喊声，念猪终于松开了口，却依然昂着头准备反击二癞的再次侵犯。那二癞若斗败的公鸡一般垂头用另一只手捂着被念猪刚刚咬过的部位，脸上却做出一副不屑的神情。

香包把念猪往后拉了一把，冲着二癞说：“大哥，是我兄弟念猪的不对，我给您赔个不是。”

二癞找到了下台的茬口，又拉下了脸：“哟呵，谁是你大哥，我可是念牛的兄弟，还得叫你嫂子。你现在说咋赔？”

香包低下了头，思索了几秒钟，突然又抬起头，盯着二癞，神情坚定地说：“你朝我脸上吐一口！”

二癞一时不知所措，张口结舌不知说什么好。人们的兴奋点似乎又被调动起来，哄笑声又高涨了。不知谁喊了一句：“二癞加油，新媳妇发了话，你敢不敢贴着新媳妇的嘴把口水吐进去。”又有人领了个头，房间内响起了一片掌声。

“消停一下！”院子里突然炸雷似的一声吼叫，房内的人不约而同地转过身把目光投向门外，原来是营长魏德茂站在房檐下。

营长是在对付完那两个外乡民兵后赶过来的。虽说已用计谋治住了不速之客，但营长到底还是不放心，他觉得还应当叮嘱德强老汉几句，切不可让香包随意单人外出，以免碰上外乡人生出变故。何况，德强老汉一家人除了隐隐约约知道香包的家乡有人来过之外，具体的根根节节并不知晓。营长觉得应当让他们知道原委，也便于日后多留些心眼儿。不想进院子后却碰到急得像热锅上蚂蚁般的念牛。营长问念牛为何如此，念牛就把他眼见的新房内发生冲突却苦于不能掺和的情形说给营长。营长在房门外又冷静地观察了一阵，关键时刻，呐喊制止。

营长是德高望重之人，槐树村男女老少没有几个人敢不把营长放在眼里。营长外边一发话，闹房的人个个低眉顺眼。有人就挪开身子出了新房。二癞也觉无趣，摇了摇头也抽身准备离开。

香包忽然抓住二癞的衣角，怯怯地说："大哥，不，大兄弟，您消消气，我给您唱首歌吧！"

"你会唱歌？"二癞随口问道。

香包很认真地点了点头。

闹新房让新媳妇唱歌，这可是从来没有过的稀罕事。香包自告奋勇的举动显然又点燃了一帮闹房人的激情。何况，人们从营长的表情中判断出赞许和鼓励，随即一阵掌声又响了起来。

香包略略思索了一下，清了清嗓子，脆亮的歌声响了起来：

天大地大不如党的恩情大，
河深海深不如毛主席的恩情深。
……

香包的嗓音惊煞了一帮年轻人。一曲歌罢，屋里屋外竟然出现了短暂的沉默，沉默之后才爆发出更热烈的掌声。掌声中有人高喊："再来一个要不要？""要！要！"的呼喊声震得房顶嗡嗡作响。香包也不推辞，又继续卖力地唱起来。香包唱的都是语录歌，念猪也会几句，见嫂子唱得好听，忍不住也跟着哼唱起来。一时间，年轻小伙子们都跟着唱起来，更有人扯开嗓子把声音提高到极致，几十号嗓子汇成的声音，能掀翻房顶，德强老汉家里霎时沸腾起来。

人声鼎沸之际，营长把德强老汉和念牛招呼到另一个房间，三人坐定，营长又让念牛去外边把念猪也叫进来一同说话。

听说是营长伯伯传他说话，念猪心里明白是为了和二癞打架的事。虽说心里忐忑，但他并不后悔刚才的举动，他不能眼看着嫂子让别人欺负却无动于衷，他要跟营长伯伯把理说清。待念猪随念牛进了房间，却见营长伯伯满脸笑意地瞅着他，不觉又有些诧异。

营长问："念猪，你嫂子的歌唱得好不好？"

念猪不假思索地答道："好！"

营长说："依我看，念牛娶回了个媳妇，说不定也给咱槐树村文艺宣传队娶回了一个台柱子。"

文艺宣传队是槐树村一帮男女青年组建的业余文艺队伍，不定期地会聚在一起唱唱语录歌，跳跳忠字舞，心血来潮时还会串着在各生产队的田头为社员表演节目，美其名曰把毛泽东思想的温暖送到贫下中农的田间地头。虽说唱唱跳跳都属于小儿科，但却是槐树村政治挂帅的重要表现。宣传队的成员还都有工分补贴，所以谁家的年轻人能进入宣传队，自然也是家庭的荣耀。香包将来要是能进宣传队，不用说念猪也会在同学中扬眉吐气。听了营长的话，念猪现出兴奋的神色。

"念猪，你今天做得对！"营长说。

话一落音，念猪吃了一惊。难道营长伯伯是在表扬他？自他有记忆以来，只要和别人打架，父亲都会凶他，学校的老师也不例外，老师最常说的话就是"一个巴掌拍不响"。没想到今天槐树村人人敬重的营长伯伯竟然肯定了他按常规应当受到批评的举动。

"你已经是个男子汉了，有保护家人的义务。看到嫂子受人欺负，你能挺身而出，真的不简单。"营长说。

念猪害羞地低下了头。

“不过，凡事都有个分寸。”营长话头一转，“人家闹新房的人都是给咱家来捧场的，咱们还是要以礼相待。你给人家脸上吐口水，咬人家的胳膊，总是做得有些过分。”

营长伯伯的话入情入理，念猪心里一百个认可，他使劲地点了点头。

营长说：“一个篱笆三个桩，一个好汉三个帮，咱老魏家自古以来就是一大家人，大家可得相互帮衬着过光景。就拿你嫂子香包和苗伟进村落户的事来说，还不是乡亲们大仁大义么？所以对乡亲们一定要感恩。”

德强老汉说：“德茂，若不是你鼓捣这件事，咱念牛只怕是这辈子要打光棍到老了。”

“这恩惠还得记到大家伙的身上，不过……”营长脸色陡然严肃起来，“这桩好姻缘要守住，还得咱们大家齐心协力。”

念猪只觉得像是被一盆冷水从头浇到脚，惊得大张着嘴巴合不拢，难道已经进了门的嫂子还能再飞走不成？德强老汉和念牛也是吃惊不小。

营长就把这几天发生的事情大略地讲了一遍。

德强老汉如梦初醒：“我今儿个只听别人说咱家的婚礼上来了两个外乡人，我还以为是谁家的客人顺道上门看热闹，不想竟有这等麻缠的事。”一边说着话，一边嘴里唏嘘不已。

念猪把牙关咬得紧紧的，两个腮帮子高高地鼓起来。

营长叮嘱德强老汉一家务必要多留些心眼儿，近几天不要让香包独自出门，还得提防着那两个外乡人再耍花招。

新房一直闹到鸡叫头遍。初时是一帮小伙子跟着香包合唱，震耳欲聋的声音把沉睡的槐树村似乎唤醒了，后来德强老汉家又拥进来许多人，内中竟有不少年轻媳妇，甚至还有未出嫁的姑娘。新房太窄小了，有人就把马灯从新房中移到院子里，挂在房檐上。德强老汉家成了一个临时联欢场，院子里上百人围成了一个大圆圈，人们席地而坐。圆圈中央先是香包唱独角，其后就有本村能歌善舞者被推上去展示一番。被耍闹的新媳妇成了联欢晚会的主角，槐树村从来没有出现过这样的场面，年轻人的神经从来没有这样被调动过。这个奇特的不眠之夜，注定要深深刻在槐树村男女老少的记忆中。

念猪的兴奋达到了极致，一直只有羡慕别人家份儿的他，做梦也想不到有朝一日自家的院子一夜之间会成为众人欢聚的场所。直到鸡叫声此起彼伏，院子里的人稀稀拉拉开始散去时，念猪还在遗憾着这时辰过得为啥这么快。德强老汉心疼儿媳妇太累了，嘱咐香包早些歇下，又让念牛领着念猪也快去睡。院子里终于沉寂下来。

有人一定奇怪，那念牛既是新婚，为什么要撇下新娘子香包去和弟弟念猪回屋睡觉？这就得称赞德强老汉和儿子念牛的厚道了。原来念牛婚礼定在来年春末，是要等到香包年龄达到十八岁。为免事端，婚礼提前了半年，可是德强老汉在魏支书面前打了保票，说香包不到十八岁，绝不允许念牛碰一下香包的。这就有了一对新人分屋而住的事。

窗户纸发灰的时候，念猪从炕上爬起来，摸索着下地穿鞋。昨夜虽然睡得很晚，但念猪仍是难以入眠，他在巨大的兴奋与强烈的不安中睁着眼睛想事。寻常他和爹睡一间房子，大部分时间爹都在饲养室，剩下他一个人在大炕上横竖由着性子摆放身体，可昨天爹特意让他和哥睡一间房子，他多少还觉得有些别扭。他哪里知道，爹其实是在让他扮演一个角色，一个在道德上约束哥哥的角色。念牛显然也一直醒着，念猪爬起来的时候，念牛说上学的时间还早，待天亮了再起来不迟。念猪却没有答话，自顾打开房门走出院子。

灰蒙蒙的院子里，念猪一眼看见嫂子香包在房檐下站着。香包看见念猪，把手里拿着的东西往身后掖了掖。念猪定睛细看，原来嫂子手里拿着扫把。念猪问嫂子要干啥？香包说昨晚上院子人多，扔了不少的瓜子皮，她想扫一下院子，又怕把一屋子的人吵醒了。念猪又进了爹的房间，却发现爹已不知去向，想来爹还是不放心圈里的牲口，黎明时分又早早地去了饲养室。

出了桄桄门，念猪没有去学校，却是朝相反的方向走去。村子的街道上依旧沉寂，念猪走过的地方，偶尔会引来一声低低的犬吠。狗是有灵性的，念猪和村子里所有的狗都熟悉，看见老相识，聪明的狗都是用这种低吠的方式打着招呼，以示友好。三转两绕，念猪来到了民兵连长的家门口。在大门对过的一个柴垛边上，念猪找了个不易被人发现的地方，静静地坐下来，两只眼死死地盯住民兵连长家那两扇合着的门。

一段时间以来，念猪已经从大人们的言行举止中隐隐约约察觉出哥哥的婚事背后有一些说不清道不明的东西，尤其是姐姐念莲与营长伯伯的频繁走动，让他本能地感觉到会有什么不好的事情发生。直到昨天晚上，营长伯伯的一番话，才让他恍然大悟。一个致命的麻烦正与他们家擦肩而过，但警报并没有完全解除。昨天晚上一夜未曾合眼，他忽然有了一种使命感，既然营长伯伯都把他当成男子汉跟他商量事，那他就得真正担起责任来。现在那两个外乡人还待在民兵连长家，他得提高警惕，防范外乡人再出什么幺蛾子。在他自以为履行神圣使命时，他不想让别人察觉自己的举动，所以他当着哥哥和嫂子的面背着书包出了门。逃学虽然是一件不光彩的事，但是和捍卫家庭幸福相比，他也就不在乎了。

天已经大亮了。各家的头门陆陆续续打开，各队的出工铃声也都相继响起来，人们扛着农具走出院子，街道上瞬间出现了络绎不绝的人流。念猪怕被人瞧见，努力把自己的身躯蜷缩得小一些，又尽力往柴垛中挤了挤。

出工的人下了地，村子又寂静下来。民兵连长家的门仍然闭得死死的。念猪不由得心里有些扑通，难道说那两个外乡人比他起得还早，会不会他们又采取什么新的行动，那可就麻烦了。随着东边的日头一点一点升起来，念猪有些焦虑，那柴垛上的草枝刺得他发痒，浑身一阵燥热。

念猪哪里知道，民兵连长在村子里是半脱产的干部，他不需要随社员一起出工，何况他家现在还住着两个公家的客人，他当然有理由在别人出工时安然地在家里待着。

终于，“吱呀”一声，民兵连长家的大门打开了，门内鱼贯走出了三个人。民兵连长的身后，是一高一矮两个陌生的异乡人。

念猪把身子往后缩了缩，打算在这三个人走出去几十步后再悄悄地尾随上去。但没想到民兵连长却在出门几步后和那两个外乡人握手话别。他们的对话清清楚楚地传到念猪的耳朵里。民兵连长说这次出了岔子，没能让外乡的同志圆满完成任务，希望他们回去能做好解释工作。外乡人说麻烦了魏连长几天时间，这份情会牢牢地记着，希望魏连长能有机会到四川去转一圈。念猪听得一阵惊喜，虽然外乡人的口音听着有些费劲，但基本的意思他听明白了，那就是外乡人要打道回府了，这么说威胁他家的警报该解除了。眼见得外乡人与民兵连长握过手后向村口走去，待民兵连长反身进了自家院子，念猪抬起身子，蹑手蹑脚地跟了上去，他要亲眼看着这两个危险人物完完全全离开槐树村。

离开村子有两三里地，念猪放下心来，看来这两个外乡人真的要走了，念猪觉得自己的使命已经结束，就打算反身回学校。可就在念猪反身之际，却远远地瞧见两个外乡人停了下来，又东张西望了一会儿。念猪一惊，急忙往路边的树后避了避，再定睛看时，两个外乡人站在路边，解开裤带，双双朝路边撒尿。

念猪忽然一阵来气，他觉得这两泡尿像是对自己的挑衅，谁允许他们来到自己的村子祸害人，临走了还要浇上两泡尿臊人？不给他们点颜色瞧瞧说不定他们还会再回来撒野。路边恰好有一道小壕沟，念猪闪身进了壕沟，小跑几步，从沟沿上探出头，见那两人已系上裤子准备前行。念猪从书包中掏出弹弓，把一颗小石子夹在弹夹上，拉开皮筋，瞄准那矮个的后脑勺，口中轻轻念了一声“着”，随着念猪这边石子弹出去，那边矮个“啊”了一声，捂着后脑勺蹲在地上。

良久，矮个站起身来，四处张望了一下，不见任何人迹，狠狠地朝槐树村方向啐了一口，拉起高个，加快脚步，落荒而逃。

念猪开心地笑出声来。

第六章

白露一过，秋播就基本结束了。今年秋季的雨水多，地里的墒情好，麦子下种的时候，因为土壤的湿度太大，犁、耧、耙、磨几道工序就有些费人费牲口。年轻人抱怨活累，年岁大的人就指责年轻人不知道感恩老天爷，说农谚讲得好：“今年麦种泥窝窝，来年开吃白馍馍。”但不管怎么说，待到麦子种完，端的是人困牲口乏。磨完最后一垧地，魏队长宣布五队放假三天，说大家累了一季，在家歇着干干家务，或是去走走亲戚散散心。

原本秋播之后就应当进入农闲季节，地里无活可干的情形一直会持续到来年春末。每到这个时候，有人就会说过去种田时忙上大半年，还能歇个小半年，但自从有了生产队以后，一年四季都得流汗，也不知是科学种田需要，还是像上头说的人们的生产积极性提高了。这不，三天假刚放完，五队又开社员会，魏队长宣布公社的决定，说今年冬季农田基本建设大会战地址确定在北庙村，三分之二的男劳力要抽过去，另外村上还成立了铁姑娘排，鼓励年轻女劳力报名参加。

农田基本建设大会战是近年来不可或缺的浩大工程。每年初冬开始，公社把各村的主要劳力集中在一起，把千百年来一成不变的自然坡地削高填低，一个会战季下来，靠蚂蚁搬家式的人海战，生生地用柳条筐和手推车、架子车整出几百亩平地来。尽管这种改造后的平地因为熟土层和生土层大翻转，几年种不成庄稼，但上头说平整土地虽是牺牲眼前局部利益，却是造福千秋万代的宏伟大业，这种基本建设也只有在社会主义大家庭才能做到。为了体现社会主义的优越性，就要让农闲不闲。因为大会战集中了全公社大部分的劳力，所以规模甚是宏大，动不动就是几千人。会战场上，以大队为单位划定区域，每个大队以自己的队旗为标志，宛若部队建制一般。往往工地上还会搭起一个简易房子，挂上某某农田基建会战指挥部的牌子，房上竖起高音喇叭。红旗飘飘、人声鼎沸的场面，纵使再麻木的人也会心潮激荡。因为参加会战的社员太多，受益的东道村缺乏接待能力，所以参战人员就都得风餐露宿，白天两顿饭也是雷打不动的开水泡窝窝头，晚上男女分区露天打地铺。好在冬天不会下雨，偶尔下雪时不待雪片融化抖掉衣被上的落雪也就行了。但即便如此，每年参加会战的男女社员积极性还是很高。这里面有几个原因，一是参加会战就意味着能吃上公家饭，可以给家里省一份口粮；二是工分不少挣，还能解闷看稀罕，何况公社还时不时组织各村现场联欢会，比窝在自家村子里有意思；还有一个摆不上台面的原因，那就是怀春的小伙姑娘们都希望在一场会战后挂搭上一个情投意合的人。所以在会战期间，人人都想展示最勤劳的自己，如果能被工地上的广播或临时板报表扬一番，那可是莫大的荣誉。

念牛照例被抽调参加北庙村农田基建大会战。香包作为五队的新社员，心血来潮也报名参加村上的铁姑娘排，却不想遭到魏队长的拒绝。魏队长给出的理由是香包刚过门做新媳妇，要先适应一下槐树村的革命生产环境，劳力大部分都抽到北庙村去了，五队还有零散的活路要干，留守人员工作也很重要。再说几十头牲口忙了一季掉膘不少，需要德强老汉精心侍弄，香包给公公做好饭，也是间接为饲养室这个重要岗位做贡献。香包把报名遭拒的事说给丈夫和公公。念牛没吭声。德强老汉说难得魏队长体谅自己家。

念牛随着大多数壮劳力去了北庙农田基建会战工地，香包作为留守劳力留在村子里。德强老汉铆着劲给牲口补膘。念猪忙着期末考试，再过几天领到成绩通知书，学校就该放寒假了。

嫂子进家门也就几个月时间，念猪实实在在感觉到生活发生了大变化。当初姐姐说给家里娶个嫂子就有热饭吃，没想到当真就变成了现实。以前念猪放学后吃饭比别的同学快得多，往往是别人端着饭碗站在门口开吃时，念猪已经早早站在村口等着别人来玩。那是因为念猪的饭吃得简单，头天蒸过的红苕或窝头就是现成的饭，三口两口填进肚子就算饭吃完了。嫂子的到来，让念猪吃饭也有了端碗品味的过程。这让念猪似乎又回到了姐姐出嫁前的状态中，念猪当然非常快乐。不过快乐之余，念猪也受到些约束，例如嫂子不让他喝生水，几次把他刚刚从水缸中舀出来的水连同水瓢一起夺走；再就是嫂子很讨厌他打赤脚，往常回家时他喜欢两脚左右一甩把鞋子脱掉，光脚来回走着自由自在，可嫂子却每每把鞋子捡起来放在他脚下，他不穿上鞋子嫂子就不肯离去。念猪感激嫂子做热饭让他吃，也便照顾嫂子的情绪迁就嫂子，当着嫂子的面不再喝生水，不再脱鞋打赤脚。

按照队上的规定，妇女是否出工，全凭自愿。一般劳力多的家庭，会专门腾出一个女人在家做饭。念猪家里有两个壮劳力，又加上读书的念猪，新媳妇香包本可以作为家庭妇女专门在家忙家务做饭，但香包说自己不能吃闲饭，得挣工分，就跟着妇女们一起出工。但挣工分的同时，香包却不耽误给一家人做饭，只不过会累一些。

魏队长破例没有挂帅五队参加基建大会战，副队长代他出征，他留在村子里，领着一帮老弱妇女继续忙活着队上的活路。农忙季节是活儿逼着人干，农闲季节是人找活儿干。像牲口槽起圈、田头运肥、籽种晾晒，这类作务对时间和效率的要求不是太高，所以出工时间虽比往常晚，但收工时间反倒要早。不用说，留守在村子的社员劳动强度要远远低于基建会战的参战人员。魏队长一改寻常风风火火的架势，披着个上衣东游西转地灵活派活，连出工时敲起的铃声也听着懒洋洋的。

农忙时收割碾打类劳动是社员集体行动，出工铃声一响，片刻间各家劳力汇在一起，全队的社员浩浩荡荡下田劳作，而农闲时因为活路分散，出工集合后就由队长根据需要给每个人派活儿。各类活儿当然肥瘦不均，给牲口起圈是又累又脏的活儿，去保管室翻晒籽种就要省力得多。这个时候，魏队长的关怀会无微不至地被每个人感受到，而魏队长的权力也在此刻发挥得淋漓尽致。

香包常常被安排着做些轻松活儿。这也难怪，一个细皮嫩肉的小媳妇，魏队长也少不了有些怜香惜玉之情。活儿不费人，香包就没误了在家做饭。念猪放学回家的时候，嫂子的饭基本上就做好了。爹有时候从饲养室赶回家吃饭，有时候香包把饭盛在瓦罐里给爹送过去，念猪也给爹送过饭。爹看着槽头牲口吃草，自己端着饭碗吃饭，脸上洋溢着幸福。

领到寒假通知书的那天，念猪早早放学回家。这学期期末考试，念猪的语文和算术总分考了全班第三名，还罕见地得了一个三好学生奖状。过去念猪不在乎这些东西，因为爹不识字，哥哥对他的成绩从不感兴趣，念猪拿回家的这些东西没有人欣赏。但这学期不同了，家里有了一个嫂子，嫂子有文化，也懂得学生应有好成绩。再说念猪吃着嫂子做的热饭，他就觉得要拿个好成绩报答嫂子。念猪书包里揣着通知书和奖状，放学的路上一边走着一边思索，是等嫂子问他时再拿给嫂子，还是主动拿给嫂子看？

快到家门口时，念猪一眼看见魏队长从自家的院子走出来。在桄桄门外，魏队长正好和念猪打了个照面。念猪诧异魏队长怎么孤零零地大白天跑到自己家来，魏队长似乎也意外念猪为啥上学的时间回家。

念猪有礼貌，冲着魏队长喊了一声：“魏叔！”

魏队长问：“念猪，你逃学？”

念猪说：“放假了，不信你回家看看，利强也回家了。”念猪说话的时候，心里一阵自豪，因为他知道，利强语文和算术两门课都没考及格，他很想把自己的通知书拿给魏队长看看，但他又觉得不能那样做。

厨房里没有传出往常的拉风箱声。念猪以为嫂子还没有收工，就把书包放在自己的炕头上，打算出去玩一圈，没想到透过厨房门洞却看见嫂子呆愣愣地坐在锅头前的草墩上。

念猪下意识地喊了一声："嫂子！"走进了厨房。

香包回过头来。

念猪分明看见，嫂子的脸上有两行清晰的泪痕。

念猪顿时吃了一惊。嫂子进门几个月，他还是第一次看见嫂子流泪。莫非是嫂子病了，身体不舒服？香包看见念猪，显然有些慌乱，急忙用手背抹了抹眼睛，站起身问念猪今天为啥回来得这么早，念猪说发了通知书，放寒假了。

香包突然眼睛一亮："念猪，能不能把你的通知书让我看看？"

念猪正愁着不好意思把通知书和奖状拿给嫂子，嫂子主动提出来，念猪当然高兴。他二话没说，回身从房间的炕头上拿来书包，把通知书掏出来递给嫂子。

香包认真地把那刻印的通知书内容看了一遍，指着手填的科目成绩问："你在班上考了第几名？"

念猪感到很兴奋，嫂子懂得通过名次了解他的学习成绩，他不无得意地回答："第三名。"

香包笑了，笑得很灿烂："咱念猪是好学生，日后会有大出息，咱魏家将来就靠你风光了。"

念猪又从书包里掏出奖状，递给嫂子，有些害羞地低下头。

香包稍稍一惊："不简单啊，还是三好学生。"说着话又轻轻地念出了奖状上的内容："魏念猪同学，本学期在德智体方面得到全面进步，被评为全年级三好学生。特发此状，以资鼓励。"

"有你这样的兄弟，真让我高兴。"香包喃喃地说。

念猪感到一种巨大的幸福，他觉得这一回的通知书和奖状是他上学以来获得的最有意义的一次荣誉。

香包忽然把脸转向窗外，目光投向远远的天空，自言自语道："我上学的时候，也常得奖状。我把奖状拿回家时，妈妈可高兴了。”说着话，两行晶莹的泪珠挂在香包的脸蛋上。

念猪理解嫂子，嫂子想娘想哭了。念猪不记得娘，可他有姐姐疼他，姐姐出嫁后，念猪想起姐姐时，也偷偷地哭过。看见嫂子流泪，念猪心里有些难过，他轻轻地问道：“嫂子，你得了奖状，你娘也表扬你么？”

香包回过神来，不好意思地抹了抹泪痕，恢复了笑容，又把那奖状在手里端详了一阵。忽然抬起头，盯着念猪，笑眯眯地问道：“念猪，你能不能把名字改一下？”

“改名字？”念猪觉得有些意外。

“平常叫着不觉得什么，写在纸上总是难看。”香包手指点着奖状上魏念猪的名字，“我多聪明的一个兄弟，怎么能叫这样的名字？”

“咋改？”念猪急切地想听听嫂子的意见。

“你就改一改名字的写法。”香包说，“爹起的名字，不能大改，就把那‘猪’字换成别的字，叫成‘珠’多好。”香包一边说着，一边用手在奖状上比画。

“念珠……念珠……”念猪喃喃地念叨着。

“你知道念珠是什么？”香包自问自答，“念珠是有灵性的，就是菩萨手拿着的那一串珠子。”

念猪想了一阵，坚决地点了点头：“嫂子，我就改名叫念珠。”

念猪从此有了一个寓意很深的新名字。虽然别人叫着仍和过去一模一样，但念猪心里明白，以后他的名字写在纸上，会很高雅、很文气。另外，不管别人叫他时感觉如何，但嫂子叫他时必然会赋予特别的意义。

念猪第一次参加了生产队的劳动。

确切地讲，现在的“念猪”该称作“念珠”了。念珠已经十四岁，到了参加劳动的年龄。按照生产队的规定，学生放假期间，愿意参加生产队劳动的，队上一律接纳，统一算作六分劳，比八分劳的妇女报酬要低一些。念珠懂事，知道自家光景差，尽管利强一帮子同学撺掇着让念珠别出工，但念珠想着爹和哥都忙着挣工分，嫂子更是生产队劳动和干家务两不误，他不应该老大不小还四处游玩，这就跟爹说了自己也想在假期劳动挣工分。德强老汉赞许儿子懂事，感叹穷人家的孩子早当家，当然一百个愿意。念珠就成了五队最小的临时社员。不过魏队长对念珠有交代，参加劳动可以，但不许捣蛋，如果淘气搞破坏，就立马把他撵回家去。

念珠参加劳动，还有一个不愿告人的想法，那就是要关照嫂子。嫂子是个外乡人，他担心有人欺负嫂子。嫂子对他好，对这个家好，他要让嫂子安安心心、安安全全地在槐树村待下去。

按照魏队长的安排，今天的活路分为运土和剥苞谷种。土是从半里路外的大壕中挖下装上架子车运到饲养室备作垫圈积肥用，劳动强度稍大一些，就由不多的几个留守男劳力作业。剥苞谷种是把库房中留作苞谷籽种的苞谷棒子从苞谷芯上剥下苞谷粒晾晒后装袋储存。因为苞谷籽种要保证出芽率，剥粒时不能用改锥或剪刀等工具，须得仔细地保证每粒苞谷生命芽完好，这就得全靠人工操作，这项工作当然最适合由妇女来完成。念珠虽也算男劳力，但毕竟还未成年，加上工酬也只有六分，魏队长就把他安排着与妇女们一起剥苞谷种。

留作籽种的苞谷棒子堆在生产队的保管室里。保管室离饲养室不远，也就两搭连的一个大棚子，只是因为门太小，又没有窗户，所以室内就显得黑乎乎的。魏队长把保管室里两卷大芦席扛出来摊在外边的空地上，又招呼妇女们把苞谷棒子用筐子运到芦席上。念珠是第一次进保管室，只觉得眼前一片黑暗，一股刺鼻的农药味熏得他简直有些喘不过气来。早几年前保管室曾发生过一桩盗窃案，半袋化肥被人偷了，背枪的民兵进进出出忙活了几天也没能破得了案子。从那时候起，念珠就对保管室有了一种神秘感和敬畏感，却不承想这保管室竟是这样让人难受。老半天工夫，念珠才看清了保管室里的轮廓，老大的屋子，山一样堆满了纸箱装的农药、麻袋装的粮食，还有洋布袋装的化肥。看着这些满满当当的东西，想想自己家少得可怜的那几袋麦子和苞谷，念珠只觉得眼界大开。

一帮子妇女在摊开的芦席上围着一堆苞谷棒子坐下。魏队长跟大家交代了做活的要领，无非是要人人负起责任，不能图省事使用工具。交代完毕，魏队长又去大壕中指挥男劳力运土。

魏队长前脚一走，妇女们就叽叽喳喳地热闹起来。今天的天气不错，太阳毫无遮拦地照着地面。虽说是大晴天，但毕竟已是初冬，那暖融融的阳光晒在身上，简直是求之不得的享受。妇女们大多盘腿坐着，慢悠悠地用手指抠着苞谷芯上的苞谷粒。看得出来，尽管大家手头都忙活着，但显然注意力都在嘴巴和耳朵上。

杠生娘外号“大嘴”，她说的话似乎比其他人的话加起来还要多。杠生娘年轻时是远近出了名的疯丫头。杠生爹戏匣子随他的自乐班子串村唱戏时，杠生娘跟他对上了眼，杠生爹唱到哪个村，杠生娘就跟到哪个村，后来就死磨硬缠着父母托媒人说合嫁到了槐树村。生杠生那年，杠生娘难产差点要了命，逃过大难后自称把人生看开了，为了纪念自己的难产，还专门给儿子取名杠生。杠生娘既叫大嘴，那嘴上的功夫自然非同一般。这会儿盯着远去的魏队长背影，杠生娘神神秘秘地说：“大伙儿瞧，那魏队长走起路来是不是有些飘？”马上就有人问：“大嘴，你又有啥新发现？”

大嘴说：“我敢保证，魏队长昨晚又被女人狠狠掏了一顿，身子今天空了。”

念富媳妇说：“你胡说，前几个淑芳回了她娘家，今天还没回来。”

大嘴撇了撇嘴：“你当天底下只有淑芳一个女人？”又四周看了看，压低了嗓音，“我昨天黄昏时看见冬梅了。”

有人问：“冬梅不是去了基建会战工地么？”冬梅是村上的赤脚医生，村上社员大规模出行干活，免不了有个磕磕碰碰或者头疼脑热，赤脚医生是少不得要随行的。

大嘴说：“那会战工地上男人虽多，可没有现成的鸳鸯窝，几天不沾腥，冬梅也扛不住。找个由头回村转转，淑芳刚好不在，冬梅旱了几天的身子，还不得浇个透湿。”

一圈人都哄笑起来。念珠听不太明白，就傻傻地盯着斜对面坐着的嫂子。

香包虽是名义上结过婚的人，但还没和念牛同房，对男女之事仍是一知半解，听着这些过来人放肆地议论，不觉早已羞红了脸，为了掩饰自己，就把头深深地埋着只顾剥苞谷。

念珠的表情引起了大嘴的注意，她这才醒悟原来这群人中还有一个虽未成年但毕竟算是爷们儿的人。顺着念珠的目光，大嘴又把注意力放在香包身上。

"香包，念牛在家的时候，一个晚上浇你几回？"大嘴问。

香包把头抬起来，脸红得像熟透的柿子一样，嘴巴嗫嚅着，"婶子，别……别……"

香包的羞涩像是调动了大嘴的兴奋神经："香包，念牛猛不猛？常言说，犟牛抵死人。别看念牛平常闷头闷脑，那劲道八成都攒到炕上了。"见香包头埋得更深，大嘴又把脸转向念珠："念珠，你嫂子细皮嫩肉的，能经得住你那蛮牛一般的哥折腾么？"

念珠知道大嘴说的话不怀好意，他很想张嘴骂大嘴几句，却忽然想起那天晚上闹新房时跟二癞打架的事，就把快到嘴边的话又咽了回去。

"念珠呀，你可得看好你嫂子，你嫂子伺候你哥行，可别让别人随便揩油了。魏队长你就得提防着，老娘我可是火眼金睛，把啥事都看得清清楚楚。"大嘴越说越来劲。

香包终于听不下去了，起身站起来，跺了一下脚，用手背抹了一下眼睛，转身走出去十几步，背对着人群蹲下去，肩膀一起一伏，显然是哭泣起来。念珠一看嫂子受了委屈，到底忍不住，抓起一把苞谷粒，朝大嘴扬过去。苞谷粒撒在大嘴的脸上，又顺着大嘴的脖颈处流进了衣服里头。大嘴一惊，忙着站起来抖动着衣服下襟，一边恼怒地骂着："碎崽娃子，我操你奶奶，我操你奶奶！"

念富媳妇不答应了："大嘴你是不是没人操闲得慌？魏队长不揩你的油你觉得不忿，这会儿倒想着操别人。你脱下裤子看看你裆里有那玩意儿没有？”

用槐树村人的话说，念富媳妇不是善茬。念珠毕竟是她的堂兄弟，大嘴一开骂念珠的祖宗，自然就捎带上了念富，念富媳妇岂能坐视不管？再说念富媳妇也还要趁机在堂弟媳妇面前为自己造势，这就找到了好茬口。

大嘴没想到半路杀出个程咬金，一时更加来气：“吴爱英，你装的哪门子蒜？就你那德行还配说别人！你在苞谷地里跟二癞耍骚的事情你忘了？”

大嘴说念富媳妇耍骚的事，大家都知道。去年念富媳妇大中午生产队收工后，怀里鼓囊囊揣着一肚兜棉花往自个家里走着，不想被二癞撞见。念富媳妇为了让二癞闭上嘴巴，把二癞拉到路边的苞谷地里，自个儿先把裤子脱了。后来二癞还是没管住嘴巴，不知说给了什么人，慢慢地这桩事儿就成了公开的秘密。不过对念富媳妇脱了裤子以后的事情，说法有几个版本。有说是让二癞开了眼界的，有说是让二癞开了荤的，还有人传言说那次念富在自家大门口揍媳妇那一回，为的就是这桩丢人败兴的事儿。

常言说，骂人不揭短，打人不打脸。大嘴揭了念富媳妇的短，念富媳妇岂肯善罢甘休！趁着大嘴还在抖落钻进衣服里的苞谷粒的当口，念富媳妇像一头母豹子一样扑上去，当头在大嘴胸前一抵。大嘴没防备，直接仰面朝天摔在地上。随着一阵杀猪似的号叫，大嘴反身站起来，跃到念富媳妇跟前，两手拽住念富媳妇的头发。念富媳妇更不示弱，抓住大嘴的裤腰带，使劲一抽，大嘴白花花的屁股就露了出来。

大嘴到底还是要点脸面，裤子一掉，就松开了抓着念富媳妇头发的手，慌不迭把裤子提上胡乱地系上裤带。寻思念富媳妇还是比自己年轻，动手肯定占不了便宜，就索性坐在地上号啕起来，嘴里仍是不干不净地骂着。

也许是听见这边的响动，魏队长赶了过来，不问青红皂白地把大家伙统统训斥一顿，说女人们头发长见识短，剥个苞谷种都磨洋工。

见香包独自蹲在一边，语气又变得很柔和地问香包为啥不过来剥苞谷。香包没有回话，只是轻手轻脚地回身坐在芦席上。

芦席上的妇女们恢复了平静。魏队长站了一会儿，进了保管室。几分钟的工夫，魏队长出来问刚才是谁身上长刺把肥料袋子划破了，把值钱的尿素撒了一地。见没人吱声，魏队长放缓了语气，说谁不爱惜集体的财产谁就没良心，又喊了一声："苗香包，你进来打扫一下。"香包迟迟疑疑地站起来，犹犹豫豫地随着魏队长进了保管室。

香包一离开，妇女们又是一阵哄笑。大嘴已经恢复了本来的神态，怪声怪调地说："没准那肥料袋子就是魏队长故意扯开的。"

女人们的话语和举止，念珠不完全明白，但大概意思他知道，那就是魏队长常常干让嫂子不开心的事情。念珠忽然想起那天提前放学时魏队长不明不白地跑到他家里去的事儿，那天嫂子也流了泪，原因肯定跟魏队长有关。念珠心里就生起了一股火。寻常跟利强在一起，念珠就看不惯利强张狂的样子，没想到他爹在队上也这么张狂。大嘴仍然在不停地说话，嘴角上流出的白沫子醒目地附在下巴上。念珠听不见她说啥话，只觉得一阵阵犯恶心，他盼着嫂子尽快从保管室里走出来，却只见那黑洞洞的门像死人墓穴一样寂静得要命。不知哪里来的一股劲儿，念珠忽然狠劲地从芦席上弹了起来，小跑着冲到保管室门口，扯开嗓子大声喊起嫂子来。

一群妇女被念珠的举动吸引住，一阵静谧之后，不知谁起了个头，一阵笑声响起来。念珠回头看了看芦席上的人，他不知道这帮人是给他助威还是在嘲笑他，但他不愿理会她们，他不能忍受她们拿自己的嫂子在背后开玩笑。他又加大嗓门儿喊了几声。

魏队长终于慢吞吞地从乌黑的门洞中走出来，一脸不耐烦地问念珠喊叫啥。念珠只顾盯着魏队长的身后，半天才见嫂子出来，脸色阴阴地，眼圈好像也红着，对着念珠张了张嘴巴却没有说话。

念珠说："嫂子，我不想劳动，我要回家。"

魏队长接上话："你个碎崽子，吃饱了撑的不待在家里，死活要来挣工分，干了半个时辰又闹着要回去，你以为生产队干活是逛庙会，想来就来，想走就走？”

念珠毫不示弱：“我就要回家，你能咋？”

魏队长显然没想到一个毛孩子竟敢当面顶撞他，扬起手掌做了个扇耳光的姿势：“我真得替德强好好管教管教你这个没教养的崽娃！”

念珠往魏队长跟前凑了几步，把脖子一伸，偏着头，一副跟魏队长叫板的样子。魏队长举起来的手终究没落在念珠的身上，讪讪地放下手臂自言自语道：“不跟你一般见识。”

念珠却并不罢休，抬眼瞪着魏队长继续挑衅：“你还是把耳光留给你家利强去。”

念珠的倔强让魏队长下不来台：“你再敢不识天高地厚，以后就别来挣工分！”

念珠朝地上啐了一口：“我不挣这破工分了！”转过身慢悠悠地离去。身后又传来一阵哄笑声，念珠分明听见有人说：“这小子有种。”

念珠参加劳动挣工分的营生无疾而终。但小半天的经历，却让念珠对魏队长产生了极度的厌恶，他知道了原来这个在五队说一不二的人如此霸道，怪不得当初爹要把家里仅有的半瓶油送给他。可是魏队长吃了自家的油不算，现在还要在嫂子跟前揩油，真是欺人太甚。念珠现在虽然打消了挣工分的念头，但是他觉得应当想法子把魏队长治一治。

念珠就开始留意起魏队长的行踪来。反正已经放假，白天在村上溜达的时间就多了。有几次念珠看见魏队长，也不躲闪。但说来也怪，魏队长看见念珠，不再像过去那样威严，念珠竟然在他的眼神中读出了友善，甚至看见了他脸上一闪即逝的笑意。但念珠却把魏队长的表现解读为黄鼠狼给鸡拜年，没安好心。

机会终于来了。这天，念珠老远看见魏队长又进了自家的桄桄门，不用说，这家伙八成又去跟嫂子揩油。念珠略一思索，想好了一条计策。

念珠飞快地跑进二癞家的茅厕里。二癞家茅厕设在家门外，二癞爹阉客嘴上说是为了大伙儿一起方便着用，实际上是想着多给自家攒粪。茅厕里放着个瓦尿盆，瓦尿盆里正好积存了小半盆黄澄澄的臊尿。念珠把那盆骚尿端着就往自家门口走去。

念珠端着尿盆，却不想碰见了迎面走过来的利强。

利强不知道念珠端着啥宝贝，紧跑几步赶过来，把头凑到尿盆跟前，一阵刺鼻的味道让利强往后闪了一下。利强问念珠日鬼啥东西，念珠不敢说话，却惹得利强越发来了兴趣。利强从兜里掏出两截皮筋，在念珠面前晃动着说："你跟我一起玩，我把这送给你。"

念珠弹弓上的皮筋已经用了小半年，松得没了弹性，念珠正寻思着想换一副弹弓，看见利强的皮筋，心里就有些不舍。但想着自己正在干的大事，何况整治的人正是利强的爹，岂肯应和利强。但念珠越是摇头，利强越是死磨硬缠，到后来利强干脆把皮筋塞到了念珠的口袋。

念珠忽然又有了主意。

念珠说："我家进了贼娃子，我要去收拾贼娃子。"

利强一惊，眼里放出了光："哪里来的贼，你端尿盆能整个啥？"

念珠没有说话。

利强说："要真能逮个贼，让我爹去找民兵，把贼拴上在村里游几圈。"

念珠点头同意利强参与他的行动，利强立马摆出了一副摩拳擦掌的架势。两个人轻手轻脚地走到念珠家的门口。念珠把那桄桄门推开，只留下一个小缝，容不得人进出的宽度，小心翼翼地把那半盆骚尿架到半开的桄桄门顶端。也多亏有利强相帮，念珠才顺当地完成了这档事。直到此时，利强才知道念珠收拾贼娃子的方法，不由得对念珠肃然起敬。

布好机关，念珠和利强退到十来步之后，两个人静静地趴下来，四只眼睛圆圆地瞪着，眨也不敢眨，只等着那惊心动魄的瞬间。随着时间一点一点过去，那院子里却死一般的沉寂，利强耐不住性子，问念珠是不是眼看花了，大白天哪里来的贼。念珠却坚定地点着头。时间一长，利强就有些无聊，坐起身从兜里掏出半块蒸馍啃起来。利强家日子过得好，除了一天三顿饭外还有干粮。看着利强腮帮子津津有味地上下活动，念珠只觉得喉咙里的酸水像泉水一样涌动。怕利强看见他的表情，念珠把身子挪开一些，强忍着不去看利强的吃相。

利强吃完蒸馍，又挪到念珠身边，问念珠会不会搞错，又提出喊叫几声把贼娃子吓出来。念珠此时也觉得时间有些长，正寻思办法，却看见利强刚才蹲过的地方，几只芦花鸡正在若无其事地叨食利强方才撒在地上的馍花，就悄手悄脚地走过去，趁一只芦花公鸡不备，突然伸手牢牢地抓住了鸡腿。那芦花公鸡受了惊吓，一阵嘎嘎乱叫，其他几只鸡瞬间跑得无影无踪。念珠倒提着那只公鸡，站在自家门外，运足气力，隔墙把公鸡甩了出去。那公鸡在空中划了一个大弧线，尖叫着落进念珠家的院子。

院子里，落地的芦花公鸡扑棱着翅膀，一弹一跳地想飞上房顶，却努力几次够不着，呱呱叫着又摔回到地面，最后一次身子落在屋檐下的窗棂上，把窗户纸也撕破了。院子外，念珠和利强严阵以待地守候着。利强要给念珠显手段，已把夹好石子的弹弓拿在手里，随时准备瞄准那桄桄门里逃出的贼人发出石子。

终于，那桄桄门被人从院子里拉开，咣当一声，尿盆连同半盆尿倾泻而下。“啊呀”一声喊叫，拉门的人顿时从头到脚被浇成了落汤鸡。这边利强更不怠慢，备好的石子稳稳地弹了出去。那被浇的人，头上挨了瓦盆砸，身上淋得一身骚，脑门上又着小石子，待摇摇晃晃站直身时，已难辨东西南北。

念珠开心地咧嘴笑了。

这边利强却惊得嘴巴张得大大地合不在一起。因为眼前这个被自己一弹弓击中的人，根本不是什么贼娃子，而是自己的亲爹。此时，利强才明白自己受了捉弄，又羞又怒之际，狠狠地照着念珠的鼻子捶了一拳。念珠没有防备，顿时一股殷红的鲜血从鼻孔中流出来。顺手一抹，半个脸染得血丝糊拉。见利强下黑手，念珠用自己的血手回敬了利强一个耳光。两个人顿时都成了血人。

直到念珠和利强撕扯到一起，魏队长才醒过神来，一看自己的宝贝儿子跟念珠打起来，也顾不得头上的剧痛和浑身的臊气，连叱带喊地喝住儿子。响声惊动了别人，又有几个人围了上来。魏队长心虚，在利强的屁股上踢了一脚，拉着利强狼狈地离去。

魏队长身后传来念珠恶狠狠的喊声：“再敢来，我把屎涂到你身上。”

念珠看着那一高一矮的背影，心里充满了胜利后的骄傲。他扬着脖子转过身准备回家，却发现嫂子香包站在自己身后。

看见念珠沾满血迹的脸，香包吓得一声尖叫，捂住了眼睛。瞬间又放下手，朝念珠身边紧走几步，惊恐万状地用双手擦着念珠脸上的血。念珠却嘴里发出嘿嘿的笑声，一副若无其事的样子。待到香包确定念珠脸上的血原来是鼻孔中流出来的，才定下神来，又忍不住“哇”的一声哭了起来。

念珠倒是镇定，拉住嫂子的袖口，扫视了周围一圈稀稀拉拉看热闹的人群，像演员谢幕一样志得意满地回到自家院子。香包飞快地从水瓮中舀出半盆清水，看着念珠把脸洗干净。也顾不得擦去自己脸上的泪痕，急着追问念珠打架的究竟。事情既已完毕，念珠也不想再瞒着嫂子，就把自己一直想找茬口整治魏队长，今天恰好逮住机会，利强上赶着找没趣的过程讲了一遍。

香包听着听着，两行热泪忍不住流了出来。待听到魏队长被尿当头浇下时，香包忍不住激动，伸出双臂，紧紧地把念珠搂在怀里。

苦水里泡大的香包，十几年生活在被人欺凌的状态中，虽也有亲人，但没有一个人能为她遮风挡雨。在她心中，谁都可以随心所欲地对她使坏。而她除了逆来顺受之外，连不满的情绪也不敢随意流露。而今，虽然换了一个地方，但掌握着她命运的魏队长又盯住了她，天晓得魏队长是怎么知道她身世的，魏队长在她跟前动手动脚的时候，威胁她说如果不听话就把她这个地主崽子遣回原籍，她除了竭尽全力保持底线外还能做什么？但她做梦也没有想到，这个还只能被称作孩子的新弟弟，却顶天立地站了出来。貌似神圣不可侵犯的魏队长吃了苦头竟也夹着尾巴走了。莫非自己真的苦尽甘来，可以在这个新地方挺起腰杆堂堂正正地做人了？

多少年以后，香包还一直铭记着念珠为她打架的事。念珠那挂着微笑的血面孔像刀子刻在她的心里。自那场风波起，魏队长好像再也没有碰过她一指头。她觉得，是念珠兄弟用鲜血保护了她。

念珠不去劳动了，跟利强也闹翻了。他觉得应当找些事干。闲着的时候他常去饲养室看爹喂牲口。看着看着，他突发奇想，问爹能不能给自家养一头牲口，爹笑着说念珠是个大瓜娃，牲口生来就是生产队的财产，除非回到合作社之前，自个儿家里才敢养牲口。念珠就又跟爹提出来想养一头猪或一只羊，爹说猪和羊都是张口货，几天不吃就得饿死，当下连人嘴都顾不住，哪有余粮作饲料。念珠说猪羊都吃草。爹说春夏秋三季好对付，到了数九寒天，哪里去寻草吃。爹看着念珠失望的样子，又说其实人要勤快，夏秋多攒点草，冬天也就能熬过去。念珠说割草的事情包在他身上。爹夸念珠穷人家的孩子当家早，却担心给香包再添负担。念珠一想嫂子既要劳动又要做饭，委实不能再给她身上揽事，想想也就作罢。

这一天吃完饭，念珠把他和爹拉的家常当闲话说给嫂子，没想到却激起嫂子的热情。香包说，要真能在自家院子养上几只羊、几头猪，保准日子会红火起来。念珠说爹担心给嫂子添麻烦。香包说要是那样，这院子才不会冷清，人过得才有心劲。叔嫂二人当下说定，等到来年春天，就让爹去集市逮一对猪娃和几只羊回来。

念珠就又盼着冬天快快地过去。他甚至有几次做梦，梦见自家院子里搭起了猪圈和羊舍。

离过年还有大半个月，队上传来消息，说为了过一个革命化的春节，今年的农田基建大会战不放假，除夕和初一参战人员一律坚守会战工地，并且要在初一早上集体吃忆苦饭。忆苦饭就是为了让过上好日子的贫下中农不要忘了旧社会当牛做马的日子，吃些用米糠和碎苞谷芯团成的窝窝头。这种饭吃下去大部分人会便秘，这难堪的几天时间就会让革命群众对万恶的旧社会永远刻骨铭心。念牛参加会战回不来，德强老汉心里就有些遗憾，原本想着今年家里新添了一口人，过年热热闹闹地吃一顿饺子，却不想被这革命化的春节活动给搅黄了。

谁也没料到，没等到过年，念牛却回来了，而且是被人抬着回来的。

念牛在工地上被编入硬骨头连，也就是专干啃硬骨头的活儿。平常工地上不外乎挖土、运土、垫土三项工作。挖土是最累的，初冬还可以，进入深冬后表土层就冻得像铁坨一般，铁镐刨下去反弹回来，几下就把手掌的虎口震裂了。于是，一帮子年轻人就动脑筋开起诸葛亮会，最后决定用炸药爆破。头几年有的村上有人被征作民工在矿上干过活儿，民工们回家时人人都带了些雷管和导火索，所以要找寻起爆的东西不成问题。至于炸药，各生产队都有硝酸铵肥料，现成的就可以替代炸药。诸葛亮会上形成的建议报给会战指挥部，立马得到大力支持，因为这完全符合会战现场轰轰烈烈的场面需要。从此，每天工地上的放炮瞬间又成了参战人员的狂欢时刻。但放炮是个危险活儿，究竟是夜长梦多，不料厄运就降临到念牛头上。那天炮声响过之后，念牛一帮人就在炸过的地方起土，偏偏念牛脚下一个哑炮滞后响了。等念牛清醒的时候，发现半条腿已不知去向。

念牛出事时，正好公社的王书记也在会战指挥部。事故惊动了王书记，王书记特批用自己经常使用的那台座驾——铁牛拖拉机把念牛紧急送到县城的医院。这件事让念牛其后骄傲了好长一阵子，因为能将王书记经常坐的拖拉机作为专车送他行驶几十里路到县城，这份殊荣的确值得骄傲，也招来别人的羡慕。念牛被送到县医院时，已因失血过多而休克，多亏救死扶伤的大夫果断出手，锯掉了一截残肢，又给他输了血，才把念牛从死亡线上拉了回来。住了七八天医院，念牛被公社派人用架子车拉回槐树村。当念牛从架子车上被抬进家门的时候，身上多了两样东西，一是胸膛上缠了一朵斗大的红花，二是一张鲜艳的盖着香陵公社革命委员会大印的奖状平铺在他的腰上。

德强老汉感激公社领导如此重视念牛的遭遇。按说念牛是自己不小心炸断了腿，却连累着公社掏钱给念牛看了一回病。当公社的人说了王书记专门交代槐树村要给魏念牛同志做妥善补贴的话后，德强老汉的眼泪在眼眶里直打转，就差没替念牛跪下朝着公社的方向磕头了。公社的人说现在是新社会，劳动人民当家做主，念牛是为公社的基建事业负伤的，公社要监督着槐树村把念牛管一辈子。

有了公社的交代，魏队长不敢怠慢，立马决定给念牛一次性补贴工分五百分，相当于一个壮劳力辛辛苦苦五十天的全部工分，另外在家养病期间按出勤记工分。同时，又安排香包在家专门料理念牛的吃喝拉撒，算是队上派的活儿，每天记工八分。一来一去，念牛夫妻二人待在家里不用出工，工分却不少挣，一时引得五队男女老少眼红，只恨自家没人把腿炸断。

五队的人们自不必说，槐树村能来看望念牛的都来了。念牛从来没有受到这样的关注，不厌其烦地回答着每个看望者有关事故过程的询问。念牛也很乐意把他那裹着厚厚纱布的小半截残腿让人品评，他不想让别人感觉到他获得的工分补贴和夫妻俩在家挣工分这份待遇是占了便宜。看着念牛一长一短的两条腿，有人咂嘴说可惜，有人眼红说念牛这辈子有福，躺在炕上享清闲了。念牛其实最中听营长伯的话，营长说男儿当自强，他从部队上转业的时候，一大批缺胳膊短腿的残疾军人都回到地方，他们在不同的岗位上，一个个干得红红火火。

魏支书也来看望念牛。魏支书现在是双重身份，他是槐树村大队党支部书记，代表着官方；另外他又是念牛妻兄的翁爹，算是亲戚。所以魏支书的看望就有着意味深长的含义。魏支书夸赞念牛一家为了集体的利益做出牺牲，说德强老汉给牲口铡草掉了指头，念牛为农田基建大业掉了半条腿，这些事迹应当写入槐树村大队的革命史里。魏支书说的一句暖心话让德强老汉哽咽了：“咱们两家别分你我，有啥困难你就过来寻我，缺啥东西你就派香包找苗伟好了。”原来魏支书真的把德强老汉当成亲家了。

更重要的是，魏支书的到访改变了念牛一家的生活结构。魏支书当着德强老汉、念牛和香包的面说:“我原来说过香包不满十八岁之前不要和念牛住在一起，现在念牛遭了这么大的罪，需要人日夜照顾，香包又挣着队上的工分，从今往后就不要再讲形式了，念牛你就跟香包早早住在一起，也免得大家为你操心。”魏支书的话是圣旨，当然要照办。念牛当天就被抬到香包住的房子。

突如其来的变故让香包心中五味杂陈。在这个家，确切地讲，她觉得最陌生的人，就是自己的丈夫念牛。她已经熟悉了念莲、念珠，也基本了解了公爹，唯独对沉默寡言的丈夫捉摸不透。从进这个家开始，她合计跟丈夫说过的话大概超不过十句，她甚至不知道丈夫喜欢不喜欢她，在过门却未同房的日子里，她无数次想象着和念牛共同生活的状态。跟这个比她大出十岁且实在找不出吸引她理由的男人过一辈子，她内心的不甘一时无法排解。但她又十分明白，作为一个逃亡的人，她根本没有资格有非分的想法，如果任由自己的情绪支配，她将失去眼前的一切，回到比从前更黑暗的状态。所以，她内心深处虽然恐惧跟念牛的结合，但嘴上丝毫不敢有任何表露，她希望自己满十八岁的那天来得尽量迟一些，她多么希望能以一个姑娘的身份在这个家里永远待下去。可她做梦也没有想到，她和丈夫念牛竟是以这种方式住在一起。念牛半条腿没了，她不知道他以后能恢复成啥样子，但严重的残疾是铁定了。来安慰丈夫的乡党们眼圈再红，安慰的话说得再动听，都不过是待上那么一小会儿时间，唯有她自己，要把这种结果承受一辈子。来来往往的人不少，但没有一个人在慰问念牛时想到跟她说几句话，似乎这一切跟她没有关系。她想流泪，却怕别人看见。她担心别人认为她嫌弃断了腿的念牛。唯有那天念莲姐来的时候，她看见念莲姐哭，她实在忍不住，也哭了。念莲姐把她搂在怀里时，她才淋漓尽致地宣泄了一回情感。后来还是念莲姐提醒她别在兄弟念珠跟前太丢人，她才止住了哭声。但不管怎么说，念牛遭了难，魏支书已经发话让她跟念牛住在一起，她就必须遵照支书的安排，踏踏实实地尽起责任来。

难能可贵的是，在魏支书的关照下，魏队长特意从保管室称出五十斤留作籽种的麦子，嘱德强老汉细细地磨些白面，给念牛增加些营养。德强老汉实在是不好意思，像做贼似的把半袋麦子背到村头的石磨上磨成细粉，到底舍不得把麸子分离出来，最后还是把磨过的白面和麸子混在一起背回家交给香包。香包就每顿都给丈夫做面食吃。起初，香包总是把营养饭做上两份，一份给念牛，一份给念珠。却不料念珠因为知道那半袋麦子的用场，死活不肯吃营养饭。后来香包每次就只做给念牛吃。家里其他三口人还照常以发糕、红苕、苞谷稀饭为餐食。

这天，苗伟来看妹夫，给念牛带了一斤红糖。说是这玩意儿能促进血液循环，有助于念牛身体恢复。念牛哪见过这稀罕东西，捏了一小撮，在舌头上舔了舔，说是甜得腻人。香包在一旁抱怨哥哥，说哥哥不该把人家魏支书家的东西随随便便拿出来做人情。苗伟说是花妹爹让他过来的，红糖也是花妹爹给备下的。香包问哥哥在花妹家日子过得咋样，苗伟点了点头，笑了，只是那笑容看着很勉强。香包看着哥哥的表情，心里就有些七上八下。对哥哥跟花妹婚后的生活状态，香包其实一点也不知情。虽说兄妹俩相距不过几百米，但几乎没有走动，香包从来没有去过魏支书的家，苗伟也很少串门到妹妹家。寻常参加劳动时，因为五队和一队之间不是连畔种地，所以也很少有见面的机会。

苗伟给妹妹带来了一个好消息。

苗伟说："公社决定要给槐树村通电了。"

香包激动地双手捂住胸口："通电？这么说咱们也能点上电灯了？"

一旁的念珠说："那咱们槐树村不就快过上共产主义日子了么？老师说共产主义就是楼上楼下、电灯电话。"

苗伟说等村上通了电，电线就可以通到各家各户，大家伙晚上都可以用电灯照明了，以后的日子过起来就轻松得多，磨面用电磨，一天可以磨几十石麦子；碾米用电碾，又干净又快当；加工牲口饲料用粉碎机；浇地用抽水机，甚至麦子脱粒都不用再碾场而用脱粒机了。

看着陷入痴想的念珠，苗伟特别强调说：“有了电，村子就可以放电影了。”

不用说，苗伟这些令人振奋的信息都来自花妹的爹。近水楼台先得月，苗伟做了支书的女婿，自然就比别人知道得多，知道得早。香包不禁为哥哥如今的生活地位感到由衷的高兴。

香包问哥哥这些目标啥时候能实现。苗伟说花妹爹在公社开会的时候，听王书记说电线杆在过年后就要开始栽了。香包就扳起指头算，说等到明年忙前，电说不定就能通上。

苗伟说出的另一个消息让香包激动得蹦了起来。苗伟说花妹爹已经跟他交代过，电要是通上，电管工作很重要，公社要求村上选一名电工，具体负责全村电线和电器的管理，为大家搞好技术服务，这个重要的工作就准备交给他来干。公社要把各村的电工组织起来，集体送到县变电站去培训几个月，过完春节他就该动身去县里了。

就在香包几个人兴高采烈之际，躺在炕上的念牛却显得神情漠然。苗伟注意到念牛的状态，就想找些让念牛高兴的话说。苗伟说等到村上通了电，那电磨坊、电井坊少不了要人看管，念牛哥为集体残了腿，这些地方正是念牛哥发挥作用的好岗位。念牛纠正苗伟，嫌苗伟老把自己叫哥，说论起辈分自己得把苗伟称哥才对。苗伟说他叫念牛哥叫习惯了，改不过来。念牛对苗伟描述的蓝图似乎并不感兴趣，摇着头说自己已经是个半截子废人，日后能有口饭吃饿不死就行了。念珠看着哥哥的神情觉得有些来气，说赶明儿他就找两根棍儿做成拐杖，把哥哥赶下炕去。念珠的话倒是提醒了苗伟，苗伟说念牛哥真得快些下炕锻炼，在炕上躺久了会把人躺废的。

没等到念珠用树枝给哥哥做好拐杖，苗伟就在第二天给念牛带来了一副拐杖。那双拐用木头做成，甚是精细，外面还刷着枣红色的油漆。德强老汉问这双拐是谁的手艺，香包在一旁回答说当然是哥哥做的。念牛惊讶苗伟竟然还有这般能耐。香包说哥哥在老家的时候可是村子里的能人，木匠、篾匠的活儿，哥哥干得都不赖。德强老汉说可怜这孩子的手艺被埋没了。苗伟说花妹的爹正是看着他会干木工活，才动心思让他做电工的。德强老汉把那双拐抱在怀里像观赏宝贝一样欣赏了半天时间，说赖马配上好鞍子也能赢人，念牛有了这副好看的拐杖，走到人跟前不见得比双腿好着的人差多少。又唠叨着念牛躺在炕上的时日不短了，该撑着起来活动活动身体。回头看念牛时，却见念牛翻过身子背对着大家，禁不住又摇着头叹起气来。

没有人能理解念牛心中的苦楚。二十八岁的念牛也算是个老社员了，他虽文化不高，干起农活来，犁、耧、耙、磨，却也称得上样样在行。父亲老实巴交的秉性在他的身上得到了地道的传承且又被他进一步深化。村上同龄的人大多数已经是几个孩子的父亲，而他却因为家贫和木讷快三十岁还打着光棍。他把自卑深深地埋在心底，用日复一日的劳动麻醉着自己。好在他的勤快和认真被队长和大家伙认可，他也就把能干活和干好活当成支撑自己的精神支柱。老天可怜他，从天上掉下来一张馅饼，姐姐念莲变戏法似的给他牵上了一桩好姻缘，年轻美丽的外乡女子香包要嫁给她做媳妇，巨大的幸福感让他常常夜不能寐。香包过门后，他恨不得立马就把这个娇小可爱的女人搂在怀里。但他又是个守规矩的人，魏支书已经发了话，说香包不到十八岁，达不到成婚年龄，不允许他和香包同房，他岂能违背魏支书的指示？只好在别人以为若无其事的状态中苦苦地等候。这个过程他感觉很漫长，消磨时光的最佳办法就是越发拼命地劳动。然而万万没有料到，一场意想不到的灾祸竟让他的等待提前结束了。但当日思夜念的愿望实现时，他却全然丧失了喜悦。搬进香包房子的某一天，他无意中看见香包满面泪水，尽管香包发现他的关注后瞬间擦去泪水，但他一下子明白，香包是因为嫁了他这个残废而伤心，一阵负罪感忽然袭上他的心头。自己失了腿，即便不是瘫子也成了废人，生产队不需要他了，自己赖以做人的资本不存在了。就是面对着这个如花似玉的小女人，他似乎也没了欲望。村上曾有过香包嫁给他是鲜花插在牛粪上的说法，而今他实实在在不就是牛粪么，而且是一摊稀软得连花都插不直的牛粪。看见香包在他身边忙活，愧疚感让他难以自持，晚上香包在他身边和衣而睡的时候，他除了默默地流泪，再无任何举动，他甚至几次想到了死。

腊月二十三是过小年的日子。没想到头天晚上捂了一场大雪。天大亮的时候，灰塌塌的世界不见了，代之而来的是大地一片白茫茫。树上的叶子已经落光，光秃秃的枝丫在树干上顽强地保持着不屈的生命气息。树杈上也积了雪，偶有鸟儿落在枝头上，鸣叫蹦跳间，积雪被弹下去，树下的雪花就又密集起来。

香包没见过这么大的雪。她的家乡属于南方，虽说冬天也偶尔下雪，但多是雪花等不及落到地面上就已经变成了雨水，如此厚实的皑皑白雪着实让她大吃一惊。早上推门出来，银色的院子让她眼睛大睁着舍不得眨动一下，她觉得仿佛进入了童话世界。门外高大的椿树枝头落了一只黑白相间的喜鹊，脆亮的叫声又增添了无限的生机。香包一个人呆呆地站在院子里，任由鹅毛般大小的雪花落在脸庞和裸露的脖颈上。她在自我陶醉中忘记了时间，直到公公德强老汉从饲养室回来，操起一把扫帚扫雪的时候，她才如梦初醒，急忙从公公手里抢过扫把。因为雪厚，扫起来就显得吃力。雪不情愿被冷落到墙角，香包心里更是不情愿。

扫完雪，香包记起来一件事情，便赶紧跑到灶房，燃起一炷香，对着案板上头墙面贴着的灶王爷画像毕恭毕敬地拜了三拜，把那香插在案板边上的木缝中慢慢燃着。香包是遵着念莲姐的嘱咐在祭灶。念莲姐日前跟香包有过交代，过小年的时候千万莫忘了送灶王爷，否则来年一家人会吃喝不顺，念莲姐甚至把送灶的细节不厌其烦地叮嘱了几遍。念莲姐给香包说这些事情的时候，香包听得有些激动，因为她知道念莲姐把一家子的吃喝顺当寄托在她的身上。待到案板边上的细香燃尽，香包小心翼翼地揭下那张已经泛黄的灶王爷像，摊在案板上，把前阵子哥哥送来的红糖捏了一小撮，涂在灶王爷嘴巴的部位，再细细地把画像卷起来，蹲到土灶前，用火点着。随着画像在火光中变成纸灰，香包口中喃喃地念叨着念莲姐反复交代她的那句话：“大慈大悲的灶王爷，上天多言好事，保佑一家吃喝不缺。”

按照乡里人的说法，送走灶王爷，少了神的监督，就不用太在乎节约了，一年中胡吃海喝就这么短短几天，就该尽情地享受。但说法归说法，人人虽都有胡吃海喝的想法，但很少能有几户人家有胡吃海喝的条件。德强老汉家更不例外。好在念牛出事后队上补贴给念牛的麦子被香包一直细水长流着给念牛做偏食，锅灶动起来时仍能常常闻到麦香味。过小年也是过年，香包就想着给念牛做的饭食再特殊一点。上一回念莲姐从家里带来的半篮鸡蛋还剩了几个，香包就煮了两个荷包蛋端给念牛。

出了灶房，香包却一眼看见念珠在院子罗雀玩。早上刚被香包扫过的院子这会儿又薄薄地落了一层雪，地面显得灰白。念珠在院子的空地上扫出一块干净的地面，把一个筛子反着用小棍斜起来撑在地面上，筛子底下撒了几粒蒸熟的红苕渣子，小棍上拴着长长的细绳。此时，细绳的另一端抓在老远处坐着的念珠手里，十几只贪吃的麻雀正在筛子的周围蹦跳着警惕地向食物靠近。念珠看见嫂子，不无得意地嘿嘿笑了几下，那架势俨然是要把自己高超的手艺展示给嫂子看，也让嫂子开开眼界。

香包把荷包蛋端进房间，见念牛依然躺着，就轻声细语地唤着念牛起来吃饭。念牛哼了几声却仍然没有起身。香包不想烦着念牛，就把荷包蛋放在炕边上，转身出房子看念珠罗雀。

一只胆大的麻雀终于进了筛子下方，香包看见，急喊着念珠拉绳，念珠回头看了看嫂子，笑着摇了摇头。那筛子底下的麻雀似乎觉察到什么，迅速地叨食几口后又退出来。香包觉得有些遗憾，却瞧见念珠仍是一副自负的样子稳稳地坐着。果然，又有麻雀进去了，见没有动静，接二连三地进去了几只，终于，大部分麻雀都集中在筛子下面，这边念珠猛一使劲，撑着筛子的小棍被拉掉了，筛子稳稳当当地反扣在地上，筛子外为数不多的几只麻雀惊慌地飞起来，一阵叽叽喳喳的声音从筛子中传出来。香包这才明白，原来聪明的念珠兄弟是放长线钓大鱼，等到最佳时机多罗麻雀。

念珠把手伸进筛子，一个个抓出被罗住的麻雀，用绳子拴住麻雀的腿。一会儿工夫，那被拴在一起的麻雀竟有一小群。香包数了一下，不多不少正好十只。念珠看着嫂子，兴奋中透出骄傲。为了让嫂子服气他，念珠还跟嫂子自夸他去年雪天时的业绩，说一筛子下去竟然扣住了十八只雀儿。

被拴在一起的麻雀们扑腾着翅膀，飞起来就被拴着的绳子拖下来摔在地上，徒劳无益地反复挣扎着。香包看着这些弱小的鸟儿，突然间一阵伤感袭上心头。她想起了不久前老家来人抓她的事。

“念珠，你为啥下雪的时候罗雀？”香包问。

“下雪了别的地方找不到食吃，鸟儿肚子饿，才会寻食时钻进筛子。”念珠回答。

“这么说鸟儿是为了活下去才落到咱家院子的。”香包说。

念珠忽然觉得嫂子说的话有些听不明白。

“嫂子也是活不下去才来到咱家院子的。”香包说话的时候，眼里闪着泪花。

念珠呆住了，他默默地低下头，思索了一阵子，慢慢地把那拴着的麻雀一个个解开，任由它们飞开。念珠解拴绳的时候，显得小心翼翼，生怕把麻雀纤细的爪子弄伤。香包在一旁静静地看着，脸上露出感激和赞许的神情。

重新恢复了自由的麻雀们飞上高高的枝头，叽叽喳喳叫着不肯离去。

香包说：“念珠，雀儿在树上感谢你放了它们，它们其实都认识你，愿意跟你做朋友。”

念珠说：“我知道它们在房檐后边有窝。”

香包说：“这么说它们其实也是这里的主人？”

念珠点了点头，一脸诚恳：“嫂子，我以后不再罗雀了。”

念珠把罗雀的筛子和绳子一应什物收起来，又把窗台上用作食饵的小半截熟红苕揉碎撒在院子里。顿时，一大群麻雀扑腾着从树上落回到院子。念珠和香包对视着开心地笑了。

待香包回到房间，却发现做好的荷包蛋仍然放在炕边，念牛依旧面朝墙壁躺着。香包摸了一下盛蛋的碗，已经有些凉了。怕念牛吃着肚子不舒服，香包说：“念牛哥，我把蛋再去热一下。”

念牛翻了个身，脸正对着香包。香包分明看见，念牛的脸上布满泪痕。

香包惊问：“念牛哥，你咋咧，是不是身体不舒坦？”

念牛摇了摇头，双手撑住炕，挣扎着坐起来。香包急忙把另一床被子卷起来，垫在念牛的背后，又轻轻地在念牛的肩膀上拍了一阵。随着肩膀的颤动，念牛的泪珠不停地从脸颊上滚落下来。

香包有些惶恐：“念牛哥，我做错事了么？你骂我打我都行，别自个儿生气伤身。”

念牛把香包定睛看了一阵，婆娑着泪眼说：“我是个废人。”

香包把头摇得像拨浪鼓：“不，不，念牛哥，你不是废人，你不过少了小半条腿，你还有另外一条腿，你还有一双啥都能干的手，我哥不是已经给你做了一副拐杖么？过几天你就该恢复好了，咱们以后的日子会好起来的。”

念牛说：“以后还会有日子么？”

香包怔怔地望着念牛。

念牛低下头，自顾自地摇着头。良久，双手捂住脸，呜呜地低声哭起来，那哭声犹如老牛吼叫一般。

正当香包手足无措之时，念牛带着哭腔的话语清晰地传入香包的耳膜：“香包，你回去吧，我不想再跟你过日子了。”

“你说啥？”香包浑身打了个激灵，只觉得眼前发黑，“念牛哥，你想赶我走？”

打从离开家乡，香包开启了全新的生活模式，这个家里没人欺负她，没人威胁她。尽管不时仍有一种会被抓回去的担心，但她能感觉出来，围绕在她身边的人，都在默默地保护着她，做饲养员的公爹，嫁出去的念莲姐，尤其是机灵善良的念珠兄弟，有这些人给她做靠山，她相信自己会安全地活下去。但是她心里又很明白，这一切，都缘于眼前这个已经断了腿的男人，她享受新生活的唯一条件，就是给这个人做一辈子老婆。念牛是个老实人，她相信他一辈子不会欺负她，虽然她根本不知道也感觉不出来爱与不爱，但能因为这重身份让她永远脱离十几年的梦魇，她已经觉得上辈子烧了高香。而今，念牛让她离开，意味着剥夺她刚刚获得的一切待遇。

香包嘤嘤地哭了起来："念牛哥，你看不上我，嫌弃我。"

香包的哭声像刀子扎在念牛的心上。他抹了抹自己的眼泪，慌忙伸出双手，把香包的两只手抓起来。念牛第一次这么直接地与香包手抓手，甚至这是在他成年后第一次与女人握手。一段时间以来，念牛虽然名义上已经和香包圆房，但除了香包伺候他吃喝拉撒之外，他没有碰过香包一指头。晚上他常常失眠，但他不愿意制造任何响动。为了伺候他方便，香包一直都是和衣而眠。他不忍心让这个又漂亮又善良的女人白天忙碌一整天，晚上连个囫囵觉都睡不好。想想这个女人将要守着他这样过一辈子，沉重的罪孽感让他常常整夜地流泪。他恨老天爷不公道，为什么在赐给他一个可爱女人时却要让他变成废人，让他承受比生理上还要痛苦的心理折磨。现在，他抓住的这双手，如此柔弱，如此温润，他哪里有嫌弃的份儿，他实在是出于太珍爱，才说出那些话的。

念牛的举动让香包打开了倾诉的闸门："念牛哥，我活了十七年，能回想起来的生活除了苦还是苦。在老家，我被人欺负了还得装笑。到咱这边，我才真的有了家，一家老少都把我当自家人。有这个家罩着，没人再敢欺负我。嫁给你念牛哥，我心里踏实，这是我的福分，我给你一辈子当牛做马都心甘情愿。你不肯收留我，难道忍心把我再推回到原来的火坑中去？"

香包的表白让念牛内心翻起了巨浪，情不自禁中，他终于伸开双臂，把香包紧紧搂在怀里。

这天早上，念牛说了他有生以来最多的一番话。香包是他唯一的听众。他跟香包说了他几十年以来常想做的事情，说了他的苦闷，说了他从人家那里默默听来的趣事。香包小鸟依人地偎在他身边，陪他笑，陪他垂泪。而最让念牛开心的是他和香包对未来的筹划。香包说念牛虽然残疾了，但未见得完全是坏事。念牛既是因公致残，生产队就不会撒手不管，以后必然会安排一些他力所能及的轻松活。有了空闲的时间，就能好好地把家里的营生打理打理。这一个空落落的大院子，可以养几头猪、几只羊、一大群鸡。爹和念珠兄弟都是勤快人，一家子搭着手奔日子，生活过不到上风头那才叫怪。

香包和念牛的谈话无疑让念牛重新鼓起了生活的勇气。念牛甚至觉得，这场意外的灾祸给他人生前进的路上洒了一缕阳光。

除夕日，虽说村上的棒劳力都在公社的农田基建会战工地上，村子里显得冷清，但毕竟多多少少还是有些过年的气息，零零星星的爆竹声依然不时传入人的耳膜。利强来找念珠，两个人就一起在院子里做火药枪。为了上回念珠整治魏队长的事，利强跟念珠别扭了一阵子，但时间不长，又是狗皮袜子没反正地厮混在一起。利强爱跟念珠玩，是因为念珠手巧。通常利强收集好做火药枪的铁丝和炮壳，没有念珠的参与往往是半途而废。这样一来，两个人就自然而然地形成了一对搭档，利强出料，念珠出工，利强有的玩具，念珠手里也就有了。

香包做好了早饭，给念牛端了一碗。公爹还在饲养室忙着，香包就打算给公爹把饭送过去。她又唤念珠吃饭，念珠却埋头和利强忙活着。香包走到两人跟前，只见念珠正使劲地用钳子将那粗铁丝剪开扭成枪栓，汗珠从念珠的额头上渗出来，胸前的棉袄扣子绽开了，胸脯裸露着。一旁的利强抓耳挠腮地鼓着闲劲。利强穿着新衣服，显然是过年的打扮，那齐整的模样就同念珠形成了鲜明的对比。香包看着，心里就有些酸酸的。

街道上突然传来一阵吵闹声，其间还夹杂着女人的叫骂声。利强几步蹦到门外，又转回身喊着念珠快来看热闹，说是民兵正在绑人。念珠应声跟了过去。留下香包一个人站在院子里，心里七上八下地惶恐不安。

一场冲突正在二癞家门口上演着，民兵连长领着两个挎枪的民兵正把二癞用绳子捆得结结实实。二癞爹阉客和老婆一左一右抱着儿子的腿不肯松开，二癞娘披散着头发哭喊着说些含糊不清的话。大过年的村子里本来就有些静，这免费的闹剧让一些人看得开心。加上阉客平日里人缘并不太好，看热闹的没有人替二癞一家帮腔。

原来这二癞散漫惯了，在基建会战工地上受不了风雪，见大过年的指挥部仍不放大伙回家，心里不忿，没给任何人打招呼就偷偷溜了回来，被人告到了指挥部。兼任指挥部总指挥的王书记知情后大为恼火，除夕日出了这号临阵脱逃的事，不加以管教岂不反了天？看样学样，大家一哄而散如何了得？遂命令槐树村务必将逃兵即刻抓回召开现场批斗会。魏连长领命带着民兵回村抓人，二癞正躲在屋里吃着娘烙的烧饼，见魏连长几个动粗，岂肯服服帖帖就范，拉拉扯扯就跑到了大门外。阉客和老婆不忍心看着儿子被人像捆贼一样捆起来，一唱一和地纠缠着民兵不让把儿子带走。

民兵连长只得了抓二癞的令，对二癞爹娘的撒泼却有些束手无策。何况二癞家的成分是下中农，民兵连长就更不敢越权轻举妄动。二癞娘仗着自家根红苗正，才不在乎民兵肩上的那两管枪，横竖就是抱着儿子的腿不撒手。时间一长，民兵连长终是耐不住性子，对着两个民兵喊道:“把这婆娘先抬回家去！”

两个民兵一使劲，二癞娘的手自然就被掰开了。那两个民兵一人抱着二癞娘的肩膀，一人抓着二癞娘的双脚，像抬着一头待宰的猪上杀案一样费劲地将二癞娘抬起来。那二癞娘也不是吃素的，胳膊乱甩，双脚乱蹬，三下两下又挣脱了两个民兵的束缚，双脚往地下一跺，一不做二不休，光天化日之下竟然把自己的裤带解下，把裤腰褪到脚脖处，露出了光溜溜的屁股和大腿。

二癞娘的举动让两个挎枪的民兵呆住了，站着也不是，动着也不是。民兵连长也是没了主意。原来这女人当众脱裤子是有讲究的，女人一旦跟强势的男人起摩擦，最后一招就是脱裤子，这是女人保护自己的底线，一旦脱过裤子，也就再无尊严可言，而换来的结果是男人必须住手，否则既会让人瞧不起，又会在其后霉运连连。二癞娘既已使出了女人最狠的招数，两个民兵当然不肯再触霉头。

看热闹的成年男人转过脸去，小孩们惊愕地伸长脖子，恨不得把这一幕稀罕定格在眼里。女人们有的捂脸，有的嬉笑。阉客一时慌了神，既想去替老婆拉上裤子，又不敢松开儿子的腿，情急之下破口大骂：“民兵，我操你八代祖宗！”

谁也没有注意到，此时的二癞早已涨红了脸。他趁人不备，不顾双手被捆着，飞起一脚照就近站着的魏连长裆部踢了过去。魏连长一声惨叫，捂住裆部蹲在地下，半晌站不起身。

一个民兵过来搀起魏连长，魏连长就势夺下民兵肩上的步枪，拉开枪栓，不待那民兵阻拦，照着二癞方才踢他的右腿扣动了扳机。“砰”的一声爆响，二癞单膝跪地，殷红的血从裤腿中渗出来。

这一枪，让槐树村多了一个跛子，二癞的外号从此变成了“癞拐子”。

魏连长放出的那一枪清清楚楚地被香包听见了，想着念珠还在外面看热闹，香包顿时提心吊胆。有心出门去唤回念珠，又虑着自己一个小媳妇凑到是非之地实在不合适。一时急得像热锅上的蚂蚁一样在院子里来回转悠。念牛在屋子喊香包收拾吃剩的碗筷，香包忽然有了主意，何不趁着给公爹送饭的借口出门去找念珠？

香包把粥盛在瓦罐里，又包了一块红苕放在瓦罐盖上，就出了桄桄门。正寻思着刚才那枪声从何处传来时，却见念珠和利强老远迎面走过来。念珠看见嫂子，把手里拿着的火药枪塞给利强，小跑到嫂子跟前，抢过了嫂子手里的瓦罐。

念珠显得很兴奋，他说要跟着嫂子去给爹送饭。其实，念珠是急着要把刚才的一幕说给嫂子。念珠问嫂子刚才听见枪声没有，香包说那声音可是吓人了。念珠就把他听到和看到的场景一五一十地跟嫂子讲了。说到二癞的娘脱了裤子，魏连长开枪击中二癞的腿，念珠嘻嘻地笑着，却把香包听得眼睁得老大。

说话间两个人已经到了饲养室，念珠又把二癞的事跟爹说了。德强老汉低着头吃饭半天没吭气。香包说二癞兄弟怪可怜的。念珠不以为然，说二癞活该，要是魏连长枪再抬高一点，子弹打到二癞胸口或头上，二癞就要见阎王了。德强老汉抬起头问儿子为啥恨二癞？念珠说二癞闹新房时欺负过嫂子。

香包说：“二癞到咱家里，是给咱家捧场，你不该把不愉快的事老记在心上。二癞大过年的回家看看爹娘也是人之常情，凭啥要抓人家？当着那么多男女的面，二癞的娘脱了裤子，让二癞的脸往哪里放？依着我说，那魏连长既是个连长，就该有些气度，说啥也不该放枪。”

德强老汉赞许地点着头，冲着念珠说：“你嫂子说的对着哩！”

念珠挠着头，腼腆地笑了。

香包操心二癞的伤势，问把二癞放了没有？念珠说枪声把营长德茂伯招来了。营长伯让民兵把二癞解开，又让二癞娘在屋里寻了一块布，把二癞的腿扎上，送到公社卫生院去了。德强老汉叹了一口气，说这槐树村要是没了营长德茂，有多少事会缠着解不开，营长就是这村里的魂哩。

香包收拾好公爹吃过的碗筷，出了饲养室圈舍，却看见刚刨松的粪堆中散着一些白花花的东西，就好奇地走过去。待看清楚后，不禁兴奋地大叫念珠快些过来。念珠应声走近一看，原来嫂子正对着粪堆中的粪钻儿出神。念珠觉得嫂子大惊小怪，平平常常的粪钻儿有什么稀罕？德强老汉也走过来，看着儿媳妇的兴奋劲儿，解释说粪钻儿这东西只在马和骡子的粪中才有，一到冬天，刨开粪堆时，越是冒热气的地方，粪钻儿越多。

香包顾不上跟念珠和公爹说话，自顾着把那粪钻儿捡拾着堆在一起。念珠问嫂子拾这脏东西干啥？香包直着腰说：“这是蘑菇，可是好东西哩，吃着既可口又有营养。”

“这玩意儿能吃？”念珠诧异地问。德强老汉也疑惑地睁大了眼睛。

香包边抖落蘑菇上的粪土屑边说：“我们那边有专门的蘑菇园种蘑菇，我知道蘑菇园里少不了用马粪。蘑菇这东西卖到城里，价格可比粮食高得多了。”

德强老汉听了儿媳的话，就从圈舍里拿出镢锄，在粪堆上刨了起来，那大大小小的蘑菇又露出来不少。念珠也帮着嫂子去捡，不大的工夫，竟拾了有小半篮子。

意外地收获了这么多的蘑菇，香包心里甭提有多高兴。早上起来的时候，她还忧烦着大过年的，家里一星半点的菜也没有，连包顿饺子的馅料都找不着，不想这老天惦念，如此慷慨地赐给她这么多好东西。想着在这个新家的第一次年节，她作为主妇可以给一家老少做顿好吃的，香包心里多少有些得意。

没想到更大的喜悦在等着香包。等香包回到家时，一眼看见念牛正拄着双拐，单腿站在院子迎接她。

香包吃惊地撇下盛着瓦罐和蘑菇的草筐，小跑着赶到念牛跟前，把念牛的胳膊扶住，问念牛一个人咋样下的炕。念牛羞涩地笑着说出了两个字：“我行！”

香包激动得眼眶中溢出了泪花。自打念牛从医院回来，已经在炕上躺了十几天，连大小便都没有离开过屋子，香包多少次劝他试着起身活动活动，可念牛的身子似乎被炕坯粘住了。香包也听说过伤筋动骨至少得躺上一百天，也就做好了让念牛静养半年一年的思想准备。可她没想到，念牛竟然这么短的时间就能下炕，而且是独自活动了。

其实香包哪里知道，一直以来躺在炕上的念牛，心病远远大于身病。前几天香包一席掏心掏肺的话，让念牛的心病消失得无影无踪。念牛本就是个扛得住苦痛的人，少了小半条腿，碍不了大事。趁着一家人不在跟前，念牛咬着牙，挣扎着爬起来，努力了好几次，终于在苗伟送给他的那副拐杖的帮助下，成功地站在了院子里。

新年到了，丈夫也从炕上站起来了，香包觉得一家人真的该好好庆贺一下，那半篮蘑菇得到的真是时候。

常言说干冬湿年，这话一点儿也不假。打从入冬以来，除了小年那场雪，就没太见过雨雪，这开年时分雪就越下越猛。除夕后半日雪花疏了一些，大年初一早上却又是鹅毛飞舞，人迹未至的地方，积雪至少已超过半尺厚。德强老汉说几十年没见过这么大的雪，瑞雪兆丰年，麦子捂上厚实的雪被，不多收成都对不起老天爷。去年生产队除去劳动日奖励外，人均夏粮分了九十斤，今年照这光景，人均不超过一百五十斤才叫怪。儿媳头一年进门，就有了好收成。德强老汉就在心里把这功劳归于香包，心说这外乡女子还真是个旺家之人。

一大早，德强老汉操心着自家房顶上的雪太厚了会压塌房子，匆匆地给牲口拌上草料就回家查看。新盖的那间草房上使的木料是魏支书送的，应当牢实。老房子年月久了，况且有些椽子盖房时实在是凑合上去的，能不能扛住这般大雪就不由得让人揪心。德强老汉回家的时候，香包正在厨房里忙着做饭，念珠拿着火药枪冲天啪啪地放着。最让她欣慰的是念牛穿戴齐整地架着双拐，在窗户下用糨糊补窗纸窟窿。念珠问爹为啥回来这么早，说嫂子今天包饺子，饭熟还得等一阵。德强老汉心里暖暖的，跟儿子说他看看房顶上的雪要不要整治整治。

街道上传来一阵闹哄哄的声音。念珠出门去看究竟，不一会儿跑回来，把打听的情况跟家人说了。原来，公社的农田基建会战指挥部临时搭建的指挥室被雪压塌了，那些露宿的参战社员也实在没法子在雪地里待下去。今早上天没亮的时候，指挥部决定全体人员散伙，各自回家。人都说老天爷不让大家大年初一干革命。香包听了，唏嘘二癞昨日早回来一天，白白挨了一枪。

正说话间，却见苗伟扛着个梯子从桄桄门外走进来。香包惊喜地迎上去，问哥哥大过年的扛着个梯子做啥。苗伟说花妹的爹一早起来看见雪厚，嘱他上房扫雪，扫完自家的雪，花妹爹又让他过妹子这边来看看。德强老汉没想到魏支书现在如此挂念他这个刚刚结上的亲家，一时感激得不知说什么好。苗伟把梯子架在房檐上，正准备上房，没想到一旁的念珠却像猴子一样先顺着梯子噌噌地蹿上了房顶。苗伟招呼念珠快下来。德强老汉却劝住苗伟，说念珠身子轻，上房更安全。念珠就在一家人提心吊胆的关注下，把房顶的积雪一点一点地刮到地上。

刮过雪，苗伟扛起梯子要回家，德强老汉却死死地拽住苗伟的袖口，非要留苗伟吃饭不可。苗伟说花妹一家说不定还在等他吃饭。德强老汉说总是大过年的，苗伟咋也算是香包的娘家人，哪有串亲戚空肚子离开的道理。念牛嘴里也嘟囔着，虽听不清言语，脸上的表情却极诚恳。

香包说："哥，我知道你们家里过年肯定有肉吃，可你既然来了，还是把我做的饭尝上一口。花妹爹让你过来帮着扫雪，活儿干起来时间没长短，耽搁了在家吃饭，花妹爹不会怪罪的。"

见妹妹一家如此，苗伟只好放下了梯子。香包说饭已经好了，让大家坐到屋子里。德强老汉领着苗伟进了自己和念珠的屋子，把念珠早起胡乱堆在炕上的那床破被推在墙角，露出来光溜溜发灰的芦席，招呼苗伟脱鞋上炕。念牛行动不方便，拄着拐杖坐在炕沿上，半截残腿搭在炕边，一条好腿垂在炕外。看念珠还在门外，苗伟就喊了一声念珠。念珠进屋，也脱了鞋上炕，三个人盘腿坐在炕上。

须臾工夫，香包把煮好的饺子端进来，先递给公爹一碗。德强老汉接过碗，又递给苗伟，推推让让，最后还是德强老汉先端上。待大家都端上碗，德强老汉却仍然不肯动筷子，一双眼只是盯着那碗里的饺子出神。念珠问爹看啥，德强老汉说："香包包的饺子比念莲包的饺子小好多，而且捏出的花也好看，这得费多少工夫，咋忍心让人下嘴嘛。"苗伟就笑了，念牛跟念珠也笑了。

德强老汉把一个饺子放在嘴里嚼了好长一会儿，却愣是不肯咽下去，他从来没有吃过这种味道的饺子，那绵软的口感和说不出来的香味让他恨不得把舌尖上的感觉凝固起来。苗伟吃了一个饺子，惊讶地问香包饺子是用啥馅儿包的。念珠已经吃了几个饺子，却没来得及品味道，那饺子已经滑进了肚子。这会儿见香包对苗伟的问话笑而不语，便神秘地笑了一下，代嫂子回说是粪钻儿。香包说好好的吃食让念珠说得脏兮兮的，哪里是什么粪钻儿，是上好的野生蘑菇。苗伟吃惊妹子从哪里弄来这东西，念珠就又抢着把来龙去脉说了。苗伟又一阵惋惜，说有这么好的资源，本地人竟然白白地浪费了。

几个饺子下肚，念珠才真正体味了这蘑菇饺子的味道，这分明比姐姐念莲包的饺子还要好吃。他自然又想起姐姐曾告诉他，等给哥哥娶下嫂子就有热饭吃了的话。念珠突然忍不住想掉眼泪，怕别人看见，把脸转向一边，用手背揉了揉眼睛，快快地把那饺子吃完了。德强老汉注意着小儿子，觉得儿子没吃尽兴，把自己的碗凑过去，又给念珠扒拉了几个饺子。

几个人一边吃着饭，一边又聊起了天。德强老汉问苗伟在老家的时候过年吃啥东西，有没有肉吃？苗伟说爹娘在的时候，每年还能吃上肉饺子，爹娘过世后就跟妹妹凑合着过年。香包跟哥哥说不提过去那些事情了，又看了一眼念牛，跟大伙说她前几日跟念牛商量过，等到开春就给家里把猪羊养上，搞得好的话，等明年过年时就有肉吃了。香包话音未落，念珠就蹦起来，说自己正央着爹逮个猪崽回来，给猪割草强似在生产队劳动挣工分。德强老汉赶紧把小儿子拉住让他坐下，说再跳几脚，这土炕就塌了。苗伟说等到一家人真有肉吃，他就买瓶酒，跟念牛哥好好喝一回。念牛嘿嘿笑着说苗伟又闹反了辈分，放着当哥的架子却死活要当弟。苗伟羞涩地笑着说既然念牛哥不乐意他叫哥，以后这“哥”字就省略了。念牛说他这辈子喝过的酒都是酒精兑出来的，不知道真正的酒是啥味道。苗伟说他们家乡那里就产酒，有个酒厂离村子不远，老远就能闻见酒香味。念牛就想象着那真酒的滋味，嘴里不由自主地咂起来。

话题又转到给槐树村通电的事儿。香包问哥哥当电工有没有啥危险，说早听过电那玩意儿能打死人。苗伟说既然电都让人用了那么长时间，当然早都被驯服了，只要小心出不了岔子。苗伟还提到上次跟妹妹一起坐火车一天一夜的事，说火车在路上跑着，车厢里到了晚上电灯还亮着，可见电是很听话的。德强老汉就说兴许电跟牲口一样，摸准了脾气，就乖乖地听凭使唤，脾气不对倔起来可够人喝一壶的。大家就都笑起来。

这个年节的过法，从此深深地镌刻在念珠的记忆中，蘑菇馅饺子其后也成了念珠一生最爱的吃食。

第七章

离元宵节还有几天的时间，念珠开学了。这是念珠小学的最后一个学期，到了暑假之后，念珠就该到公社所在地的香陵中学读初中了。反正小学升初中都是推荐完成的，念珠家庭成分是贫农，推荐上初中没有悬念，只需要按部就班地读完一个学期就能成为中学生。开学不久，学校通知说要举办全公社小学生运动会，地点就在香陵镇中心小学。老师说这是公社有意给未来的中学选拔好苗子，若是能在运动会上取得名次，少不了进中学后受到重点培养，说不定以后还可能被层层推荐成为国家的体育人才。这就把念珠和利强一帮五年级的学生煽动得热血沸腾。利强自然报了名。念珠也不甘示弱，报了一百米短跑和六十米滚铁环两个项目。念珠坚信论起跑路，他比利强腿要抡得欢得多，他非得较着劲拿个名次不可。另外，念珠现在比过去有了心劲，过去每每拿到奖状之类的东西，回家后多被冷落，而现在有了嫂子，嫂子会欣赏他，他取得的成绩不会再被漠视。在念珠看来，参加这场运动会或许是他小学五年中最辉煌的事。

但是一个不小的麻烦让念珠作难了。按照公社的通知，报名的运动员必须自备运动器械，且参加田赛的选手每人要穿一双白色的网球鞋。一双网球鞋两块多钱，让念珠张口向家里要钱，念珠连想也不敢想，他唯一能做的就是找人借一双。利强有一双网球鞋，但利强也报了比赛项目，不可能把鞋借给他，至于别的同学，家庭状况虽不能说和念珠家半斤八两，但也充其量席面子强过席里子。见念珠无计可施，利强给念珠出了个主意，说自己可以跟娘撒谎说把旧鞋丢了，让娘给他另买一双，这样就好把旧鞋送给念珠。念珠当然乐意，但利强提出了一个条件，那就是念珠得设法把饲养室的牯牛悄悄拉到村外让他骑一圈。骑牲口是男孩子们最向往的事，马和骡子性子烈，没人敢骑，骑牛就成了唯一选择。但生产队的牛岂能随便让人骑？利强想着念珠的爹是饲养员，就撺掇念珠偷偷牵牛出来。念珠明知道偷着牵牛出来会被责骂甚至挨打，但图着能顺利地参加运动会，就硬着头皮答应利强冒一次险。

礼拜天的下午，念珠很殷勤地帮父亲在饲养室干活。按照约定，利强已在圈舍粪堆旁远远地等着。终于瞅了个空当，念珠趁着父亲回家装烟荷包的工夫，解下了槽头一头牯牛的缰绳，把牯牛拉出圈外。粪堆旁接应的利强喜不自胜，拿着个树枝在牛屁股后面抽了几下，两个人一前一后赶着牛朝村口走去。谁知道怕啥来啥，眼看就要出村子，不承想迎面碰上了二癞的爹阉客。阉客是副饲养员，看见农闲季节牛被牵出槽，当然就有几分在意，及至发现牵牛的竟然是德强老汉的小儿子，顿时满腹狐疑，高声喝问念珠牵牛出村干啥。念珠心里有鬼，嘴上就支支吾吾地说不出个所以然。阉客断定念珠牵牛跟生产队的事务无关，就捎带着德强老汉夹枪带棒地把念珠高声训斥起来。阉客的举动，其实也有原因。阉客在饲养室是副手，寻常手脚不牢，常趁人不备给家里揣点牲口精料之类的东西，没少被德强老汉说道。阉客在德强老汉面前说不起话，心里窝火又寻不出发泄的道儿。加上除夕那日自己的宝贝儿子挨了民兵连长一枪，在医院看了些日子，回来走路一扭一拐成了跛子，阉客这阵子心里正发着狠，刚好碰见德强老汉的儿子淘气，岂能不借题发挥？阉客得理不饶人，越骂越起劲，越骂声越高。阉客骂念珠崽娃子胆大包天，骂槐树村鬼比人凶，骂五队豺狼当道。骂着骂着，连阉客自己都不知道他在骂谁了，一时骂得街口站满了人。自知做错了事的念珠任由阉客骂着不敢还半句嘴。那利强一看情形不对，早已撇下树枝跑得无影无踪。

阉客的叫骂声惊动了德强老汉。待德强老汉挤进人堆时，只见念珠低着头，手里仍拽着牛缰绳，阉客正手足并用地指天骂地。看见德强老汉，阉客虽声音低了几度，却依然喋喋不休。德强老汉紧紧地抓住小儿子的肩膀，问他把牛牵到这里干什么。念珠涨红着脸说不出一句话来。阉客在一旁又紧着煽风点火，说德强哥平日不是爱牲口么，这儿子跟牲口比起来，牲口当然就不在话下。把德强老汉羞得恨不得找个鼠洞钻进去，一时又急又气，抡圆了胳膊，照着儿子的脸蛋扇过去一巴掌。

在念珠的记忆中，爹从来没有打过他，但今天却在大庭广众之下抽了他一个清脆的耳光。耳光虽然不算太疼，但他觉得自己的面子实在是丢大了。随着大伙儿的哄笑声，念珠终于“哇”地哭出声来。可就在念珠还没有哭出第二声的时候，泪眼中他看见阉客得意的神情。一刹那，念珠醒过神来，自己才不能让阉客高兴哩。他止住哭，定了定神，照着阉客狠狠地啐了一口，丢下牛缰绳，分开人群，撒丫子跑开了。

念珠跑着，任由泪珠从脸上滚落，推开自家的桄桄门，他一头扑在炕上，放声大哭起来。

哭声把香包和念牛都唤了过来。念牛问念珠出了啥事？念珠却依旧哭着不肯说一句话。念牛急得把拐杖在地上磕着，唉声叹气地在屋子里转着圈，没奈何又走出院子。屋子里只剩下香包和念珠。香包一直静静地坐在炕沿上，待念珠哭声小些的时候，香包拍了拍念珠的肩膀，让念珠起来喝口水。

念珠坐起身，接过嫂子递给他的半碗水。他觉得有一肚子的委屈想倒出来，他忽然想起了姐姐念莲，脱口说道：“我要去见姐姐。”

待念珠喝完水，香包柔声柔气地说：“念珠，你还记得不？在姐姐家的时候，我让你把我叫姐姐。我也是姐姐呀。”

念珠的眼泪又像断线的珠子一样滚落下来。

香包说："念珠，你相信念莲姐姐，也该相信我。你有啥委屈说给我吧。"

念珠终于抽泣着把为了参加运动会跟利强谈好交易，偷牵牯牛让阉客截住又被父亲当众扇了耳光的事情讲了一遍。

念珠的一番话，却把香包听得泪水溢出了眼眶。香包抹了一把眼泪说："念珠，爹打你也能理解。不管咋说，牯牛是生产队的财产，咱偷偷地牵出去，真有个闪失，把咱家全赔上都赔不起呀。"

念珠泪眼婆娑地点着头："我明白了。"

第二天，香包起了个早，经管着念牛吃完饭，说她想到香陵镇上走一遭。打从香包正式嫁到魏家，还从来没有出过村子。一听妻子想出门，念牛只恨自己不是个健全人，不能陪着女人去镇上散散心。念牛抖抖索索地在炕席底下翻出两毛钱，嘱香包遇到零食时买点尝尝。香包也不推辞，把皱巴巴的角票揣在兜里出了门。

香包头次出门，念牛心里总还是有些担心。虽说从槐树村到香陵镇来回也不过十来里路，但毕竟是农闲时节，旷野里少了干活的人，万一碰到狼或者坏人，可不是耍的。从香包出门的那一刻起，念牛就有些魂不守舍。念牛在心里盘算着时间，来回路上一个时辰，在镇上逗留一个时辰，赶着太阳稍偏西的时候，香包就该回来了。念牛就把两个草墩叠起来放在院子中央，把双拐搂在怀里，坐在草墩上，眼睛一会儿瞭着桄桄门外，一会儿看看脚下的日头影子，只觉得那时间像凝固了一般。想找些活儿干，却又实在寻不下合适的事做。

正百无聊赖中，念牛却一眼看见香包风风火火地从桄桄门外走进来。念牛惊喜地架着拐杖站起来，抬头看看太阳，还没到头顶哩。念牛诧异地问香包咋这么快。话刚出口，念牛却呆住了。念牛清楚地记得，早间出门的时候，香包那背影中最令他瞩目的，自然是那双快飘起来的长长的大辫子。而现在，眼前的香包却是齐耳短发，那又粗又黑的大辫子不见了！

念牛掐算了一下时间，从香包出门到现在，也就一个时辰多一点，这哪里是出门散心，分明是来回一路小跑。

香包怀里抱着一个纸盒子、一个小纸包，而更让念牛疑惑不解的是香包肩膀上还挎着一小卷细铁丝。

念牛踉跄着迎上去，一手接过香包带回的东西，急切地问香包头上的辫子哪里去了，问香包这些东西从哪里来的。香包说她口渴。看着香包满是汗水的脸，念牛一阵阵心疼，急忙把那些东西放在草墩上，从厨房端来一碗水。香包一仰脖子，把一碗水喝得干干净净。用手背抹了一下嘴巴，这才平静地说道："我到公社的供销社回收门市部把辫子铰了卖了。"

念牛一脸的惋惜："那么好看的辫子，铰了多可惜。"

香包说："累赘得很，每天梳辫子得费老长时间。这一铰掉，还真是轻松多了。"

念牛明白了，原来香包卖掉了自己的辫子，又买回了这些东西。

香包把草墩上放着的盒子打开，里面是一双白色网球鞋。又打开纸包，是一堆细碎的像馍花一样的东西。

香包说："鞋是给念珠兄弟买的，他参加运动会要用，我在姐姐家给他纳过鞋底，知道脚码，大小应当合适。这点心渣子是给爹买的。供销社处理食品箱里的点心渣子，不要粮票，两毛钱一斤，我买了半斤。"

念牛心里一热，自己一个堂堂的男子汉，也算是家里的顶梁柱子，却从来没有给年迈的老爹和年幼的弟弟买过一样东西，而刚刚来家几个月的香包却做到了。念牛又拿起那卷铁丝，用眼神询问着香包。

"这铁丝是买给你的。"香包说。

"我要这铁丝干啥？"念牛疑惑不解。

香包快步走进厨房，转身拿出了挂在土墙上的铁笊篱说："咱家这笊篱少说也有七八年了，铁丝圈眼烂了不少，也该换个新的。可一个笊篱少说也得一块钱，你就不能给咱编个新的？"

念牛憨憨地笑了:“我不会编笊篱。再说你见过谁家自己买一捆铁丝编个笊篱?这花的钱,头比身子大。”

香包表情却严肃起来:“念牛哥,我看着你一天闲得心慌,就寻思着给你找个事干。编笊篱这活儿只需要手上使劲就行。我哥苗伟笊篱编得好,回头让他教你。等你学会了,你就在家编,我拿到镇上去卖。我都算过了,编一个笊篱,扣去买铁丝的钱,至少能挣三毛钱,你一天编两个笊篱,强似在生产队挣十分工。”

如果说香包给爹和念珠买下的东西仅仅是表达一种关心的话,那香包给念牛买来的铁丝,简直就是一份无法衡量价值的厚礼。念牛虽然在香包的感召下早早地下了炕,但无事可干的烦恼仍时时让他坐卧不宁。他本是个闲不住的人,看着别人三三两两地扛着农具从门前走过,他心里难受得要命,他多想改变这种吃闲饭的状态啊。他做梦都没想到,他的苦恼,香包心知肚明,这就替他寻下合适的营生。原来这就是妻子,一个把自己的一切交给他这个男人,想他所想、难他所难的女人。念牛的心里热浪翻滚。

香包又从兜里掏出了几张毛票和几枚硬币:“这是剩下的钱。我的辫子卖了三块六毛钱,除去买鞋、买铁丝、买点心渣子,余下两毛四分,还有你给我的两毛,总共还剩四毛四分。”

念牛把目光从香包手中的票子移到香包的脸上,那红扑扑的脸上依旧挂着汗珠。他想说话,却觉得嗓子眼儿里像堵上棉花一样发不出声来。他坚决地摇了摇头,把脸别到一边。

香包犹豫了一阵,又把钱揣起来:“那好吧,念牛哥,我替你管着。”

说着话念珠放学回来。看见嫂子的辫子没了,念珠大惊失色,盯着嫂子半晌没说话。香包笑眯眯地拿起鞋盒递给念珠,让念珠试试合脚不合脚,说有问题还可以再回去换一下。念珠哆嗦着手打开盒子,立时两眼放出光来,那盒子里分明装着一双白得耀眼的网球鞋。

因为跟利强谈好的交易没能实施,念珠已放弃了参加运动会的打算,他咋也没想到,嫂子会替他圆梦。他睁大眼睛,抬头看着嫂子:

“你哪来的钱？”话一出口，他立时明白，嫂子那一双好看的大辫子，已经变成了他手中的这双鞋。一瞬间，他像犯了大错一样心里刺痛，如果不是想参加运动会，如果不是昨天在村口跟阉客丢人现眼的冲突，嫂子哪能去把辫子卖掉？

香包让念珠快试试看鞋子合适不。念珠却呆呆地站着不肯动，他不愿意把嫂子的辫子踩在地上。

香包说：“售货员说换货只能在当天，我急着回来，就是怕晚了。”

念珠说：“我想洗洗脚。”

香包笑了，转身从自己的屋子里拿出盆子，去厨房的水瓮中舀出半盆水端出来。念珠坐在草墩上洗罢脚，把书包垫在地上，将网球鞋放在书包上，双脚蹬进鞋里，只觉得一阵从来没有过的舒服感涌上心头。香包蹲下身用手指捏了捏鞋尖和鞋跟，说合适着哩。念珠兴奋地使劲点着头。香包让念珠走一圈看看，念珠却又摇了摇头。

香包说：“念珠，等你运动会上拿了名次，就去告诉念莲姐一声，让姐姐也高兴高兴。”

念珠眼睛有些模糊，他忽然觉得眼前的嫂子很像姐姐，情不自禁脱口喊出了一声：“姐姐！”

香包一愣，以为自己听错了：“你是喊我姐姐么？”

念珠下意识地摇了摇头，却又好像醒过神来，重重地点了点头。

“你能再叫一声么？”香包问。

“姐姐！”念珠清晰地喊了一声。

香包兴奋地站起身，搂住念珠的肩膀。

这天晚上，一向倒头就进入梦乡的念珠却好长时间睡不着。确切地说，巨大的兴奋和难以排解的内疚兼而有之。有了网球鞋，他可以理直气壮地参加运动会，他甚至想象着在大家的加油声中他第一个冲到终点线的场景。但一想到嫂子，不，现在应该称作姐姐了，想到姐姐失去的那双又黑又粗的长辫子，他说啥也不能心安理得。姐姐第一次到这个家里时，那一双辫子就让他惊讶不已，他无数次想着能摸一摸那辫子，可叹现在竟不知去向。念珠把那双网球鞋搂在怀里，那馨香的塑胶味道让他一阵陶醉，他似乎搂着姐姐的辫子。有这双辫子给他鼓劲，他一定会在运动会上拿到好名次！

高脚牲口槽头上的枣红马病了，几天几夜不见好转。德强老汉急得吃不下饭、睡不着觉，恨不得自己替牲口病一场。

枣红马是一匹退役的军马，马屁股上还烙着一个数字，想来应当是在部队上的编号。前年，公社从部队接收了一批淘汰的军马，决定分给各生产队。德强老汉去公社领马时，一眼就看上了这匹枣红马。这枣红马好像有灵性，偏就从马群中嘶鸣着跑到德强老汉身边不肯离去，德强老汉就势抓住马缰绳不再松手。那分牲口的人也啧啧称奇，就成全了这一对人畜搭档。德强老汉把枣红马牵回队上，自然引得大伙的夸赞。那军马虽是跑得快，但干起农活来就显得有些笨拙。德强老汉懂牲口，就像教孩子一样驯导枣红马听口令、上套绳，又少不了给它偏吃偏喝。枣红马通人性，没半年工夫，就出脱成一匹驾车的辕马，成为槽头的梁柱子。上一次从念莲家接香包回村，就是枣红马驾的辕。如今，枣红马病了，德强老汉岂能不心疼，岂能不寝食难安？

德强老汉去找魏队长，说了枣红马的病情。魏队长让把马牵到公社的兽医站去看一看。魏队长说一匹马病了不打紧，要弄清啥病，槽上另外的二十多头牲口可不敢传染上，干脆就让副饲养员德功牵马去看病好了。德强老汉不放心阉客，有心亲自去，但又琢磨着魏队长说得对，不能因为一匹枣红马误了其他牲口，就只好任由阉客牵着马去了香陵镇。枣红马一走，槽头上空出来一个位置，德强老汉像是被人摘了心肝一样心里空落落的，老是盯着那空位置出神。阉客一大早牵马去了香陵，按计划天黑前就该回来，可一直挨到掌灯时分，却仍是不见枣红马和阉客的身影。整整一夜的工夫，德强老汉身子没沾炕，一直蹲在槽头前，一锅接着一锅地抽烟。天亮的时候，脚下的烟灰积了拳头大的一堆。

吃罢早饭，德强老汉说啥也坐不住了，他要到兽医站去看个究竟。德强老汉让儿子念牛替他去饲养室盯上半天牲口。念牛这几天刚学会编笊篱，心里正热火着忙他自己的事，哪有心思去给父亲顶班，就推说自己腿脚不方便。香包看公爹心焦，就说她去代劳。念牛一看香包说了话，又改口说那他把活路带到饲养室去，一边照看牲口一边编笊篱两不误。德强老汉把饲养室的事情安排好，就风风火火地奔香陵镇去了。

一到兽医站，德强老汉一眼就看见枣红马孤零零地卧在空荡荡的院子。那枣红马也看见了德强老汉，挣扎着站起来，想跑过去，却被拴在木桩上的缰绳死死拖住，遂仰着脖子朝天"咴儿、咴儿"地叫了几声。德强老汉紧走几步靠近，分明看见那枣红马眼眶中溢出泪水。德强老汉把马头搂在怀里，忍不住也泪水涟涟。待到德强老汉定下神来，却纳闷这偌大的兽医站咋看不见一个兽医的影子，更不明白那阉客为啥把牲口扔到这里不知去向，就冲着那几间紧闭着门的房子走过去，逐个敲着门找人。好在有一间房门虚掩着，德强老汉推开门，却看见阉客正和衣卧在麦草打成的地铺上蒙头大睡。

德强老汉推醒了阉客。阉客坐起身，迷迷糊糊地揉着眼睛。德强老汉问牲口得了啥病。阉客说昨天兽医给马量了体温，说马得了肺炎，需要住站治疗。德强老汉问那兽医去了哪里。阉客说兽医就是香陵镇上的人，没事回家了。德强老汉张嘴想骂娘，忍了忍怪怨阉客大冷天让牲口在外面冻着，病不重才怪。阉客说这房子是供牵牲口的人住的，咋能把牲口牵进来？又说他昨晚上在这地铺上躺了一宿，队上应当给他记双份工。德强老汉关心枣红马治上了没有。得知昨天兽医已经给马打了针、灌上了药，才稍稍放下心来。

德强老汉又出门走到枣红马身边，抱着马头喃喃地说了一会儿话。枣红马偶尔抽搐几下，德强老汉也不由得打几个冷战。抬头看看天色尚早，德强老汉就寻思着回一趟槐树村，把自己的那床破被子拿来，给枣红马御个寒。他担心晚间外面太冷，枣红马扛不住。

待德强老汉来回小跑着把被子抱来时，天已经擦黑。灯光下，一个穿白大褂的人正在用硕大的针管在马屁股上注射。德强老汉紧走几步赶到跟前，问兽医牲口的病打紧不打紧。那兽医看上去也就是个十七八的娃娃，抬头看了看德强老汉，说他听师父吩咐，只管打针。德强老汉不由得又在心里抱怨，这兽医站太不把牲口当回事，连打针这么重要的事儿都让个娃娃来干。

德强老汉到底不放心把枣红马丢下，他到那间房子里把依然躺着的阉客叫起来，商量着让阉客回槐树村去照顾槽头上的牲口，他代阉客在这里看管枣红马。阉客在这里吃不好、睡不好，听到德强老汉的话当然心里乐意，就手收拾褡裢准备回家。临出门时问德强老汉可带有吃的，德强老汉这才想起来还得考虑自己一张嘴。阉客从褡裢中摸出几个苞谷面团子递给德强老汉，说这是老婆特意给自己外出做的精食，现时借给德强老汉，回村后记得用同样的精食还他。

阉客一走，德强老汉又来到院子，一屁股坐在卧着的枣红马身边。枣红马刚打过针，身上又披上了德强老汉带来的被子，显得安静多了。德强老汉依偎着牲口，心里觉得踏实。跑了一整天，委实也有些累，竟也不知不觉地进入梦乡，直到有人喊他时，方才醒来，抬头看天，满是星星。冬天的夜里星星越明，天气越是寒冷，德强老汉不禁条件反射地打起哆嗦来。喊醒德强老汉的人正是那个给牲口扎针的年轻人。原来他半夜起来小解，惊讶地看见牲口身边卧着一个人，这才过来喊醒了德强老汉。年轻人让德强老汉去屋子里住。德强老汉说牲口病着待在院子，他担心背上的被子掉下来。年轻人犹豫了一阵，让德强老汉把牲口牵到那间人住的屋子里去，不过他要求德强老汉一定在天亮前把牲口牵出来，再把牲口粪便打扫干净。他说站长吃过早饭就会回来，要是站长知道他允许把牲口牵进房子，站长会骂他的。德强老汉自是千恩万谢，把牲口拉到了房间。

第二天早上吃罢饭，德强老汉终于见到了正式的兽医。他听见那年轻人喊兽医为站长。那兽医嘴上叼着半截烟屁股，吐烟时也不拿下，烟雾从鼻孔中徐徐冒出，熏得眼睛眯起来。一看见德强老汉，兽医问咋又换人了，德强老汉说他也是饲养员，又赶着问牲口啥时能治好。那兽医用一个大号听诊器在枣红马的脖子上、肚子上听了一阵，却是连连摇头。德强老汉的心一下子就提到嗓子眼儿了。兽医自言自语地说这症状咋不见减轻。德强老汉大睁着眼又问兽医能看好不。兽医说给牲口看病么，向来都是看活不看死，死活还得看牲口。德强老汉听不懂兽医的话，只是觉得枣红马这回病得不轻，立时感觉像掉入冰窖一般。兽医喊过那打针的年轻人，让加大注射剂量，说用猛药再试试看。

德强老汉陪着枣红马在兽医站待了三天。那枣红马竟一阵不如一阵，到第三天水食不进，挨到黄昏的时候，枣红马闭上了眼睛，再也没有醒来。

德强老汉不知流了多少泪。他后悔不该把枣红马牵过来治。他想着如果不让枣红马大冷的天在露天地冻着，说不定枣红马能自己缓过来。

德强老汉都不知道自己是怎样走回槐树村的。他昏昏沉沉地一头扎进饲养室，像丢了魂一样坐在槽头前的土炕上发愣。阄客问他回来了枣红马谁看管。他说不用管了。再问枣红马啥时候能牵回来，他说回不来了。阄客这才知道大事不好，接着就嚷嚷开了，说自己把牲口交给德强老汉时还好好的，怎么就三下五除二地把性命丢了？阄客这么一咋呼，不消半顿饭的工夫，枣红马死了的消息就传遍了五队的家家户户，就有不少人来饲养室询问究竟。魏队长当然在第一时间赶到了饲养室，仔细地问起了枣红马的诊治过程。德强老汉前言不搭后语地表述一番，把魏队长听得稀里糊涂。末了，魏队长问那死马咋处理的，德强老汉竟说不出个子丑寅卯。魏队长气得直跺脚，说不管死马活马那都是五队的集体财产，都得有个交代。

好在魏队长还算理解德强老汉，知道他是伤心过度，有些脑子转不过弯，也就没有指责德强老汉，打算亲自去一趟兽医站，洽谈善后事宜。阄客自告奋勇表示愿意跟队长前往，当下决定第二天一大早去香陵镇。

枣红马的尸体还摆在兽医站院子中央。魏队长说明来意，兽医站站长也就是那个看死了枣红马的兽医一阵恼火，说槐树村的人不像话，把牲口牵到镇上白白地治了几天，药费欠了二十来块钱不说，竟然把死马也不收拾掉。魏队长心想着马没治好也就不追究兽医站的责任了，但让队上再承担药费那是断断不行的，他跟站长说这就想办法把死马拉回村，马皮和马肉是队上财产，不能丢弃。站长一听魏队长的话吓了一大跳，说这死马肉哪里敢吃，打了几天大剂量的抗生素，肉里面的毒素会毒死人的，必须深埋作无害化处理。当下把魏队长听得目瞪口呆。

魏队长是明白人，见兽医说得如此斩钉截铁，知道这死马肉不敢碰了，也不想承担拖欠的治疗费和处理死马的费用，就想着脚底抹油溜之大吉。阉客却发表了一通意见，说马肉不能吃，马皮却是宝贝，把马皮剥下来，搓几条皮绳也挺合算的。魏队长担心跟兽医站纠缠会贴上本钱。阉客让魏队长先走，自己留下来交涉。魏队长也觉心烦，就叮嘱阉客见机行事，能割皮则割，不能割时不要勉强，就自顾先回槐树村了。

再说这阉客早年是做劁猪阉羊的，走村串乡多了，练得一副察言观色的好眼力和能说会道的好口才。魏队长一走，阉客踅摸到站长的诊疗室兼办公室，有话没话地跟站长套起了近乎。阉客说队上这几年穷得连一毛钱的提留都没有，这最壮实的一头高脚牲口又死了，真的是屋漏偏逢连阴雨。见站长无意与自己搭讪，阉客又东张西望着寻找话题。桌面上一把小刀吸引了阉客的目光。阉客知道，那是给牲口做手术用的，他当年劁猪时用的刀子跟这个差不多，只不过比这个粗笨而已。阉客伸手拿起那把刀子，用手指轻轻试了试刀刃，咂咂嘴说这真是一把好刀。站长回过头训斥阉客，说那刀子是给牲口做手术用的，岂敢乱动。阉客笑了笑说不就是劁猪阉羊么，这活儿他干多了。那站长一听有些诧异，问阉客也会劁猪。阉客笑言他把断子绝孙的事儿干了小半辈子，干到最后，他就讲究个麻利，劁一头猪不超过三分钟。

也许是人不亲行亲，那站长一听阉客是给牲口动刀子的，登时对阉客有了几分客气。说阉客既是给牲口做绝育的，也是为了牲口好好发育，咋能说那是断子绝孙呢。阉客说什么绝育不绝育，那都是人挑好听的话说哩，他只担心自己前半生干多了造孽事，下世后阎王爷跟他过不去。那站长就给阉客讲了个故事，说明朝的太祖皇帝朱元璋有一次去民间微服私访，见一个劁猪的匠人麻利地做活，灵机一动，就着人拿来纸和笔，挥笔写了一副对联，上联是“双手劈开生死路”，下联是“一刀割断是非根”。从此以后阉匠们就有了尚方宝剑，都在自己的行囊或者挑子上拴上一溜红布，意思是奉圣上的旨意替天行道。两个人就都哈哈大笑起来。

阉客惦着正事，拐弯抹角地又跟站长说起了牲口治疗和处理费用的事。阉客说队上实在拿不出二十元现钱，要不然就让他把马皮剥了，搓成皮绳卖了钱再给站上送回来。那站长其实已经做好了费用被赖掉的心理准备，反正兽医站是公社开的，能收下钱更好，收不下钱时给槐树村挂上账就行了。这会儿见阉客如是说，乐得做个人情，也省得站上找人收拾马的尸体，当下就同意阉客的方案，让阉客快些回村去叫帮手来，务必在剥完皮后把死马埋到指定的地点。

阉客与站长周旋成功，心里爽快，一路小跑着回到槐树村，又狐假虎威以魏队长的名义唤来念富和杠生两个后生，说是到香陵镇兽医站去处理枣红马的尸体。念富和杠生难得开一回眼界，屁颠屁颠地拉着架子车跟阉客到了香陵兽医站。阉客到底是拿刀子出身的人，不到半个时辰，把一张马皮整整齐齐地剥了下来。那站长见阉客干活确是麻利，多少又对阉客生出几分敬意，叮嘱手下那个年轻人协助阉客一帮人把死马运到兽医站后边的墙外埋起来，埋上死马后再撒些石灰消毒。阉客点头哈腰地跟站长道了一通谢，说日后站长千万不要忘了常到槐树村去做客。

站长一走，阉客又麻利地把剥皮后的死马大卸八块，让念富和杠生按着那年轻人的指点把零碎的马尸块往返了几次运出去埋了，直到天擦黑的时候，现场算是打扫干净了。阉客把马皮放到板车上，告别了站上的年轻人，招呼着念富和杠生离开。

出镇子不远，阉客让念富和杠生停下歇歇脚。念富说又不太累，早些回家歇着不是更好。阉客却抓起车把手，把目光在念富和杠生脸上来回看了几遍。

阉客问："你两个瓜娃，想不想吃肉？"

"吃肉？"念富和杠生不约而同地张嘴问道。

阉客把嘴巴朝兽医站方向努了努："那么好的马肉，咱就忍心白白丢掉？"

念富瞪大了眼睛："不是说那肉有毒么？"

"信他们那一套？"阉客说，"还不是因为咱们没给人家治疗费，人家心里不忿，不愿意让咱吃肉呗！"

"德功伯，那肉真能吃么？我几年没吃过肉了。"杠生用舌头舔着嘴唇。

"我比谁都懂牲口，那牲口排毒性能强着哩，再说以水为净，咱们把肉拿回去多洗几遍，保管干干净净。"阉客说。

念富仍显得犹犹豫豫："那万一……"

阉客说："我都想好了，咱们把肉悄悄拿回去煮熟了，先找个狗来尝尝。如果没事，咱们留一些自己吃，挑些好肉到外乡去卖了，咱们几个人不就发了大财么？"

"这是个好主意！"杠生兴奋得一阵抓耳挠腮，念富也觉得妥当。当下几个人摩拳擦掌。又商量了一阵，念富和杠生轻车熟路，领着阉客到了埋死马的地方。

好在夜幕已经降临，阉客几个人的行动不容易被人发现。其实下午阉客在切割死马时已经有所准备，马身上部位好些的肉都被阉客匀称地割成块状。这会儿几个人手脚并用，不大一会儿，就摸索着把架子车上装得满满当当。阉客估计着已经装了有三百来斤，就喊说够了。几个人草草地将那挖过的大坑用土填上，再用马皮把架子车上的肉蒙起来，趁着夜色，一溜烟回了槐树村。

却说德强老汉在兽医站受些风寒，又加上心爱的枣红马死了，急火攻心，回村后就有些神思恍惚，昏昏沉沉发起了高烧。香包给公爹送饭时，发现公爹病得不轻，就找冬梅来饲养室给看看。冬梅给德强老汉量了体温，听了心音，说是劳累过度又加感冒，需要卧床休息一阵子，开了几片阿司匹林和土霉素，让饭后服下。德强老汉虽然病着，却放心不下槽头的牲口，生怕再像枣红马那样出啥闪失，死活不肯回家。直到夜深时分，阉客从香陵镇回来，才好说歹说着把他劝回了家。德强老汉一回家，身子稀松得一头栽倒在炕上，再也没有力气爬起来，从头天夜里一直睡到第二天大中午，方才勉强吃了几口东西，仍是长吁短叹着为那匹已经死去的枣红马伤心。

二癞上回被魏连长一枪打在腿上，送到医院后说是粉碎性骨折，治好后腿脚就不太利索，走起路来，一扭一瘸，便被人称作癞拐子。癞拐子觉得他和念牛都是为了农田基建大会战的事儿伤了腿脚，就有些惺惺相惜的感觉。另外他觉得自己只是腿跛了，而念牛干脆腿没了，在念牛跟前多少又能找到一丝优越感，所以最近一段时间就和念牛走动得勤一些。这天傍晚，癞拐子又来找念牛闲聊。几句不咸不淡的话之后，癞拐子神神秘秘地给念牛掏出一块拳头般大小的用布裹着的东西，打开后竟是一块熟肉。念牛惊问癞拐子平白无故从哪里弄来这好吃食。癞拐子把手指竖在嘴唇上，另一只手指指德强老汉住着的房子，示意着不敢声张。念牛却非得问出个究竟来不可，说这么贵重的东西不知道来路他不要。癞拐子就说这肉是从死了的枣红马身上割下的。念牛疑惑那枣红马不是死在兽医站，肉里有毒不能吃么。癞拐子说那都是骗人的话，马肉煮出来他都吃过了，香喷喷的一点问题也没有。念牛想着父亲为了枣红马的死发了病，而癞拐子一帮人却兴高采烈地吃肉，心里就有些不是滋味，也没有心思去尝那马肉，就把肉放在炕头的一只空碗里，把包肉的布还给了癞拐子。

癞拐子一走，念牛唤香包过来，把那马肉递给香包，香包自然也是吃惊。念牛把癞拐子说的来由给香包重复了一遍，听得香包目瞪口呆。念牛觉得香包反应有些过度，说人跟人不一样，马死了咱爹难受，人家阉客一家高兴，凭什么人家能吃肉咱不能吃肉？香包说这肉万万不能吃。她跟念牛讲了几年前发生在他们老家邻村的事情，也是一个生产队的马病了，打了多日的针还是没治好，后来马死了，生产队就把肉给社员分了，结果全队人食物中毒，还死了三个人。念牛说癞拐子自己都说吃过了没事。香包却倔强地摇着头说这肉吃不得。

不说念牛可惜着一块好端端的马肉媳妇不让吃，单说香包听完念牛的话，坐在一边思量起来，越琢磨心里越害怕。多年前老家邻村那场集体中毒的事件，真的是太恐怖了，死去的那三个人恰好是一家子，出殡的时候香包也去看了，三口棺材一前一后地抬出了村，幸免于难的家人一个个哭得声嘶力竭。那场景在香包的记忆中太深刻了。既然这回兽医站不让把病马拉回来，想必这马肉毒性也足以致人死亡，难道那样的惨剧还会重演？

香包越想越觉得恐惧，恰巧看见念珠从桄桄门外回来。香包就把念珠叫住，跟念珠讲了原委，又说了她的担心。念珠还记恨着上次闹新房时跟癞拐子打架、癞拐子的爹因他牵牛在村口羞辱他的事，说阉客一家人没一个好东西，他们爱占便宜吃死马肉，吃死一个少一个。香包说念珠不能这样说话，乡里乡亲的，总得相互关心。念珠虽是嘴上说着气话，心底里其实还是服气这个自己刚刚改口称作姐姐的人。他问姐姐想让他做啥。香包说她想打听阉客家把肉分了多少人。念珠嘿嘿一笑说这事儿他能办到。

不消小半个时辰，念珠就把事情摸得清清楚楚。念珠先是去了癞拐子家，说念牛让他过来感谢二癞哥送肉吃。阉客知道儿子显摆着给念牛送肉又把念珠这贪吃的小子惹来了，又舍不得把给自家留下的那一点肉再拿出来给念珠，就让念珠去找念富。念富是念珠的堂哥，念珠去找念富当然是顺茬。念珠到念富家，三下五除二就从念富口中把实情全套了出来。原来，阉客一行人昨天夜里把肉拉回来，今天在阉客家里清洗了大半天，又全都煮熟了，先拿了一块肉让杠生家的看门狗大黑吃了，一点事也没有，这才放下心来大家都吃了肉。现在已经把看着俊样的肉块挑好了，明天一大早念富就和杠生悄悄出村到外乡去卖肉。

念珠把打听来的消息告诉香包，香包大惊失色。她想到阉客几个人自家吃了死马肉不算，还要卖肉出去害人，一时间就像热锅上的蚂蚁一样在院子来回转着不知所措。念珠倒是不以为意，说人家找狗试着吃了肉，阉客和念富他们也都吃过肉，没有麻烦事。香包却说那年老家邻村刚开始吃肉时也没有事，后来才发作起来。

这一夜，香包翻来覆去地睡不着觉，她眼前老是晃动着多年前记忆中的那三口棺材。后半夜，她终于打定了主意。

趁着天还没完全亮，香包起身收拾停当，悄悄地出了门，去了魏支书家。按说魏支书家也是自己亲哥哥的家，但香包却从未来过。因为在香包的意识中，哥哥在这个村子攀上了至高无上的高枝，就像是平民家的孩子进了皇宫，她这个做妹妹的不应该也不好意思去蹭皇恩。而今天她硬着头皮到这个圣地，实在是没有别的办法。她要借助哥哥这一层关系惊动魏支书，让魏支书出手挡住阉客一帮人卖马肉的营生。确切地讲，她是来告密的，但可怜的香包却实在是为了拦住被告密者再干下害人的事情。

苗伟见妹妹一大早神色匆忙来找他，大感意外。他开门后让妹妹进院坐坐，香包却不肯进魏支书家，兄妹二人就在魏支书家的大门外说话。待香包把事情的根根节节说给苗伟时，苗伟虽也吃惊，但对要不要把这事说给花妹爹却犹豫起来。苗伟担心这世上没有不透风的墙，坏了人家阉客一帮人的好事，万一将来风声传到阉客等人的耳朵，知道是他们兄妹俩在背后捣的鬼，只怕他会想方设法报复。兄妹俩好不容易才在槐树村站稳了脚跟，何必要干这种于己无益的冒险事。香包对哥哥的见解不以为然，她说人命关天的事岂能想得那么多，真要是放着不管，一旦出了大事，叫自己这一辈子良心往哪里放？苗伟思量一阵，觉得妹妹说的在理，就答应由他把事情说给花妹爹。不过苗伟对花妹爹肯不肯出手管这事儿却心里没底。香包说他不相信堂堂的魏支书会看着要死人了还不管不问。

香包的判断是对的，当魏支书从苗伟口中得知消息时，不禁打了个寒战。二话没说，披着衣服就出了门，直奔阉客家而去。

一看魏支书突然破门而入，阉客大惊失色。魏支书劈头就问那病马肉现时放在哪里。阉客张口结舌，支支吾吾。不想那魏支书抡圆胳膊，一个耳光扇过去，揍得阉客眼冒金星。阉客的老婆闻声从屋子里跑出来。见支书打了阉客，哭着喊着又抱住了魏支书的腿。魏支书干脆狠狠地抽出腿，使劲照着蹲在地上的阉客老婆蹬了一脚，阉客老婆像皮球一样翻了个个儿滚到一边。魏支书又揪住阉客的衣领，像拎只鸡一样就地甩出半圈，声嘶力竭地逼问马肉下落。

阉客上下牙磕碰着语不成声：“走了，拉走了。”

“拉到哪里去了？”魏支书声音大得吓人。

“后、后半夜，二癞跟……跟念富……富，还有杠生，拉着卖……卖去了。”

“到什么地方去卖？”

“说不清，反正不敢去……去香陵镇。”

魏支书转身出了阉客家，一溜小跑到了魏连长家。顾不上跟魏连长细说究竟，只是让魏连长越快越好地集合民兵。魏连长从没见过魏支书如此着慌，知道事情紧急，立即从屋里操出一面铜锣，就在自家院门前“铛铛”地敲了起来，约莫半袋烟工夫，来了二十几个民兵，人人肩上都扛着半自动步枪。魏支书让民兵们排好队，像战前动员一样给民兵们讲了刚刚发生的事件，让民兵们务必“下定决心，不怕牺牲，排除万难，去争取胜利”。务必在二癞一帮人未卖出一两肉之前把他们抓回来。魏支书又不忘再三叮嘱民兵们，那病马肉万万不可去碰。动员已毕，魏连长把民兵分作三组，朝不同的方向沿路追踪。魏连长亲自带着一组朝县城方向追寻。

却说魏支书目送着民兵们分头行动，心神稍稍安定下来之际，只见冬梅急急地跑过来，上气不接下气地说她找魏支书找得好急。因为上一次冬梅偷看信件的事，魏支书对冬梅有了些厌恶，冬梅也能感觉到，去魏支书家献殷勤的次数也就少了一些。这会儿看见冬梅，魏支书依然拉着脸，带着训斥的口吻说冬梅当赤脚医生治病救人，得学着稳重点。冬梅被魏支书的话呛着，说话就显得不太利落：“魏支书，出……出事儿了……”

原来，一大早杠生娘大嘴来找冬梅，说自家的戏匣子清早起来突然昏晕得难受，又吐得一塌糊涂。冬梅背着药箱过去，见戏匣子人已经有些迷瞪，就翻着戏匣子的眼皮看了看，觉得像是食物中毒，细问大嘴，大嘴说是头天下午吃了杠生从念富家带来的一块肉。冬梅想知道那肉的来源，就又去了念富家，没想到念富的媳妇吴爱英也出现了同样的症状。冬梅这才意识到事态严重，去魏支书家未寻到魏支书，这又循声找到魏连长家门口。

听了冬梅的话，魏支书一切都明白了。他说这些人都是吃了病马肉中的毒。冬梅诧异魏支书竟然比她知道得还早，心里就有些失落。魏支书问冬梅有啥药可以治。冬梅想了想说可以寻些绿豆煮汤给患者灌下去。魏支书就让冬梅去找五队的魏队长，务必找些绿豆快快地熬汤，给有病的几家人分送过去。

没想到吃早饭的时候，陆陆续续又有八九个人躺倒了，其中有念富的兄弟念贵、念富的爹德刚，阉客和他的老婆也起不来了。不消说，这些中毒的人都是跟阉客、念富、杠生几家有些挂搭的人。

魏队长早间得了信，又听了冬梅的话，急让人在保管室翻了半天，却找不出一粒绿豆。后来向一队求援，到底是人命关天，一队队长慷慨地把小半袋留做籽种的绿豆贡献出来。无奈那绿豆汤给病人灌下去，却还迟迟不见效果，冬梅像热锅上的蚂蚁，来回转悠着束手无策。

鸡骨头早年走州过县，见过些世面，说他当年逢到过一桩因吃死驴肉放翻了一帮食客的事，后来请了一个郎中，那郎中让人给病人个个喂了小半碗驴粪，病人吐了一阵就都好了。想来阉客这些人是吃了死马肉中毒的，若每人喂上一些马粪，病兴许就会好的。也是病急乱投医，杠生娘就当真去饲养室挖了半勺稀马粪准备给戏匣子灌进去，却被闻讯而来的冬梅喝阻住。杠生娘怨冬梅手艺不强又霸道着不让试别的方子，冬梅说她只怕这马粪灌进去人病得更重。

冬梅是个好出风头的人，遇上这么个难得的机会，本想好好使一下手段，以体现自己的价值，却没想到事情的发展不尽如人意，病人喝了绿豆汤不见效果，连冬梅自认为会药到病除的硫酸阿托品服用后也无济于事。冬梅心里就有些慌。因为按照规定，赤脚医生受双重领导，除了受村上的管理外，还得向公社的地段卫生院负责。遇到重大的卫生事件，必须及时报告给卫生院。现在到了这步田地，冬梅觉得也不敢再逞能了，就跟魏支书说要去一趟卫生院报告情况。魏支书担心冬梅走了病人有啥闪失，别的人不懂更抓瞎，就让冬梅写了个简单的书面汇报着人送过去。冬梅想想也是，就写了小半页纸的内容，大意是这边有近十个人吃死马肉中毒，服药后不见效果，请卫生院最好派人过来。

香陵公社地段卫生院院长是科班出身，接到冬梅的报告，知道事态严重，一面紧急组织能抽调出来的医护人员带上药品和器械赶赴槐树村，一面打电话向县卫生局做了汇报。不消半天工夫，连县革委会主任都惊动了。

槐树村有史以来没有开进过汽车，不想却因阉客一帮人闯下的祸端，一下子来了两辆汽车，让全村人开了眼界。那汽车中有一辆小一些，是绿色帆布篷子，听说坐着一个大领导。有一辆大一些的，白色的车身外还画着一个鲜红的大“十”字，说是县医院的。随车来了一群穿白大褂的人，挨门挨户地进各家检查问询，随后就在几个发病的人家炕头前挂上了玻璃瓶给病人扎上针。接下来，又把戏匣子抬上那红十字汽车拉着去了县城。看着那耀眼的汽车绝尘而去，就有不少人羡慕着戏匣子今生有福分，享受了这么高档的洋玩意儿。

坐绿帆布篷汽车的县上领导自然被魏支书跟前跟后。领导问魏支书中毒事件是不是阶级敌人的破坏活动。魏支书操心着派出去的几拨民兵有没有截住瘸拐子几个人，只怕事情闹大了自己这个村书记吃不了兜着走，就吭哧半天后说已经派人监视了村上的“四类分子”。领导说千万要注意阶级斗争的新动向，发现苗头要及时采取行动。魏支书唯唯诺诺。好在那县上的领导似乎对深究这件事并不感兴趣，转了一圈扬长而去，留下了一帮白大褂继续忙活，魏支书才松了一口气。

后来魏支书跟人说那领导是县革委会办公室主任，是受县革委会主任委托来查看中毒事件的。槐树村人也搞不清县革委会主任和县革委会办公室主任是啥关系，只是觉得那天来的领导委实威风八面、气宇轩昂，比公社的王书记要有派头得多。

送走县上的领导，魏支书坐在村口的老槐树底下，望眼欲穿地盯着村口。

终于，魏连长等人远远出现在魏支书的视线中。魏支书一跃而起，紧赶几步上前问马肉卖出去没有，魏连长指了指身后的架子车，说马肉已全部截获。魏支书打眼看去，那架子车上竟然还趴着念富。魏支书压在心头的千斤担子终于落下。看着灰头土脸的癞拐子等人，魏支书忍不住一腔怒火，一口浓痰吐在癞拐子的脸上。

原来，癞拐子几个人一出村，就商量着还是把马肉拉到县城去卖，因为县城人多而且人们口袋里有钱。等到跑了几十里路赶到县城，却发现大街上有不少戴着红袖章的人在来回转悠。癞拐子担心人家问起肉的来路时露馅，几个人就悄悄地蹲在一间店铺的窗户下，心说等后半天那些红袖章回家休息时再开张卖肉。却不想那魏连长身负重任，亲率几个人到了县城后就分散开来，不消多少时间就把癞拐子等人逮了个正着。待民兵押着几个肇事者返回时，念富也有了症状，不得已趴到车上。癞拐子们没卖出一两肉，也算是上天造化。

县城医院的大夫到底医术高明，槐树村中毒的人陆陆续续从炕上爬了起来。到第三天，戏匣子也被儿子杠生用架子车接了回来。

发生了这么一桩惊天大事，魏支书自然不能善罢甘休。他吩咐魏连长把阉客审了一通。弄清事情的根根节节之后，就决定按照首恶必办、胁从者不问的原则，给始作俑者阉客戴上“坏分子”帽子，对念富和杠生、癞拐子进行批评教育。不想有一日公社王书记突然驾临，问起这件事，魏支书如实说了。王书记却摇头否定了魏支书的处理方案，说这些犯事的人都是基本群众，干了混事也是觉悟不高、素质太低的原因造成的，应当本着惩前毖后的原则，教育为主，打击为辅。王书记既已有了旨意，魏支书当然就立即停止计划落实，取消了对阉客戴“坏分子”帽子的决定。

其实，魏支书有所不知，王书记在香陵公社干的时间不短了，早已有了升迁回县城的打算。如此节骨眼儿上，岂能让一个小小的槐树村中毒事件误了仕途？大事化小、小事化了是王书记的不二选择。

因为有了王书记的指示精神，魏支书也把原本打算在全村召开社员大会批斗阉客的安排取消了。虽说不给阉客戴帽子，但魏支书觉得必要的训诫还是少不了的。找了个合适的时间，魏支书让魏连长派民兵把阉客带到兼着大队部办公室的自家屋子，声色俱厉地把阉客训斥了一通。魏支书说这回那病马肉要是卖到市场上让更多的人中毒，那阉客就只剩下被枪毙的份儿了。阉客这回干了傻事，自己也中了毒，县上的汽车大张旗鼓进村的时候，阉客自觉罪孽深重，恨不得自己先快快地被毒死。这几天他一直乖乖地待着，只等着有人来五花大绑着把他抓走。这阵子见魏支书话里有意开脱他，不由得一阵感激之情涌上心头，也顾不得年龄和辈分，“扑通”一声双膝跪地，把头在地上磕得咚咚响。魏支书看着阉客为老不尊的嘴脸，心里生出一丝厌腻，随口说:“要磕头去找救你的人。”阉客说救他的人就是魏支书，他来世做牛做马都忘不了魏支书的大恩大德。魏支书说救阉客的人是念牛的媳妇，那个外乡女子苗香包。

阉客年轻时走村串巷，看惯了人世间的眉高眼低，素来把脸面不太当回事儿。但阉客也有他基本的做人原则，那就是知恩图报。阉客软磨硬泡地问清了事情的原委，只觉得这不起眼的外乡女子苗香包真真是他的救星，这恩情不报，怕是老天都不答应。从魏支书家出来，阉客径直走到德强老汉家门口，对着那桄桄门，也不顾街上人来人往，竟当街跪下。这一跪，后来就成了槐树村人津津乐道的一段佳话。

第八章

有了那双白网球鞋，念珠果然就在香陵公社小学生春季运动会上拿到了好名次。

念珠参加了两个项目，一个是百米短跑，一个是六十米滚铁环。短跑获得了亚军，滚铁环获得了第三名。而最让念珠开心的，除了两张奖状外，还得了两个奖品。一个印着“红军不怕远征难”的军绿色书包，一个漂亮极了的铁皮文具盒。

同为运动员的利强却灰溜溜一个名次也没有拿到。见念珠拿了两个奖品，利强就试探着让念珠匀给他一个东西，并提出若肯把书包给他，他付酬一块五毛钱，若肯把文具盒给他，他付酬八毛钱。念珠虽说一样东西也舍不得给利强，但利强提出的交换条件又委实让念珠有些动心。念珠想起姐姐香包卖掉辫子给他买网球鞋的事儿，总觉得他也应该给姐姐送件东西。可自己腰包里一分钱也没有，想也是白想。现在利强又一次要跟他搞交易，而这回他坚信自己不会再像上次偷着牵牛那样做错事，他有权力处置自己挣来的东西。念珠经过再三考虑，答应给利强让出一件奖品。既然为了换钱，索性就把那件值钱的书包给了利强。利强也讲信用，一手交钱，一手交货。念珠少了一个书包，兜里揣上了一块五毛钱。

运动会结束的当天，念珠到公社的供销合作社转了几圈，却死活找不出合适的东西买下来。他想给香包姐买一个发卡，想想香包姐没了辫子，买发卡说不定还会让她伤心。想买一盒香脂，念珠却本身就讨厌那种味道。转着转着，念珠转到了冷冷清清的生产资料门市部，却见墙壁上一个挂着的木牌写着出售电孵小鸡苗。念珠顺着木牌指引的方向走去，只见一个大玻璃罩子里罩着数不清的花花绿绿的小鸡崽。叽叽喳喳的叫声甚是悦耳。

念珠想起了年前跟香包姐和爹合计着给家里养猪和养羊的事，心想着养猪和养羊还得掏大钱买猪崽和羊羔，还不如这养鸡来得简单。说不定把这鸡苗买回去，香包姐心里更高兴。念珠就问了那鸡苗的价格，一只一毛五分钱，算算口袋里的钱正好够买十只。卖鸡苗的是个阿姨，人看着挺和善。念珠就让阿姨给他挑十只能下蛋的母鸡崽。阿姨笑着拍了一下念珠的头，说这小鸡苗刚孵出来哪能认得清公母，买回家喂上个把月自然就见分晓了。念珠不好意思地笑了，就让把那红的、黄的、黑的各样颜色都挑上几只。选好鸡苗，念珠却发愁如何把这十个小精灵发落回槐树村。那售货的阿姨是个热心肠，就手在一个角落里搜寻了一通，找出一个装过商品的小纸盒子，把鸡苗放进盒子里。念珠付过钱，把那盒子像宝贝一样捧在怀里，一路溜达着回了槐树村。

果不其然，当念珠把那鸡苗端给香包的时候，香包竟高兴得像孩子一样蹦跳起来。待知道这鸡苗是念珠用自己得奖的书包换来的，香包的眼眶中又不由得溢出了泪花。香包急着去给鸡苗找吃的，在灶房里转了一圈却寻不下合适的残渣剩饭。无奈何在面缸里抓出一把碎苞谷糁子撒到纸箱里。念珠知道这苞谷糁子人吃着都金贵，哪有多余的喂鸡吃，一时又有些后悔自己考虑不周，光想着送小鸡给香包姐，却没想到这鸡跟人一样是要吃东西的。

香包看着鸡苗叨食，真是喜欢得不得了，她让念珠把鸡苗箱子放到她住的房子里，说怕外面天冷鸡苗受冻。念珠发愁这鸡苗以后吃啥。香包想了想，说这些小鸡吃不了多少东西，她每天省出小半碗，鸡苗就够吃，待到鸡再大一些，就该自己去寻吃的了。

隔天，香包让念珠给她从饲养室挎一篮牛粪回来，而且特意叮嘱要新鲜的。念珠就有些纳闷儿，问香包沤肥还需鲜粪？香包笑而不答。念珠干这些事轻车熟路，一袋烟的工夫提回了牛粪。看着香包在后院挖了个小坑，把牛粪倒进去，上面又盖上一堆麦草屑，念珠越发地疑惑。

那些鸡苗真成了香包的宝贝。香包每顿饭都会有意识地省下一些饭粒。白天太阳好的时候，她就把那些小鸡从纸箱子里放出来，看着小鸡们在院子里蹦蹦跳跳地晒太阳，还不时望一望天上，怕冷不丁飞下一只鹞子。晚上，说什么也不敢把纸箱子放在房子外边，尽管念牛有时抱怨鸡的叫嚷声吵得慌，但香包担心着院子进了黄鼠狼。到了沤牛粪的第五天，香包把草屑扒开，用一个小铲子扒开牛粪，就见那牛粪中满是蠕动的小白虫子。香包欣喜若狂，急忙把纸箱子搬出来，放出鸡崽，铲了一锹牛粪撒在院子，任由那一群小家伙在牛粪中大快朵颐。这一幕恰被放学回来的念珠看了个正着，念珠惊得眼都直了。待香包回头时，念珠佩服地向姐姐伸出了两个大拇指。

有了牛粪中的小虫，鸡苗明显长得快了。看着买鸡时拿回来的纸箱已经显小，念珠就寻一个废箩筛子交给姐姐，小鸡们又有了一个新家。只是那小鸡翅膀都硬了，晚上常常扑腾着从筛子里跳出来，到天亮时就把香包的房子地上拉得到处是粪便，香包每天早上都得拿个扫把清理一番。

过了二十来天，那十只鸡果真就能看出公母来了，竟是七只母鸡、三只公鸡。香包夸念珠有眼力。念珠说那是姐姐给鸡喂虫子喂得好，鸡吃了虫子，身子肥了就变成母鸡了。香包兴奋地给念珠算账，说再等五个月，小鸡就能产蛋。七只母鸡每天产七个蛋，一个蛋六分钱，每天就有了四毛二分钱，顶三个壮劳力。等有了钱，念珠也该上中学了，要好好地给念珠扯一身衣服。念珠就幸福地笑了。

谁也没料到，就在香包陶醉在小鸡成长的喜悦之中时，那小鸡却莫名其妙地拉起稀粪来，一个个屁股上黏糊糊的。到后来竟接连死了三只，香包急得想哭。看着小鸡无精打采的样子，香包只道天不遂人愿。

小鸡死了，念珠自然也心疼。他既心疼自己用书包换来的鸡苗不能长大，他更心疼姐姐伤心的样子。看着姐姐一筹莫展的苦相，念珠忽然想起了营长伯。营长伯啥都知道，说不定会给小鸡看病哩。念珠趁着放学的间隙去找了营长伯，跟营长伯说了小鸡得病的事，又渲染了香包姐着急的情形。营长想了想，说这小鸡得病的事他也不懂。他让念珠去找德文叔问问，说德文叔有文化、知识多，八成他会有主意。德文就是老右，村上人都瞧不起他，念珠也瞧不起他。听营长伯这么一说就有些犹豫。营长不知道念珠的心思，跟念珠说要不然让念珠的嫂子香包直接去找德文叔问计。

念珠把营长伯的话说给香包，香包立马就要去找老右。虑着自己跟老右不熟，香包就央着念珠跟他同去。念珠内心虽不愿上老右家，但姐姐既提出让他做伴，他也就爽快地答应了。

老右是“四类分子”，属于专政的对象。对大多数槐树村人来讲，老右的家就犹如瘟疫隔离点一样。当念珠领着香包敲开老右的门时，老右一时惊讶得合不上嘴巴。又是急着招呼二人坐下，又是忙着去倒水。香包说：“德文叔，没打招呼就跑过来，别嫌我们不礼貌。”老右说：“这是哪里的话，你们能来我家，我做梦都没想到。”念珠也是第一次进老右家，东张西望地寻稀罕。

老右向香包竖起大拇指，说香包不愧是好样的，要不是香包上次及时出手救人，那病马肉还不知会闹出多大的事端。香包害羞地拢了拢头发，说她也就是多了一回嘴，没想到就歪打正着了。老右说做了大好事还不肯接受荣誉，这才是真正的善良。香包见老右院墙下一溜稀松的新土，就问那里种了啥东西，老右说谷雨快到了，刚刚点了几窝南瓜。

老右招呼香包坐下喝水，香包正想询问鸡得病的事，未及开口，却看见一旁的小桌上摆着一本摊开的本子，上面写着十来行短短的字。香包背诵过不少毛主席的诗词，知道那种书写方式的是诗，就好奇地拿过来看。老右笑着问香包可对写的这东西感兴趣。香包看看那内容，一时觉得很好玩，就不由得读出声来：

南瓜之歌

浅浅泥坑安下家，
羞羞破土两瓣芽。
沥沥喜雨沐浴罢，
缠缠绵绵爬上架。
青青叶下开金花，
双双对对吹喇叭。
翩翩彩蝶传情话，
累累金钟藤上挂。
萧萧秋来扯蔓架，
满满檐下堆南瓜。
人人竖起拇指夸，
芸芸众菜我为大！

老右问香包种过南瓜没有，香包说在他们老家户户都种南瓜。老右就问这歌把南瓜的生长过程说得对不对。香包只觉得这歌读起来很上口、很好听，有些意思却弄不明白，就似是而非地点点头。老右就给香包讲起歌的意思。老右说，这歌以拟人化的方式描述了南瓜从下种到收获的全过程，“浅浅泥坑安下家”是说南瓜下种时要有墒，且下种深度不能太深，这是育苗的基础；“羞羞破土两瓣芽”是说过几天南瓜苗冒出地面时，两片肥厚的子叶弯着头，看着让人怜爱。香包听着，就惊讶地站起来。待老右讲到“翩翩彩蝶传情话，累累金钟藤上挂”是指南瓜开雄花和雌花两种，必须靠蝴蝶和蜜蜂等昆虫相互授粉以后才能坐果结瓜时，香包忍不住“哇”地叫起好来。连念珠也不由得把眼睛瞪得老大。

老石把歌讲完，念珠情不自禁地拍起了巴掌。香包咂着嘴说她从来没想到普普通通的种南瓜原来可以写成这么美的东西，就问老右为什么不把这么好的歌拿出去给人看。老右摇着头，说走出这院子就别再提歌，防着人家说这是资产阶级的反动东西。香包就觉得一阵难受。

香包说明来意，问老右救治小鸡的方子。老右想了想说，这鸡属于鸟纲动物，春季最易发病，小鸡若拉出的粪便呈白色的糊状，肛门周围羽毛被粪便污染，多半就是鸡白痢，搞不好相互传染，会很麻烦的。香包心里一紧，问别的鸡还有救没有。老右说一要靠药物治疗，二要尽量搞好鸡舍卫生，及时清理病鸡的粪便。他让香包到赤脚医生那里去要些土霉素或者四环素，捣碎了拌到鸡食里喂给小鸡。老右又叮咛说鸡是杂食动物，食料不能单一，除了粮食外，还可以喂些小虫子、青草之类，这样鸡的抗病机能会提高一些。老右的话让念珠对他肃然起敬，就插话问德文叔为啥不养几只鸡。老右说他是右派，没有养鸡的权利。香包心里又替老右难受。

香包打心眼儿里感激老右的热心肠，说要是德文叔不嫌弃，自己以后会常来讨教。临别时，香包看见墙上的镜框前挂着一个拇指大小的红布扎着的东西，顺口问德文叔那是啥东西。老右把那东西卸下来递给香包，笑着说："这东西本就和你有缘分，因为它的名字就叫香包，是人们为了纪念屈原，端午节时佩戴在身上的。"香包就把那香包捧在手心观看，原来是丝线和红布扎成精致的南瓜样，煞是可爱。老右说："这香包是孩子她娘做的，她在县上的服装厂工作，寻常喜欢用破布头做些小玩意儿。"香包就问："婶子平时回来不？"老右说："每到礼拜天会回来一次。"香包问下次婶子回来时她能不能来看看婶子。老右说孩子他娘可喜欢和年轻人聊天了。香包把那香包还给老右时，老右说："既然有缘分，这香包就送给你做个纪念好了。"香包虽不好意思，但见老右情真意切，就珍重地收好了香包。

香包回家，就急切地按老右吩咐的方子治疗小鸡。她找到冬梅要药，冬梅问明情况，也不吝啬，爽快地给了她一小包黄色的四环素糖衣片。她就碾成细末，给小鸡拌到食里喂下去。随后，又按照老石指点的及时清理鸡粪的说法，在鸡待着的箩筛下铺上干黄土，过半天就换上一次。

说来真神，用了老石的法子，那些幸存的小鸡当真又欢势起来，拉出的粪便也正常了，其后再也没有小鸡死过。

香包觉得跟老石的一次见面，让她一下子长了好多见识，感叹有知识的人真是了不起。

油菜开花的时候，槐树村通上了电。

苗伟在县上的变电站学了一个多月，回来正赶上村子里栽杆架线。苗伟就顺势跟县上来的那一班架线工人一起作业，待到合闸的那天，顺带着也就由苗伟接管了一应管理事务。槐树村人老几辈没想到有朝一日能把这神奇的东西引到自家门口，通电的当天晚上，全村几百名男女老少齐齐聚集在老槐树下，仰头注视着那吊在高杆上的玻璃灯泡。等到鸡上架的时刻，苗伟把灯杆上的开关一拉，大槐树下立时亮如白昼，灯光下顿时一片沸腾。不知道谁带头喊了一声“毛主席万岁！”，那口号声就此起彼伏地响起来。又有几个年轻人抱起苗伟，一下一下抛向空中。一阵狂欢之后，人们突然悟出一个道理，这好端端的光亮不用实在是浪费，就纷纷从自家屋里拿出活计，就着灯光干了起来。有几个女人还搬出纺线车子纺起线来。有人说这电把黑夜能变成白天，以后一天就可以当成两天用。有人说电能帮人干所有的活儿，以后白天也可以睡大觉了。直到后半夜，困了的人才慢慢散去，但仍有不少人兴奋着一直忙活到第二天亮天。

按照村上的整体安排，电要通到家家户户。苗伟就没黑没白地忙活起来。忙虽是忙，苗伟却俨然菩萨一般，他走到谁家，就被谁家视作尊贵的客人，他给家家户户送去光明的时候，也享受了家家户户的奉承。人们把最动听的话送进苗伟的耳朵，把最好吃的东西送到苗伟的嘴边。

从小在白眼和挤对中长大的苗伟几时享受过如此的荣耀？他偶尔

独处的时候，不知不觉地想掉眼泪。

在给家家户户送去光明的同时，苗伟也少不了不厌其烦地给大伙讲解安全用电知识。征得花妹爹的同意，苗伟决定在村上办一回安全用电讲座。村上的高音喇叭已经架起来了，喇叭控制室就设在魏支书家。每到午间和晚间收工的时候，原本寂静的空中就会响起据说是来自北京的声音或嘹亮的歌声。偶尔也会由魏支书讲一通话，魏支书的嗓门儿一下子大得几里路外都能听见。抽了个艳阳高照的中午，苗伟就在喇叭上开讲了。村民们知道苗伟讲的东西跟他们的生活甚至生命都息息相关，就都竖起耳朵恨不得把那空中传来的话都收进去，一些人还搬个小凳子坐在院子里听。但讲座之后，不少人却觉得更糊涂，原来只以为拉一下开关就能开灯和灭灯的玩意儿竟有如此大的学问，有人就建议让苗伟把大家集中起来，面对面讲解一次。魏支书得意自己的女婿出人头地，当下允诺，遂决定就在自家的大门外再组织大家跟苗伟当面学习一次。

这天，依然是阳光明媚，魏支书专门交代人从小学里借来了一块黑板，架在自家大门前。按要求各户来一名代表，黑板前就黑压压地坐了有几百人。苗伟有意把自己收拾得齐整了一些，像模像样地把自己在县变电站学过的东西挑核心的内容给大家贩卖一遍。苗伟本是四川口音，怕大家听不懂，就说着生涩的普通话，反倒让村民听着觉得有些洋气。苗伟从电的原理讲起，把那电流、电量、电阻、电压、电荷、用电器、串联电路、并联电路等术语如数家珍地讲给大家，又图文并茂地在黑板上进行演示，黑板前的一帮泥腿子听得如痴如呆。苗伟讲课的时候又出了个小插曲，媳妇花妹不知什么时候站在黑板一侧，看着自己的男人神采飞扬地讲课，看着一众席地而坐的村民聚精会神地听讲，就一脸灿烂地咧着嘴笑，晶莹透亮的鼻涕和涎水长长地挂在嘴角。初时，人们也不在意，直到花妹嘻嘻笑着上前将一颗剥掉外皮纸的水果糖强行往苗伟嘴巴里塞的时候，人们才忍不住哄笑起来。背着药箱也来听讲的冬梅就在众人的哄笑声中站了起来，抱住花妹连哄带吓拖进院子。

苗伟的课讲得深入浅出、通俗易懂。在了解了电的脾气的同时，人们对这个外乡来的小伙子也有了敬意。联想到苗伟找了个瓜女子花妹做媳妇，“一朵鲜花插在牛粪上”那个淡了的话题又重新被拾起。

冬梅又开始频繁地往魏支书家跑动。当初因偷看公文被魏支书厌弃后，冬梅有好长一段时间没脸再去魏支书家。直到有一次魏支书老婆因失眠去找冬梅要安眠药，礼节性地问冬梅这一阵子咋忙得不见人影时，冬梅才在其后讪讪地进了魏支书的家。再后来，见魏支书两口子似乎不计前嫌，腿脚就又勤了一些。不过最近一段时间，冬梅却常常趁魏支书不在家的时候去找花妹说事，说是陪花妹玩，却是有一搭无一搭地跟苗伟找话说。

苗伟是明白人，岂能感觉不出那冬梅发出的骚味？只是苗伟知道自己的身份和地位，实在是难以应付。有心给花妹的爹和娘隐晦地说出来，浅了怕人家听不明白，深了怕人家说他自作多情、不守本分。说给花妹那更是对牛弹琴。想着拒绝冬梅上门，又虑着自己一个寄人篱下的人，有何资格行使主人的权利，也就只好惹不起躲得起。没承想那冬梅却是另一番感觉，以为苗伟羞涩不肯随意奔放，就有些得寸进尺。反正不在乎花妹的存在，常就当着苗伟夫妻的面说些放肆到极点的话，继而又尝试着动手动脚。

这一日又值魏支书不在，冬梅估摸着歇工时苗伟应当在家，又踅摸着进了魏支书的家。不想却连魏支书的老婆也不在，偌大的院子只剩下苗伟和花妹。冬梅问花妹她娘去了哪里。花妹嘴里呜啦着指点一番。冬梅明白花妹娘去了花妹的舅家，立时心里就一阵窃喜，趁着苗伟在房间的时候，悄悄到大门口掩上门扇，关上栓子，蹑手蹑脚地走到花妹的房间，一把搂住了苗伟的腰。

苗伟吃惊地转过身，见是冬梅，急着要扳开紧紧箍着他腰身的手。那冬梅却像蛇一样就势把身子转到苗伟的正面，把脸蹭着苗伟的胸部，嘴里“亲亲”“亲亲”地喊个不停。苗伟心一横，胳膊一用力，将冬梅甩了出去。

冬梅这才明白，那苗伟原来不是假正经，一时有些下不来台。迟疑片刻后却快速地将自己上衣扣子解开，又撕破贴身的小背心，露出了两只白生生的奶子，冷笑着说:“苗伟，我知道你是地主崽子，槐树村能收留你也是你的福分，我现在就喊人来说你要强奸我。我不信大家不听信我这个根红苗正的赤脚医生。”

苗伟只觉得一阵热血涌上脑门，他想给冬梅一个耳光，胳膊抬起来要抡过去时，却停在了空中。最终又无力地垂了下来。

冬梅得势，又淫笑着扑过去抱住苗伟，把一双奶子在苗伟的身上胡乱地蹭起来。苗伟左躲右闪，却一时摆脱不了冬梅的纠缠。

“哇呀”一声，斜刺里突然冲上来尖叫着的花妹，她五指并拢在冬梅的脸上抓了一把。冬梅的脸上立时出现了五道长长的血印。

冬梅傻了。她做梦也想不到，瓜女子花妹竟然把平日对她的千般依赖、万般畏惧抛置脑后，此时此刻竟敢冲着她痛下狠手。

原来，看着两个都跟她要好的人忽然打起架了，花妹一时不能理解。冬梅姐跟她来往了几年，陪她说话，陪她玩耍，看见冬梅姐到家里来，她就高兴。而这个横空出世的男人，虽然来家里不到一年时间，却又让花妹喜欢得忘乎所以。他白天就在这个家里吃饭干活，晚上竟然还跟她在一个炕上睡觉。花妹觉得他很和善，甚至连苗伟给她穿衣服的动作，她都觉得比娘好。最让花妹感到神奇的是苗伟有时候还在夜间搂着她睡觉，她从来没有感受过那样的舒服。她还跟爹和娘夸了苗伟爬到她身上玩的事儿。爹黑着脸训斥她别说话，娘却笑着说那是苗伟喜欢她哩。有了苗伟，花妹不再像过去那样只喜欢白天不喜欢夜晚了。晚上有苗伟陪她，她觉得比白天还好玩，她恨不得苗伟夜夜爬到她身上玩。慢慢地花妹觉得苗伟成了她在这个世界上最亲近的人，只要苗伟在，哪怕爹娘离开她，她都不在乎。现在冬梅姐跟苗伟打起来，她心里自然难过，但当她紧张地观看了一阵后，她断定是冬梅姐欺负苗伟，她才不愿意任何人委屈了苗伟呢。情急之中，她也顾不上跟冬梅姐的情分，本能地帮了苗伟一把。

房间里挂着镜子，冬梅从镜子中看到自己血糊糊的尊容，愣了片刻，眼眶里涌出泪水，哆哆嗦嗦地系上了自己的衣扣，照着花妹的屁股踢了一脚，冲着苗伟啐了一口，背着药箱出了房间，拉开大门头也不回地一路小跑走了。

花妹咧着嘴笑了。她平生第一次打了人，且是为了保护自己喜欢的人免受伤害。看着灰溜溜离去的冬梅，她感受到胜利的喜悦。高兴之际，她忘不了安慰苗伟，她从炕头盒子里又拿出一颗水果糖，剥掉纸塞到苗伟嘴里。苗伟摇了摇头，把那颗糖反塞到花妹嘴里。花妹觉得甜极了。

电给槐树村人带来了前所未有的方便。

饲养室挂起了一只二百瓦的大灯泡。德强老汉晚上给牲口添料、拌草再也不用摸黑了，想想早前到了晚上凭着感觉给牲口铡草的情景，德强老汉只觉得他那小半截指头丢得可惜。现在记工的时候，大家拥到饲养室，也不像过去那样除了说话抽烟再也找不到其他营生，有了这太阳似的光亮，大家席地而坐，各自找寻感兴趣的娱乐活动。有人玩扑克，有人下象棋，有人丢方。孩子们在人群和牲口槽后大呼小叫地串着捉迷藏。饲养室成了名副其实的活动中心。

房间里有了电灯，家里的生活内容也丰富得多了。晚上，念牛就坐在炕头编笊篱。念牛现在的手艺已经很不错了，先前他编好的笊篱送到供销社收购门市部，人家嫌太粗糙不愿意收，经香包软磨硬泡才降价收下，即使这样每把笊篱扣去成本还赚了两角钱。成功的喜悦鼓励着念牛继续努力，那笊篱终于编得精致起来。念珠睡得也比过去晚了，常在灯下做作业。香包一会儿帮着念牛扭一阵笊篱芯，一会儿给念珠倒上一杯水。念牛却嫌香包手上没劲儿，扭的笊篱芯不匀称。香包有心做些针线活儿，可哪有现成的布供她使唤？

闲着的时候，香包就常拿出老右送给她的那只香包观赏，只觉得那玩意儿巧夺天工。有一天她心血来潮，竟把那香包顺着针脚小心翼翼地拆开，却原本就是一块平常的红布和一团破棉絮。香包用针线按照原来的记忆把香包缝上，竟和原来的模样差不了多少。香包就寻思着要是能找些布头来，也如法炮制该有多好。想着那天老右跟她说的那个在县服装厂工作的婶子每个礼拜天都会回来的话，香包就掐算着时间，想寻机去拜访。

这天恰逢礼拜天，香包就想去老石家看望那从未谋面的婶子，但又担心贸然造访有些唐突，毕竟老石那天也只是随口提了一下而已。香包心里思谋了一阵，就让念珠去问问德文叔自己能不能去看看婶子。自从去了一趟老石家，按老石给的方子治好了小鸡，念珠对老石的看法也变了，不再觉得老石是坏人。香包姐让他去打前站，他自然乐意。不大一会儿工夫，念珠便回来，说婶子听说香包姐要去看她，高兴得不得了，这会儿就在家等着。香包自然心里欢喜，准备立马过去，却突然觉得上一次人家送了她一个香包作礼物，这会儿空着手过去难免失礼。可在屋子里转了几圈，却实在选不出能够拿出手的合适东西。念珠见状，问她可不可以把念牛哥编的笊篱拿一个。香包不禁拍手称好，毕竟是自家做的东西，既可以当作礼物馈赠，也可以让人家对念牛的手艺提些意见。

香包推开老石家门的时候，果然就看见一个中年女人坐在院里的凳子上。一看见香包，老石老婆老远站起来，急着迎向香包。一边走着一边说："这就是咱念牛的媳妇香包么，长得真俊俏。"香包羞涩地抓住老石老婆的手说："婶子，来打扰你，真不好意思。"

老石老婆接过香包腋下夹着的笊篱，问香包拿这东西干啥。香包说送一个给婶子家里用。老石老婆显出几分惊讶，说这么值钱的东西咋随随便便送人呢。香包笑着说这是念牛自己编的，让婶子试着用用提提意见。老石老婆就把那笊篱拿在手上左右摆弄着，嘴里啧啧地赞个不停，说没想到老实巴交的念牛还有这等手艺。香包说这都是粗活，看了婶子做的那香包，才真的算得上手艺哩。

这天，香包和老石老婆聊了好长时间。从老石老婆嘴里，香包了解了老石过去的辉煌。老石原来是一所大学的高材生，毕业分配到县城后，自愿到县高中教书。老石知识渊博，教学方法独特，深受学生们的爱戴。后来又成了县政协委员，曾是县长办公室的常客。谁知一场轰轰烈烈的反右斗争，让老石倒了霉，被遣送回原籍劳动改造。老石原本在县城有一个温暖的家，成了右派后，那公房就被收回了。亏得老石的老婆有情有义，老石几次提出离婚，她却仍然铁了心跟着老石。老石的老婆在县城有工作，为了让独生女儿不受父亲的牵连，母女俩就挤在老石老婆单位分的单身宿舍。老石老婆礼拜天回槐树村，女儿从不随娘同往，俨然没有老石这个父亲。老石老婆跟香包讲自家遭遇的时候，语气平淡得像是说别人家的故事，香包不断地抹眼泪。说到做香包的事，老石老婆说她们服装厂做完衣服的碎布头属于垃圾，定期还得请人清理。她做香包也是受了老石的指点，老石会画画，把那香包的样子想象着画出来，她就照葫芦画瓢做出来。香包跟老石老婆说她也想学着做香包，老石老婆就爽快地在屋里翻出了一堆花花绿绿的碎布头，说先拿给香包，待下回她回来时再多带点。老石老婆又热心地唤来丈夫，让再给香包画几个做香包的范画儿。老石立刻取来铅笔，不大工夫，就在几张纸上画了南瓜、寿桃、莲花等图案，尤其特别的是小狗和耗子，简单的几根线条拼到一块，就活灵活现地呼之欲出。把香包看得呆了。

香包不虚此行，心满意足地揣着碎布头和老石的范画儿回了家。

香包的生活又增添了新的内容。每到晚上，念牛坐在炕头的一边编笊篱，香包就坐在炕头的另一边学着缝香包。初时，香包不得要领，做出的成品有些四不像，慢慢地就悟出了窍道，做成的香包也就有模有样，看得念牛也直夸媳妇手巧。又一个礼拜天，香包把她的成果拿到老石家，把老石的老婆惊得啧啧称奇，不停夸香包心灵手巧。老石把那些香包一个个拿在手上细细看了一遍，咂着嘴说这要是逢上好时月，香包就是了不起的民间工艺美术大师。老石又把那些香包逐个评点一番，提了些改进意见，如寿桃要填得饱满，耗子的胡子要硬挺些。香包听了也心领神会。香包临走时，老石又给香包画了几张简笔画，让香包好好琢磨，多做些品种。老石意味深长地告诉香包，说必定有一天，这些作品会获得意想不到的价值。

香包会做“香包”的事慢慢就在村子里传开了。不知道从什么时候起，为了讨个吉利，村子里谁家老人过寿、孩子满月，主事人都会到德强老汉家找香包讨一个香包。香包是爽快人，乐得把自己花些手工就能完成的物品送给大伙。久而久之，连槐树村人出外走亲戚看老人或小孩时，也觉得带上香包的香包别有一番特色。有来有往，香包给乡亲们送香包时，少不了会在无法推辞的情况下，收下乡亲们一枚鸡蛋或一把瓜子。又不记得从什么时候起，香包被村人奉送了一个新名字叫“香妹子”。香包也觉得乡亲们这样唤她让她感觉更亲切，更比叫她“念牛屋里的”顺耳得多。

第九章

槐树村又发生了新鲜事。魏支书从公社开会回来，带回了上级的指示，说知识青年上山下乡运动都搞了多年，城里的小青年都到农村广阔天地滚泥巴炼红心了，可香陵公社却一直没有接受过插队知青，今年上级就要安排一批来自省城汉京的知青到香陵公社。槐树村分来了八个知青，农忙前就会过来。槐树村人就感到一阵新奇，只说是城里娃都能选着槐树村落户，可见这槐树村也是一方宝地。魏支书召集各队队长和部分群众代表开了一个动员会。魏支书说这些落户的知青是毛主席派来的，是给槐树村输送的新鲜血液，全村干部群众务必以饱满的激情做好迎接和安顿工作。公社还专门为安置知青拨了两千元的资金，要求把这些钱用得红红火火。会上决定在村口的空地上建一个知青大院，安顿知青们的饮食起居。

时间紧，任务急，槐树村从各队抽来些劳力，加班加点，建盖房屋。反正公社给的那些钱买砖瓦和木材足够了。不到一个月时间，占地面积两亩多、院内房屋五六间的知青大院就建成了。大院里宿舍、厨房、男女厕所，一应俱全。

那天，大槐树下黑压压聚集了槐树村男女老少几百人，锣鼓队早早摆好架势，单等着那落户的知青到来。待那车头前绑着大红花的卡车鸣着笛由远而近时，陡然间锣鼓喧天，鞭炮齐鸣。雷动的欢声中，八个细皮嫩肉、稚气未脱的年轻人从车厢中依次跳下来，五个男孩、三个女孩。面对着盛大的欢迎阵仗，他们似乎有些不知所措。魏支书像是与自家久别重逢的亲人相见一样，握完这个手，又拍那个肩膀，末了还跟一个看着最小的男娃拥抱了一下，引来围观的人们一阵欢笑。

知青们被送进知青大院，魏支书亲自看着安排好男女知青的床铺。当交代厨房的锅灶米面时，没想到那跟着魏支书的知青却说厨房的事情给厨师说好就行了。魏支书这才明白这些城里娃还得有人做饭伺候。一时就觉得疏忽大意，把头等大事吃的问题给想简单了。魏支书正在挠头之际，不知谁提了一句五队的香妹子会做饭。魏支书临时抓瞎，也就顺嘴照着不远处的魏队长喊了一声："把苗香包抽过来做饭！"

香包在家伺候念牛，又挣着生产队的工分，好倒是好，只是时间一长，就有些不好意思。德强老汉是个要脸面的人，在儿子和儿媳跟前提过好几次，说怕日子久了让一村的人戳脊梁。香包说她听从爹的安排，随时准备跟大伙下田干活。可巧就在这时，魏队长传达魏支书的指示，让苗香包给新落户的一帮知青去做饭。这知青大院本就离德强老汉家不远，若真能那样，香包一边给人家做饭，一边照顾念牛，刚好两不误。香包就乐意承揽这差事，念牛也觉得合适。香包遂成了槐树村知青大院的炊事员。

知青们看到村上派来了一个跟他们年岁差不多的女孩子来做饭，当然乐意接受。知青灶有公社和村上特意下拨的粮食，香包就觉得做起饭来比在自家屋里东拼西凑找原料要舒心得多，她攒着劲把饭做得尽量精细。每次做完饭，香包看着知青们懒懒散散地吃完，再把锅碗收拾干净，然后才回自己家给一家老小做饭。可如此一来又常常耽误了念珠。饭吃得迟了，念珠上学就会迟到。等到香包发现有几次念珠空着肚子去了学校之后，心里就感到愧疚，又不得不早早地动手提前把自家饭做好。念牛疼媳妇，看着香包像陀螺一样进进出出连轴转，就常到厨房去自己动手。初时香包不让，慢慢地也就习以为常。好在念牛虽是架着拐杖，但干起案板上的活儿不算太费力，这样香包两头做饭的压力就小了一些。

香包心细，只怕自己花着心思做的饭不合知青们口味，就在每顿饭后把知青们的意见征求一番。年轻人也不客套，七嘴八舌地说些似是而非、相互矛盾的看法。香包也不见怪，用心记住每个人的说法，力争面面俱到。因为家里有念牛分担，香包的时间也就宽裕一些，趁着做饭的空当，香包还常常替那些邋遢的知青们叠好被子，铺好床单，再把房间和院落打扫一通。知青们知道这个炊事员干这些活儿是分外的事，就对香包有了满满的好感。知青们吃饭的时候，也有人让香包一起来吃。香包说她得回家吃饭，这是规矩。知青们认为香包会在自家吃更可口的饭菜，也就不再谦让。

村外的涝池是村民们洗衣服的地方，知青们衣服脏了也要到那里去洗。有一天香包看见知青雅娟端着一盆脏衣服站在院子里掉眼泪，急着过去问雅娟有啥伤心事。雅娟抽抽搭搭地说她身子不舒服，过去在家里，这种时候她妈从不让她沾水，现在衣服脏了还得自己去洗，想起家来就难受。香包明白雅娟正值女孩子来事的日子，二话不说就抢过雅娟的盆子，替雅娟把那盆衣服去涝池洗了。香包洗完衣服晾上，雅娟从兜里掏出五角钱死活要塞给香包。香包哪里肯要，推推搡搡一阵后，雅娟就哭了起来，抱着香包的肩膀直喊香包姐。

自此以后，香包在知青大院又多了一项活路，就是替知青们洗衣服。几乎每隔一两天，香包就会挎上一大篮子脏衣服到涝池边上去忙活大半天。魏支书知道香包在做饭之余还义务揽上了为知青们打扫卫生和洗衣服的事，心里高兴，让魏队长给香包每天加两分工，把八分工改为十分工。香包的工分就顶了一个壮实的男劳力。收入一高，香包倒有些不好意思。

时间一久，香包和那些男女知青们就都混熟了，知青们不拿香包当外人，每有家里捎来的稀罕东西，都要送香包尝尝或用用。香包一开始谢绝，后来实在碍不过面子，也就小小地接受一些，只是心里老大不安。

礼尚往来。香包接受了知青们的馈赠，当然也要给人家表表心意，自家做下的香包就成了最好的礼物。知青们拿上香包，一个个大呼小叫，甚为诧异，没想到这个做饭的小嫂子竟有如此了得的手艺，那些女孩子更是佩服得不行。雅娟当场就表示要拜香包为师。

这天，雅娟一时兴起去香包家串门，正值香包端着碗吃饭。雅娟就想见识一下这个从不肯在知青灶吃一口饭的炊事员到底在家吃啥好东西。香包看见雅娟有些意外，急着把碗放回厨房才出来跟雅娟说话。雅娟却追到厨房，且毫不见外地端起香包的饭碗欲看个究竟。见饭碗里黑乎乎地盛着些自己从未见过的吃食，雅娟就说自己也想尝尝。香包拗不过，就给雅娟盛了小半碗。雅娟把那东西往嘴里塞了一小口，却觉得刺口难咽，勉强吞下去，问香包这饭叫啥名字。香包说是三合一团子。雅娟再问原料是啥。香包笑笑说是由萝卜缨子、萝卜丝、麸皮三种东西揉在一起煮熟就好。雅娟顿时眼睛睁得老大，半晌竟溢出了泪水。

雅娟问香包地里收下的粮食不够吃么。香包说生产队分下的粮食有限，不掺和着吃些杂食，一年顾不到头，饭食苦虽是苦一些，但总能填饱肚子。看雅娟伤感的样子，香包又紧着说这已经好多了，想想知青们一个个年岁轻轻就离开父母到农村来吃苦，相比之下农民们吃得差一些算不了什么。

雅娟没想到香包吃着这样差的伙食，却从来不肯沾知青灶半点光，只觉得心酸。

雅娟回到知青大院，把自己在香包家里亲眼所见的场景跟知青们讲了。有人就提议想法子让香包和知青们一起搭伙就餐，马上得到了大家的一致赞同。

知青们是分散到各队劳动的，每到吃饭的时候就会从四面八方集合到知青大院。香包的饭做得准点，知青们劳动结束后进院子就能端上饭碗，随到随吃。但大部分的时候，知青们都愿意相互等着一起吃饭，边吃边聊。这天，香包做好饭，知青们也都到齐了，却迟迟不见大伙进厨房盛饭，香包就在院子里喊着催大家快些用餐。知青们一个个从屋子里走出来，齐齐地站在院子。

年岁最长的男知青宏涛说：“香包，我们大家商量过了，以后你跟我们一起吃饭。”

香包一惊：“你们说笑了，我是社员，咋能在知青大院吃饭呢？”

雅娟说：“香包姐，你给我们做精食，回家吃粗食，我们不忍心。”

香包笑了：“吃粗食是农民的本分。槐树村家家户户都吃那种饭，能不饿肚子，已经很好了。”

宏涛说：“你既是跟我们在一起，大家就没有贵贱之分，应当吃同样的饭。”

香包的笑容消失了，泪水夺眶而出：“谢谢大家的好意，你们的粮食是上头定量发下来的，没有丁点多余。”

雅娟说：“香包姐，我们一人少吃一口，就够你吃的了。”

宏涛说：“香包，你不答应和我们一起吃饭，我们就不端饭碗。”

香包忍不住哭出声来，她掏出手绢擦了擦眼睛，抽抽搭搭地跟大家说了一番心里话。她说自己能被安排着给知青做饭，实在是一桩好差事，既能挣工分，又能抽空照顾残疾的丈夫，她一定要珍惜这一份工作。假如吃了知青的饭，那她做人就不地道。再说真要那样，村上就会撵她回家，岂不是害了自己。大家真要对她好，就好好吃饭，多给她提意见，让她把饭做得更好，她心里才踏实。

香包的话入情入理。为了能让香包保住这份工作，知青们放弃了原先的想法。香包依旧在知青大院和家之间来回穿梭。

雅娟和香包很快成了要好的朋友。歇工的时候，雅娟常到香包家里去玩。雅娟想家的时候，香包陪着雅娟一起掉眼泪。香包做香包的时候，雅娟就在一旁打下手。雅娟跟香包讲汉京城里的稀罕事，说城里有电影院，看电影都在很大很大的房子里。说城里有动物园，老虎、狮子、大象、豹子、狗熊，应有尽有。香包跟雅娟讲她小时候在家乡的趣事，说她跟哥哥上山挖竹笋、采蘑菇，用竹竿打竹叶青毒蛇的事。说到开心时，两个人一起笑，说到伤心处，两个人一起哭。慢慢地雅娟知道了香包的身世，越发觉得香包是一个了不起的人。雅娟说等有了机会，一定带着香包姐到汉京城里去玩一玩，她要陪着香包姐看看卖东西的百货商场，尝一尝饭馆里大师傅做的饭。

这一日，雅娟跟香包说队上批了她几天假，她要回一趟汉京城去看看爸爸妈妈。香包替雅娟操心，说雅娟该带些礼物给爸妈。看着院子里一群半大的鸡，香包遗憾地说要是再过上三几个月，自家里就有鸡蛋了，难为现在拿不出可以送给雅娟父母的东西。忽然间灵机一动，就手在屋里拿出自己做的香包，挑了五六个中意的，用一块碎步包好，拿给雅娟，让雅娟带给父母和亲戚。雅娟也不推辞，连说替爸妈感谢香包姐。

过了几天，雅娟从汉京城探亲回来，给香包送了十颗奶糖。香包推辞不过只好收下。香包过去吃过水果糖，捏着这绵软的奶糖，就问雅娟城里人咋吃糖都是软的。雅娟就又掏出一颗奶糖，剥开糖纸，不由分说硬塞到香包的嘴里。一种从未有过的腻甜让香包禁不住浑身战栗。雅娟说奶糖比水果糖要贵，在城里也很难买到。香包就更觉得接受雅娟这么贵重的礼物不好意思。岂料雅娟又从兜里掏出了一张十元钱的大票子，拉着香包硬要塞到她的口袋里。

香包大惊失色，十元钱的大票子，她从来没有碰过。难道就因为她给雅娟洗过几次衣服，陪雅娟说话聊天，雅娟的家人就如此大方？她只觉得心慌意乱，心跳加速，头上渗出了汗。为了掩饰自己，她推开了雅娟拿钱的手，转身小跑着离开。没想到雅娟却紧追着她的脚步，边跑边喊着让香包姐听她解释。

香包回过头，定定神跟雅娟说自己几个月的工分也挣不下十元钱，要是拿了雅娟的钱，她如何能对得起派她到知青大院工作的生产队，如何能对得起自己的良心。待雅娟嘿嘿笑着说了一番话，香包才慢慢平静下来。

原来，雅娟回家后把香包送给她的那几个香包分送给了自己的几家亲戚。城里人没见过这玩意儿，自然稀罕。可巧雅娟一个舅舅在省工艺美术公司工作，一见这东西眼睛一亮，说这是不可多得的民间工艺品，就拿到单位上跟他们领导说了。领导一琢磨，也觉得有挖掘价值，就让雅娟的舅舅为单位采买一些。雅娟的舅舅给了雅娟十元钱，让雅娟先行订购一部分，以后有多少要多少。雅娟跟香包说舅舅的单位常跟外国人做生意，说不定香包姐的香包还能远销到国外去，那就不但为国家争光，还能给国家挣来外汇。把香包说得云里雾里，但毕竟让香包听明白这十元钱不是雅娟家送给她的人情。

香包依然不肯收那十元钱。她说自己做香包就是花些工夫，布头都是德文婶子不要钱送给她的，要是把这些东西换了钱，说啥也不合适。雅娟却比香包态度更坚决，她说舅舅既然把钱给了她，香包姐如果不收下，那她就成了贪污公款。另外舅舅的公司还等着香包姐再做东西送过去哩，香包姐如果不送香包给人家，就是不热爱国家，不支援国家建设。香包说不过雅娟，只得勉勉强强任由雅娟把钱塞进了自己的口袋。

收了雅娟的钱，香包心里一直忐忑不安，看见别人，她就像做了贼似的脸红心跳。香包盘算着五队的劳动日合一毛五分钱，一个壮劳力不吃不喝一个月也就挣个四元五角，难道她用点空闲时间，不摊一分钱的本，就能轻轻松松地挣回这么多钱？晚上歇下的时候，她把这件事情连同她的疑惑都说给念牛。念牛也是吃了一惊，但却也说不出个子丑寅卯来。香包就又想到了念珠，她觉得念珠虽然年纪不大，但毕竟已经是五年级学生，而且念珠远比念牛有胆识，说话做事常常让人佩服。

瞅了个空，香包把这事又跟念珠说了。没想到念珠“哇”地叫了一声，把双拳握着举过头顶，兴奋地说香包姐太厉害了。香包说自己正犹豫着咋样把这钱给人家退回去。念珠却睁大眼睛问香包这正大光明的钱为啥不挣呢，没偷没抢，来得心安理得，高兴都来不及哩。香包说她总归心里不踏实。念珠想了想说要不然问问营长伯，营长伯一定会说出道理来的。香包就央着念珠再跟她去见见营长伯。

果不其然，当香包把雅娟给钱的来龙去脉说给营长伯时，营长笑眯眯地听完，连说好事情、好事情。营长说做香包这是个人的副业生产，既不影响农业社的生产劳动，又为国家建设做了贡献，同时又增加了家庭收入，可算是一举三得的大好事。当下把香包说得心花怒放。不过，营长又严肃地告诫香包和念珠，说这件事一定要保密。香包有些诧异。营长说人心太短，别让人家眼红了没事找事。念珠聪明，连连点头说记下了。

跟营长见完面，香包喜悦的心情难以言表。十元钱可算是一笔不小的财富，她要把这笔钱的用场好好筹划一下。香包跟念珠说，这钱是雅娟的舅舅付的定金，她计划给人家至少做够一百个香包，碎布头还得跟德文婶子去讨，她想给德文婶子几元钱；另外想给念珠做一身新衣服，过了暑假念珠就上中学了，中学生得有模有样；再就是爹和念牛也得添些东西，她寻思着买几团毛线，织两件背心。念珠摇着头，说香包姐唯独没想着给自己花钱。香包说她整天围着锅台做饭，坐在炕头做香包，用不着添置东西。念珠就又跟香包说他的想法，念珠觉得把钱用到买衣服上太可惜了，除了应当给人家德文婶子几块钱外，最好给家里捉回两只羊羔，养个一年半载，再牵到集上去卖掉，不就有更多的钱么。叔嫂二人商量了一阵，最后香包还是觉得念珠说得有道理。念珠自告奋勇说等到礼拜天香陵镇逢集时，他去买羊羔。

等到礼拜天，香包和念珠兵分两路，香包去老右家找德文婶子送钱说事，念珠去香陵镇采买羊羔。香包早前几天已经把那张十元大票在村上的代销点兑换成五张两元的票子。她打听了羊羔的价格，知道两只羊羔需要六七元钱，就给了念珠八元钱买羊羔，剩下的两元钱打算送给德文婶子。念珠临出门前，香包反复叮咛着念珠揣好钱，买羊羔时一定要选肥壮欢势的。念珠显得很自信，说他知道啥样的羊羔好。

先说香包去老右家的事。老右的老婆照例在家，一看见香包，仍是亲热得不行。香包跟老右老婆已经见过好几回，早已没了生疏感。香包就从口袋里掏出八颗奶糖捧着给了老右老婆。说到奶糖，还得交代一下，那天香包把奶糖拿回家，给念牛吃了一颗，给爹吃了一颗，剩下的她全给了念珠。没想到那天说好给德文婶子钱时，念珠却把那八颗奶糖全拿了出来。原来念珠一颗也没舍得吃，念珠说兴许人家德文婶子不会要钱，这奶糖也能算一片心意。香包当时让念珠尝上一颗，念珠说送给人家的礼物数量太少了不好看。这就有了香包送给老石老婆的奶糖。老石老婆见到奶糖甚是惊讶，问香包哪里来的这东西。香包说她给知青做饭，跟一个叫雅娟的姑娘要好，雅娟从城里回来带给她的。老石老婆说这种东西在县城里也只有过年的时候商店才有卖的。老石老婆从香包手里拿了两颗，就又硬是把香包的手塞回口袋。香包又犹犹豫豫地掏出了那张两元的票子。

看到香包手里的钱，老石老婆莫名其妙。待香包说明情由后，老石的老婆连说香包见外了，说自己也就是给香包带回些厂里的垃圾，怎么能要香包钱呢。香包却说这钱是靠德文婶子的布头挣来的，自己不能独吞，还是硬要把钱塞到老石老婆手里。

推推让让之间，老石老婆脸色就有些难看：“香包你把我当成了什么人？我要是拿了你的钱，那我在厂子里拿布头的事就有了说道。你要再这样，我以后就不给你拿布头了。”

香包眼里又闪出泪花：“婶子，拿你给我的布头挣钱，你不要一分，我心里过不去。”

老石老婆替香包擦了擦眼睛：“香包，你心里不舒服么？”

香包有些哽咽：“婶子，我就是觉得我命太好了，我大老远到咱们这儿，遇到了这么多的好人，爹把我当自家闺女，念莲姐和毛妞的爷爷、奶奶护着我，念珠更不用说，没想到你和德文叔也对我这么好，还有营长伯……”

“孟子说，老吾老以及人之老，幼吾幼以及人之幼。”不知什么时候，老石站在香包的身后。

老石老婆嗔笑着对丈夫说：“你就是改不了那酸臭的毛病。你跟孩子说这些，孩子能懂么？”香包急着问德文叔好。老石尴尬地笑着解释：“我是说这世界上大家都要相互爱护，对别家的爹娘要像对自己的爹娘一样，对别家的孩子也要像对自己的孩子一样。”

“德文叔说得真好。”香包品味着老石的话，由衷地使劲点着头。

老石的老婆把香包挣钱的事又给老石讲了一遍，老石也非常高兴，说香包嫁到德强哥家，真的给这个家里带来了生机，以后这个家一定会旺起来。香包就又把念珠坚持去买羊羔的事说给老石夫妻。老石说依他的观察，这念珠以后保准能成大事，香包和念珠联起手来，家里的日子一定会一天比一天好！

老石的老婆又给香包吃了定心丸。老石的老婆说日后她会长期给香包捎回碎布头，只要服装厂不关门，只要她工作不离开服装厂，香包做香包的原料就永远不会断顿。

老石又主动提出再给香包画些图样，让香包的花色品种更加丰富多彩。他说也许有一天，香包会带上她的香包走出槐树村，走出汉京城，甚至走出中国。

香包笑着说德文叔会说笑话。老石的老婆却表情严肃地告诉香包要相信德文叔的话。她说她这辈子就相信德文，德文没当右派之前那些大人物遇到难事都向德文讨教，德文的预言总是很准的。就连现在这样的情况下，德文对世事的预测也时时应验，德文说日后他的右派帽子会摘掉，日子还会和过去一样好起来，她是深信不疑的。香包听着有些吃惊，这话要真传出去可是了不得的事情，这不是梦想变天么？要真能那样，她死去的妈说不定也能摘掉地主婆的帽子。虽然觉得老石老婆说得有些离奇，但香包也禁不住自言自语地说要是这个社会没有“四类分子”，大家一律平等，该有多好。老石接着老婆的话，跟香包说要相信天会晴的，社会的发展也会像天气一样，阴一阵，晴一阵，但阴天总是短暂的。香包听得似懂非懂，但她从老石的眼光中看到了坚毅。

香包临出门时，老石告诫香包未来说不定还会遇到麻烦，因为总有人看不惯别人过好日子。不过往前走着，路总会越来越宽。香包对老石的话虽不能完全理解，但大概的意思她明白，这跟营长伯嘱咐她要保密是一样的用意。

德文婶子拒绝要钱，香包心里实实过意不去。想想念珠兄弟此前说过德文婶子可能不会要钱的话，香包打心眼儿里对这个小自己几岁的弟弟越发佩服起来。

再说念珠赶集买羊羔。

念珠把香包给他的四张两元票子揣进贴身的衣兜，日上三竿，还没到人最多的集会时间，念珠就早早地到了香陵集场。

这香陵镇原本也算本县一个大镇，因辖区内有一个香妃陵而得名且远近闻名。早前这里三日一集，方圆几十里的乡民都习惯在这里买进卖出，有时连外县的人也会赶过来凑热闹。记不起从什么时候起，上头说这些频繁的集会日影响了生产秩序，助长了资本主义歪风，滋生了投机倒把，就强行把集会取缔了。不承想乡民们多年赶集的习惯难以靠一张布告彻底改变，明着不让赶集，暗中就有了黑市。于是就出现了政府管理部门和乡民之间猫捉老鼠般的黑市市场，非法交易的乡民被抓了放、放了抓。再后来，又有政策允许集市开放，遂设定十日一集，但这仍不能满足乡民的交易需求，很快又调整为七日一集，礼拜日便成了法定集日。

每到礼拜日，香陵镇街道上就万头攒动，水泄不通。赶集的人不外乎来买东西和卖东西。着急用钱的人会挖空心思找寻自家可以割舍的物件拿到集上变现，有需求的人也总会在千奇百怪的新旧物品中淘到自己中意的东西。有时候人多得挤不下，集场就自然从主街道的岔口向外延伸出去。集场上交易的东西无非是吃、穿、用、养几大类。吃的东西品种最多，有凉皮摊、凉粉摊、麻花摊、豆腐脑摊、饸饹摊、枣糕摊，几十家吃食摊子一溜排开。除了即时食用的品种外，粮食是不能公开进集的，因为那属于国家统购统销的重要物资。能觅到踪迹的充其量不过是少量的绿豆、赤豆、扁豆之类的小杂粮。穿的东西当然以旧衣物为主，大人小孩的都有，对于卖家脱手这些东西的背景，买家是不能过问的，这是规矩。至于用的东西，那可就千奇百怪、五花八门了，大到建房用的檩条、木椽，小到锅碗瓢勺，甚至穿鞋用的鞋拔子、掏耳朵用的小耳勺也能找到。一应农具更是应有尽有。说到养的东西，不外乎农家院里饲养的各类牲畜，除了猫和狗上不得台面外，猪、羊、鸡、兔都有，作为生产工具的大型牲畜不能由私人所有，当然也就不会在这里交易。

念珠今天要光顾的场所正是牲畜市场。

念珠来得早，集上人稀，念珠就随意转悠起来。小吃摊子支得最早，那些动火的挑子如卖饸饹、卖烧饼的，风箱已拉得啪啪作响。见一个大孩子走过，摊主们都招呼着想把念珠拉到自家摊前。念珠才不舍得动用那金贵的票子呢。他看别人卖吃食，心里却在琢磨着有朝一日自家也能摆上一个摊子，强似在生产队挣那不值钱的工分。看着日快正午，集市上喧闹起来，念珠就踅摸到了位于岔口处的牲畜市场。

来交易的牲畜真不少，猪和羊都拴在路边的木桩上，那是镇工商所专门设置的牲畜拴桩。鸡和兔都圈在笼子里。念珠悄悄地数了一下，今天市场上有三十来只羊在卖，羊羔却比较少，也就十来只。因为第一次干大人的事，念珠心里多少有些紧张。他打定主意先不急着出手，看看人家买卖成交的过程再说。

待售的牲畜是不能标明价码的，买家要买时，卖家也不会说出价格，而是撩起衣襟，与买家在衣襟下掐着指头用眼神说话。这叫“掐码子”。也不知这种多年流传下来的讨价还价方式有什么优势，但却由买卖双方乐此不疲地持续使用着。念珠注意到有几个和爹一般年龄的人，手背着拿一截拴绳，嘴里噙着烟袋锅子，来回转悠着，唯有那眼神像鹞子一样在众多拴着的牲畜和牲畜主人身上扫来扫去。念珠猜想，这些人说不定就是常说的掮客。人堆里忽然闪出一个熟悉的身影，念珠定睛一看，却是癞拐子。没想到这家伙不知在哪儿搞来一副墨镜，煞有介事地架在鼻梁上，奇怪的是他手里也抓着一段牵绳，大摇大摆地来回转悠。念珠心里就在想着莫非癞拐子也要给家里买羊或买猪，要是那样的话，就有些晦气，他才不愿意跟癞拐子干同样的事哩。自从在香包姐娶进门闹新房那天跟癞拐子发生冲突后，念珠心里的疙瘩一直解不开，癞拐子被民兵连长开枪打伤腿，他心里甚至觉得挺解气的。这会儿看见癞拐子，就不想搭理他，故意把脸别到一边，装着没看见，心里只盼着癞拐子快快完事离开这里。

癞拐子却看见了念珠，一瘸一拐地走到念珠跟前：“嗬嗬，念珠，咋不好好在家念书干活，跑到集上瞎窜啥哩？再说这儿也不卖吃的，臭烘烘的牲口市场你凑啥热闹？”

念珠把癞拐子看了几眼，没有说话，心想着你癞拐子算老几，在我跟前装蒜。

癞拐子并不介意念珠的冷淡，摸索着从口袋里掏出五分钱的硬币递给念珠：“念珠，难为你总是要把我叫哥，今儿在这集上见了你，当哥的也得意思一下。给，去那边吃货市场买只小麻糖，也不枉大老远来赶一回集。”

念珠依然站着没动，眼睛看也不看癞拐子手里的硬币，语气生硬地说：“我有正事！”

“难不成你要买猪？买羊？”癞拐子有些诧异。

“我要买羊！”念珠索性把此行的目的说了出来。

“乖乖，长大了，干起大事咧。”癞拐子不知是嘲讽还是赞许，“可你这个样子，谁会把你当成买牲口的，说不定还会让人骗了。”

听了癞拐子的话，念珠不由得就有些紧张，他急切地问癞拐子：“买羊要咋样才像回事？别人咋能把我骗了？”

癞拐子见念珠有意向他讨教，就热心地跟念珠说起了牲口市场的行行道道。癞拐子说别看市场有这么多的牲口卖家，其实大部分都是贩子。真正卖自家猪羊的人，不等到那猪羊在拴桩上拴定，就被贩子连蒙带哄地低价买下，然后再坐着高价钓买主。癞拐子还告诉念珠，牲畜交易的时候，是绝对不能把拴绳交易出去的，买家和卖家在牲畜脖颈上换了拴绳，牲畜的主人就变了。癞拐子说像念珠这样手上不拿一截拴绳，没有人会把他当买家，也不会有人把羊卖给他。

原来是这样。念珠没想到一个简简单单买羊的事还有这么多学问，尽管心底里对癞拐子仍存厌恶，但癞拐子能给他介绍交易门道，心里也便生出一丝感激。见念珠听得认真，癞拐子又问念珠想买山羊还是绵羊，买大羊还是小羊。念珠说买羊羔，山羊还是绵羊没想过。癞拐子就放肆地笑了起来，说念珠真是个瓜娃，山羊和绵羊差的码子大了，母山羊是挤奶吃的，公山羊是养着吃肉的，绵羊是剪羊毛的，用途不一样，买回去不对路咋办？念珠一想癞拐子说的还真对，不觉挠起头来。癞拐子又问念珠为啥要买羊。念珠说就是想养两只羊赚钱。癞拐子就建议说母山羊是喂老人和孩子奶的，公山羊费一年草只能卖一回肉，不如买绵羊划算，一年能卖几回羊毛，供销社收羊毛价钱可高着哩。念珠觉得癞拐子很有诚意，想了一会儿就说买两只绵羊羔。

“二癞哥，你咋恁懂市场上的事情？”念珠问道。

念珠寻常看不惯癞拐子，虽也算本家远房兄弟，却从没把癞拐子称过“哥”。这会儿癞拐子一听念珠唤他哥，就有些兴奋，把鼻梁上的墨镜往上推了推：“你看哥这身行头，一天买进卖出，干上几单，比在队里忙碌一个月都划算。时间长了，哥自然啥都知道。”

念珠这才明白，原来癞拐子也吃上了掮客的饭。

癞拐子自告奋勇替念珠找卖主谈价买羊。念珠就想在那些拴在桩上的羊羔中找寻中意的。癞拐子却让念珠沉住气别着急，说现在的这些卖家都是买来的别人的货，不赚上一笔是不肯出货的。念珠一心想买上个便宜的价，就耐心地跟着癞拐子在市场上转悠。其间念珠也留意人家别的羊羔成交时价钱的高低，只是买卖双方砍价的过程都很隐秘，只在付钱的时候能瞥个端倪。念珠眼尖，看见一个买家在牵去两只绵羊羔的时候给卖家递了一张五元的票子外加两元，他就盘算着自己身上揣着的八元钱应当绰绰有余。

一直挨到日头稍偏西的时候，癞拐子才和一个刚进市场的牵羊人纠缠起来。那牵羊人牵着一只大羊，两只小羊，可巧都是绵羊。癞拐子和那牵羊人几番在衣襟下捏过指头，却总好像达不成合意，癞拐子一度转身离开。念珠看着那两只羊羔乖巧可爱，就急得拉扯住癞拐子的袖筒，意思让癞拐子不要放弃。癞拐子却给念珠使眼色让念珠松手。待癞拐子走出去十来步，那牵羊人咳了几下，大声招呼癞拐子回去。癞拐子转头，不情不愿地又走了回去，几番衣襟下的动作之后，牵羊人慢腾腾地解下两只羊羔身上的拴绳，又把癞拐子手中的拴绳两头各系在两只羊羔的脖颈上。癞拐子抓住拴绳中间，交给念珠牵住。念珠问癞拐子多少钱。癞拐子得意地一笑，伸出五个指头。念珠当下明白，癞拐子今天确实帮了他的大忙。

念珠从贴身衣兜里掏出三张两元的票子递给癞拐子，癞拐子就转手又递给卖羊人，卖羊人表示没有一元钱找给癞拐子。癞拐子从自己口袋中掏出两张一元的票子，一张给了卖羊人，一张给了念珠，又把那两元的票子掖进自家口袋。

现在，念珠打心眼儿里感激癞拐子。

念珠牵上羊后，癞拐子才悄悄告诉念珠，那卖羊的一开始两只羊要价八块钱，他只出价四块，后来就反复磨着，卖羊的一点点降下来，他出到五块钱时，就再也不肯加价了，最后到底按划得来的价格成交了。念珠不明白，就问若有别的买家上来插一杠子，丢了买卖咋办。癞拐子说集上吃这碗饭的人都熟悉，相互不砸饭碗。念珠听得心悦诚服。癞拐子又告诉念珠，手里牵的这羊叫新疆细毛羊，羊毛质量好不说，长得还特别快。念珠心里就有了满足和陶醉感。

牵着羊走着走着，念珠又死死地盯上了一个兔笼，那兔笼中几只活蹦乱跳的黑白兔子让念珠不忍离去。癞拐子在念珠肩头拍了一把，问念珠难不成还想再买兔子。念珠瞅了一眼癞拐子，犹犹豫豫地点了点头。癞拐子好像跟那卖兔子的人很熟悉，大大咧咧地让卖兔子的抓了一公一母两只兔子，说是自家的兄弟要买，价不用谈了，给一块钱就行。那卖兔子的果然就抓出两只兔子，又用草绳将兔子的两只后腿分别拴起来。癞拐子让念珠付给卖兔子的一元钱，又把那两只兔子递给念珠，念珠像抱着宝贝一样把两只兔子抱在怀里。癞拐子又卖弄似的告诉念珠，这兔子是安哥拉长毛兔，剪下的兔毛可值钱了。念珠的心里就像灌了蜜一样。

怀里抱着两只兔，再要牵上两只羊，走起路来就有些不方便。看着念珠为难的样子，癞拐子一时义气上来，说索性他今日的生意不做了，就陪着念珠早早地把羊和兔发落回家。念珠心里又是一阵感动。忽然觉得应当把癞拐子感谢一下，想想兜里还有两块钱，就跟癞拐子说想请癞拐子吃一碗凉粉。癞拐子哈哈一笑，说难得念珠兄弟有情有义。两个人就由癞拐子牵着羊，念珠抱着兔，一起去食品摊位找凉粉吃。

食品摊位在香陵供销合作社百货门市部前，一溜儿排开。癞拐子找了个人少的凉粉摊子坐了下来，把牵羊的绳子踩在脚下，要了两碗凉粉，自己端起来一碗要吃时，却见念珠仍然抱着兔子站着。癞拐子就让念珠把兔子放在地上，说兔子的后腿拴着，跑不掉的，念珠却不肯撒手。癞拐子明白念珠舍不得把兔子放在满是泔水的地上弄脏，就自顾快快地吃完凉粉，从念珠手里接过兔子，腾出念珠去吃凉粉。待念珠吃完，掏出票子要付凉粉钱时，癞拐子却笑着说他把钱都付过了。念珠一下子觉得不好意思。

起身离开凉粉摊，走出几十步远，念珠突然停住了脚步，朝着供销社门市部大门望去。癞拐子问念珠还想买啥东西。念珠没说话，低头想了一会儿，把怀里的兔子塞到癞拐子手里，让癞拐子等他一小会儿，就一阵小跑进了那百货门市部。

看着琳琅满目的百货用品，念珠只觉得一阵眼花缭乱，他进来不为别的，只为给香包姐买上一件东西。今天意外地碰上了癞拐子，买羊省下钱又买了兔子，身上还有余钱，他觉得这一切都得归功于香包姐，香包姐卖了头发给自己买鞋，给爹买点心渣，唯独给她自己没花一分钱，今天他得给香包姐买个礼物。他在柜台前转着看着，仔细瞅着那些商品上的标价，最后把目光锁定在一面小圆镜上，那圆镜好像能折叠，标价五毛钱。念珠让售货员把那圆镜拿出来，捧在手心端详一阵。那圆镜其实是一个小盒子，外壳是亮闪闪的金属，打开后一面是镜子，一面是扑鼻的香粉。念珠想着香包姐要是有了这东西，就可以随时装在身上用，她跟那些知青在一块，也该有个洋玩意儿。打定主意，念珠把身上仅有的两元票子交给售货员，把找回的钱又小心翼翼地揣回口袋，收好小圆镜，急步出门。跑到癞拐子跟前，念珠从癞拐子手里接过兔子，心满意足地跟着癞拐子踏上了回槐树村的路。

两个人走着路拉起了话。癞拐子问念珠刚才到供销社门市部买啥去了。念珠不想告诉癞拐子，就只说进去看看。不料，却惹得癞拐子好奇心大发，说念珠不识好歹，他为了念珠把一天的生意都耽误了，念珠竟然买个东西都跟他保密。念珠就说给香包姐买了个东西。癞拐子越发来了兴趣，非得看一看是什么不可。念珠说在兜里装着，他抱着兔子不方便拿出来。癞拐子就自己伸手在念珠口袋里摸索出那面小圆镜，拿在手里翻来覆去地看了一会儿，问念珠是嫂子托他买的还是他自己想起来买的。念珠说他自己想着买的。

癞拐子突然问："念珠，你喜欢不喜欢你嫂子？"

念珠盯着癞拐子，感觉癞拐子满脸的不怀好意，就闭着嘴没有说话。

"念珠，你想不想摸你嫂子的奶子？"癞拐子得寸进尺，"人常说，嫂子的尻蛋子，弟弟的一半子。你嫂子的尻蛋子又好看……"

"癞拐子，我操你……"念珠血气上涌，忍不住骂起来，但到底顾忌着癞拐子今天的帮忙，还是把后边的"娘"字咽了回去。

癞拐子一脸尴尬："你这娃好不晓得事理。哥跟你说笑，你咋开口骂人？"

念珠说："不准你说我香包姐的坏话。"

癞拐子说："香包不是你姐，是你嫂子。"

念珠说："就是我姐！"念珠忽然把目光停留在今天赶集前特意穿在脚上的那双白网球鞋上："我的鞋就是香包姐给我买的。"

癞拐子问："你脚上的鞋是你嫂子给你买的？"

念珠说："香包姐把她头上的辫子剪了卖了，给我买的鞋。"

癞拐子突然不作声了。默默地走了一段路，癞拐子把那面小圆镜塞回到念珠口袋，若有所思地说："念珠，你香包姐肯疼你，你真幸福。"

癞拐子又换了个话题，问念珠咋突然有钱买羊买兔了。念珠想起营长伯告诫要把香包姐做香包挣钱的事保密的话，就装着生气不肯再说话。癞拐子知道念珠的犟脾气，不愿找没趣，也就不再打问了。

见念珠不但牵回了两只羊羔，还抱回了两只兔子，香包真是喜出望外。她一会儿把羊羔搂在怀里，一会儿把兔子长长的耳朵拽在手里。两个羊羔咩咩地叫了几声，香包急忙抱来一堆早上回家时有意顺路拔下的青草放在地上，羊羔就欢快地吃了起来。那两只兔子已被念珠解开了绑腿的草绳，这会儿在院子里蹦跳着这里瞅瞅，那里嗅嗅。已经长到半大的那几只鸡，似乎知道院子里迎来了新的成员，咯咯哒、咯咯哒叫个不停。不大的院子像一锅水煮沸了一样。

过了好长的工夫，香包才想起问念珠钱花了多少钱，说没想到八元钱买了羊还买了兔。念珠就把在集上巧遇癞拐子，癞拐子帮他讲价省钱的事说了一遍。末了，又掏出那面小圆镜和剩下的一块五毛钱递给香包。香包把小圆镜拿在手里，问念珠买这东西干啥。念珠说香包姐整天在知青大院跑来跑去，带上这个方便。香包就不说话了，默默地把那圆镜打开，对着镜子看了半晌，又转头看看念珠，眼眶即刻就潮湿了。

听见院子里的吵嚷声，念牛也下炕拄着拐杖出了房子，可巧德强老汉也从饲养室回来。一家四口就齐齐地站着看这满院子的热闹。看着看着，德强老汉突然说话："这院子打从念珠娘去了，就再没红火过，现在那红火劲儿又回来了。"德强老汉说话的腔调，明显有些哽咽。

第十章

家里添了一群张口货，香包乐是乐，负担却重多了。白天，她要给知青们做三顿饭，给家里做三顿饭，还得经管着这些新添的宝贝们吃饱肚子了。原想着养不起吃粮食的猪，那吃草的羊和兔了应当不会给家里造成太大的负担，却没想到这羊和兔子也早晚嘴巴不闲着，食量大得惊人。虽说不和人争口粮，那吃的草总得一篮一篮地从地里割回来，香包就恨不得一天当成两天用。念珠放学后也不再找利强一帮人去玩了，而是挎上个篮子掂上镰刀就去野外打草。念牛不甘示弱，竟然也拄上拐杖下田了，当然他去得最多的地方还是自家的自留地。麦子已经扬花，麦田里的杂草仍是不少，念牛小心翼翼地拄拐进地，把那麦田像篦子梳头一样齐齐地梳出杂草，既打理了麦田，又给羊和兔子收拾下吃食。念牛下田的时候，香包放不下心，做完饭就去地里找念牛。站在自留地田头，看着那绿色的麦浪随风翻滚，心里就涌上来阵阵甜蜜。念牛心疼媳妇太累，香包说越累心里越快活。

雅娟到香包家里串门，见香包一家都忙着打草还顾不住牲畜的需求，回到知青大院就跟大伙讲了香包的难处。知青们热心肠的多，就在各自收工的时候顺手从田里捎带着割回一小捆草。人多力量大，每天收工之后知青大院门口就会积上一大堆青草。香包初时窘迫，觉得让知青为自己劳作太不好意思，百般劝阻。无奈知青们却视作乐趣，乐此不疲，香包只好听之任之。草一多，牲畜们吃不完，反倒有了剩余，香包就把那草摊开晒干，把干草垛在院子里。虽说一时解决了牲畜的吃食，但香包心里却背上了沉重的负担，心说白白让人家知青们给自家帮这么大的忙，得想些法子报答人家。有心给知青们在伙食上改善改善，可又苦于自己没有能力，想着想着就把希望寄托在那群快长大的鸡身上，心说等母鸡能产蛋了，就匀些鸡蛋犒劳一下知青们。

俗话说，蚕老一时，麦黄一晌。前几天，田野里除了零星的几陇大麦透出黄意外，一望无际的小麦仍是一片葱绿。岂料这大麦刚刚割完进场，几场风吹过，一半天的时间，小麦就熟了。槐树村男女老少就进入总动员状态。

三夏是一年中最忙的时刻。所谓的三夏是指夏收、夏播、夏管，而这夏收是最核心最关键的环节。麦子成熟的时间就集中在三五天，而劳力就那么多，收早了怕麦粒不饱满，收晚了更担心麦粒破壳掉在地上丢了收成，端的是“龙口夺食”，人们如何不铆着劲儿连轴转。为了抢时间，生产队把劳力分成三组，青壮年组保证在田间一线割麦，天不亮就出工，天不黑不歇工，吃饭喝水都在地头；老弱组负责运输，把割下来的麦捆运到打麦场，还要把田间落下的零散麦穗捡拾起来，保证颗粒归仓；一帮手脚麻利的妇女组成后勤组，负责为两个一线组承担后勤工作，主要是做好饭食运到大田和打麦场，保证拼命干活的劳力能吃个现成。寻常社员们下工后各自回家吃饭，这特殊时期就由队上集中开伙，既腾出不少妇女下田，又节省了上下工来回路上的时间。为了能让大家舒心，队上提供的伙食质量算是盖了帽，纯麦面的馒头尽饱着吃，还专门从供销社的副食门市部买来咸菜和酱辣子供大家享用。社员们虽说一个个累得快要散架，但精美的饭食又很快给大家补足能量。这个时候很少有人偷懒，一个人恨不得当两个人用，因为再刁钻的人都懂得农民的基本道德。

香包一家也都进入了热火朝天的状态，知青们与其他社员吃在田头，知青大院暂时不用开伙，香包也不用去知青大院。又因为香包本就是做饭的，就被队上安排进了后勤组。德强老汉是饲养员，这阵子要保证牲口的用场，自然格外用心忙碌。念牛是特殊人，本可以在家歇着，但劳碌惯了的他如何能在这人喊马嘶中卧在家中？找了队长几次，勉强被安排到了老弱组，在打麦场做一些力所能及的活计。学校里放了忙假，念珠也参战了。他和一帮年岁一般大的学生们在村子几处通往田野的道口站岗，防止任何人出村时带上火种，防范任何人进村时夹带麦粒。也多亏了念珠，站岗时常能跟其他同学说些好话，抽空溜号回家照管院子里的牲畜。

人们卖力干活还有一个重要原因，那就是惦着自留地里的收成。为了能驱动人们不遗余力地干活，这几年各队都定下规矩，生产队大田里的麦子不收割到麦场，自留地一律不准开镰。盼着能不失时机地收割自家麦子，人们当然得争分夺秒地清空生产队的大田。两三天之后，大田的麦子终于割完了，人们呼啦啦分散开去，各自在自留地里挥洒起汗水来。

往年，念牛一个人对付那一亩三分麦田，要不了一天时间，就将麦子齐刷刷割得干干净净，但今年，念牛却只能站在田头看着麦子干着急。德强老汉毕竟年岁大了，老腰硬得难以弯下，割麦的速度实在太慢，活儿就基本指望着香包来干了。奈何香包的老家不种麦子，初次割麦不得要领，眼看着人家的自留地干净利落收拾齐整，自家的麦子还挺在田间随风摇曳。念牛急得差点掉下眼泪。念珠在村口站岗时心里不踏实，就抽空到自家田里去探究竟，看见父亲和香包姐累死累活也不出活儿，就从香包姐手里夺过镰刀，自顾割了起来。说来也怪，念珠虽然也是初次学着割麦，却好像无师自通，割起麦子速度既快，茬口又低，看得德强老汉打心眼儿里高兴，看得香包竖起了拇指。干了一会儿，念珠又惦记着村口站岗的职责，怕脱岗太久让老师发现，就又把镰刀还给香包姐，小跑着往村口赶去。

跑出了百十步，念珠却又折了回来。

念珠跑到念牛跟前，让念牛去替他站岗，好把他腾出来割麦。

关于念珠站岗的事，还得说说背景。三夏大忙，村里没有一个闲人，人们几乎都集中在麦田和麦场上。但忙归忙，安全保卫工作却不敢懈怠。按照上头的安排，安全工作主要抓防火防盗两项事务，务必由专人组织实施，村子里除了醒目的墙壁上用石灰水写上诸如“提高警惕，防火防盗”之类的标语外，还得布置人员在各出村的道口上设置岗哨，确保不让一根火柴出村，不让一粒麦子进村。或许有人要问，既不让麦子进村，那村民收获自留地里的麦子咋办？按照惯例，田里割下的麦子，须一律运到打麦场，按区域将集体的麦捆与私人的麦捆垛起来，等到夏播完毕，开始碾打，那脱粒后的麦子方才陆陆续续运回村子，进入生产队或社员各自的粮仓。如此一来，碾打之前就不允许任何人把麦穗带回村子。这岗哨虽说设得有些邪乎，但上头既有要求，各村各队也就得有应景的安顿，只是哪个队也舍不得把精壮劳力去支应这等闲差事，任务就自然落到放了忙假支援生产的一帮小学生身上。念珠每天早上天不亮就跟另一个同学蹲守在离自家不远的一个村口，还像模像样地拿着一把红缨枪，像电影里的儿童团员一样，煞有介事地严格盘查出村人员的口袋里是否私藏了火种，火眼金睛过滤着进村人员携带的物件，确保没有麦穗被夹带进村。不过念珠真正用心的地方还在自己家里，逢两个人站岗时，就常常脱岗回家侍弄他牵心的羊羔和兔子，还有那群眼看着就能生蛋的鸡。反正只要能糊弄住巡岗的老师就行。

念牛说站岗是学生的事情，自己怎么能站到那里丢人现眼呢。念珠说念牛太死板，人尽其才么，调换一下岗位不会有人说啥。念牛担心念珠的老师发现后批评念珠，念珠却讲出一大套道理说老师会通情达理的。念牛其实心里正着急自己一个废人帮不上爹和妻子的忙，见念珠坚持，也就点头答应。念珠遂又从爹手里要过镰刀，一招一式认认真真地割起麦来。德强老汉看着心里高兴，又急忙回村子里另取镰刀。念牛脚拐并用，挪动着身躯去替念珠站岗。有了念珠这个生力军的加入，自留地的麦子割得快多了。

谁也没想到，这念牛给念珠替岗，却替出了大麻烦。

大田里的活儿暂告一段落，在自留地里抢收的人就各自为政忙了起来。女人们忙着田里活儿的同时还得回家做饭。念富的媳妇吴爱英中午时分回家，老远看见村口站着堂弟念牛，就笑问念牛大中午的站在那里看啥西洋景。念牛本不好意思说他是在站岗，又加嘴笨，张口结舌地说不出个所以然来。待念富媳妇明白原来念牛是在站岗时，“扑哧”一声笑出声来，说念牛真要遇到一个偷东西的，怕是手和脚一起着地也撵不上人家一个影子。念富媳妇回到家，琢磨了一会儿便动起了歪念头。念富媳妇是个爱占便宜的人，寻常总喜欢顺手牵羊捎点队上或人家的物件带回家，这一看自己的堂弟在村口站岗，心里就觉得有些痒痒。到底忍不住心中的欲火，放下锅灶上的活儿，背上背篓，装着到自家地里去背麦捆，出了村却踅摸到打麦场上，看看四周无人，把背篓放在生产队硕大的麦垛后头，拿出备好的剪刀，去挑那饱实的麦穗，飞快地剪了开来，不消半顿饭工夫，就把那背篓装得满满当当，又轻手轻脚背起背篓迂回着走进村子。

念富媳妇看见念牛，仍是打趣念牛不自量力，拄着个拐杖还把自己生装成八路军。说得念牛面红耳赤，恨不得找个鼠洞钻进去。念富媳妇大摇大摆地背着背篓经过念牛身边向家走去，不由得心里一阵得意。

常言说麻绳单从细处断。谁料想正在念富媳妇窃喜之际，迎面走来了杠生娘大嘴。大嘴本就和念富媳妇有些过节，相互看着都不顺眼，那次念珠第一次参加生产队劳动时，大嘴和念富媳妇就因为口角扭打在一起，念富媳妇扒了大嘴的裤子，大嘴如何不把寻机报复的事记在心里？正在念富媳妇只恨冤家路窄、叫苦不迭的时候，那大嘴疾步走到念富媳妇跟前，像好姐妹一样嬉笑问：“爱英，这都大正午了咋才回来做饭？还背这么大个背篓。”说着话又伸手去扳念富媳妇背上的背篓看，念富媳妇就躲着不肯让大嘴得手。拉扯之间，念富媳妇背着背篓到底不方便，三下两下那背篓中的麦穗就撒出来。大嘴一见撒下来的麦穗，心里已有七八分明白，立时大惊小怪地喊了起来，说吴爱英咋割麦都跟人不一样，人家是连麦秆一起割，吴爱英咋光剪麦穗哩，那留下一地麦秆咋整。念富媳妇又羞又气，急着想脱身回家，偏那大嘴就是拉住背篓不肯放手。老远看见念牛站在墙角，大嘴就喊着念牛快过来，看看吴爱英这稀罕的收麦法子。念牛这会儿手里正拿着那红缨枪在把玩，一见大嘴在喊，就应声拿着红缨枪单脚点地拄着拐杖挪过来。待念牛看见念富媳妇背篓里的麦穗，心里也明白了，一时不知所措。大嘴瞧见念牛手里的红缨枪，更是来了精神，说今儿个真是怪事中出奇事，爱英和念牛叔嫂演了一出戏，爱英割麦只剪穗，念牛拄拐还拿红缨枪。正值中午饭时，大嘴的声音一高，就惊扰得几户人家出门看热闹。这一看不打紧，念富媳妇违规把麦穗带回村子的行为就掩盖不住了。念富媳妇急着脱身，情急之下说大嘴狗拿耗子多管闲事，自家的麦子想割穗想收秆关大嘴屁事。大嘴这下找到茬口，说吴爱英不识关心，狗咬吕洞宾，不知好人心。两个人推搡间唇枪舌剑地开骂了。念富媳妇一边骂一边使出浑身力气，就是咋也挣不脱大嘴扯着背篓的手。

吵嚷声中，人就越聚越多。不知谁喊来了魏队长。

大嘴一看来了魏队长，知道自己的目的已经达到，松开了拉着背篓的手，扯开嗓子喊道："叫魏队长评评理，我好心好意关心你吴爱英，你却骂我狗拿耗子多管闲事，那我今天就非得管一管不可。人家明明不让麦穗进村，吴爱英你凭啥大摇大摆把麦穗背回家，还竟然让你兄弟念牛拿着红缨枪护着你。"

魏队长抓起背篓中的麦穗看了看，紧盯着念富媳妇问道："你这麦穗从哪里来的？是啥品种？"

念富媳妇知道，一比对肯定露馅。去年选种时，为了增加收成，念富专门选了高产但出粉率却稍低一些的波兰麦，而生产队的麦田种的都是丰产三号。这两种麦穗区别太明显了，波兰麦穗子少芒，丰产三号芒又多又长，而她背篓里全是丰产三号麦穗。无奈之下，她嗫嚅着说："我不认识麦子品种。"

人群中一阵哄笑。有人说农民不认识麦子品种，等于说不认识自家的孩子。

魏队长显得不慌不忙："吴爱英，你虽是犯纪律把麦穗背回家，但只要这麦穗确实是自留地里的，你再背回打麦场就行了。但若这麦穗不是自留地里的，那性质就严重了。咱现在就到你家地里去，看看你家的麦子是啥品种，再找找你剪去穗子的麦秆，不就水落石出了？"

念富媳妇还能说什么，直像泄了气的皮球一样，任由队长发落。

魏队长又把目光落在念牛身上："念牛，你掂个红缨枪干啥？"

念牛一时语塞，像做了贼一样，涨红着脸，半晌结结巴巴答道："念珠干……活……活儿去……去了，我……替念珠站……站岗。"

魏队长回头又看了一眼垂头丧气的念富媳妇，嘴里嘟囔着："怪不得。"又大手一挥，喝令念富媳妇再背上背篓去自家地里比对麦种。念富媳妇站着不肯挪步。不想那大嘴自告奋勇说她来背这背篓，说着就把那装麦穗的背篓挎上双肩。魏队长再喊一声，念富媳妇只好乖乖地起身。魏队长昂首阔步走在前头，大嘴背着背篓，兴高采烈地紧随其后，念富媳妇抖抖索索地被众人簇拥着朝自家自留地走去。

到了念富家的自留地田头，大嘴把背篓里的麦穗拿着和念富家的麦穗比画着给人看，一切都不言自明。

看热闹的少说有几十号人，大家齐齐地把目光定在魏队长脸上。鸡骨头又适时扇风："常言说捉奸捉双，捉贼捉赃。咱魏队长今儿个明镜高悬，保准把这案子审得清清楚楚。"

魏队长声色俱厉："吴爱英，坦白从宽，抗拒从严。你老实交代，你这麦穗是从哪里剪来的？"

念富媳妇低着头，抖着肩膀嘤嘤地哭了起来。

一帮人在自家田头闹腾，正在割麦的念富自然急急地跑过来，待弄清事情的原委，亦觉又气又羞，冲到自家媳妇跟前，运足力气，抡圆胳膊，"啪"的一声，给了媳妇一个响亮的耳光。

随着耳光声，念富媳妇像弹簧一样蹦起来，鬼哭狼嚎地哭骂起来："大嘴，我操你娘，我操你八代祖宗！"

大嘴也不好惹，回骂道："吴爱英，你就是个千人万人操的货，你既当婊子又当贼，魏家的脸让你踢完了……"

念富媳妇趁着大嘴不备，扑到大嘴身边，一把揪住大嘴头发，猛一使劲，生生地把一绺黑白相间的头发扯了下来。转过身子，向村子里跑去，把一串不绝于耳的叫骂声抛到身后。

大嘴受到突然袭击，一阵钻心的疼痛让她不能自已。她捂着头皮，慌了片刻，也扯起嗓子号了起来，把念富媳妇的先人和后人淘着骂，骂念富媳妇的娘跟野汉睡了生出念富媳妇，骂念富媳妇的后人没屁眼儿。每创出一种骂法，就惹来人群一阵笑声。

魏队长看着觉得无趣，喝令大嘴起来回去。大嘴似乎又找到了新的攻击目标，连滚带爬地冲到魏队长跟前，一屁股坐在地上，抱住了魏队长的腿："魏队长，你要给我做主！我为了保护集体财产，让那个婊子揪了头发，你要不主持公道，我不活了！"

魏队长狠狠地盯着念富，斩钉截铁地宣布："罚电影！"

紧张的夏收持续了二十来天，人们终于可以歇口气了。除了打麦场上仍然堆着山一样的麦垛，还得继续在摊场、碾场、扬场的循环中忙活外，大田里已经光秃秃地裸露着一望无际的黄土。若是细心地分辨，那黄土中已冒出一行行细嫩的绿色尖芽，是新播不久的苞谷出苗了。可巧又来了一场透雨，下了足足有两个时辰。有心的人用铲子铲开地面，发现那雨水浸透的土壤竟有一拃深。人们又都高兴起来，今年麦子已经有了好收成，这一场透雨又给秋苞谷奠了好基础，来年肚子不会太受亏待了。

头遍麦子碾过，德强老汉家的自留地收了一石五斗小麦。德强老汉盘算着到麦草碾过二遍，少说也还能再滤出两斗麦子，这一石七斗麦子足足比去年收获高出两成。德强老汉就在心里把这好收成归功于两点：一是去年入冬以来风调雨顺；二是自家来了媳妇香包，这香包旺了家。按上头的说法，种田需要科学手段，生产技术上去了，亩产上纲要是基本的，过黄河平平常常，跨长江才是终极目标。所谓的纲要是亩产三百斤，过“黄河”是五百斤，跨“长江”是八百斤。德强老汉又扳着指头算了一下，自家的产量比起过黄河就差一点点。心里不由得就像浸了蜜一样。又听会计混账说今年预估人均分小麦八十斤，自家四口人能分到三百多斤，如果分配时把劳动日的比例再提高一些，自家可能分得更多。多少年了，德强老汉从来没有像今年这样高兴过，他感觉好日子真的到来了。

念莲照例又回娘家看忙罢。不过这回的心情跟去年就大不一样，看着娘家院子里活蹦乱跳的绵羊、兔子、鸡群，念莲不知道说什么好。自然她把大部分的功劳都记在香包的头上。香包见姐姐回来，亲热地问长问短。给知青做饭已有小半年，香包厨艺也大大长进了，她给念莲姐擀了细面条，又炒了几个菜，还放言说再等个把月，就有鸡蛋招呼姐姐了。念莲吃着饭，眼泪却不由自主地流出来。念珠问姐姐有啥心事。念莲说：“姐姐不是伤心是高兴，十几年揪成一团的心现在终于放下，这个家自从来了你香包，就真的活泛起来。这都是娘在天之灵关照着哩。”念珠对娘没有印象，听了这一席话，便说：“香包姐可是姐姐带来的。”惹得念莲、香包两人又好笑又难过。

正吃饭的时候，德刚串门过来。德刚是念富的父亲、念莲的伯父。德刚人比较自私，过去念莲家恓惶的时候，德刚仗着自家两个儿子念富和念贵在队上是壮劳力，没少在弟弟德强一家人面前炫势，偶尔来念莲家里，也无非是把自家的优越感展示一番后扬长而去。念莲对伯父一直没有好感。这会儿见伯父进门，毕竟碍着长辈面子，就连忙起身，客客气气地让座，又礼节性地邀请伯父一同吃饭。德刚摆摆手说他吃过了，就蹲在院子，一边看着活蹦乱跳的畜生，一边抽着旱烟。德强老汉问哥哥有啥事？德刚说他就是来转转，看看念牛，可巧念莲回来了，他跟孩子们拉拉话。德强老汉本就话少，见哥哥无意跟自己说话，也就不再客套，自顾去了饲养室。

吃完饭，念莲要去收拾锅灶。香包哪里肯让姐姐忙活，把姐姐推出厨房，说家里来了客人，姐姐应当陪着人家说话。念莲也只好就势坐在院子的草墩上，跟伯父没话找话地聊天。德刚跟念莲说话时，却不停拿眼瞅着厨房里香包的身影。念莲心里就有些不舒服，故意高声喊着让香包把活儿放下由她来干。让香包快快去知青大院，别误了那边的正事。德刚就显得有些局促，念莲也索性直问伯父有啥麻烦事。

德刚吞吞吐吐地说：“我想找侄儿媳妇帮个忙。”

念莲问：“伯，你要找香包？她能帮你啥忙？”

德刚长叹了一声：“为了念富媳妇的事，把人都丢尽了，队上现在要罚电影。这电影要是真放了，方圆各村都知道，这以后还咋见人嘛。”

念莲惊问念富媳妇出了啥事。德刚老汉就红着脸，把念富媳妇如何偷麦穗被队上罚电影的事说了一遍，又强调说也怨那天念牛替念珠站岗才引发了这事。

所谓的罚电影，是近半年在各村流行的一种对违纪村民处罚的办法。村村通电以后，县上的电影放映队就开始在各村巡回放电影。但放电影是要收钱的，虽然村民看电影高兴，但那二十来元钱的放映费总还得有个出处。也不知哪个村率先发明了罚电影的模式，反正很快就有不少村子效仿起来。每遇有村民发生严重打架或偷盗行为，村上就处罚那犯纪律的村民承担一场电影的放映费用。至于被处罚的人能不能拿出现钱不要紧，队上决算时扣除口粮或用工分抵项就行了。罚电影还有一种极强的警示效果，不但本村人可以引以为戒，连外村来看电影的人也都会口口相传，可谓惩戒与教育兼而有之。念富媳妇偷了队上的麦穗，又撒泼揪了大嘴的头发，魏队长一气之下决定罚电影，也算在槐树村开了这种惩罚模式的先河。

念莲一听，也觉得这事辱没了门风，但她不明白伯父找香包做啥：“伯，香包能做些啥事？”

“香包她哥不是魏支书的女婿么？”德刚说，“我想让香包找找她哥，让她哥给支书说说，让支书跟魏队长打个招呼，把罚电影的事儿免了。”

“原来是这样。”念莲自言自语道，“这弯子转得这么大。”

“魏队长肯定会听支书的。”德刚说。

念莲思索了一阵，却坚决地摇摇头说：“伯，这事不能这么干。”

德刚一脸的失望，失望中透着不解。

念莲继续说道：“伯，这件事已经出来了，得实实在在面对。罚电影是五队的事情，魏支书未必能管得上。再说这种事情香包咋跟苗伟开口，苗伟又咋跟岳父张嘴？”

德刚的脸色阴下来：“娶香包进门的时候，我领着念富和念贵可没少出力。”

念莲反感伯父说话的方式，本想抢白几句，话到嘴边，一丝怜悯到底让她把话咽了回去。香包这时收拾完厨房走出院子，德刚就把脸冲向香包：“香包，你结婚时，你念富哥忙前忙后，现在你嫂子遇上事了，你管不管？”

德刚的质问让香包有些摸不着头脑。念莲朝香包挥挥手示意香包不要理会德刚，香包却一脸诚恳地问伯父她能做啥事。德强就把自己的想法又说给香包。念富媳妇偷麦穗的事，念牛已经把前后过程都给香包说过，这会儿见伯父让她通过哥哥去求魏支书，也觉作难。念莲替香包解围，说除非把花妹傻病治好，让花妹去求她爹。

香包却若有所思地说：“罚电影的办法就是不对么。”

念莲和德刚都把目光集中到香包的脸上。香包继续说道：“做了错事总要让人改嘛，要改错误就得给人留面子。罚了电影，爱英嫂子还咋在人面前站呢？”

德刚激动得嘴唇哆嗦：“咱香包就是通情达理，怪不得连阉客都给咱香包下跪哩。”

“可我真的没法去找哥哥，我不能给他出难题。”香包说。

沉思了片刻，香包忽然拍了一下巴掌：“有了，念莲姐，我去跟雅娟说。雅娟是个善良人，让她找宏涛，让宏涛去跟魏队长求个情。”

念莲问宏涛是谁。香包说宏涛是知青里边的头儿，宏涛说话大家都肯听。村上领导给知青说事时都找宏涛说话，宏涛若找魏队长，魏队长肯定给面子。念莲一琢磨，这倒是个好法子，知青们是一帮特殊的人，知青们出面要干的事，只要不出大原则，领导们都会行方便的。当下就同意香包试一试。德刚见香包肯出手，也喜不自禁。

瞅了个机会，香包跟雅娟说了想法。雅娟说让宏涛大哥说话可以是可以，就是一场电影看不上了，又问这吴爱英跟香包是啥关系。香包说是自己的堂嫂。雅娟说既是香包家的人，横竖让宏涛大哥软硬兼施把魏队长说服。

让香包感动的是，宏涛知道香包托他的事后，主动找到香包，称赞香包做得对。宏涛说："吴爱英咋着也是贫下中农家庭的成员，犯了错误要给人家改正的机会。党的政策是惩前毖后，打击和教育相结合，教育是第一位的。这种罚电影的方式，不利于犯错误的同志改过自新。"宏涛的见识让香包肃然起敬，心说这大城市来的文化人就是懂政策，就是水平高。她连声表示感谢，说爱英嫂子这下能护住脸面了。宏涛说魏队长是一队之长，应当懂得这些道理。

在农村，知青们有着极高的地位，因为他们是响应毛主席他老人家的号召，来广阔天地炼红心的。有这样的大背景，知青们做起事来底气十足。又因为这些早早离开父母的孩子少了家庭关爱，到了农村还得过苦日子，一部分人就公然结伙斗殴，偷鸡摸狗。有政策护着，村上的大小领导睁只眼闭只眼听之任之，受害的村民也多是忍气吞声。有人揶揄若说知青来接受贫下中农的再教育，不如说知青下乡教育贫下中农。反正不管怎么说，农村的干部社员没有人愿意跟知青叫板。这宏涛在知青中年岁大一些，为人又正直善良，村上还传言要吸收宏涛做支部的成员，魏队长当然也明白宏涛的分量。宏涛去找魏队长，魏队长自然把宏涛奉为上宾。宏涛一大堆摆事实讲道理，不由得魏队长不改变主意。但魏队长挠着头说吴爱英偷麦的事已经闹得满村风雨，况且被吴爱英揪了头发的大嘴也一直抓住这件事不肯放手，若不对吴爱英进行处罚，怕这件事不好收场。宏涛说必要的处罚还是应当有的，只不过变换一下方式就行了。魏队长挠了挠头说那就变成罚口粮。又扳着指头算了一阵，说罚吴爱英家夏粮麦子一百斤，分粮时直接扣掉。宏涛对这个方案表示认同，只说不要让受罚的一家饿肚子就行了。

宏涛把这个消息告诉香包，香包委实高兴，转身就去念富家告诉了念富媳妇。念富媳妇跟香包说她剪了一背篓麦穗，满打满算也不过能脱出二十斤麦粒，这回要罚她一百斤，实在是不公道。香包开导念富媳妇，说人家既是处罚就肯定要罚得人心疼，想开了就好。念富媳妇说那不是想得开想不开的事，那是实实在在哗哗啦啦一百斤硬生生的麦子呀！

香包一离开，念富媳妇心里打起了鼓。自己原本想占点小便宜，没想到要倒贴一百斤麦子，这回真是赔大了。想着想着又觉得不能束手就范，既然香包找人跟魏队长一说，魏队长都能把罚电影改成罚一百斤麦子，若能再给魏队长点甜头，保不准这一百斤麦子也不用罚了。又想起上一回在地里顺手牵羊偷棉花被瘸拐子发现，自己小使手段让瘸拐子乖乖闭上嘴巴的事，不由得又添了勇气。思来想去，念富媳妇打定主意，要为保护这一百斤麦子认认真真地出手一次。

念富媳妇就开始留意魏队长的行踪。可巧这几日魏队长媳妇淑芳又去了娘家。那淑芳仗着自己是队长娘子，平日里回娘家待上三大五天是家常便饭。淑芳一走，就剩下魏队长和儿子利强。这天下午收工，念富媳妇在村口碰着念珠和利强，念珠挎着草篮子，利强拿着镰刀。念富媳妇问利强家里没养猪羊干吗还去割草，利强说他帮念珠去割。念富媳妇一阵窃喜，心说机会来了。

念富媳妇穿过街道，轻手轻脚地走到魏队长家门前。谢天谢地，魏队长家的大门虚掩着，念富媳妇一闪身进了魏队长家的院子。可巧魏队长正站在院子里就着一盆水冲凉，魏队长光着膀子，穿着个短裤头，拿着毛巾在身上搓洗。见念富媳妇忽然上门，魏队长情知跟处罚一事有关，也就不冷不热地嘴里哼了一声算是打了招呼。念富媳妇站也不是，坐也不是，尴尬地把两手在衣襟前搓着。魏队长好像是有意磨念富媳妇的性子，拿着毛巾前前后后、上上下下总也洗不毕，仿佛那念富媳妇根本就不存在。足足有两袋烟工夫，魏队长才开了金口：“吴爱英，你到我家干啥来了？”

“我……我……”念富媳妇结结巴巴，“我看队长家有啥事儿，看我能帮上忙不？”

魏队长冷笑了一声：“你是看那一百斤麦子能不能不离开你家粮仓吧？”

念富媳妇揉着眼睛：“队长，我拿队上那些麦穗，充其量不过二十斤麦子，这一下子罚我一百斤，我老冤了。”

“够便宜你了，原来要罚你电影，足足抵二百斤麦子不说，还得丢人败兴。”魏队长说，“你兄弟媳妇苗香包找了知青，我也是看了知青的面子才减了处罚。要说如今这结果，你还得感谢香包哩。”

“能不能再减点？”念富媳妇柔声柔气。

“这已经是最低了！”魏队长斩钉截铁。

念富媳妇突然走到魏队长跟前，从魏队长手里抓过毛巾，就手在魏队长背上轻轻地搓了起来。魏队长一愣，却没有拒绝念富媳妇的举动。念富媳妇心领神会，知道魏队长有意，也就把那毛巾从魏队长的后背搓到了前胸。片刻工夫，魏队长的短裤前方已撑起了小帐篷。

念富媳妇就势搂抱住魏队长的腰身，稍稍使了些劲，魏队长就随着念富媳妇的脚步进了自家的房子，两个人齐刷刷倒在炕头上。

却说这魏队长正在快活之际，不料窗外响起了一个女人的声音：“嗬，这大白天两个人滚炕头，动静那么大，也不怕炕塌了掉进炕洞沾上一身黑灰。一对灰头！”

“灰头”是对搞不正当男女关系的称谓，也可以视为骂人的话。说男人是灰头，意即男人常上别人的炕头；说女人是灰头则更为阴损，不亚于指称这个女人是个见谁都脱裤子的烂货。听见有人说话，魏队长和念富媳妇同时吃了一惊。待念富媳妇从魏队长身子底下扭过脸朝窗外张望时，分明看见了赤脚医生冬梅。

再说冬梅本是魏队长多年的相好，两个人明铺暗盖，早成了村上半公开的秘密。每遇合适的时机，冬梅都少不了寻魏队长温存一番。今日知道魏队长媳妇淑芳又回了娘家，照例又上了魏队长的门。魏队长在院子冲凉，其实也是备着和冬梅亲昵时身子干爽些，连念富媳妇庆幸的那虚掩着的大门也都是沾了冬梅的光。本来，魏队长临时起意想换个口味，与送上门来的念富媳妇亲热时，应当关上自家的大门，却不想在念富媳妇的撩拨下，欲火烧得太快，竟致忘了做安全保卫工作。念富媳妇头次投怀送抱，自然也少些经验，这就让冬梅逮了个正着。

魏队长慌忙从念富媳妇肚皮上滚下来，把那短裤头又套进双腿，嘴里含混着问冬梅咋个来了。念富媳妇却并不慌乱，像刚刚完成一件重大使命一样，若无其事且志得意满地把裤子穿起来，慢吞吞地系起扣子。在念富媳妇的心中，或许充满了一种挑战者获胜后的自豪感。反正冬梅来干啥大家心里都清楚，难得她吴爱英今天捷足先登，率先拿下了魏队长。

冬梅说："吴爱英，你真了不起，从田头卖到人家屋里来了，送货上门的营生做得不错。"

冬梅提到的"田头"，当然是指念富媳妇跟癞拐子在田头的那场封口交易，这是念富媳妇人尽皆知的丢人事。

念富媳妇哪肯示弱："张冬梅，你算老几？鼻孔插根大葱，装象（相）来了！谁不知道你是个卖货客，走到谁家卖到谁家。你卖到人家魏支书家，卖得一脸血印子，你忘了么？"

"卖货客"是指专营皮肉生意的女人。冬梅那次跟苗伟骚情，被花妹抓了脸，羞得好长时间出不了门。有好事的人就编排出各种小道消息，有说冬梅跟魏支书正干事的时候被魏支书老婆逮住，魏支书老婆一气之下毁了冬梅颜面；有说冬梅在魏支书家被魏支书和魏支书新招赘的女婿通吃，瓜女人花妹把冬梅通身抓得稀烂，脸上的抓伤还是轻的。这传言到了魏队长耳朵，魏队长私下里追问冬梅，冬梅一口咬定她与魏支书家里清清白白，只是那瓜女子不知哪根神经出了岔子，跟她撒起了泼。冬梅又表示从此不再登魏支书家门，魏队长方才把心放下。现在，念富媳妇又揭挑起这件事，岂不是哪壶不开提哪壶？

冬梅开骂："吴爱英，你这个婊子血口喷人！"

念富媳妇反唇相讥："张冬梅，你猪黑还笑老鸦黑。老娘可是比你强多了，你千人踩万人踏，上过你身的人比上过马车的人都多。”

冬梅忽然把一口口水吐在念富媳妇的脸上。念富媳妇一愣，伸出手就朝冬梅的脸抓过去。冬梅年轻几岁，再说已在花妹那里吃过亏，岂肯让念富媳妇得手？一闪头，念富媳妇扑了个空。念富媳妇回身又抓住冬梅的头发，冬梅拳脚并用，在念富媳妇的脸上、胸膛上、腿上一阵捶打踢蹬。念富媳妇占不到便宜，手脚上吃了亏，嘴上就号叫起来。

看到两个女人扭在一块，魏队长才如梦初醒。但面对两个母狮般的人，魏队长一时不知所措，直到念富媳妇干号起来，魏队长才意识到大事不好，便把自己硬塞到两个女人中间，用身体挡住了冬梅的拳脚，使劲掰开念富媳妇抓着冬梅头发的手。念富媳妇兀自咧着嘴边骂边号，情急之中魏队长用手掌捂住了念富媳妇的嘴巴。冬梅一看魏队长帮着自己，又扑上来扇念富媳妇耳光。不料，魏队长却抬起脚照着冬梅的腿蹬过去。冬梅没有防备，身子向后一倒，只听得“嘭”的一声响，冬梅重重地摔了个仰八叉，后脑勺砸在地上，身子扭了几下，像死人一般躺着不动了。

魏队长松开捂着念富媳妇的手，又去拉地上躺着的冬梅，却见冬梅毫无反应。慌乱中拍了几下冬梅的脸蛋，又翻开冬梅的眼皮，见冬梅已翻开了白眼，吓得嘴里喊声“妈呀”，赶紧掐起了冬梅的人中。

这边念富媳妇一看惹下大祸，早已止住哭号声。见魏队长一番操作仍没唤醒冬梅，心想着这是非之地，不可久留，三十六计，走为上计，也顾不着跟魏队长道别，转身脚底抹油，溜之大吉。

魏队长吓得露出了哭腔：“冬梅，你别吓我，我不是有意的。”见掐着冬梅的人中仍不见效果，就又伏下身把自个儿嘴对着冬梅的嘴吹了起来。魏队长听说抢救人时需要采用人工呼吸，这会儿也就胡乱地操作起来。

折腾了半个时辰，冬梅的眼皮终于睁开。魏队长长吁了一口气，一屁股坐在地上，把拳头在自己的头上狠狠地捶了一下。

又躺了半晌，冬梅方才缓缓地坐起身来。魏队长欠着身子问：“冬梅，你没事吧？”冬梅眼角溢出泪来。魏队长讨好地要去替冬梅拭泪，冬梅却一手拨开魏队长伸过来的手，另一只手在魏队长的脸上扇了一个嘴巴。

魏队长从地上弹了起来，捂着火辣辣的脸：“张冬梅，你敢打我？”

冬梅指着魏队长的鼻子：“魏东风，你狗日的良心让狗吃了！你跟淑芳日子过得有滋有味，岔心慌时就把我睡一回。你既然觉得吴爱英那马车上得舒坦，干吗还让我伺候你？”

魏队长涎着脸：“我跟淑芳过日子是本分，我跟吴爱英睡觉也没伤着你啥！”

冬梅站起身，把手叉在腰上：“哟嗬，裤子一提就翻脸不认人了。你敢对不起姑奶奶，信不信我把你偷卖化肥和籽种的事都抖搂出去！”

魏队长蔫巴了。这几年，魏队长家里日子过得红火，还不是得益于他私下把生产队整袋的尿素化肥、小麦、包谷籽种偷偷倒卖给外地人。只可惜魏队长常常在与冬梅颠鸾倒凤之际，激动之余把不住嘴，让冬梅知道了内幕。冬梅如果真的把这些事情捅出去，够魏队长喝一壶的。

魏队长低眉顺眼地说：“我跟吴爱英没有啥。今天她来找我，是想让我把她偷麦穗的事罚得轻一些。”

念富媳妇偷麦穗的事冬梅当然知道，前阵子还传说要罚念富在村里演一场电影，后来又听说不演了。冬梅正想知道这件事的原委，就问道：“那你打算咋办？”

魏队长说：“村上的知青找过我，说罚电影不合适，队上就决定改罚一百斤小麦。但吴爱英还是觉得罚得重了。”

“是你觉得罚得重了？”冬梅说，“看来吴爱英的裤子脱得有作用。”

魏队长说：“冬梅你别揪住这件事情不放手，我保证以后不再跟吴……”

魏队长话没落音，冬梅又“扑通”一声坐在地上，两手捂住后脑勺，痛苦万状地喊着：“疼死了！疼死了！”慌得魏队长急忙用双手搓揉着冬梅的头。

其实，有心计的冬梅是在表演。魏队长方才那一脚把冬梅蹬倒在地的时候，冬梅脑后确实一阵剧痛，但瞬间也就清醒过来，只觉得心疼大于头疼。心想着没良心的魏东风，为了刚刚跟他上过一回炕的吴爱英，竟然对自己这个恩爱过不知多少回的人如此绝情。心里翻江倒海之际，魏队长上前对她施救，索性她就紧闭双眼屏住呼吸，吓吓这个无情的人，直至感觉到吴爱英已经离开，方才慢吞吞地睁开眼睛。这会儿觉得还需要给魏队长施压，就又故伎重演起来。

冬梅说："我的头疼得像炸开一样，估计是脑震荡，你得陪我上医院。"

魏队长知道脑震荡是很严重的内伤，前几年邻村有两个人打架，一个被打成脑震荡，在医院抢救了几天才把命保住，对方后来被公安局抓走了。想着这些，魏队长嘴唇有些哆嗦："冬梅，你……你不是吓唬我吧？"

"你个没良心的货，得给我看病。待明日公安局问我时，我替你打遮掩，不说是你和吴爱英被我当场捉奸你对我下的毒手。"冬梅一副挑衅的神情。

"冬梅，你的心咋这么毒？"魏队长说。

"毒是你逼出来的。"冬梅说，"你背叛了我，我对你善良，但你伤起我来心里一点也不来回。"

魏队长拍着胸脯："冬梅，天地良心，我不会背叛你。"

冬梅问："那你打算咋处罚吴爱英？"

魏队长说："罚一百斤麦子，一两都不能少！"

冬梅斩钉截铁："不行，电影得照罚！"

香包喂养的小鸡长大了，但眼巴巴地却不见母鸡产蛋。念珠已经按照香包姐指点的地方搭了个小鸡窝，还铺上了麦草，又在杠生家借了一个鸡蛋做引蛋，放在鸡窝里。但十来天的时间，仍不见有一只母鸡进窝。除了不下蛋，鸡群中还经常爆发战争，几只公鸡动不动就相互狠啄起来，公鸡的冠子上都伤痕累累。香包没想到这些小畜生也如此好斗，但却想不出好办法。这一日吃饭的时候，有两只公鸡又大战起来，德强老汉就告诉香包挑一只壮实的公鸡留着，把剩下的杀了算了。香包惊讶地把眼睛睁得老大。德强老汉说这养鸡也有门道，一群鸡中只能有一只公鸡，要不然鸡群就不得安生，母鸡也不会顺当下蛋。香包如梦方醒，看着鸡群里活蹦乱跳的三只公鸡，实在无法接受这些自己亲手饲养大的精灵们去挨刀子的现实。看着看着不由自主地掉了眼泪。

念牛说三只公鸡留一只，把剩下的两只隔些日子错开杀了，让一家人好好开个荤。念珠想起那次用运动会上的奖品跟利强换钱买鸡崽的事，心里也是老大的不爽，摇摇头说他不想吃鸡肉。德强老汉是饲养员，理解香包和念珠的心情，叹口气说这养啥的人都没福吃啥。

念珠跟香包姐建议说把两只公鸡分别送给营长伯和老右叔，香包赞许地合掌认可。德强老汉觉得小儿子出息了，心里甚是快慰。念牛也同意，一家人达成了共识。香包只是遗憾好不容易有个吃肉的机会，却不能让爹吃上一口。德强老汉说大前年饲养室槽头的一头老牛残了，杀牛分肉的那天，他躲在墙角伤心得直落泪，当别人家冒出煮肉的味道时，他只觉得被熏得头晕，庄户人家哪能吃得下自家养的畜生？香包就说等母鸡产蛋了，给爹炒鸡蛋吃。

黄昏时分，鸡上架了，香包站在鸡架下，却实在下不了狠心抓公鸡，看着哪一只都不忍心下手。念珠笑着说抓个阄吧。香包就当真找了一张纸片扯成三块，分别在两块上写上“走”字，一块上写上“留”字。团成三团后，在手心摇了摇，将三个纸团按三只公鸡卧架的位置摆在地上，眼泪汪汪地跟念珠说打开字条，凭运气处置那两只可怜的公鸡。念珠就按照纸团上的标示，扑棱棱将两只公鸡从鸡架上抓下来，捆住爪子，装进篮子里。

香包让念珠把两只公鸡分别给营长伯和老右叔送过去。半顿饭工夫，念珠回来，篮子里却还装着一只鸡。念珠说自己先到营长伯家里，营长伯一听鸡是送给他吃的，说啥也不肯收下。后来到老右家，念珠多了一个心眼儿，说自家鸡群里的公鸡太多了相互打架，香包姐就想把一只公鸡寄放在德文叔家里，老右果然很乐意地收下了公鸡。香包说：“难不成真让人家德文叔操心劳神着把那只公鸡代养起来？”念珠说：“鸡在德文叔家养几天，自然也就不能再回来了。”

叔嫂二人正说话间，又见伯父德刚从门外走进来。香包跟伯父打了招呼。德刚气咻咻地说香包找的那知青说话不牢实，既说魏队长已经同意不再罚自家电影了，今天魏队长咋还说罚电影的事定下了不能再变。香包有些诧异，又不知魏队长变卦的原因是啥。有心再去找雅娟让宏涛说话，又觉得宏涛出过一回面还是这样，再让宏涛说话面子上就有些难看。忽然看到篮子里剩下的那只鸡，就跟伯父说莫若把这只鸡给魏队长送去再求个情。德刚见侄儿媳妇发了话，就手把那只公鸡从篮子中提出来，转身又出了院子。

德刚和德强虽是一母所生，但是性格迥异。弟弟德强素来与人为善，多一事不如少一事，德刚却是那种为了自家利益上刀山下火海也要拼上一把的主儿。今日个会计混账通知德刚家筹备罚电影的费用，说要不然就在口粮分配时以小麦折抵。德刚当时就跟混账大吵起来。混账说罚电影不关他的事，怨就怨吴爱英手太贱，怨魏队长太铁面无私。混账一走，德刚又数落起儿媳妇来。念富媳妇知道那日的好事被冬梅搅了，肯定是冬梅在背后作祟，把罚一百斤麦子的处罚又改回到罚电影上，就在心里咒冬梅该千刀万剐，咒魏队长占了便宜不认人，让那吃她油水的家什得杨梅大疮烂掉。虽说心里窝火，却不敢声张。偷鸡不成蚀把米，这哑巴亏是吃定了。见公公埋怨，就分辩说不是那日念牛在村口站岗，哪来的那一场事。德刚就想起前阵子香包找人求魏队长把罚电影改成罚一百斤麦子的事，扳着指头一算，按照队上的粮价，一百斤麦子才十三块八毛钱，而一场电影得二十多块钱，就觉得落了香包的空头人情，心里又觉得憋屈，愤愤不平地又转到弟弟家里。几句话后，见香包让他把那只公鸡送给魏队长，盘算着一只公鸡少说也值个块儿八毛，也就把怪怨念牛和香包的话都咽了回去，只说是得一点算一点。

伯父跟香包说了魏队长仍要罚电影的事，又让香包心里老大不舒服。念富媳妇偷麦的事，香包总觉得跟自己有关，如果念珠不是为了帮她割麦，就不会离开那个岗哨，念富媳妇说不定就不会起意。思前想后，觉得还是应当腆着脸再去找宏涛说说。这天给知青做完饭，就筹划着饭后跟雅娟一起寻宏涛说话，没想到吃饭时知青中独独少了宏涛。香包就打问宏涛哪里去了。雅娟说宏涛大哥的爷爷去世，今早接到电报，赶着回城奔丧了。香包心里只怨着运气不好，过河水涨。

德刚也去找过一回魏队长，只不过并没舍得带上香包送的那只公鸡。

德刚说："村上过去也有社员捎带着把队上的东西带回家，咋没见着恁大动静的处罚，为啥这回要在我家头上动刀子？"

魏队长说："凡事总得有个开头，吴爱英这事影响很大，已经做过的决定无法再改了。"

德刚就嘴里不干不净："你一个小犊子有啥资格骑在人脖子上拉屎撒尿？"

魏队长被呛得火起，挥挥手说："这场电影要是罚不成，索性我这个队长不干了。"

农忙一过，庄户人就该稍稍歇口气了。这个时候能放场电影，也算是惬意的一件事。魏队长差人跟县上的电影放映队联系，放映队告诉了一个好消息，说上头来了新政策，为了大力普及革命样板戏，计划着在各乡村轮流放一场样板戏电影，一场电影只收两元钱的胶片磨损费。既然槐树村来人要求放电影，干脆就把这场电影作为香陵公社的头场放映。反正这也是放映队的政治任务，放一个村少一个村。当下就确定几天后在槐树村放映革命现代京剧《智取威虎山》。

当联系放电影的人告诉魏队长结果后，魏队长心里一阵高兴。区区的两元钱胶片磨损费实在算不了什么。其实那天在冬梅的施压下，魏队长言不由衷地表示继续罚电影，过后心里却是老大作难。毕竟自己得了人家吴爱英的便宜，哪能一百斤小麦的处罚不减反增呢？再说他信誓旦旦地跟知青宏涛作了承诺，这出尔反尔的行为如何跟人家解释？现在有了这么个好茬口，方方面面都好交代。魏队长甚至想着自己私下给念富媳妇两元钱，也算是跟念富媳妇两清了。

槐树村放电影，引得邻近几个村子的人都来凑热闹。虽然其后一年多时间几本样板戏电影因反复播放，以致出现了银幕撑起时，寥寥见不到几个观众的情形，但槐树村的这场《智取威虎山》却因为是香陵公社的首场放映，观看的人数众多，银幕前黑压压地挤满了人，连银幕后边也是人头攒动。在电影播映中还有一个让人难以忘怀的插曲，就是由槐树村第五生产队的会计、外号混账的发永在放映机换胶片的时候宣读了一项决定，称本队社员吴爱英在三夏大忙期间，趁生产队管理松懈之际，偷剪生产队麦穗一背篓，被正义的社员发现检举后，竟出手打人，为惩前毖后，决定对其进行处罚，本场电影放映费用由吴爱英承担。决定一宣读，外村的观众们才知道原来这场电影放映的东家是念富媳妇。电影散场，那议论这场电影放映背景的人兴头竟高过了对电影里场面和情节的回味。念富媳妇一时成了新闻人物。

却说念富媳妇的娘家东吴村那晚也来了几个看电影的后生，回村后就自然把这丑事传了开来。念富媳妇的爹娘觉得臊得慌。念富的妻弟就来了一趟槐树村，怨着姐姐做下丢人的事，害得娘家人脸都抬不起。弟弟一走，念富媳妇心里越想越来气，自思这魏队长提起裤子翻了脸，得了便宜还不认账，就想着寻魏队长讨回公道。第二天可巧在村口堵住了单独行走的魏队长，就质问魏队长那便宜可是好占的？魏队长却不吃念富媳妇那一套，说吴爱英才是得了便宜卖乖，本来要罚一百斤小麦的事，他费尽力气请来了电影，只让吴爱英担了两块钱。二人正掰扯着，魏队长的媳妇淑芳恰好走了过来，碰到这种场面，自然替丈夫帮腔，说吴爱英手脚贱，怨不得自家男人。念富媳妇一着急，嘴上把不住门，说自己手脚再怎么贱也赶不上魏队长裤裆那玩意儿贱，偷着吃腥还翻脸不认人。淑芳不肯示弱，说吴爱英还好意思说别人裤裆贱，整日里腆着个肚皮就等着有男人来解裤带。两个女人对骂中，魏队长脸面上挂不住，抓住自家婆娘的胳膊，一使劲儿，就像老鹰拎小鸡般拖着往家里走去。念富媳妇仍骂声不绝。魏队长忍无可忍，回头骂念富媳妇贱货一个。念富媳妇已失去理智，哪还管得上一群围上来看热闹的人，冲到魏队长和淑芳面前，质问魏队长占了自己的便宜该如何了断？魏队长又羞又怒，说吴爱英血口喷人。念富媳妇冷笑一下，说她知道魏队长裤裆那玩意儿上长了个大痣，不信当着大伙的面脱下裤子验证验证，也显得她吴爱英没说假话。魏队长一时血气上涌，一个嘴巴扇在念富媳妇的脸蛋上。念富媳妇立时眼冒金星，一屁股坐在地上。

待念富媳妇醒过神来，魏队长和淑芳已走得老远，只剩下周围一圈指指点点看热闹的人。念富媳妇突然干号一声："魏东风，我操你娘，我不活了！"哭声中撅起屁股，在众人的哄笑声中连滚带爬回了家。

进了家门，念富媳妇从门后拿起一个铝制瓶子，在厨房门口的泔水盆中咕咚着灌进半瓶泔水，转身又出门朝魏队长家跑去。

那铝制瓶子是剧毒农药1605的包装瓶。1605是生产队用于喷洒棉田的药物，因为瓶身质地厚，社员们就抢着把空瓶拿回家当成打煤油的瓶子。念富前阵子抢了一个，拿回家放在房门后边。这会儿让自家媳妇派上了用场。其实念富媳妇只是想吓唬吓唬魏队长，拿个空瓶装点泔水做做样子，反正那铝瓶大家都认识。

念富媳妇站在魏队长大门外，一手叉着腰，一手提着药瓶，高声叫骂："魏东风、李淑芳，你两个猪狗不如的人出来！老娘跟你把理说清，到底是谁贱？"骂了足足一袋烟的工夫，却不见魏队长家里有人出来搭茬。念富媳妇心一横，把那药瓶口对着嘴，仰起脖子，"咕咚咕咚"几大口，竟把那半瓶泔水全灌进了肚子。灌毕再骂，骂了几声，一头栽倒在地上，肥皂沫般的汁液源源不断地从嘴里冒出来。

按说念富媳妇喝的只是泔水，何以能有此结果？其实可能连念富媳妇都没料到，原来这1605本属有机磷杀虫剂，毒性极强，通常以一比五百的兑水率性能最好。念富拿回的药瓶虽已用过，但毕竟瓶底还有残留，若是纯粹的一小点药液倒也罢了，坏就坏在念富媳妇添进了合适的水量，又在剧烈活动中充分地摇晃，别说是一个念富媳妇，就是再加上几个人，这毒液也足以使其暴毙。

看到念富媳妇真的倒地，且口吐白沫人事不省，远远地几个看热闹的人便赶上来，手忙脚乱地为念富媳妇捶背催吐。说来也不能怨槐树村的人冷血，没有在念富媳妇服毒前抢了手中的瓶子。概因这槐树村常有撒泼的骂街妇，手中就提着一截绳子或空药瓶，以上吊或者喝药为要挟，吸引村人眼球。念富媳妇手中的药瓶，自然也被人们习以为常地理解为道具。直到念富媳妇倒地，大家才知道念富媳妇今日来了真的。

异样的闹嚷声终于唤出了在家强忍怒火的魏队长。魏队长分开众人，看见吐得满身狼藉、昏迷不醒的念富媳妇，心里连连叫苦。好在到底是当领导的，稳住阵脚，急急地寻来架子车，伙着几个人七手八脚地把念富媳妇抬上车，也顾不得日常威风，亲手拉着车子，朝冬梅的赤脚医生站跑去。

村上的几个半大小子已经跑到魏队长的架子车前头，先行向冬梅通报了情况。冬梅出了医疗站，眼见平日里手不沾工具的魏队长拉着车子小跑过来。待魏队长停下脚步，冬梅忍不住阴阳怪气地说："今日个魏队长怎么亲自拉起车子来？"魏队长说："冬梅，你他妈的别不知高低，出了人命大事你还有心思扯淡！"冬梅张罗着让大伙儿把念富媳妇抬到那张窄窄的专门用来给人打针的床上。翻了翻她的眼皮，又把手指头塞进她的喉咙里，见没有动静，赶紧拿盆子化了些肥皂水，想强行灌进念富媳妇嘴巴，无奈念富媳妇喉咙里却没有反应。不知谁喊了一声，让快些给念富媳妇喂些稀粪。冬梅瞪了说话人一眼，徒劳地忙活了一阵。

冬梅跟魏队长说："中毒太深了，我治不了。"

魏队长问："那咋办？"

冬梅说："快快地送公社地段卫生院去。"

说话间，念富赶到了赤脚医生站，见媳妇双眼紧闭躺在窄床上，连叫几声"娃他妈"，不见动静，就又转身扯住冬梅的袖口，疯了似的问冬梅:“咋弄咋弄？”冬梅说:“抓紧时间到香陵公社地段卫生院去。”魏队长已将架子车安顿到门口，几个人又把念富媳妇抬回到架子车上。这回由念富拉着车子，一溜小跑出了村。

在念富媳妇骂街的时候，念富其实就在家里躺着。自家女人干下了丢人事，让队上罚了电影，念富也觉得抬不起头来。只不过这回队上在自家头上率先开刀，念富便把一腔怨气积在魏队长身上。自家女人号骂魏队长，他也就听之任之。只不过女人骂的具体内容，他一时还不知道根根梢梢的出处，女人回家拿药瓶灌泔水的过程，他更是浑然不觉，及至得信儿赶来，看到女人躺到医疗站，才叫苦不迭。

傍晚，念富拉回了媳妇的尸体。

念富媳妇没等到架子车拉到香陵镇，就在半道上断了气。只不过念富无法接受自己女人真的撒手离去这个事实，还是坚持跑到了卫生院。卫生院大夫一看病人的样子，挥挥手让赶快回去办理后事。念富“扑通”一声跪在地下，拉住那值班大夫的腿，“爷呀、叔呀、菩萨呀”胡乱喊叫着。谁上来劝他，他都如法炮制地跟谁纠缠一通，任谁劝说都没用。卫生院里的人就觉得念富神经不正常。直到下午下班，卫生院的人基本都走光了，那唯一的值班大夫干脆把值班室的门反锁起来，念富才像无人搭理的野狗一样把蜷缩的身子从地上直起来，拉着压根儿就没挪下架子车的自家女人，一步一颠地回了槐树村。

头七那天，念富给媳妇在坟头打怕。打怕就是担心新逝的亲人刚刚落户阴间孤单害怕，由阳间的亲属绕着坟头烧几圈麦草火，一来为新逝亲人壮胆，二来警告阴间难缠的人不得欺生。念富点着麦草火的时候，没想到瘸拐子走到了跟前。瘸拐子热心地帮着念富续着把那麦草烧完，就跟念富肩膀挨着肩膀坐在坟头前。瘸拐子掏出两根烟，给念富和自己嘴里各塞了一根，又替念富点着，长叹了一口气说:“念富哥，咱让人欺负了。”念富半晌没说话，吸着烟吧嗒吧嗒地掉眼泪。瘸拐子又咬牙切齿地说:“魏东风就是个该挨千刀的货！罚了咱的电影，还让嫂子背了偷汉子的名声，这不是有意让念富哥戴绿帽子么？真他妈的欺负了死人还要再欺负活人。”瘸拐子说到激动处，就站起来指着村子里魏队长家的方向，把声调提高了几度，说这要是放在他癞拐子身上，不把魏东风大卸八块他不姓魏！

媳妇一死，念富的家里就剩下清一色老少三个男人：爹爹德刚、念富、三岁的小儿子黑子。念富媳妇活着的时候，人虽刁蛮一些，手脚倒还勤快，把一家老少的吃穿经管得像模像样，这也是德刚跟大儿子念富过活在一搭的原因之一。媳妇的勤快，就把念富惯得下不了厨房，别说蒸个馍馍擀个面条，就连灶洞里引个火也是半晌熏得黑烟黄烟冒着，却难见火苗起来。那日在案板上切萝卜时，一不留神菜刀就把指头上一块指盖大的肉削了下来。念富索性把菜刀一扔躺在炕上生闷气伤心。德刚有心让二儿子念贵的媳妇过来帮几天忙，却自知二儿媳不是省油的灯，吃不了现成饭没准还淘一肚子气。一家三口就这样有一顿没一顿地对付了几天。亏得德强老汉过来看哥哥，见一家人竟然开不了火，回家跟香包说了，香包就抽空到念富家蒸了一大锅馍馍，念富一家才不至于饿肚子。可这种模式总不是常法。看着念富整日里闷声不响，德刚心焦也没有办法。

没有人能理解念富心中的悲哀和仇恨。吴爱英虽说偷了麦子丢人现眼，但到底还是为了这个家。自嫁到魏家，媳妇就一门心思地奔着过好日子，别人家的媳妇常有从婆家往娘家倒腾东西的习惯，而自家女人向来却是去一次娘家，返回时必大包小包地提着挎着。这样的好女人实在难得。其实媳妇为了捂住癞拐子的嘴在田里脱裤子的事也曾风言风语传到他的耳朵，念富还曾试探着小心翼翼地跟媳妇求证，却被媳妇一顿抢白噎了回去。媳妇说既怕自家田里长荒草，就别让田里苗子太稀。念富就鼓着劲夜夜把媳妇喂饱。现在媳妇没了，白天没人喂念富，晚间念富无人喂。念富一下子无法适应这种生活，他像是从天堂坠入了地狱，每一日都像过一年一样难熬。

癞拐子在念富媳妇的坟头对念富一番开导，让念富的一腔悲哀瞬间化为仇恨。是啊，如果没有魏东风罚电影这一出，甚至没有魏东风夫妻两个人合着在村子羞辱媳妇的事，媳妇岂不是好好地活着么？癞拐子那天跟念富详细学说了自家媳妇跟魏东风夫妻吵架的过程，连各方骂话的内容都说得清清楚楚。魏东风狗日的也实在是欺人太甚！冤有头，债有主，此仇不报，念富咽不下这口气！

常言说，蔫驴踢死人。槐树村的人谁也没有想到，一向不引人注目的魏念富竟然能干出惊天动地的事情。

那天，念富守在村口，单等着收工的人们回来。自媳妇死后，念富就不太好好出工，反正他也不在乎记不记工分。魏队长在念富媳妇喝药的事上气短，对念富的吊儿郎当也就听之任之。所以五队的社员扛着工具出工收工时，常常看见念富袖着手站在村口，慢慢也就见怪不怪了。甚至有人觉得念富死了媳妇，人受了刺激，得缓上一阵子才能好转。这天，大家看见念富照例在村口站着，也就不以为奇。没想到待魏队长经过念富身边的时候，念富突然冲过去揪住了魏队长的衣领，使劲扯了一把。魏队长没有防备，闪了个趔趄。偏巧这一天魏队长妻子淑芳稀罕地出了工，正好跟大家一起回来，一看自家的男人遭到突然袭击，就扑上去骂念富是一条疯狗。念富回过身死死地盯住淑芳，淑芳却全然不顾念富眼里露出的凶光，还说念富没能耐，管不住自己的老婆，吴爱英死了倒是干净，也少了念富头上一顶绿帽子。念富没有还嘴，右手从腰间拔出了一把杀羊刀，用足力气，刺向了喋喋不休的淑芳。淑芳倒下的时候，半截刀柄还露在胸膛外边。

槐树村人几时见过这种场面，一阵愣神之后，除了几个胆大的男人外，妇女们“哇呀”一声四散跑开。魏队长说啥也没想到平日里老实巴交的念富会干下这等恶事，惊恐地把原本抬起来准备教训念富的胳膊僵在空中。看着在地上抽搐的媳妇，慌得又弯腰去扶。情急中，又使劲去拔插在媳妇胸口的刀子。这刀子不拔不打紧，一拔离身子，那鲜血即刻喷涌而出，射得魏队长满脸满身都是血。淑芳就在那血泊中蹬了蹬腿，断了气息。

从淑芳倒下去那一刻起，念富就僵直身子立着。无疑，念富动手的对象本是魏队长，只不过因为淑芳嘴贱，无意中替丈夫挨了刀子。念富毕竟还是手软，在刀子刺进淑芳身体后，也没有魄力再拔出来去刺魏队长。魏队长逃过了一劫。

有人喊着:“念富杀人了!”不大工夫，从村子四面八方拥来了不少人，把念富和魏队长连同淑芳的尸体里三层外三层围了起来。浑身是血的魏队长傻了似的半跪在已经丧命的媳妇身旁。念富立在一边，嘴里嘟哝着:“杀人了，杀人了。”

民兵连魏连长闻讯赶来，分开众人，把念富和魏队长分别打量一番，一时倒搞不明白那浑身是血的魏队长和看着干净的念富谁是凶手。直到目击者说杀人的是念富，魏连长才走到念富身边问是不是他杀了淑芳。见念富睁着死鱼般的眼睛半天不说话，魏连长便确信念富就是杀人犯。在众目睽睽之下，魏连长寻来一根细长的麻绳，像是有意为大家作示范表演，把念富从双肩到双手，三下五除二像捆粽子一样捆了个结实。念富表现得很配合，让人感觉似乎是排练过一样。只不过在魏连长把绑在他身后的双手和脖颈上的绳子连接起来使劲一拉的时候，念富痛得大喊了一声。

杀人可是大事情。魏连长情知这事由不得自己做主，请示过魏支书后，没敢耽误时间，亲自带上两个民兵，将五花大绑的念富另用一条绳拴着，像牵一条狗似的牵到了香陵公社。武装部长一听汇报，觉得公社也处理不了，就亲自给县公安局打了电话。县公安局让把人送到县上去。武装部长出面联系供销社，把那平日里跑县城运货的手扶拖拉机借过来，又派了一名武装干事带着魏连长一行押送念富去县城。可怜念富这辈子也有了坐拖拉机的经历。

再说魏队长终于从一场噩梦中醒过来。事已至此，他知道怨天怨地怨自己都不顶事，只好打起精神处理淑芳的后事。好在魏队长毕竟还是一队之长，上门帮忙的人不在少数。再说这种有罕见背景的丧事，少不了会酝酿、发酵、传递出各种扣人心弦的新闻，人们自然都想在第一时间分享咀嚼。淑芳下葬的前一天，果然就有了小插曲。因为淑芳死于意外，又加上夏天气温太高，淑芳的尸体在屋里放不了太长时间，原计划第三天就入土。村上几个打墓的匠人连夜挂着马灯挥汗如雨地作业，待墓穴落成后，依着乡俗，淑芳的娘家哥提着一封点心去坟头跟几个匠人道谢，无意中瞥见与淑芳墓穴相邻处一堆新起的坟头，一圈“打怕”烧过的黑灰还醒目地围着坟堆。淑芳哥就与打墓的人聊起那新墓的主人。这一聊可不得了，原来那新墓的主人正是淑芳不共戴天的仇人念富媳妇吴爱英。难不成让自家妹子在阳间怄气最后丢了性命，死了还要和冤家紧挨着永世万代不得安生？这成何体统？淑芳哥只觉得气血上涌，怒气难消，心说这妹夫太没心肝。当下就跟那一帮打墓的说这墓穴不能用了！

原来这葬埋人也是有规矩的。从合作化开始，为了节约耕地，村上设立了公墓，人死了都得埋到公墓里去。公墓也有规划，一般是按照先来后到的顺序一排一排地向外延伸墓位。念富媳妇前几天刚下葬，这淑芳没几天紧随其后，自然墓穴就与念富媳妇紧邻。魏队长也处在忙乱之中，哪里还有心思注意这个问题。等淑芳的娘家哥怒气冲冲地从坟地回来跟妹夫魏队长理论这件事时，魏队长也觉得不无道理，别说那两个冤魂在阴间会闹腾得不可开交，就是以后上坟的活人各自站在紧邻的两座坟前怕也尴尬得不行。但问题在于离计划好的下葬时间只剩下不到一个对时，现在重新打墓根本来不及，何况公墓里按顺序设置墓位下葬的规矩也不能随意破坏，魏队长觉得有些为难。但扛不住淑芳哥斩钉截铁的态度，加之魏队长担心淑芳娘家人借机找茬扩大事态，也不敢跟淑芳哥硬碰硬，一时束手无策。

戏匣子平日里把村上婚丧嫁娶红白事务掺和得多，淑芳的丧事场合自然少不了他。本来戏匣子还想借机在魏队长门前亮亮嗓子，却到底因为主家非同寻常的悲情，没敢提议敲响锣鼓家伙。戏匣子无意中看见了魏队长跟淑芳哥的僵持场面，淑芳哥像挑战的公鸡，魏队长像卸磨的蔫驴，戏匣子逞能，就凑上去替魏队长解围。淑芳哥又对着戏匣子一顿抢白，问戏匣子愿不愿和那个泼妇吴爱英在阴间为邻？一时把戏匣子说得火起，拍着自己的胸脯，说自己也六十大几的人了，眼看着黄土快埋到脖颈，干脆就把给淑芳挖好的这个穴位给自己留着，他不信那吴爱英能把他搅扰个啥。可巧说话的时候，德强老汉正远远走过来。戏匣子就把德强老汉叫过来给自己帮腔，说淑芳哥不乐意淑芳的墓位跟念富媳妇墓位太近，问德强老汉愿不愿意身后和他一同伙着隔开这两个人。德强老汉这几天正为侄儿干出这鲁莽的事心里难受，也可怜那淑芳的无辜，见戏匣子郑重地问他，随口就说:“有啥不可以。”

由于淑芳哥的坚持，魏队长最终还是妥协了。淑芳的葬礼只好延迟了一天。又因为公墓占用的土地是大队公有土地，墓穴的管理权在大队，魏队长找了村上的文书，郑重其事地提出申请把淑芳的墓穴往后挪挪，并说明戏匣子和德强老汉愿意百年之后在两坟中间空下来的位置安身的情形。文书当真就让魏队长跟戏匣子和德强老汉写了个协议，名叫“墓穴调换契约”，当然那契约是由文书执笔写好的。戏匣子和德强老汉稀里糊涂地按了手印。这件事后来被槐树村人说道了好长时间，同时也成了戏匣子和德强老汉善良厚道的证明。

德强老汉心里的痛楚没有多少人能理解。哥哥家日子红火的时候，虽从未想过提携德强一家，但这丝毫不影响德强老汉对哥哥的情感。眼见得哥哥家遭此大难，惦着哥哥和侄孙的生计，惦着被抓起来的侄儿念富的生死，德强老汉整日寝食难安。这一日，德强老汉又转悠到哥哥家。正是吃饭的时候，哥哥家的厨房却是冰锅凉灶地没有任何声响。哥哥德刚和衣躺在炕上，三岁的孙子黑子坐在院子里玩着一堆泥巴，满是灰垢的脸上被泪水冲出几道明显的印痕。德强老汉问黑子饿不饿，黑子哇呀一声哭了起来。德刚就大骂起二儿媳，说当初为了给念贵娶媳妇，把家里快掏空了，娶了个鬼精灵的媳妇，没过几天安生日子就闹着分家另起炉灶。合着念贵又不争气，让媳妇把魂都勾完了，媳妇咋说他咋来。没奈何家一分，两口子把老爹都忘了。就说现在这念富两口子出事了，念贵夫妻竟然跟没事人似的不闻不问。德刚又说，前几日他心里不忿，带着黑子去念贵家寻饭吃，念贵媳妇竟然说给公公一碗饭吃算是情分，容着个来历不明的野小子来家混饭不明不白。一气之下他这当爹的给念贵下了通牒，让念贵媳妇每两日蒸一锅馍馍送到自家来。谁知那念贵媳妇前后算起来有一搭没一搭送过三回馍后，今天干脆断了顿。看着黑子饿得哭，自己正苦着寻辙哩。

德强老汉见哥哥恓惶，二话没说出了门回到自家，把馍笼里的馍馍全数提着送给了哥哥。

却说香包见厨房的馍笼空了，就以为爹要出门，担心着那些干粮不够，就去饲养室问爹准备去哪里，去多长时间。德强老汉说他哪里也不去，那馍馍是送给哥哥和黑子了。德强老汉觉得自己不打招呼把儿媳给家人备下的饭食送了人，有些愧对儿媳，就把哥哥给他说的那些话又跟儿媳讲了一遍。香包听了，半天却是低头不语，老长的时间才抬起头来，脸上已是泪汪汪一片。

从那天开始，香包就在每次蒸馍馍时多蒸上两个人的量，隔天让念珠给大伯家送过去。初时念珠不大愿意，说当初自己家吃不上饭时，也没见过大伯家有人惦念，这会儿却平白要去给人家送吃的。香包就让念珠想一想当年吃不上饭时的感觉，想一想可怜的黑子。念珠尊重香包姐，也就不再说什么。为了能让大伯爷孙二人吃得舒坦些，香包又把那萝卜缨子切碎用盐拌上，做成小菜，一并让给大伯家送了过去。

过了几天，趁着一家人在一块吃饭的时候，香包犹犹豫豫地说出了一番话。香包说她这阵子想了好多，念富媳妇死了，念富又被抓起来，将来是死是活还说不准，反正肯定一年半载出不来。想着三岁的黑子没娘没爹，饥一顿饱一顿，心里实在不是个滋味。她琢磨着想把黑子接到家里来，给口热饭吃。又怕那孩子淘气，惹得家里人不安生，再说她也不敢做这个主，心里实是纠结。德强老汉听后心里只觉得热乎乎的，眼睛也有些模糊。念牛没有作声。念珠看了看父亲，说只要香包姐愿意干的事他都乐意。

三岁的黑子就有了一个新家。黑子喜欢这个家，二爷爷一家人对他好，尤其是说话口音跟大家有些差别的婶娘更是爱他，给他做好吃的，寻常还喜欢抱他、逗他，这个新家里还有黑子乐意看见的绵羊、兔子、鸡群，他甚至觉得这儿比他原来的家更让他开心。黑子后来就在这个家里慢慢地长大了。

母鸡终于下蛋了。草窝里的新鸡蛋还是黑子发现的。当黑子告诉婶娘草窝里有两个鸡蛋时，香包兴奋地把那枚还散发着温热的鸡蛋搁在手心端详了半天。黑子问婶娘那鸡蛋能干什么，香包说可以给黑子换衣服穿，可以让念珠叔去上学，还可以盖好多漂亮的房子住。黑子问鸡蛋能不能吃，香包说虽然能吃，但这个院子里的人不能吃，鸡和这个院子里的人是一家；要是鸡知道它下的蛋被家里人吃了，鸡就不再下蛋了，那黑子也就没衣服穿了。黑子听了，就懂事地点了点头。

很快，草窝里每天都能收到鸡蛋，初时一天一两枚，到后来每天都能收到三四枚，最多的一天收了五枚蛋。看来那五只母鸡真的要鼓起劲来报答主人家的养育之恩了。饮水思源，香包跟念珠商量，要给姐姐念莲家、营长伯家、老右叔家分别送着尝尝鲜。念珠说苗伟哥那边也不能忘了。

鸡蛋是供销社敞开收购的农副产品。念珠早已打听过，收购站每斤鸡蛋收购价五毛六分钱。看着篮子里已经攒下约有十来斤鸡蛋的时候，香包让念珠瞅个合适的时间，把鸡蛋拿到香陵镇上卖了。念珠就提出把那绵羊和兔子的毛也都剪了，一并拿到供销社收购门市部换钱。第一次学着剪羊毛，念珠让哥哥搭把手，把那羊的四只蹄子捆住，小心翼翼地用剪刀剪毛，生怕把羊身子剪伤。两只羊剪完，把羊毛拿着上秤一称，竟然剪了三斤六两。

念珠把两只兔子的毛也剪了。趁着礼拜天不上学，他带上鸡蛋、羊毛、兔毛去了一趟香陵镇。礼拜天是集日，在供销社门口，念珠又碰上了癞拐子。不用说，癞拐子仍然是来寻机倒腾生意的。癞拐子看见念珠，亲热地凑过来问念珠今天还想买啥东西。虽然因为癞拐子上一回帮念珠买羊让念珠对他有了些好感，但毕竟在心底里念珠还是不想跟癞拐子有深的来往。念珠就把挎着鸡蛋和兔羊毛的篮子往身后转了转，说他到集市上逛一逛。癞拐子却不理会念珠的态度，走到念珠身边硬生生揭开那篮子上盖着的一件旧衣服。看到一堆白生生的鸡蛋，癞拐子立时眼睛瞪得像铜铃大，说念珠家真的发达了，一次就收这么多鸡蛋。又把那两个小包袱里的兔羊毛抽出一撮，在手里捻着说这里面还有他的功劳哩。癞拐子问念珠打算把这些东西咋处理。念珠说要到供销社的收购门市部交上去。癞拐子就说念珠傻，要是把这些鸡蛋卖给城里来镇上收购鸡蛋的人，价格一斤至少能多五分钱。念珠心动了一下，就问癞拐子那城里人在哪里收购。癞拐子说这保不准，因为私下收购鸡蛋抢了供销社的生意，民兵抓住会处罚的，城里人也不敢公开收购。癞拐子让念珠把那鸡蛋交给他，待他找到买家后把卖掉的钱给念珠。念珠如何能放心癞拐子拿走自家的鸡蛋，摇摇头说还是卖给供销社算了。癞拐子就嘲笑念珠小家子气。念珠把篮子提到供销社收购门市部，过秤时，却又发现三个蛋碎了，蛋清已经流尽，只剩下蛋黄还卡在破了的蛋壳里。念珠就觉得心疼。鸡蛋称了十二斤，合价六块七毛二分。交那羊毛和兔毛时，收购员却嫌那羊毛和兔毛太短，说念珠没等到毛长得足够长就动了剪子，这短毛达不到等级。看着念珠沮丧的样子，收购员又安慰念珠，说其实这些不够收购标准的毛都是好东西，买一包洗衣粉回家洗干净，自家拧成毛线织件毛衣或者充在棉衣里，挡寒的效果比棉花不知要强多少倍。念珠就问收购员这羊毛和兔毛长到多长时间可以动剪子。收购员说羊毛一年剪两次，最好是春天和秋天各剪一次，兔毛要看兔子品种，至少毛得长到一寸长。念珠就把这些都记在心里。临出门时，念珠看着柜台上那三个破蛋还心有不忍。收购员看出念珠的意思，说那生鸡蛋也是可以吃的。念珠就当真把那鸡蛋拿过来，把残留在蛋壳中的蛋黄吸溜到嘴里。吃了一个，却觉得嘴里一阵腥味，就摇摇头说不好吃。看着收购员把另两只破蛋扔到墙角里一个破筐里时，念珠只恨自己干活太毛躁，不知啥时候颠破了鸡蛋。

揣上钱，挎着没交出去的羊毛和兔毛，念珠准备打道回家。想想收购员告诉他处理羊毛和兔毛的法子，觉得有道理，就又自作主张折身到百货门市部，花了三毛二分钱买了一袋山丹丹牌洗衣粉。

怀着喜悦与沮丧参半的心情，念珠回家跟香包姐说了卖鸡蛋和羊毛、兔毛的过程。香包却是满心欢喜，说那兔毛和羊毛卖不了，也是老天爷眷顾一家人哩，凭啥好东西都要卖给人家吃和用？念珠既已买了洗衣粉，就照着人家的说法把那毛洗干净，回头她跟人讨教，知青中有人会织毛衣，她正好学着给爹和念珠一人织一件毛衣。念珠快上中学了，穿得不能太赖。念珠又跟香包姐说了碰见癞拐子，癞拐子愿意代卖鸡蛋的事。香包说还是卖到供销社心里踏实。拿着念珠递到手里的钱，香包问念珠想添些啥东西，念珠摇了摇头。香包把目光投向院墙上的栊栊门，说道："那个树棍子做成的栊栊门实在该换一换了。"

第十一章

槐树村要召开千人规模的阶级教育大会。

话说念富被押送到县公安局后，一经审问，立时给定了反革命杀人罪。在把念富投入大牢的同时，免不了又深挖隐藏在念富身后的阶级敌人。被害人张淑芳家庭成分是贫下中农，且其被害原因是因为配偶担任生产队革命干部，在工作中得罪了犯罪分子，引来报复。这无疑是对无产阶级专政的猖狂挑衅。可令人不解的是，经过公安局摸底调查，杀人犯魏念富家庭成分也是贫农，用简单的阶级报复来解释，显然难以成立。穿警服的公安局办案人员就在村子里寻找教唆犯。了解到老右德文是“四类分子”，老右自然被列为重点审查对象。办案人员对老右进行了审问。老右坦陈他和念富在案发前后没有任何来往。办案人员就让老右把自己在发案前后各十天内的劳动和生活过程写出详细的交代，尤其是去了什么地方，接触了什么人，说了什么话，谁是证明人，一一叙述清楚，如有隐瞒，后果自负。老右乖乖地认真回忆着把自己前后二十天的经历写了一遍。好在老右除了跟大家一起下田劳动之外，绝大多数的时间都在自家屋子里，那交代材料自然是干巴巴的毫无生动可言。办案人员没有找出老右直接或间接跟杀人犯联系过的证据，也就把这个槐树村唯一的公开敌人基本排除了。在对念富的深入审问过程中，办案人员注意到念富提起他和癞拐子在吴爱英坟前骂魏队长的事，就又把癞拐子提溜着审问了一通。其实在念富杀人之后，癞拐子心里也惴惴不安了好长一段时间，那天他在坟头给念富说的那一番话，本就是为了煽动念富动粗。魏队长平日常给他找茬，他一直伺机出魏队长的洋相，况且念富媳妇毕竟是自己的性启蒙人，他在心里也把念富媳妇当成了自己的小半个女人，念富媳妇被魏队长羞辱自杀，他自然也难咽下这口气，可他直接出面替念富媳妇申冤又少了名分，这就寻了机会给念富点火。可他万万没有想到念富竟然用刀捅死了魏队长的媳妇淑芳。麻烦惹大了，淑芳死了，念富估计也难活命。癞拐子情知念富行凶跟自己的鼓动脱不了干系，自然也就整天惶惶不可终日。待到戴着大檐帽的公安局办案人员上门问起癞拐子是不是在吴爱英坟前说要把魏队长大卸八块的话时，癞拐子张口结舌、哆哆嗦嗦。一番严厉的攻心之后，癞拐子汗如雨下，把那天在坟头与念富说话的内容如竹筒倒豆般供得一干二净。办案人员又问癞拐子教唆的心理动机。癞拐子就把一年前念富媳妇偷棉花被自己发现后两个人在苞谷地里做过的事说了。办案人员又对癞拐子在村里的表现了解了一番，得知癞拐子长期好逸恶劳，在集体生产劳动中耍奸溜滑，热衷投机倒把，就连那一拐一扭的瘸腿，也是因为抗拒神圣的农田基建大会战而被专政的结果。办案人员遂扩大办案战果，将魏二癞定性为奸污犯和教唆犯，作为杀人犯魏念富的同案，一并关了起来。又因为癞拐子和念富家庭成分都属于贫农，就把两个案犯定性为阶级异己分子，案件算是圆满侦破。却没料到癞拐子一被抓走，其轰动效应远远超过念富杀人的事，远近的村子都知道槐树村一个叫吴爱英的女人被人羞辱含恨自尽，其生前的两个男人不计前嫌，联起手来为共同的女人报仇，将仇家女人在光天化日之下活活戳死，案发后两个男人双双坐了监狱，也算是有福同享、有难同当。这趣味盎然的故事一传十、十传百，连县城的人也都知道了，县公安局的领导当然也有所耳闻。不知是出于什么心态，公安局就想着干脆开一场公捕大会，把这一震惊社会的案件公之于众，以教育广大贫下中农。鉴于案发地在香陵公社，县公安局就决定把公捕大会的地点设在香陵镇。县公安局跟香陵公社一商量，香陵公社当然乐意，王书记结合实际又提出更为细致的方案。他说这个案子发生在槐树村，最好把公捕大会就放在槐树村，可以让参加公捕大会的所有群众实地感受一下，教育意义会更大一些。王书记的提议得到公安局的认可，遂决定在香陵公社槐树村大队召开千人公捕大会。为了造好声势，王书记要求香陵公社各村至少来一百个人参加会议，又通知香陵中学的全体学生也一并接受教育。屈指一算，号称千人规模的会议，实到人数可望超过两千人。王书记就要求槐树村把公捕大会的准备工作当成一项政治任务来完成，务必在会场主席台的设置和参会人员的接待上不出岔子，至少要保证大家的喝水和解手问题。

槐树村有史以来还没有经历过如此大规模的外来人员集会活动，魏支书和一班村上的头面人物自然不敢怠慢，只说要好好利用这个机会，把槐树村抓革命促生产的大好形势好好展现给兄弟生产大队的革命群众。槐树村的社员也都激动起来，毕竟是头一遭在自家村头由县上和公社两级组织盛大活动，少不了那些沾亲带故的外村人来家里歇脚喝水，关系近的免不了还得吃顿饭再走，槐树村将史无前例地享受一回东道主的优越感。故而对几天后的公捕大会，人人脸上洋溢着期待的喜悦。

这两天最忙活的人莫过于苗伟。县上已经派人提前看了公捕大会的场地，觉得村子里街心广场太小，根本容不下几千人的活动，就决定在村外一块倒茬的空地上设一个临时会场。苗伟是村上的电工，当然就承担起了给会场接线通电的工作。会场上要架高音喇叭，通电当然是最基本的要求。

苗伟的厄运就降临在这关键的时刻。

却说自从入赘魏支书家，苗伟勤恳能干，深得魏支书喜欢。又加苗伟把村上的电务管理搞得有声有色，魏支书就觉得女婿给自己增了光。最让魏支书夫妻欣慰的，是姑娘花妹把这个女婿爱得比父母还亲，寻常里半天不见，就闹着父母去把苗伟找回来。魏支书只道是女儿的后半生有了依托。苗伟感觉岳父岳母不把自己当外人看，也就格外关照这个虽缺心眼儿却也善良的媳妇。这几日苗伟一忙，在家里待的时间少了些，花妹就闹情绪，时不常在苗伟出门时抱住苗伟不肯松手，苗伟也就只好哄着劝着瞅空子溜出门。离公捕大会只剩下两天时间，苗伟已经把通往临时会场的电线全部架好，只等着合闸通电后测试效果。当初村上通电的时候，魏支书考虑到自家的中枢地位，把村上的电源管理一应机关也设在自家那间兼做大队办公室的屋子，苗伟在自家院子合闸之前，又寻思着再把线路安全检查一遍。正打算出门，却看见花妹从房子里出来。怕花妹纠缠费时间，苗伟不待花妹近身，拔脚出了院子。花妹见苗伟出门，心里就来气，不由得把怨气发泄在地上摆着的电源闸刀上。也是苗伟大意，通常那闸刀都挂在墙壁高处，这会儿一着急，把闸刀落在地上。花妹知道那闸刀是苗伟惯常的亲密伴儿，觉得闸刀和她在苗伟跟前争宠，就连刚才苗伟的离去，也是这该死的闸刀给苗伟使了魔力。气愤之下，一脚踢向那闸刀。不承想那裸露的脚背被电击了一下，把花妹疼得怪叫起来。但花妹却不示弱，心想着这玩意儿平常跟自己争苗伟，这会儿苗伟不在还这么欺负人，不给点颜色它不知道自己的厉害。花妹小心翼翼地先是蹲下，再是趴下，把脸贴向那闸刀，出其不意地照着闸刀上亮晶晶的黄铜部位狠狠地咬了一口，随即“嗵”的一声，电光闪闪。

最先发现花妹惨状的是花妹娘。花妹娘从外边串门回到自家院子，一眼看见躺在地上的花妹。她疾步走过去，却见女儿的半边脸已经烧焦，眼前一黑跌倒在地上。待醒过来时，身边已经围了一大圈人。花妹娘干号了一声花妹，挣扎着要去看女儿，却被人按住身子。朦胧中见丈夫似在身边，就说快去救花妹。旁边有人说：“花妹救不活了，花妹娘你得挺着。”花妹娘一口痰涌上嗓子眼儿，白眼仁登时翻了起来。慌得众人又是捶背，又是掐人中。

没有人明白花妹是怎么个死法。人们都奇怪这触电的部位不在手上、脚上、身上，却单单在脸上。花妹傻是傻，脸蛋却原本长得俊俏，这脸上的皮肤一烧焦，死相就吓人。几个人张罗着把花妹抬到自家的小房子里，置放到一张临时支起的小床板上，把花妹的脸用一块头巾严严实实地盖起来。

魏支书是男人，精神头硬一些。但毕竟面对飞来横祸，独生女儿一命夭亡，亦觉天塌地陷，往日的神气荡然无存。亏得闻讯赶来的一班大队头面人物紧急商议，替支书做主，筹划了花妹的后事。魏支书坐在炕头前，忍着万箭穿心的痛苦，徒劳地安慰着随时会岔气的妻子。

闯下大祸的苗伟从最初的如雷轰顶，到其后的不知所措，末了只剩下蜷缩在墙角瑟瑟发抖的份儿。开始，还有人指指点点着苗伟说这事儿跟他脱不了干系，后来就再无人搭理他了。照理，苗伟应当是这个家里的主人，自己的妻子身亡，他应当挺直身子主事儿。可不知是自己心里底气不足，还是他主人的身份根本不被别人认可，反正从院子里大家忙活开始，没有人拿正眼去瞧这个本是死者丈夫的人。苗伟如一条丧家犬一般，静待命运的判决。

花妹身亡的当天下午，香陵公社的王书记带着通信员来到了槐树村。王书记往常的落脚点自然是魏支书家，没想到就遇见了花妹的丧事。不知情的人还以为是王书记得到消息赶来慰问魏支书，其实王书记只是来检查后天千人公捕大会的筹备情况，毕竟这场活动人员规模空前，且还有县上的人员参加，务必做到万无一失。王书记放心不下，就亲自前来做最后的检查。王书记看见魏支书家里的阵势，倒吸了一口凉气。魏支书闻得王书记驾到，半晌才从屋里颤颤巍巍地走出来，几句寒暄之后，老泪夺眶而出。王书记象征性地安慰几句节哀保重之后，就问公捕大会筹备得怎么样。魏支书此时哪里还有心思理清工作上的头绪，张着嘴说不出个子丑寅卯来。王书记心里着急，撇下魏支书，问槐树村支委还有谁，民兵连长是谁。老长的时间，几个被王书记点名的人方才聚集在一起，听王书记训话。王书记先是问了花妹的死亡过程，有人就指着墙角的苗伟说那是花妹的丈夫，摆弄电的时候让花妹触上了。书记再问详细，才知道苗伟正是为公捕大会保障电力供应的后勤人员。王书记把苗伟看了几眼，情知这人已拉不上台面，心想要是供电出了问题，那公捕大会还不塌火？略一思索，唤来通信员，让尽快回公社把变电站的人叫来，亲自操刀确保公捕大会电力供应。王书记又跟几个支委交代了公捕大会圆满召开的重大意义，要求每个人都要提高到政治高度来认识，魏支书既然一时半会提不起精神，其他人就要担起责任。亲自逐一向各支委分派任务后，王书记特别交代魏连长要组织民兵提高警惕，注意阶级斗争的新动向，防止阶级敌人的破坏活动，抓好治安防范工作。

王书记把工作布置完毕，起身背着手在院子转悠，却有人往他的手心塞了一样东西，待王书记回头看时，闹哄哄竟不知是谁方才碰过他。

王书记把手心的东西展开一看，是一张字条，上面歪歪扭扭地写着一行字：

苗伟是逃亡的地主崽子

王书记一惊，把目光定在了不远处仍然蹲在墙角的苗伟身上。这到底是怎么回事？莫非是阶级斗争的新动向？阶级敌人胆大妄为猖狂地进行反扑了？这么重大的阶级教育大会之前，偏偏就因为会议供电的事，闹出人命，能有这样的巧合么？

王书记经过认真思索，召来了民兵连长魏胜利。魏连长平日里哪有跟堂堂王书记直接接触的机会，这会儿见书记单独召见，真是受宠若惊。王书记说：“这场肇事耐人寻味，一场由县、公社、村三级召开的公捕大会前夕不明不白地死了人，背后的原因可不简单哩，这个责任人苗伟到底是个什么货色，对他的审查万万不可麻痹大意。据我了解，这苗伟出身剥削阶级家庭，为了逃避革命专政逃亡到本地。这种人骨子里对无产阶级专政有刻骨仇恨，实施破坏活动必然会心狠手辣。”王书记给魏连长下达了任务，让魏连长立即将苗伟控制起来，快速展开审讯。务必查明三个问题，第一是苗伟的真实身份，第二是苗伟和这次公捕大会上公捕的犯人魏念富、魏二癞有什么关系，第三是苗伟如何实施杀害魏支书女儿行动的。

魏连长接受了王书记的命令，心里一喜一忧。喜的是王书记把这么重大的事务亲自安排他来实施，这种信任无疑是巨大的荣耀。忧的是当初在苗伟和苗香包落户的过程中，他对苗伟兄妹的身世心知肚明，并且直接策划了那场撵走四川民兵的活动，这过程一旦大白于天下，岂不把自己也牵连上了。再者，苗伟现在毕竟还和魏支书是一家人，过分跟苗伟过不去，只怕魏支书日后给自己穿小鞋。转念一想，又觉得自己蠢笨，魏书记当初指令他保护苗伟兄妹，出发点无非是招个乘龙快婿，如今女儿都不在了，要那女婿还有屁用。再说女儿的死，女婿说不定还真有推卸不了的责任，正欲收拾整治而后快呢。至于当初策划保护苗伟兄妹一事，自己跟苗伟并无一星半点的接触，是营长德茂按着魏支书的旨意穿针引线的，想来魏支书和营长不会糊涂到自揭短处。权衡利弊，魏连长只觉精神抖擞，立即着手落实王书记的指示，指派两个民兵将苗伟带到一个无人的房间，亲自审问起来。

魏连长把那做了临时讯问室的房间煞有介事地布置得像公堂一般，自己坐在一张八仙桌后面，桌上铺着纸和笔，对面放了个小凳子，让苗伟规规矩矩地坐着，又在苗伟身后安排两个腰扎武装带、肩背半自动步枪的民兵。按着王书记指令的审问思路，魏连长声色俱厉地喝令苗伟从实招供加害花妹的原因。苗伟自知罪孽深重，哪有不实话实说的道理，对魏连长是有问必答。说到自己的身世，苗伟坦陈自己的父亲马善礼是大地主，解放后被人民政府镇压了，自己随母亲改嫁，母亲后来又生了妹子香包。母亲被民兵扔进天坑后，兄妹俩不招人待见，不得已远逃此地。说到与魏念富和魏二癞的关系，苗伟却死不承认他和这两人有什么来往。至于花妹的死，苗伟说他根本不知道原因，他一直在忙着为公捕大会做准备工作，闻讯回到家时，只看见花妹躺在地上，屋里已聚集了一大堆人。魏连长觉得苗伟的交代似乎不能满足王书记的要求，就又对苗伟展开了一番政策攻心。无奈苗伟仍然坚持原来的说法。魏连长想了想，换了一个问话角度，让苗伟谈一谈对杀人犯魏念富和教唆犯魏二癞的看法。苗伟说其实魏念富不见得就是坏人，罚电影的事儿激化了矛盾，让一个本属小偷小摸的事件发展成了凶杀案件。魏连长把苗伟的交代记成笔录，让苗伟签字画押，交代两个民兵对苗伟严加看管，自己就把笔录拿给王书记。

不承想王书记已经回公社了。魏连长觉得有必要尽快让王书记对下一步工作做出具体指示，就一路小跑赶到了香陵公社，把苗伟的口供呈给了王书记。王书记把笔录看过两遍，在桌面上狠狠拍了一下说："有答案！"王书记对着似懂非懂的魏连长分析说，这苗伟果然是地主阶级的残渣余孽，他能从四川逃亡过来，必然怀着对革命的深仇大恨，他对杀人犯魏念富心存同情，竟把案件的责任归咎到生产队处罚坏人坏事的革命手段上，这就决定了他在这场声势浩大的阶级教育公捕大会前夕有实施破坏的心理动机。王书记的分析让魏连长如梦方醒，直点着头表示佩服。王书记立时又操起电话机，拨通了县公安局，说槐树村反革命杀人案件又有了新进展，一个叫苗伟的地主崽子为了破坏公捕大会，在会议召开前夕行凶杀人，致槐树村党支部书记的女儿死于非命。电话那头当然感到震惊，说马上派警力赶到槐树村，接管案犯。

第二天一大早，槐树村开进了两辆偏斗摩托车。几个全副武装的警察与魏连长接上头，从民兵手里接管了案犯苗伟，又就地进行了一场正规的审讯。半下午时分，两辆偏斗车回县城时，将五花大绑的苗伟塞进了偏斗。

但让槐树村人万万没有想到的是，魏念牛的媳妇苗香包竟也被押上了另一辆偏斗车，只不过没有被捆绑而已。两辆车一前一后，轰鸣着驶过村口的老槐树，在人们的视野中消失。

槐树村接二连三地发生案件，也算是扣人心弦。只不过系列案件背后一个小人物却鲜有人知。这个人物，就是赤脚医生张冬梅。冬梅原本是为数不多晓得苗伟兄妹身世的人，又眼见魏支书为了女儿的婚事把革命原则置之脑后，让苗伟兄妹稳稳地把根扎下，心中明白了魏支书原来也是俗人一个。再看那苗伟风流倜傥、多才多艺，不禁又春心荡漾，那一次当着瓜女子花妹的面就动起了手脚。谁料那苗伟竟不识好歹，把她的投怀送抱全不放在眼里，一个臭地主崽子竟也假装正经。更可恨的是傻子花妹在这件事情上却爱憎分明，全不顾往昔对她这个姐姐的依偎，将她的脸蛋挠得稀巴烂，害得她好多日子抬不起头来。这笔账当然得记在苗伟头上。天可怜见，傻子花妹见了阎王，苗伟也难脱干系。魏支书没了女儿，要那女婿又有何用，苗伟也就别再指望着那个支书岳父罩着他。冬梅心里积攒的怨气此时不泄，更待何时？看着来到村子里满脸怒气不停转悠着的王书记，冬梅有了主意，在背人处悄悄地写了一张字条，担心别人认出她的字迹，特意用左手写了字。趁着院子里乱哄哄，在王书记不备中，将那字条塞到王书记手中。

县公安局的办案民警把苗伟一番审讯，所得案情信息与原先的判断基本吻合，遂将案件初步定性为阶级报复杀人。尽管苗伟一再声称他不知道花妹触电的过程，但他却把无任何安全保护措施的裸露电闸放在花妹随意可及的地方，那恶毒的动机还不是昭然若揭么？办案民警审讯中意外得知苗伟是和他的亲妹子苗香包一起逃亡过来的，苗香包竟然还担着给插队知识青年做炊事员的责任！心说这槐树村的党政班子也太大意了，万一这苗香包蓄谋搞个投毒之类的反革命报复，岂不又是石破天惊？仔细研究后，就又扩大战果，突袭魏念牛家，将正在为哥哥担心的苗香包一并塞进摩托车，带回了县公安局。

一场意外的触电死人事件，让王书记迅速在精神上绷紧了弦。原指望把办会的事情委托给槐树村一干人，现在这当家人魏支书突然丧女，难说能一门心思搞好工作。王书记紧急召开公社相关人员会议，决定由公社直接派出骨干人员，另从各村抽调十几个精明强干的积极分子，急赴槐树村，分工把口，务必确保公捕大会这一具有深远意义的重大活动万无一失。

县公安局给王书记打来电话，说魏花妹死亡案件与魏念富杀人案件存在牵连关系，始作俑者苗伟因对涉及魏念富的专政活动心存不满，蓄意制造了一场触电事故，意图干扰阶级教育公捕大会。经县公安局研究，拟在槐树村公捕大会上对苗伟一并实施公开抓捕，特征求香陵镇公社意见。王书记一听顿觉心花怒放。这苗伟的案子本就是他发现端倪，明察秋毫，直接指令槐树村民兵连长审讯破案的。现在出了成果，岂不体现自己的英明与睿智？当下代表党委表示全力支持县公安局决定。接完电话，王书记告知相关工作人员，把公捕大会又增加一名专政对象的事作个通报，又临时决定把公捕大会人员规模再提升一个等级，通知各村社员群众，不局限社员代表，愿接受教育者均可前往槐树村。各村一律按社员实际出场情况作出勤对待，正常记工，务必要通过这场阶级教育活动，让社员群众牢记伟大领袖毛主席的教导:“千万不要忘记阶级斗争！”

话说魏念富杀人一案本就带些花边趣味，奸夫魏二癞与亲夫魏念富不计前嫌联手为女人报仇的故事原本就吊人胃口，突然又出了一个阶级敌人为泄愤再杀一人的连环剧，这如何不让方圆十几个村子的男女老少津津乐道，竞相探秘。得到公社“所有人员均可参加公捕大会，且照常记工”的临时通知，怎能不雀跃前往。

阶级教育公捕大会如期召开。槐树村村口离老槐树不远的一片歇茬地里，临时搭起了一个大台子。台子四周竖起了几十面迎风招展的红旗，两根高杆上架起的大功率喇叭从天麻麻亮起就开始不间断地唱着革命歌曲。距大台子大约一百米处，早已支起了两口大锅，专门为参会的革命群众提供饮用开水。几十名戴红袖章的民兵，肩挎冲锋枪，严阵以待地巡逻在会场四周。喧嚣的槐树村正等待着一场史无前例的大规模革命活动。

上午九点左右，各村的社员群众陆续赶到槐树村。从入村的情形看，不同的村子有着截然不同的风貌，有些村列队入场，甚至还在哨音的指挥中，迈着整齐的步子，像军人一样到达指定场所。而有些村子却像放牧的羊群一样，乱哄哄拥进会场，在执勤民兵声嘶力竭的吆喝声中才被带入划定的区域。到十点之前，数不清的各村村民齐聚会场。站在台子上看去，黑压压的人头攒动，那阵势丝毫不亚于公社几次万人大会的规模。事后有人估算，这场大会参会人员绝对超过五千人。

在一阵刺耳的警笛尖叫声中，一辆卡车在三辆偏斗摩托车的引导下，停在歇茬地的边上。摩托车上跳下八九个身着白色警服的警察，一律腰挎盒子枪。接着，又有警察从卡车后厢上押下了八个五花大绑的人犯，警察以二比一的比例将犯人押到大台子边的空地上席地而坐，人犯四周被警察围成一个圆圈。此时，会场已布置停当，主席台上坐着县公安局局长和香陵公社党委王书记，台子下面也蹲了一溜照例从各村押来陪捕的地富反坏“四类分子”。槐树村的老右德文自然没被落下。台下的参会人员恨不得眼睛穿透那围着人犯的警察人墙。有人就交头接耳猜测着八个到场犯人的身份。更有消息灵通的人士说槐树村最后一次抓走的人是一对兄妹，只可惜今天咋没见有女犯人被押过来。

喇叭里一阵威严的“嘘”声过后，有人宣布开会。首先由王书记做宣传报告。王书记大讲了一通“目前全国革命形势一片大好，香陵公社也和全国形势一样，不是小好，不是中好，而是实实在在的大好。全社革命群众在抓革命促生产的指示鼓舞下，艰苦奋战，又夺得大丰收。”话锋一转，王书记谆谆告诫大家，“在幸福之时，千万不要忘了阶级敌人亡我之心不死，一定要擦亮眼睛。”王书记说到此处，台下就有人领呼起口号。一时间，“千万不要忘记阶级斗争！”“坚决镇压反革命！”“誓死捍卫毛主席革命路线！”的口号声响彻云霄。待到口号平息，王书记发言已毕，公安局长几句时事形势分析，就进入了正题。局长每念一个名字，一个人犯就被提溜到台子上，只不过人犯上台的时候已卸下了绑绳。局长宣读完人犯的犯罪事实之后，再用炸雷般的声音宣布对人犯立即逮捕！立马，手拿绳子的警察就极为麻利地把人犯再次捆起来，那捆人的动作娴熟而又夸张，被捆的人犯也配合得相当到位。这一场堪称精美的演出，实在不负几千双期待的眼睛。

待到蹲在大台子边上的人犯全部被提溜到大台子上绑过一遍后，参会的人们仍意犹未尽，与香陵公社没有瓜葛的几个盗窃犯、抢劫犯、奸污犯似乎提不起人们的兴趣，人们期待着魏念富、魏二癞、苗伟系列杀人案件爆出猛料，但在宣读罪状时却并未提及人们期待的桃色内容。更让人遗憾的是，风传另一个如美女蛇般的涉案女人，也就是地主女崽子苗伟之妹缺席了今天的公捕。大会眼看着核心的内容已告结束，台下的人们开始交头接耳，嗡嗡声几乎淹没了喇叭里的声音。

本是秋高气爽的时节，一大早，明媚的阳光从东方斜射得大地一片金黄，连带着把以王书记为主角的一干会议组织者映衬得意气风发，几千号参会的群众也自然被感染得斗志昂扬。却不想到了公捕大会高潮时间，正午当头的太阳却躲得无影无踪。先是几大团乌云在空中张牙舞爪，而后相互缠绕、翻滚，再后来缓缓地向四周浸润，最终淡化成漫天灰色的穹盖，似乎变成一张硕大的锅盖，其势欲将生灵万物焖进一口大锅中。这突变的鬼天气让会场上的众人突然间有些喘不过气来。

突然，会场外传来了一阵啼哭声，哭声伴着苍老的嘶号。人们循声望去，只见一个拄拐的老头牵着一个约莫三四岁的小男孩。啼哭声无疑是小男孩发出来的，嘶号声自然是老头的。人们不解的是，那小男孩头上竟然扎着一圈白布，显然是送葬的打扮。因为台下全体参会人员均是席地而作，故而这一老一少的模样就被人们看得清清楚楚。谁也不知道这两个人来自何处，来干什么。一时间，几千双眼睛齐刷刷聚焦到会场边上这意外的一幕。

引起大家关注的两个人是念富的父亲德刚和念富的儿子黑子。话说念富杀了人，德刚家塌了天。媳妇服毒死了，儿子又犯了死罪，剩下一老一少爷孙两个，没了挖抓。本来德刚把孙子黑子暂时寄放在弟弟德强家，让侄儿媳妇苗香包照看，孙子还不至于饿着，不承想苗香包也被抓了。小儿子念贵媳妇难缠，德刚爷孙就仍回到清冷的自家屋子忍饥挨饿。村子里开公捕大会，德刚知道儿子念富是主角，本不想参加，又担心儿子也许很快就会被枪毙，不看上最后一眼于心不忍。再说孙子黑子不跟父亲道个别，于情于理都说不过去。德刚看过古戏，知道那处决犯人时常有亲属活祭法场一幕，这就决定带着孙子到公捕大会现场走一遭。为了防止被民兵半路截住，德刚拉着小孙子，装成看热闹的村民，当然不会引起执勤民警的注意，及至到了会场，才把那事先准备好的白布掏出来缠在孙儿黑子头上。一声“冤枉”号过，涕泪交流。

几个民兵围上去，却是不知所措，只因会前安保演练时，没有想到会有这一出。训练有素的警察这会儿正两人对一人地控制着台子上的罪犯，不可能腾出手去处置突发事件。关键的时候，王书记拿过麦克风，发出指令：“台下的民兵注意，把捣乱分子立即清理出会场！”王书记话一落音，那分散在会场各个角落的民兵恨不得飞到德刚爷孙跟前去看个究竟。很快，德刚和黑子就被民兵们里三层外三层严严实实地围起来。

民兵们推搡着德刚离开会场。哭天喊地的德刚岂肯就范，嘴里连声骂民兵们没有旧社会的衙役人道，连给犯人死前送个行都不准许。民兵们就合力抬起德刚，想把他抬出会场。德刚就死死抱住一个民兵的双腿。那被抱腿的民兵是个小伙子，一时火起，卸下肩上的半自动冲锋枪，朝天“砰”地放了一枪。

小民兵那一枪是在一圈民兵围绕着的中心部位放的，会场参会的人们看不清楚，有人喊了一声：“毙人了！”就有那好事的人站起来朝响枪的地方奔去。先是几个人，后是一群人，再后来蹲着的人几乎都站了起来。偏巧这时候四散值勤的民兵又被王书记指令着去了德刚爷孙身边，会场上少了维持秩序的人，几千人如一窝蜂般乱了起来。

王书记让同来的公社武装部长赶快采取措施。武装部长站在台子中央，声嘶力竭地喊话，却根本无济于事。情急之中，武装部长拔出手枪，朝着天空又鸣了三枪。

不料，枪声不但没有控制住会场的秩序，反倒像是往火堆中吹进一股劲风。火借风势，风助火威，人海里顿时掀起了波浪，汹涌着无规则地震荡起来。随着此起彼伏的喊叫声，一排排的人倒下去，后边的人浪又卷上来。站在台上放眼望去，地上成了黑灰色的海洋，拥卷着黑灰色的浪涛，空中腾起黑灰色的烟尘，遮云蔽日，构成了一幅骇人的画面。

王书记站在台子中央，惊得目瞪口呆。此时，就算是给他插上三头六臂，他也根本无法控制住这海啸般的灾难。现在，台上与台下的人发生了角色置换，台下的几千名看客成了演员，台上的正反两方表演者成了看客。这种关系的置换来得太突然了！来得太意外了！

多亏会场设在一片歇茬的空地上，四周少了围墙，那黑压压的人群几番翻滚后，终于四散开来。待会场上稍空旷时，方才看见地面倒卧着几十名男女，大部分痛苦地蠕动着身躯，少部分竟纹丝不动。

回过神来的王书记条件反射地在高音喇叭上呼唤着槐树村支部书记魏玉良，却忘了魏支书此刻正沉浸在丧女的悲痛中，根本没有兴趣来参加今天本不该缺席的阶级教育活动。多亏了这次事件中崭露头角的魏连长挺身而出，跟王书记说魏支书不在现场，有啥任务给自己布置。王书记带些哭腔地说有屁的任务，赶快组织人找架子车把踩伤的社员往公社卫生院送。

声势浩大的阶级教育公捕大会因为一场突发的意外事件草草收场。事件中七人被踩死，二十八人被踩伤。所幸的是，槐树村没有一人在事故中死亡或受伤。

现在说说苗香包被公安局抓捕后的事儿。那天，念珠放学回来，未进院子，见念牛倚在不久前刚装在院门口的椿木大门框上抹眼泪。桃桃门已经换掉，用卖鸡蛋的钱换来的椿木门装在院墙上，委实给念珠家增色不少。念珠每每进院门的时候，心里就升起一种自豪感。念珠现在觉得其实香包姐已经成了这个家的灵魂，香包姐也成了他的主心骨，他甚至觉得香包姐于他而言，比念牛哥还要亲许多。念珠见念牛哥泪兮兮的样子，心里有些瞧不起，就自顾回到自己的屋子，放下书包，照例在院子转上一圈，却不见了小侄子黑子的影子。一段时间以来，黑子跟念珠已经混熟了，一到念珠放学，黑子就缠着念珠陪他玩，现在黑子却不知去向。更让念珠诧异的是，厨房里竟也是冰锅冷灶，香包姐显然没有像往常一样打点家人的吃食。念珠急步跑到大门口，问哥哥黑子哪里去了，香包姐哪里去了。念牛擦了一把泪，擤了一把鼻涕，说香包被县公安局的人连同她哥哥苗伟一起抓走了，黑子刚刚被大伯接回家。

如一阵晴天霹雳，念珠只觉得头皮发麻。香包姐的哥哥苗伟是花妹的丈夫，花妹死的那天念珠还凑过去看了热闹，见苗伟哥可怜兮兮地蹲在墙边像犯了大罪一样，念珠心里觉得老大不忍。现在公安局把苗伟哥抓了，肯定跟花妹的死有关，可这事跟香包姐有屁关系，公安局怎么能把八竿子打不着的香包姐抓走呢？

念珠去饲养室找父亲。德强老汉还不知道家里出了这档大事，听后也如五雷轰顶，但束手无策。念珠见父亲想不出对策，索性头也不回地一溜小跑，奔姐姐念莲家里去了。

繁星满天的时候，念珠跟着念莲回到了槐树村。德强老汉正跟儿子念牛长吁短叹着世道的不公。见女儿回来，德强老汉稍稍打起些精神。念莲详细问念牛原委，问香包被抓的具体过程。念牛却说不出个所以然来。念莲就又问是谁带着公安局的人来抓香包的，念牛说是民兵连的魏连长。念莲出嫁以前也在民兵连挂过名，跟那时还是普通民兵的魏连长也还有些交往，这会儿一听魏连长是事中人，也顾不得天晚，摸黑出院子去找魏连长。

见昔日的队友念莲黑夜来访，魏连长情知是为了苗香包被抓的事。几句客套之后，不待念莲提说正题，魏连长抢先把自己的无奈诉说一番。魏连长说公安局办案的搞株连，花妹触电死亡，寻苗伟的事儿勉强还能说得过去，谁知把念牛媳妇也牵连上，实在让人没法接受。公安局的人要带走香包，他还跟公安局的人争辩了几句，可到底胳膊拧不过大腿，香包还是没留住。魏连长还表功说要不是他说情，连香包也会跟她哥一样被捆起来押走。念莲问魏连长香包跟花妹的死有没有关系。魏连长说人家抓香包就是因为香包和苗伟同是逃亡的地主崽子。念莲再问有什么法子能把香包解救回来。魏连长把头挠了半天，说不如找人写个申冤材料，送到县公安局，说不准能争取把香包和她哥苗伟区别对待。

事已至此，念莲也觉魏连长的说法不无道理。回到娘家院子里，就琢磨起这申冤材料该咋写。想想弟媳香包虽是无可挑剔的善良女子，但毕竟有个不争气的地主家庭，且又是从四川偷跑过来的，人家就是为着这个才抓了她。公安局是执行政策，也不能说冤枉了香包。念莲虽能干，但要执笔写一份申冤材料却没有能力。念莲苦思冥想仍找不出良方。

虽然夜已经深了，念珠却毫无睡意。姐姐坐在炕沿上动脑子的时候，念珠就坐在一旁陪着姐姐。见姐姐一筹莫展的样子，念珠突然想起了老右德文叔，就跟姐姐说德文叔是大知识分子，或许他有好办法。一句话提醒了念莲，念莲一拍脑袋说她竟然忘了这个好茬口。但过了一小会儿，念莲却又摇了摇头说不能找德文叔。念珠问为什么？念莲说："这种事找了德文叔，一旦让人知道，德文叔可就有大麻烦了。"刚刚魏连长还说为了念富的案子，把德文叔都审了好长时间。念珠一听，觉得也确实是这么个理。

念珠突然眼珠一亮："姐姐，为啥不去找一下知青，香包姐跟他们的关系可好了。"

念莲问："知青肯帮忙吗？"

"一定帮！"念珠语气极为自信，"香包姐给知青做了几个月的饭，知青还常常给咱家里捎回来喂羊和兔子的草哩！"

"找谁？"念莲问。

"就找雅娟。"念珠说，"雅娟跟香包姐关系最要好，雅娟还来过咱家。"

念莲轻轻地点着头："明天我试着去找找雅娟。"

"我去！"念珠说，"雅娟我认识。"

一夜无眠的念珠天麻麻亮时就从炕上爬起来，轻手轻脚地穿上鞋，出了自家院子径直奔到知青大院。知青大院的门依然关得死死的，念珠就默默地在门外蹲了下来。念珠之所以起得这么早，他是担心晚了知青们出工去了田里。他觉得香包姐的事儿一刻也不能耽误，务必要赶在公安局把香包姐治罪之前把申冤的状子递出去。

终于，知青大院的大门开了。扛着农具的知青们三三两两地出了院子。看见雅娟，念珠弹起身，轻轻地喊了一声："雅娟姐。"雅娟一回头，看见了念珠，惊问念珠一大早不去上学，待在这里干什么。念珠就流下泪来，说想让雅娟姐救救香包姐。雅娟略一思索，朝前面喊了一声："宏涛大哥！"知青宏涛就反身走了回来。雅娟说："这是香包的兄弟念珠，一大早就等在这里。"

宏涛说："昨天晚上我们大家还一起商量着要帮帮香包。"

雅娟说："念珠，宏涛大哥是热心人，我们还打算让宏涛大哥领着一起去找村支书，把香包保出来。昨天村上给我们临时派来的那个做饭的，饭做得又慢又难吃。"

念珠说："香包姐不回来，我们一家也没饭吃。"

宏涛问念珠有啥好办法。念珠就把念莲姐去找魏连长，魏连长让写一份申冤的状子递到公安局的事儿说了。宏涛和雅娟相视着点了点头。

宏涛问念珠状子让谁写，念珠摇了摇头。

雅娟说："宏涛哥水平高、文笔好，干脆就让宏涛哥来写状子。"

宏涛也不推辞，跟雅娟说："事不宜迟，我今天就请上半天假，在屋子里帮念珠写申冤状。"

念珠一时感动得不知说什么好。

宏涛就让人给他们那个队的队长捎话请了假，又带着念珠回到知青大院。宏涛详细问了香包来槐树村落户的前后过程，问了念珠一家人的结构，问了香包在家里的劳作情况，就在桌上摊开纸写了起来。一直到中午有知青收工回来，宏涛的申冤状才终于写好了。宏涛把申冤状给念珠念了一遍。听着听着，念珠的眼泪就像断了线的珠子一样落下来。申冤状里说苗香包虽是剥削阶级家庭出身，但向往革命，来到槐树村嫁到贫农家庭，给贫下中农带来了欢乐。尤其是在自己的丈夫参加革命生产被炸成残疾后，不辞辛劳地日夜伺候。对比苗香包的表现，她已经完全脱胎换骨，成为无产阶级阵营中的成员。虽说她和苗伟是兄妹，但苗伟的案子绝对不能牵连她，否则将是对贫下中农家庭的毁灭，是对贫下中农社员感情的伤害，是令亲者痛仇者快的事。尽管申冤状里的有些名词念珠听不太懂，但说到对自己家庭的毁灭，对自己感情的伤害，念珠觉得宏涛真是写到自己的心坎上了。宏涛最后问状子署上谁的名字。念珠说就写上自己的名字。宏涛想了想说念珠年龄太小，还是要让其他家庭成员出面妥当。最后就写上了贫农社员魏德强率女儿魏念莲，儿子魏念牛、魏念珠。念珠又向宏涛讨教如何把这份状子递上去。宏涛说邮寄或跑一趟送到县公安局。忽然间宏涛想起马上要在槐树村召开的公捕大会，就跟念珠分析说，保不准县公安局的领导会来参加会议，若能趁着那个机会把状子直接递到领导手中，效果会更好的。念珠心里就有了主意。

念珠把宏涛写好的状子拿给姐姐看，念莲也觉得好。姐弟俩就商量着赶公捕大会召开之际，瞅机会把状子递给县公安局的人。念莲担心到时候有民兵和警察把守，接近不了公安局的领导。念珠说自己人小不会引人注意，一定能想法子把状子递出去。念莲又说她听魏连长说到时候苗伟会被押来当场绑一回，说不定香包也会来，让念珠一定要沉住气，千万不敢闯祸。念珠让姐姐放心，说自己啥都懂得。念莲说要保证万无一失，这种机会来之不易，一定要有两手准备。思索一阵，念莲说豁出去了，就让念珠打头阵，万一失败了，送不上状子，就由她在散场前跪在公安局领导离开时必经的路上，拦车喊冤，不信公安局的人铁石心肠不收状子。

说话间就到了公捕大会召开的时间，槐树村比过会还热闹。家家户户都忙着做接待自家亲友的准备。念莲一直没离开娘家，也在忙里忙外，但却是背着父亲和念牛，与念珠一起紧锣密鼓地做着递状子的准备。公捕大会一开始，念珠早已混进会场，念莲也早早坐在会场退场必经的路边，单等着念珠成功或失败的消息。

念莲做梦也没有料到自己一向胆小木讷的伯父德刚却早他们姐弟

一步干出了石破天惊的举动。当人群潮水般地四散逃开时，念莲突然意识到念珠正混在人群中，不顾一切地向会场中央跑去。突然间有人抱住了她的腰，她定睛一看，正是弟弟念珠。原来机灵的念珠见无法递上状子，迅即离开会场，跟姐姐会合。

一场意外的灾难，也搅黄了念珠姐弟递冤状的计划。就在远近的人们不歇气地谈论着这场罕见事故的时候，念珠仍在跟姐姐商量着递状子的事。念莲说这回公捕大会没把香包带来，说明香包的罪不重，救出香包的可能性也就很大。念珠就又受到鼓舞。念珠说宏涛告诉他邮寄状子也行，跑一趟县城送状子也行，但他觉得还是跑到县城送一趟心里踏实。念莲觉得念珠说得对。念珠就说他要去一趟县城。念莲说使不得，甭说县城太远，念珠太小让人不放心，就是到了县公安局，人家一看是小孩，也不会接状子。告状的都是大人，这事还得自己去跑一趟。念珠就恨不得把自己的个头朝上抻上几寸。

第十二章

念莲姐离开村子已经有五天了。按照念莲姐临走时的说法，她直接去县城，不把状子递进去，她不会轻易回家。可这五天没有得到一丁点消息，念珠就觉得度日如年。他不知道姐姐现在仍在县城等机会递状子，还是递完状子已经回了自个儿的家。百无聊赖之际，念珠一大早跟老师请假说自家有事，背着爹和念牛哥跑到了姐姐家。

一进念莲姐家的院子，外甥女毛妞就扑到念珠的怀里，未及说话，大颗的泪珠就先落下来。念珠惊问毛妞有啥伤心事。毛妞说她想妗子，怕妗子再也回不来了。念珠问毛妞咋知道妗子回不来。毛妞说娘前天刚从县城里回来，妗子因为得罪了别人，让公家人抓到县城里，娘去要人，没要回来，回家后气得病了，这会儿还在炕上躺着。念珠急急地跑到姐姐房间，见姐姐果然躺着，连声喊了几声姐姐，只觉得心疼不已。

念莲撑起身子，问念珠不去上学，跑过来干什么。念珠喉咙里像是被什么东西堵住了，张张嘴说不出话来。念莲说她知道念珠操心着递状子的事，就跟念珠把她去县城为香包申冤的事说了一遍。

那天念莲到了县城，打听得县公安局的地址，就跑了过去。原想着公安局门口会有很威严的哨兵站岗，却不承想一个黑乎乎的铁门里就一个看门的半老头儿在房间里喝茶。门房老头问念莲找谁。念莲说她是来告状的。门房说告状要到法院去。念莲说自己的弟媳妇被公安局的人抓了，她要跟公安局把人要回去。门房的人就笑了，说公安局既然已经把人抓了，怎么能轻易要回去。念莲说她有告状的材料要送。那门房就让念莲把材料交给他。念莲问门房是干啥的。门房说他就是管传达的，回头他可以把念莲的材料转送给管事的人，念莲看着门房里一大摞报纸和信件，着实有些不放心把状子这样递出去，她寻思着咋也得跟领导或者管事的人打个照面说上几句话，这样子离开，她真担心状子到不了管事人的手里。念莲就跟门房的人说想见见领导。门房说领导哪里能随便见上面，给领导递材料都得经过他那里。再说领导这几天都到外边办事去了，局里面的人几乎都走空了。念莲想着她进一趟县城不容易，就在县公安局门口守了三天。晚上人家公安局关门了，她就在电线杆下边坐着打一阵儿盹。直到第三天，突然发起烧来，她坚持着仍待在公安局门口，不知什么时候两眼一黑就栽倒在地上，那个门房老头把她扶起来，给她喝了小半碗水，见她病得厉害，就劝她先回家，拍着胸脯说保证把念莲的状子递给领导。念莲见门房说话恳切，又加身子实在撑不下去，就把那状子交给了门房，说回去待上几天，过一阵子再来打听音信，拖着病体直接回了自家。

念珠问姐姐那门房会不会把状子扣下来。念莲说她觉得那个门房是个好人，会帮着把状子递给领导，再说她跟门房说好过几天她还会再去的，门房不会糊弄她。念珠看着姐姐病得不轻，说姐姐下回再去县城时，别跑得太急，在外边发病了没人帮衬。念莲说她这回是在大街上受了风寒，跟跑路没关系。念珠又问姐姐来回去一趟县城多长时间。念莲说自家离县城二十里路，小半天就能走到。

念莲催弟弟快些回家，说香包不在，屋里的那些鸡呀、羊呀还得人手照管，再说也别耽误了上学。念珠点着头，让姐姐好好养身子，就离开了姐姐家。走到村口大路边，他却朝着回家的相反方向走去。

念珠跟姐姐说话的时候，已经打定主意替姐姐到县城去打听状子递出去的音信。原来姐姐跟他说不是大人不能告状，可姐姐说了她给门房交状子的过程，让念珠感觉姐姐的说法不一定对。他虽然还没完全长大，但他是家里的男子汉，他应当在家里遇到麻烦时冲到前面。方才他问姐姐去县城需要多长时间，就是想了解去县城的路程。为了自己这个刚刚开始活泛起来的家，为了可亲可敬的香包姐，念珠也豁出去了。

今天出门的时候，念珠特意穿上了那双平常舍不得上脚的网球鞋，因为他潜意识里觉得自己要跑长路。网球鞋是香包姐卖了那双漂亮的大辫子换钱买来的，现在念珠穿着这双鞋，就觉得有香包姐给他鼓劲，他相信他不会空跑。念珠人小身轻，跑起路来不算太费劲。他走一阵，跑一阵，果然如念莲姐所说，用了小半天的工夫，西边的太阳离山还有两竿高的时候，念珠的视野里出现了一大片建筑。

念珠第一次来县城，他觉得县城的街道宽极了，别说是槐树村，就连香陵镇上的街道也赶不上县城街道的半边宽。街道两边是齐刷刷一砖到顶的房子，房子面街的墙上布满了大得吓人的窗户，窗户上全部镶着透亮的玻璃，没有一扇糊纸的窗户。房门当然也大，估摸着有的门可以同时进出两辆架子车。门的侧边好多挂着长长的木牌。念珠辨认着木牌上的字，有县工会、县教育局、县百货公司、县供销合作社，念珠知道自己到了县城的中心位置，抬头看看，竟然还有不少房子是楼房。念珠想起老师曾经讲过共产主义生活是“楼上楼下，电灯电话”，心里就思忖着原来县城的人早已进入共产主义，难为乡下还停留在社会主义。

念珠的目的地是县公安局，可他在街道两边转了一圈都没有寻见公安局的牌子。让念珠有些失望的是，原以为县城里会人欢马叫，热闹的程度远远超过香陵镇逢集的日子，却没想到偌大的街道如此冷清，三三两两的行人过往匆匆，想象中的吃食摊位和水果摊贩根本没有踪影。念珠拦住了一个大叔，问县公安局在哪里。那大叔把念珠打量了一番，问念珠遇上坏人了吗。念珠说他要到县公安局找一个熟人。大叔朝着街道的一边指着说，往前走两个电杆，左拐就到了。

念珠忽然觉得一阵口渴，这才想起自己一路小跑，出了几身汗，滴水未沾。想想一会儿到了公安局还要跟人家说话，就想找点水润润嗓子。街道上那些挂牌子的房子显然都不是寻常住家，念珠不知道人家会不会给他一碗水喝。盘算着挂供销社牌子的单位肯定跟香陵镇供销社有关系，自己到香陵镇供销社买过东西，保不准给人家说一说，人家就会念些情分给他水喝。念珠打定主意，推开了供销社的大门，一眼看见大门里一间小房子门口挂着“传达室”三个字。传达室有人探出头问念珠干啥？念珠觉得问话的人很和善，就走近几步说他从香陵镇来的，常到香陵镇供销社买东西，看到这儿挂着供销社的牌子就进来了。传达室的人笑了，说这里是县供销社，是领导机关，不卖东西。念珠就点了点头。看着那说话的人有五十来岁，念珠喊了一声“大爷”，说自己走了几十里路，想讨口水喝。那大爷把念珠瞅了一阵，自言自语说这孩子挺机灵的，就转身在房间拿了一个白瓷茶缸，倒了一杯热水，递给念珠。念珠感激地接过茶缸，喝了一小口，觉得有些烫，就端着茶缸吹气。大爷拍了拍念珠的肩膀，说小心烫着，让念珠坐到房子里慢慢喝。念珠却惦着怕到公安局去迟了，仍显得焦急。

大爷把念珠拉到房间，一边让念珠坐下喝水，一边跟念珠拉起家常。大爷问念珠小小的年纪一个人大老远从香陵跑到县城干什么来了。念珠本想胡乱地搪塞几句，但又感觉大爷心地善良，不忍说假话，就实打实地说他要到县公安局去告状。大爷显得很惊讶，问一个小孩子有啥冤枉要去告状。念珠说他的姐姐受了冤枉，被公安局抓了，他要来申冤。大爷就感叹念珠人小志大。念珠喝罢水，起身跟大爷告辞。大爷说这会儿已经晚了，估计公安局的人都下班了。念珠谢过大爷，离开了供销社院子。

果不其然，那挂着公安局牌子的大门紧紧地闭着。念珠站在大门外，犹豫着要不要敲门。他知道今天已经晚了，肯定见不上领导，看来只有等明天上班，反正自己已经来了，没有结果他决不回去。但想着香包姐现在就关在这扇铁门的后边，念珠实在不愿意挪开步子，兴许里边有值班的人，哪怕让他看一眼香包姐也好。念珠瞅了一眼脚上的网球鞋，鼓了鼓劲敲起门来。

敲了半天，那铁门才拉开一道缝儿，有人探出半个身子，不耐烦地问找谁。念珠说他要告状。门里的人看清念珠，没好气地训斥说小孩子家家捣什么蛋！念珠说他真的要告状，他的姐姐现在就关在公安局。门里人说别胡闹了，要真有状告就到派出所去，这里也不会关人。话音未落，哐当一声，大门又关上了。念珠本想上前再争辩几句，头却差点被铁门撞上。

派出所是个什么地方，念珠搞不明白。但既然人家说让他去派出所，那兴许香包姐就关在那里。他转身向街边一个大婶打听派出所在哪里。大婶说往前再走百十步左拐进一个巷子就能看见。念珠心里一喜，小跑一阵。大婶说的没错，一个不大的院子外边当真就挂着城关派出所的牌子。令人高兴的是，那门竟然开着。念珠又紧走几步，见一个房子门口挂着“接待室”的牌子，心说这里大概就是接状子的地方，就试探着走了进去。

接待室内一张桌子后边坐着一个戴大檐帽的警察，正在低头写东西。念珠轻轻地喊了一声“叔叔”。那警察抬起头来，念珠分明看见那警察原来是个女的。念珠不好意思地挠了挠头，叫了声阿姨说他要告状。女警察和善地笑了笑，问念珠告啥状。念珠说是替姐姐告冤状的。女警察问念珠是哪里人。念珠说是香陵公社槐树村大队的。女警察说这里是城关派出所，管不了香陵公社的事。念珠顿时失望到了极点。看着念珠的样子，女警察动了恻隐之心，问念珠到底有啥冤枉事。念珠未张嘴，眼泪却是扑簌簌地滚落下来，他把香包姐被公安局抓走后不知音信，后来想在公捕大会上申冤却遇上了踩踏事件，姐姐念莲进城申冤又生了病的事一五一十讲了。女警察听得很认真，末了还拿了一块毛巾打湿了递给念珠。待念珠讲完，那女警察说前几天发生在香陵公社的那场踩踏事件，全县人都知道了，估计县公安局的领导们正在忙着处理这件事。女警察告诉念珠这件事还得找县公安局，说城关派出所是县公安局下属单位，只处理城关镇辖区的事务。念珠问公安局的人为什么骗他说公安局院子不关人。女警察说那不是骗他，公安局院子确实不关人，犯了事的人都押在看守所。念珠又问看守所在啥地方。女警察说那里戒备很严，外边人是进不去的。

天已经黑了，念珠看着门外，觉得一筹莫展。他相信女警察给他说的是实话，他决定先找个地方将就一夜，明天一大早再去县公安局。他跟女警察道过谢就出门朝外走去。不想才出房门，那女警察喊住了他。等他回过头来，女警察问他晚上住在哪里，念珠张了张嘴没有说话。女警察说这老黑的天，一个碎小伙怪不安全的，不如就坐在这接待室，晚上她值夜班，不碍事的。念珠心里一热，感激地点了点头。

半夜时分，一个满脸是血的男人跑进接待室，说他被一台四轮拖拉机撞倒，那开拖拉机的跑了。女警察让那男人快去医院，男人说他要先把案子报了。女警察就拿起电话拨通了县医院，说有个受伤的人需要处理一下。不长时间，两个穿白大褂的医生背着药箱过来给那男人做了包扎。刚好女警察也做完了笔录，那男人跟着医生去了医院，却在房间的地面上留下了斑斑血迹。女警察拿了个一头扎着一堆布条的杆子在盆子里蘸着水涮洗。念珠急忙从女警察手里抢过那杆子，使劲地刷起来。女警察看着念珠，赞许地点着头。

天终于放亮了，念珠跟女警察道别。女警察却拉住念珠的手问念珠饿不饿。念珠从昨天离开姐姐家到现在没有吃过一口东西，其实早已饥肠辘辘。这会儿女警察一说，连自己都能听得见肚子咕咕作响。但他怎好意思给好心的警察阿姨说自己肚子饿，就摇着头说自己不饿。女警察却不由分说把念珠按下坐在靠墙的凳子上，让念珠等着她回来。

不大工夫，女警察端回来两只碗让念珠吃饭。念珠偷眼望去，一只碗里放着一个大白馒头，馒头底下好像还有菜，一只碗里盛着粥一样的东西。喉咙里像有千百只馋虫在蠕动，念珠忍着口水，强迫自己静静地坐着，直到女警察把一双筷子递到念珠手里，拉着念珠坐到摆着饭碗的桌前，念珠才狼吞虎咽地吃起来。

那馒头是白面做的，筋道的味道念珠很少体验过，尤其是那碗里的粥，不像念珠常喝的包谷茬子，一点也不刺口，喝在嘴里光溜软滑，香气四溢。念珠看到饭碗里的米粒，雪白得闪闪发光，他猜测这就是他听过但从来没见过的大米。吃馒头喝粥的时候，他还吃了一些咸菜，那混合在嘴里的味道真的是妙极了。吃完碗里的东西，念珠仍觉得意犹未尽，但肚子里却是无比舒坦。

待念珠吃罢饭，女警察跟念珠说她值夜班该下班了。念珠不知道该咋样表达自己的谢意，情急之中说让阿姨有时间到香陵公社槐树村去玩，去看看槐树村那棵老大老大的槐树。女警察笑着点了点头。念珠出门时，女警察把手搭在念珠的肩膀上轻轻说道："你去县公安局，要是看见一个腿有点瘸的高个子，就跟他喊冤。他姓郭，是县局的政委，是个好心人。不过别说是我告诉你的。"

出了派出所拐到正街上，来往行人熙熙攘攘，与昨天太阳落山前的清冷形成了鲜明的对比。念珠这才知道原来县城跟乡下不同，乡下是下午歇晌后人们聚在街道上，而县城却恰恰相反。县公安局的大门敞开着，大门外一个男人正在挥着一把扫帚扫地。念珠仔细一瞧，正是昨天他敲门时门缝后边的人。一阵响铃声从一间房子传出来，扫地的人扔下扫帚进了房间，啊啊喂喂地跟谁说起了话。念珠灵机一动，三步两步赶过去，拿起地上的扫帚，认认真真地扫起地来。

念珠扫地的时候，那男人走出房间，见念珠扫地时一招一式认真的样子，就笑眯眯地问这孩子咋又来了。念珠知道男人认出了他，直起身说："叔叔，我的冤枉不归派出所管，我从香陵镇跑了几十里路，就是要到县公安局来申冤。不见到领导，我不回去。"男人说告状的人都写个材料，问念珠有没有材料。念珠说他的材料前几天姐姐已经递进去了，他是来问消息的。男人又问念珠的姐姐为啥不来。念珠说姐姐来送材料的时候病倒了，现在还在家里躺着。男人就问是不是一个三十多岁剪着短头发的年轻女人。念珠点了点头说就是。男人说那材料还是他帮着接下来递给办案人员的。

念珠心里一阵高兴，说："叔叔，那我们家的冤枉有人管了？"

男人微微笑了一下，说他就是个接电话发送报纸和材料的，案子上的事情他不知道。说话间只见三三两两穿警服的人进了大院。念珠估摸着应该是早上来上班的人。念珠记着派出所女警察的话，就在人流中寻找那个高个儿的瘸腿人。但直到人流断了，却并没有找到目标。念珠就又跟方才那男人说话，念珠问男人把材料递给谁了。男人说："讲了你也不知道，连我都不太清楚。"

念珠说他想见领导。男人说领导是不能随便见的。念珠说他要见郭政委。男人问念珠怎么知道政委姓郭。念珠就不说话了。见男人不肯放他进去，念珠索性一屁股坐在大门口。他打定主意一直坐下去，直到看见高个子的瘸腿人。

过了半个时辰，传达室的男人招手让念珠过去，跟念珠说："我看你这孩子挺机灵的，我试着给郭政委打个电话，看看郭政委愿不愿意见你。能不能见上，就看你的造化了。"念珠连忙点头。那男人就把桌上摆着的一部电话摇把摇了一阵，拿起听筒说话。男人说门口有一个学生坚持要见郭政委。念珠耳朵灵，能听见话筒里有人问那学生有啥事。男人说这学生只说他不见郭政委不离开公安局。啊啊喂喂一阵后，男人放下电话说："娃你运气好，郭政委愿意见你，你从里面的办公楼门口进去，上二层楼向左拐第二间房子，门口上挂着牌子。"念珠一阵狂喜，连连点头。

走进办公楼，念珠的心脏剧烈地跳动起来，连他自己都能听到那咚咚的心跳声。他是第一次面见大领导，虽然不知道政委是多大的官，但他相信政委在这个院子里一定是说一不二的人。他就在心里琢磨着咋样能把事儿说清，又不能太啰唆。最后，他打定主意，只强调香包姐跟念富和苗伟的案子没关系。

一间挂着标有"政委"小木牌的办公室门洞开着。念珠站在门外朝里望去，一个硕大的桌子后面坐着一个人，正在低头看东西。那人身后的墙壁上还挂着一把带着套子的手枪。桌对面的墙壁上镶着一个大木框，木框里是红字写的毛主席语录："在拿枪的敌人被消灭以后，不拿枪的敌人依然存在。"念珠从来没见过一个人待着的房子有这么大，比自家的住屋至少能大过三倍，甚至比他日常上课的教室也小不了多少。念珠抑制着激动，声音颤抖着喊了一声：“郭政委叔叔！”

随着念珠的喊声，桌后坐着的郭政委抬起头来。念珠觉得郭政委长得很像营长伯，他就有了一种亲切感。

“你是哪里的孩子，找我干什么？”郭政委的声音很洪亮。

“我找你来申冤！”念珠一开口，反倒镇静下来。

“小孩子家家有什么冤？”郭政委朝念珠招了招手，“你进来说话。”

念珠站在郭政委对面，他感觉像是跟校长在一起。

“你叫什么名字，哪里人，多大了？”郭政委问。

“我叫魏念珠，香陵公社槐树村五队人，今年十六岁。”念珠一一作答。只不过他把年龄虚报了两岁，他记得姐姐念莲跟他说未成年人不能告状。

“你有啥冤枉？”

“槐树村的魏念富把人杀了，我姐姐苗香包跟案子不搭界，却被你们抓了。”

“你姐姐？”郭局长问，“你姓魏，你姐姐怎么姓苗？”

想起香包姐正蹲在监狱里，念珠又不由得眼泪涌出了眼眶，他就把香包姐嫁给哥哥念牛，一家人有了热饭吃、自己有了衣服穿的事儿说了一遍，最后又指着脚上的鞋说：“这是香包姐卖了头发给我买的鞋。”

念珠说话的时候，郭政委听得很认真。待念珠停顿的时候，郭政委说：“槐树村这个案子闹得很大，是个连环案，开公捕大会的时候踩伤了不少人，现在省上都知道这案子哩。不过……”郭政委略微思索了一下：“没听说案犯中有女人。”

念珠说：“香包姐是被公安局的人用摩托车押走的。”

郭政委却转了个话题：“谁让你找的我？”

念珠犹豫着挠了挠头，答非所问：“郭叔叔是好人。”

郭政委问：“你怎么知道我是好人？”

念珠说：“姓郭的都是好人，《沙家浜》里的郭建光就是英雄。”

郭政委笑了：“你回去吧，这个案子我问一问。相信我们不会放过一个坏人，也不会冤枉一个好人。”

念珠说：“郭政委叔叔，我等着。不把我香包姐接回去，我天天守在这儿。”

郭政委脸上严肃起来：“你一个小学生，要知道纪律，干扰正常的工作秩序是要受处罚的。”

念珠突然弯下腰，朝郭政委深深地鞠了一个躬，又平身说道：“郭政委叔叔，你说的对，我不能打搅你们。我现在就出去坐在大门外等着。你有事时，喊我一声，我就进来了。”念珠又抹了一把泪，在郭政委的注视中，转身出了房间。

郭政委是伤残军人，转业后进了县公安局担任政委，虽不甚懂业务，但在局里威信却极高。看着念珠的背影，郭政委陷入了沉思。槐树村系列杀人案件，已经在全县闹得沸沸扬扬。一场大规模的踩踏事件，已把公捕大会的组织者香陵公社和县公安局推到了风口浪尖。不过，按照县局的分工，这些业务上的事归局长分管，这几日，局长已被频繁地召唤到各类上级部门去汇报工作。说是汇报，实际上是追责，进进出出已是灰头土脸。这个时候，又出了家属上访的事，就不由原不想插手业务的政委不用点心了。郭政委随即唤来办案人员询问了具体案情，又调来案卷细细阅读，重点审阅了苗香包的口供。

念珠当真就坐在县公安局大门外的墙角。虽说是墙角，但对进出大门的人来说却极为显眼。那门房的人知道郭政委已接待过念珠，说：“这孩子好不晓事，多少人想见领导见不上，你已经当面跟领导说了话，咋还不离开这里？”念珠低头不语。门房话一多，念珠索性又操起墙根的扫帚，把那本来干净的地面又齐齐地扫上一遍，扫完后又默默地席地坐下。

中午下班的时候，院子里的人三三两两朝外走，一旁还坐着的念珠就引起了人们的注意。有人指指点点说这碎小伙胆儿挺大的，敢坐在公安局门口示威。这时郭政委也杂在人群中，看见念珠高声问道：“咋还不回家？”念珠就站起身，毕恭毕敬地说他不会犯纪律，他只是坐在这儿等消息。郭政委说有了消息会通知公社告诉家属。念珠说他得不了信儿回家，一家老少也是提心吊胆，还不如就在这里。郭政委无奈地摇了摇头。

到了下午上班的时候，郭政委自然又看见了念珠，没好气地问念珠打算在这儿坐多久。念珠说等不到消息他不离开。郭政委问念珠中午吃过饭没有？念珠说他肚子不饿。郭政委就喊来门房的人，让去职工灶上给这孩子拿两个馒头来。待郭政委进院子不久，那门房给念珠拿来两个白面馒头，馒头中竟然还夹着咸菜。念珠也不推辞，三口两口把馒头吃个精光。那门房说："这孩子运气倒是不错，到我们这儿来告状，还得我们管饭。"

过了一个时辰，一个警察走到念珠跟前，问念珠是不是香陵公社槐树村来的。念珠站起身点了点头。警察让念珠跟着进院子。念珠一阵高兴，随警察进院子上了二楼，竟然又是到了郭政委的办公室。不过这回房间里已经坐着好几个人。念珠定了定神，站在房子中央看着一伙人，又弯下腰鞠了一个躬，一脸严肃。他打定主意像对待老师提问一样认真地回答好每一个人的问话。

郭政委问："魏念珠，你姐姐魏念莲送来的申冤材料是谁写的？"

念珠没想到郭政委问了这么个问题，他忽然担心给知青宏涛大哥惹来麻烦。人家诚心诚意帮助自己，决不能无端地让人家受牵连。情急中，他吞吞吐吐地说："是我……我写的。"

郭政委说："你来申冤，就不能撒谎，你骗我们，我们咋帮你？再说了，我们想查这份材料是谁写的，只需要去一趟槐树村，核对一下笔迹，一切不都清楚了。"

念珠有些慌乱："申冤状都是我的意思，我只不过让宏涛大哥帮我写了一下，不关宏涛大哥的事。"

"宏涛是谁？"郭政委问。

"是我们村上插队的知青。他是知青头头儿，人可好了。"念珠回答。

郭政委脸上露出笑意："魏念珠，这份反映材料写得很好，把苗香包的冤情都说清楚了，我们只是想知道谁有这么高的文化水平。”

念珠一阵狂喜。情不自禁中，泪水又溢出眼眶。

郭政委说：“魏念珠，你姐姐魏念莲递来的材料对我们很有帮助，我们认真审查了苗香包的身世和个人成分。她虽然和苗伟是兄妹，但并不是一个亲生父亲。她与苗伟的地主父亲马善礼没有任何关系。苗香包的母亲虽说曾嫁给马善礼，但也是贫苦人出身，所以苗香包也应当是无产阶级的后代。在这一次发生的系列杀人案件中，苗香包也没有跟任何犯人有牵连。所以，经过我们研究，决定立即释放苗香包。”

念珠终于忍不住哭起来。自那次用弹弓袭击外乡人之后，念珠始终有一种隐隐的担心，他怕再有人来找香包姐的麻烦。而今天郭政委的一席话，无疑把他心头长久笼罩的阴霾一扫而光。郭政委是大领导，连他都说香包姐是无产阶级的后代，那谁以后还敢再对香包姐指手画脚？念珠的哭泣无疑是对突如其来的巨大喜悦的本能反应。其实念珠并不知道，香包被抓走后，经公安局进一步审查，认定与杀人案件没有关系。但对苗香包作为剥削阶级的后代，不在原籍接受改造，私自出逃一事，却有了争论。有人认为应借机遣回原籍，有人认为不属公安局办案范围不应干预。苗香包就一直待在看守所等候命运安排，幸得郭政委过问，一锤定音，才有了今天的结局。

“魏念珠，你是好样的！”郭政委说，“小小的年纪就承担起家庭责任，真不简单。”

念珠止住哭声，破涕为笑，不好意思地揉了揉眼睛。

“待会儿我们把你嫂子带过来，你就同你嫂子回家吧！”郭政委说。

念珠又不由自主地弯下腰给郭政委鞠了一个躬。但突然间，念珠却又想起了什么，怯怯地问：“就我和香包姐两个人回去？”

郭政委有些诧异：“难道还要人陪你们吗？”

念珠说：“万一村子里的人以为香包姐是偷跑出来的咋办？”

郭政委爽朗地笑了：“魏念珠啊魏念珠，你真是个机灵鬼，你是想让我们派人去槐树村给苗香包消除影响吧。”

念珠没有说话。

郭政委看了看其他几个人，站起身说："魏念珠的要求也算合理，毕竟我们把苗香包抓错了，我们有义务为我们的行为负责任。"郭政委又拉开袖管看了看表："现在是下午四点，派一个民警开偏斗摩托车把魏念珠和苗香包送回槐树村去，务必在天黑之前当着乡亲们的面把他们送到家门口。"

念珠平生第一次坐摩托车。在开往看守所的路上，他坐在驾车的警察身后的座位上，随着摩托发动机突突的声音，他的心脏似乎跳动得比摩托车发动机还厉害。想着一会儿就要见到香包姐，想着再一会儿他将和香包姐同乘这辆车堂堂正正地回到槐树村，心中岂一个激动了得。

驾车的警察把摩托车停在看守所大门外，让念珠等着，自己进了院子。念珠目不转睛地盯着那扇刚开个缝儿就又紧紧合上的黑漆铁门，只觉得时间像是凝固了一般。

终于，那铁门吱吱地被推开了，第一个出门的果然就是香包姐。十来天不见，香包姐好像瘦了，脸色有些发白。念珠喊了一声："香包……"，"姐"字没出口，喉咙里再发不出声来。香包看见念珠，似乎有些诧异。边喊着念珠边走到念珠身边，待距念珠三两步远时，念珠一头扑在香包怀里，把香包紧紧地抱住。念珠哭，香包也哭。念珠说："香包姐，我想你。"香包说："念珠，我天天都想着你，想着一家人。"直到那驾车的警察发动起车子，念珠才和香包各自擦着眼泪上了摩托车。念珠依旧坐在后座上，香包就坐在偏斗里。

夕阳快要落山的时候，摩托车轰鸣着驶进了槐树村。正是收工时候，这动静自然引得一大群人呼啦啦拥到德强老汉家的大门口。接二连三的命案已使得槐树村的人神经有些紧张，见警车带着苗香包回来，有人就猜测会不会是要起获罪证或者赃物，只是有些意外念珠为啥会随车一同回来。德强老汉闻讯后急急地从饲养室赶回家，看到两日未见的小儿子，惊问念珠这两天跑到哪里去了。念珠骄傲地扬头说他接香包姐去了。德强老汉看着还站在院子中的警察，又瞄了一眼已经进了房间的儿媳妇，又紧张又疑惑，心跳得快要蹦出嗓子眼儿。

民兵连长也得信儿赶过来。照理，公安人员办案，民兵自然要提供基本的配合。民兵连长上前握住那警察的手，自我介绍之后，大声说："警察同志有什么需要配合的就尽管吩咐。"警察就问村上还有没有其他领导。民兵连长挠了挠头说："有倒是有，魏支书刚死了独生女，心里难受，不太出门。五队的魏队长老婆让人杀了，心里边煎熬，也在家里待着。"警察说："连长你在也行，我来宣布一件事情。"

警察把院子四周的人扫视了一圈，从口袋里掏出一张纸念起来：

释放证明

经查，苗香包同志身为槐树村五队社员，热爱劳动，遵法守纪，无任何劣迹。与其他刑事案件没有牵连，现予以释放。

××县公安局

念毕，警察又提高了嗓门儿说道："我们县公安局经过认真调查，确认苗香包同志是个好社员。上一次把人抓错了，现在把她送回来，还她一个清白。任何人对她都不能有歧视行为。"原来，郭政委在临行前已经跟来槐树村的警察做了交代，一定要当着干部和村民的面给苗香包洗冤正名。

看热闹的人没想到原来是这种结果，一时面面相觑。更没想到一旁站着的念珠突然大声说："公安局的郭政委亲自给我香包姐说话嘞。他说我香包姐是无产阶级的后代！"

念珠话音一落，有人鼓起掌来。念珠顺着掌声望去，原来是知青宏涛，宏涛身后站着雅娟。念珠激动地扑过去抱住宏涛的腰，又转头跟警察叔叔说："就是这个宏涛大哥代我写的状子。"那警察就又上前跟宏涛礼节性地握了握手。

"扑通"一声，一直没人注意的德强老汉突然双膝跪在地下，老泪纵横地说："我给县上来的人磕头了。"慌得那警察连忙弯下腰去拉德强老汉，嘴里说着：“别这样，别这样。”德强老汉泣不成声：“我只道是我这家又塌伙了，老天爷把儿媳妇送来晃了晃我的眼，末了，还得让我过苦日子。多亏了你们的菩萨心肠，能让我这家还囫囵着。”

警察指着念珠：“老人家，你有这样精细伶俐的儿子，还愁日子过不好？你就等着以后享福吧。”

警察跟宏涛和民兵连长一干人握了握手，又在众人瞩目中发动起车子，在轰鸣声中绝尘而去。

望着逐渐消失的摩托车影子，人们仍意犹未尽地咂吧着嘴发表着各自的见解。直到有人发现拄着拐杖靠着门框的魏念牛，人们才醒悟这桩事件的主人公一直被忽略了。念牛分明也是满脸的泪痕。也许，根本没有人能体会在这巨大的跌宕中，念牛经受了何种煎熬。

一场大规模的踩踏事件让槐树村名声大噪，据说连省上都惊动了。消息灵通的人说香陵公社的王书记因为这事儿差点被撤了职。又因为事件发生在槐树村，上头就要求密切注意槐树村阶级斗争的新动向。时间不长，槐树村来了一个工作组。工作组照例要深入实际，指导槐树村魏支书一班人抓革命促生产。不承想那魏玉良支书自花妹死后像变了个人一样，整日里窝在自家屋里不理朝政，村上的大事小情难得再看见魏支书做个主张，有人说没想到刚强的魏支书竟然也是这么个稀软货。这情景当然又让驻村的工作组看在眼里，火在心里。很快，魏玉良被免去了槐树村村支书的职务，接替魏玉良的人是民兵连长魏胜利。

新任的支书当然也被唤为魏支书，为了区别于原来的魏支书，就把他称作胜利支书。胜利支书这回上任，得益于在魏玉良怠政期间自告奋勇地努力工作。一段时间，工作组几乎完全依赖民兵连长安排落实工作。付出自有回报，民兵连长也就在工作组的极力推荐中临危受命。胜利支书上任的标志就是把村上的那套高音喇叭从魏支书家的房顶上卸下来，连同那扩音器和麦克风一同搬到自己家。高音喇叭随后又架在胜利支书家门口那株高高的杨树上。因为喇叭架设的高度增加了，发出的声音也就显得更加嘹亮。槐树村经过短暂的沉寂之后，更为高亢的号角时时从喇叭中吹出。新官上任三把火，胜利支书的革命激情把槐树村的各项工作又推向新的高潮。

香包有惊无险、糊里糊涂地坐了几天监狱，却又被风风光光地送了回来。那天公安局的警察当着村干部和乡亲的面，宣布香包是无辜的人，尤其是念珠传了公安局郭政委的话称香包是无产阶级的后代，把香包自懂事以来压在心中的一块石头搬开了。这也算是因祸得福。跟念珠聊天的时候，念珠绘声绘色地谈起他找郭政委申冤的过程，香包就不由得吧嗒吧嗒地掉眼泪，她忽然觉得念珠是她在这个世界上最贴心的人。她甚至认为是母亲冥冥中发力把她从家乡的苦海中拉出来，又推着她掉进了这千里之外的福窝。虽然没有血缘关系，但魏家一家大小没有不把她视作宝贝的。她实在是太幸运了。知恩图报，她觉得有责任承担起理家的一切义务。她被抓走后，念富的儿子黑子被大伯领回家，现在既然自己恢复了自由，她就态度坚决地让念珠把黑子再领回来。

不过，香包现在还有一件最揪心的事情，那就是哥哥苗伟的生死。哥哥是因为花妹触电身亡的事件被抓起来的。在看守所里，香包曾经跟同号子一个能说得来的女犯人聊起自己的案子。那个女犯人是个干部，因为用印有伟大领袖头像的纸张引火生炉子，被人举报后关起来。人家懂些政策，听完香包对槐树村系列案件的陈述后，分析说念富肯定会被杀头，而苗伟很难说，要死要活就看运气。至于香包本人，估计没有大问题，但八成会被遣送回原籍接受贫下中农监督改造。现在，因为念珠和念莲姐的奔走，香包自身幸免于难，但哥哥的生死不能不让她如坐针毡。她现在根本不奢望哥哥被释放，她只求能保住哥哥一条命就好。这几日，香包本想去找雅娟聊聊，但因为自她被抓后，村上已经为知青大院安排了其他炊事员，她怕自己去那里惹起别人闲话，只好作罢。

香包的心思瞒不过念珠。念珠跟香包姐说要想法子搭救苗伟哥，不能让苗伟哥受冤枉。香包问念珠凭什么说苗伟受了冤枉。念珠说：“苗伟哥是个好人，村上谁有困难他都愿意帮忙。去年他还救了那个喝了农药水的外村人。再说，他害花妹对他有啥好处？”念珠的话让香包心里一阵热乎乎的。

念珠说不如再去找宏涛大哥写个申冤材料。香包却觉得不太合适，她说一来哥哥犯的事情跟自己相比毕竟大了许多；二来也不能给人家宏涛添太多的麻烦。这一次自己能被释放也是运气好，万一再让宏涛写材料救不出苗伟哥不说，再把人家宏涛牵连上可就实在说不过去了。念珠想想也觉得香包姐说得有道理。忽然想起当初苗伟入赘魏支书家前拜过营长伯做干爹的事，念珠就脱口说：“要不就去找营长伯想想办法。”香包说念珠跟她想到一块儿去了，只不过她觉得这种事儿没法跟营长伯开口。毕竟在花妹的死亡上哥哥是有责任的，营长伯是个正派人，让他替一个犯下人命案的人说话，实在是难为了人家。念珠却不同意香包姐的看法。念珠说既然苗伟哥当初拜营长伯做了干爹，干儿子不管犯了啥事，干爹都要出面说话。不能儿子好了爹认，儿子不好爹就不认。念珠坚持要找营长伯说事，香包也就不再阻拦。

念珠去了营长伯家，香包心里一阵说不上来的滋味。一方面她为念珠小小的年纪，为了替她分忧去救哥哥奔波求人心里老大不忍；一方面又为自己怕丢人不敢直接找营长伯的懦弱感到羞愧。正在忐忑不安之际，却见念珠反身回来，身后竟跟着营长伯。

香包一见营长伯，又惊又喜又慌张。念珠说：“我去伯家，伯说他正准备来咱家商量这事。伯还说你受冤坐了几天监房，事情过去了就好，千万心里别吃事。”香包想说话，嗓子却觉得有些堵，眼泪就忍不住流出来。

营长说：“香包你受苦了，好在苦尽甘来。可怜你哥哥苗伟还关在监狱里，一时半会儿怕是出不来，你得有心理准备。”

香包说：“伯，我知道哥哥犯的事儿大，只要哥哥能保住命就行。我这阵子常做梦，梦见我娘一手拉着我，一手拉着我哥正在天坑边转悠。”

营长说：“香包，你娘在天上会保佑你们兄妹。你不就好好的么，你哥也会没事的。”

香包惊喜地抬起头：“伯，你说我哥不会死？”

“我仔细分析了一下，”营长说，“苗伟那天不在家里，花妹死后苗伟才回去的。苗伟充其量是大意了，没有把电闸放到花妹够不着的地方。”

香包似懂非懂地问：“那公安局的人会不会也这样想？”

营长说：“我这几天一直在琢磨这件事儿。我过来就是想给你说一说，我打算去一趟县上的武装部。那里有我的老战友，我想通过老战友去找公安局说说话，保不准会起些作用。”

香包双膝跪地，呜咽着说：“伯，我替哥哥给您磕头了。我们兄妹无父无母，我嫁给念牛，爹把我这个儿媳妇当成亲生女儿，念珠兄弟待我比亲姐还亲。伯您又这样佑着我们，我的父母要是地下有知，也不知该咋样报答我们遇上的这些好人。”

营长抓着香包的肩膀，也动了情：“孩子，你们兄妹来到槐树村，带来了善良，带来了友好，更给念牛一家带来了欢乐。让你们兄妹蒙受不白之冤，是槐树村人的耻辱。”

不知什么时候，念珠抓了两只母鸡，用绳子绑住鸡腿，倒提着站在营长伯面前。

营长问：“念珠，你好端端地抓鸡干吗？”

念珠把头一扬：“伯，你去找战友空着手不好。”

看着念珠红扑扑的脸蛋，营长说：“我的那些战友跟我都是过命的交情，用不着客套。你把鸡放了吧，刚开始下蛋，杀了多可惜。”

香包说：“伯，礼多人不怪。你带上吧！”

营长从念珠手里接过鸡，放在地上，小心地分别解开拴绳。那两只鸡扑腾着翅膀，咯咯地尖叫着半飞半跑夺门而出。

营长当真就去了一趟县城，第二天才回来。营长给香包和念珠带回了不算太好也不算太坏的消息。营长说他和战友一起去了县公安局，听县局的人说，这桩系列杀人案件的主犯魏念富作案手段恶劣，情节严重，怕是死定了。另一个案犯苗伟的作案性质存在争议，有人认为苗伟设局谋害花妹，是典型的阶级报复。有人认为苗伟是过失杀人，不管咋说罪肯定是犯下了，但基本可以断定罪不至死。香包听完后总算是稍稍松了一口气，但想着哥哥以后漫长的岁月将在牢房中度过，心里仍是一阵阵地疼。

一个多月以后，新任的胜利支书组织一群社员代表赴县城参加公判大会。据说是上头要求的，各队都要派出代表。出行前一天，胜利支书特意让魏队长安排一个架子车随行，说要把杀人犯魏念富的尸体运回来。魏队长岂肯费力张罗给杀妻的仇人料理后事，遂着人通知念富的父亲魏德刚自行拉车去县城收尸。德刚去找儿子念贵，却不料念贵媳妇极力阻拦。念贵媳妇说那念富是吃枪子儿的毙死鬼，沾不得，要敢把他的尸体拉回来，全家都得遭殃。念贵也就随声附和，说把哥哥的尸体交给公家处理算了。念贵夫妻俩态度异常坚决，父亲德刚也无可奈何。

心里到底还是放不下，德刚又去找弟弟德强。德强老汉听哥哥诉完苦衷，把烟锅头在地上使劲地磕了几下，说念贵这小子娶了媳妇忘了本，亲崩崩的兄弟咋就这么生分？念富虽说被政府镇压，咋说也是魏家的人，怎能让他的魂儿四处飘荡呢？听着兄弟的话，德刚的老泪流出来，看着在院子里活蹦乱跳的孙子黑子，叹了口气说：“要是黑子再大一点，也不会让他亲爹的尸身在野外让野狗野狼叼了去。”

德强老汉使劲拍了一下大腿说：“咱自家的孩子死了，连个收尸的人都没有，以后咱哥俩到了阴间，咋跟先人交代？不如咱老弟兄两个人明天拉上架子车去县城，也把念贵那小子臊一臊，放着个身强力壮的身板，却指着老爹和老叔去干那收尸的事。”

德刚瞅着很少激动的弟弟，一时没了主意。

恰好念珠放学回来，正值伯父和爹说事，就绕到一旁扯草喂羊。见爹跟伯父高声说起话，也就侧耳听了一阵，方才明白了原委。念珠立刻走过去插话说:“念富是我哥，黑子现在也在咱家，黑子爹的事就是咱家的事，干脆明天我去给念富哥收尸。”

一直待在房间里的香包也走到院子，应着念珠的声音说道:“我也去。”

德刚呜咽着说:“比比念珠，比比香包，那念贵两口子还配披张人皮么？”

念珠说:“香包姐你别去，那场合不适合你。明天我拉上架子车跟大伯去县城。”

德刚声音战抖着说:“咱魏家有念珠这样的顶梁柱子，真是咱先人积下的福。”

德强老汉说:“也好，就按念珠说的办。哥你领上念珠去县城收尸，家里的事我来张罗。我去找念贵寻人给他哥打墓。我不信念贵一丁点儿不顾自己的脸面。”

念富的尸体拉回村子的时候，被一张白生生的新芦席卷着，头脚两端严严实实地封着，横七竖八的麻绳捆得紧紧的，就像根圆木一样直直地搭在架子车上。对念富的死相，说法不一。有人说打进念富脑袋的是一颗炸子，把半个天灵盖都掀翻了；有人说其实只是脑后钻了一个洞，脸上还都囫囵着。但关于收尸的过程，大家都说胜利支书做得人道。公判大会一结束，唯一被判处死刑立即执行的念富被五花大绑着用拖拉机拉到县城边上的黄泥沟岸上，在人山人海的观望中，那几乎抵到念富后脑勺的快枪一声爆响，跪着的念富就猛然间好像被磁铁吸了起来，往前头蹦了一下又栽倒在地上。胜利支书此前已有吩咐，让德刚和念珠爷俩远远地守在刑场外面。他又亲自领着几个胆大的民兵，推着架子车分开人群到念富丧命的地点操作了一番。待架子车交到念珠爷俩手里时，就只看见一捆沉沉的芦席卷。还有人说可惜了念富那显然是刚刚上身的新衣服了。因为在公判大会台子上捆着的人中，念富是唯一一个穿着新衣服的人，上下劳动布装束的念富被装扮得很精神。明白的人说那是政府给死刑犯的优待。难得念富死前总还在人前风光了一回，只可惜就那么一会儿，转眼间就被一张芦席卷严实，新衣服也就化作了泥土。

客死他乡的尸体是不能进村的，这是亘古不破的规矩。何况念富还是毙死鬼。按照事先安排，念富唯一的儿子黑子头上缠着一圈白布，傻乎乎地被叔爷爷德强老汉牵着手站在村口，迎上了念富的灵柩。德强老汉让黑子哭几声，黑子哭不出来。德强老汉就跟侄孙子说爹升天了，再也回不来了。黑子说天上好玩，在云里还能捉迷藏。念富尸体被拉到公墓上的时候，墓穴已经挖好。除了少个棺材，其他的程序和一般的埋葬没有啥两样。墓穴有墓道，有黑堂。因为没有棺材，下葬入土的时候省力多了。通常十几个棒小伙子用麻绳费力吊着棺材下墓道的过程，被四个人上下传递的轻松方式取而代之。

不过让人们感到既酸楚又可笑的是，念富的墓位竟然夹在自家媳妇吴爱英和魏队长媳妇淑芳两个新谢世的女人墓穴中间。当初，因为淑芳娘家哥的坚持，淑芳相邻着吴爱英已经挖好的墓穴又被填上，淑芳的新墓穴让出了两个墓位，又有杠生爹戏匣子和德强老汉同意自己身后葬在两个冤家中间，总还能让人感觉出活着的人对亡人的一些照顾。谁知这次给念富开挖墓穴时，恰逢那驻村工作组的组长下田深入实践，见公墓处热闹，就凑上去。闲聊之际，问那两个新墓穴中间为何空出两个位子，有人就把缘由讲了一遍。工作组组长遂现场发话说不能任由封建迷信兴风作怪，槐树村本就人多地少，怎么能如此放肆地浪费耕地呢。就要求把念富的墓位放在原本空出来的位置上。工作组组长一发话，就如圣旨颁下，谁敢不唯命是从？再说为念富打墓主事的念贵也是应付差事，懒得跟工作组组长陈情。念富那被枪子钻开洞的身子就被安置在这个特殊的地方。有好事者就说这三个冤死鬼，从地上斗到地下，恐怕谁都不能顺当托生。

县上的公判大会上，也宣判了另外两个案犯的命运。教唆犯瘸拐子被判处有期徒刑三年，过失杀人犯苗伟被判处有期徒刑九年。消息灵通的人说，那天毙完念富，那辆拉念富的拖拉机就把瘸拐子和苗伟加上其他一些犯人，一股脑拉到县城北边五十里远的劳改场服刑去了。那个劳改场是个砖厂，犯人们在看押下制作建房用的砖瓦。

对于苗伟的判决结果，香包情感上觉得还能接受。毕竟哥哥保住了一条命。香包认为这个结果跟营长的奔波一定有关系。

连环系列杀人案件让槐树村远近闻名，槐树村阶级斗争的尖锐性与复杂性也成了活生生的教材。槐树村驻村工作组的一项重要任务就是要深挖阶级矛盾的根源，荡涤与无产阶级格格不入的污泥浊水。很快，村子里上上下下掀起了一场大割资本主义尾巴的运动。

所谓的资本主义尾巴，就是以家庭副业为名，在养殖和种植方面恶性扩张，导致社员群众分散参加集体劳动的精力，进而滋生投机倒把的现象。工作组要求在全村展开一次拉网式的调查，对每户社员的副业生产情况详实掌握，统一采取革命行动。超标准养殖的畜禽坚决扑杀，违规种植的作物一律铲除，务必在短时间内让槐树村成为风清气正的无产阶级战斗堡垒。

民兵小分队三五成群地挎着枪在各户检查。德强老汉家鸡欢羊叫的场面自然让民兵大为惊讶，立即详细地把满院溜达的鸡进行了清点造册。查明公鸡一只、母鸡五只。又到羊舍前认真分辨绵羊的公母，明确公绵羊一只、母绵羊一只。因为对兔笼中的长毛兔难以断定雌雄，民兵问香包时，香包说那是念珠兄弟买回来的，她看不懂。民兵就在登记本上写明：“兔两只，公母不详。”

按照工作组制定的标准，每户社员家里可以养一头猪、一只公鸡、两只母鸡，超出数量或有其他畜禽的养殖即视为资本主义尾巴。为什么只允许猪和鸡的存在？那是因为猪肉和鸡蛋是祖国建设和支援世界革命必不可少的物资，但这仍然不能冲淡以粮为纲的生产原则。德强老汉家里不但鸡的数量严重超标，竟然还把禁养的羊和兔成批饲养，自然令工作组成员感到震惊，只说这槐树村一帮党员干部觉悟太低，难怪在这土壤中滋生出了各种恶性事端。

礼拜天不上学，念珠照例在家里忙活着给羊和兔子剁草之类的杂活。自从香包姐坐了一回监狱后，她给知青大院做饭的那份工作丢了，原来说好因照顾公伤的念牛生活起居补贴工分的事也不明不白地黄了。香包就恢复了随社员下地劳动的状态。好在念牛是实实在在的残疾，没有人让他出工。他寻常仍坐在屋子里编笊篱。念珠和念牛平常没话说，这会儿就分头忙活着各自的事情。突然间院子里闯进三四个扛枪的民兵。这些人念珠都认识，其中一个还是自己要好的同学狗蛋的哥。念珠问民兵有什么事情。民兵说是奉命割资本主义尾巴。念珠问割资本主义尾巴跟自家有啥关系。民兵说念珠家养殖的牲畜超过了社会主义标准，要予以清理。

念珠惊讶地睁大了眼睛，拽住狗蛋哥的胳膊，问如何清理。狗蛋哥讪讪地笑了笑，说每户只能养一头猪、一只公鸡、两只母鸡，其他的都得杀掉。

念珠脸上的肌肉僵住了，半晌从嘴里吐出几个字:“你们要杀……杀我家的羊、兔……兔还有鸡？”

狗蛋哥机械地点了点头:“这是工作组安排的。”

“杀你妈个 ×！”突然间，念珠像疯了一般号叫了一声，又飞快地从房檐下的墙上取下一柄三股铁叉，朝狗蛋哥和民兵们冲了过去。几个民兵没想到念珠这个愣头儿青耍起了不要命，一哄而散夺门出了院子，站在大门外朝里张望。那念珠双手持叉，威风凛凛地怒目相向，俨然长坂坡桥头的张飞一般。

早有人把消息报给了工作组，工作组组长没想到槐树村还有如此顽固的资本主义碉堡，二话不说亲赴现场督战。看到不要命的守院人竟是一个十三四岁的半大小子，身旁还站着一个三四岁的小男孩，惊问这家是什么成分，两个孩子是什么关系。有人回说:“是贫农成分;大孩子叫魏念珠，是饲养员魏德强的儿子;小孩子叫黑子，是魏念珠堂哥魏念富的儿子。魏念富被枪毙了，黑子现在是孤儿，寄养在德强家。”工作组组长不想跟孩子一般见识，喝令让唤来饲养员魏德强。德强老汉从饲养室赶过来，一看这情景，颤颤巍巍地问工作组组长这是要干啥。工作组组长说割资本主义尾巴，为了确保集体经济不受影响，要扑杀院子里超标准饲养的牲畜。德强老汉说天地良心，自家养的这些牲畜没占集体一分钱便宜。工作组组长说超了养殖标准就是对集体经济的损害。德强老汉气得“咳咳”地跺了跺脚，冲着门口的念珠喊道：“让他们杀吧！”

“杀不成！”念珠把手里的铁叉朝前晃了晃，“谁敢进来我跟谁拼命！”

突然间，斜刺里冲出了一条黑狗，照着那工作组组长“汪汪”地吠了起来。

那吠叫的狗正是大黑。原来，为了避免在割尾巴运动中遭遇不测，戏匣子让儿子杠生早早地把大黑牵到邻村亲戚家。没想到大黑恋家，这一日挣脱链绳，独自跑回槐树村。正碰见念珠门口这一幕。那聪明的大黑自然能分辨出亲疏，照着那工作组组长就吼了起来。

也是没事找事，那冬梅正好夹在人群中看热闹，见大黑朝工作组组长吠叫，有心表现自己，随手在地上捡起一截树棍，一边挥舞着一边呵斥大黑。不想那大黑却不买冬梅的账，见冬梅手上的树枝侵犯了它，冷不防在冬梅胳膊上咬了一口，疼得冬梅“哇呀！”喊了一声，捂着被咬的地方蹲下身去。

工作组组长没想到还有人养着狗，一时火气更旺。指着那狗，朝一个民兵喝令：“毙了它！”

“砰”的一声枪响，大黑应声倒地。

德强老汉老泪顺着脸颊流了下来。

念珠的眼里冒出了火。

工作组组长喊道：“伟大领袖毛主席说，凡是反动的东西，你不打它就不倒。民兵同志们，给我冲进去！”

民兵们犹犹豫豫的时候，不承想念珠的怀里变戏法似的抱着一尊毛主席的半身石膏像。原来念珠听到工作组组长念毛主席语录，灵机一动，把窗台上供奉的毛主席石膏像捧在怀里。

工作组组长倒抽了一口凉气，他大概没有想到这个乳臭未干的对手竟然如此有勇有谋。但今天既已亲自督战，岂能丢了颜面。正踌躇间，远远看见魏胜利支书闻讯赶过来，遂大喊道：“魏支书，你过来！”

魏胜利上任支书不久，正要在全村的革命生产中大展宏图，对上头来的工作组自然是尊敬有加。见到这阵势，问明了情况，对民兵们一挥手：“一柄铁叉就把你们吓尿了，还咋样消灭阶级敌人。冲进去，每人奖励工分五分，注意不要打碎主席像！”胜利支书现在还兼着民兵连长，对民兵们发起号令来就显得顺理成章。几个民兵虽是挠着头，却也只好朝着念珠围上去。

气氛紧张得快要爆炸，德强老汉急得干号起来。

“念珠！”一声带着哭腔的女声从人群后面传过来。

众人回头一看，原来是苗香包。

这会儿到了歇工时分，香包随社员下田回家，到了家门口，却不想碰到了这一幕。

狗蛋哥率先停下了脚步，其他几个民兵也看样学样站住了。

胜利支书瞅着香包：“苗香包，你的个人情况我都知道。在槐树村一年多，你的表现还可以。今天再看看你的表现。”

香包泪珠滚滚：“支书，非杀不可么？”

胜利支书坚定地摇着头：“没有商量的余地！”

沉默了半分钟，香包颤抖着声音对念珠喊道：“念珠，姐求你了。”

念珠的眼泪也流了下来，将铁叉把杵在地上。

香包朝念珠走过去，边哭边说：“念珠，我不想离开咱家。”

“香包姐！”念珠撕心裂肺地哭号了一声，把铁叉扔到地上，一头扑到香包的怀里，手里却还紧紧地抱着那尊石膏像。

香包用手擦着念珠的眼泪，却不想自己的眼泪滴在念珠脸上。

德强老汉突然弯下腰，伴随着一阵猛烈的咳嗽，一口鲜血吐在地上。

第十三章

斗转星移，一眨眼，德强老汉离世已经几年了。

当年德强老汉下葬时插上坟头的柳棍已然长成两人高的柳树，不知从何处蔓延而来的迎春花藤条已严严实实地罩住了坟堆。正是清明前夕，香包带着念珠和女儿凤儿、侄子黑子，照例去给爹上坟。秉承着清明上坟赶早不赶晚的习惯，虽说离清明还有四五天的时间，赶着念珠礼拜天放假，一家两代就去公墓祭拜一番。念牛因为腿脚不方便，独自守在家里。

前几天刚下过一场透雨，大地像突然被唤醒一般，圪圪梁梁无不散发出勃勃生机。大田里的麦苗齐齐地振作起来，绿油油的海洋把那入冬以来一直枯黄的野田淹没得无影无踪。稀疏的几垄果园花开得正艳，粉色的桃花装点着枝头，雪白的梨花茂盛得似要为树冠披上婚纱，淡黄色的李子花躲在叶片中羞羞答答。一大片油菜田成了金色的花海，透出沁人心脾的香味。黑子牵着凤儿的手，已采了一大把蒲公英花，但凤儿仍然叫着今年给要爷爷的坟头上献上比去年还多的花。

念珠已完全长大了，高高的肩头几乎与香包的个头齐平。他继承了德强老汉年轻时候的俊样，浓眉大眼，鼻梁高耸，一张阔嘴棱角分明，上唇已透出一弯淡淡的绒毛。念珠现在已经是高中生，确切地讲，应当是高中毕业后又第二次复读的学生。跟着香包姐祭奠爹，是他这几年雷打不动的功课。

念珠用随身携带的铁锹把爹的坟堆整理了一番，清理了杂草，填埋了鼠虫洞穴，在坟尖压上一片黄裱纸。香包已在坟前为爹摆上了供品，那是昨天晚上赶着蒸下的开花馒头。凤儿把金黄的蒲公英花放在供品前面，黑子划火柴点着了两炷线香。香包领头，四个人齐刷刷地在坟头前跪了下来。

香包把草纸和纸钱点着，火舌慢腾腾地把那一张张纸钱吞噬成焦黑的小卷。一阵清风拂来，黑卷变成无数的碎片，随着青烟飞上头顶，像数不清的黑色小蝴蝶在风中飞舞。凤儿就指着空中说:“爷爷在天上收钱哩。”

香包对着坟头说:“爹，您走了三年。一家人没有不想您的，靠着您的保佑，现在日子越来越好过了。您在那边照顾好自己，如果有来生，香包还给您做儿媳妇。”

火苗忽闪着。念珠似乎又看到了父亲咂吧着烟嘴时那一明一灭的烟锅头。他想起爹弥留之际的情景，耳边就响起爹拉着他的手叮咛他的话:“自从有了你嫂子，咱魏家才真正算得上一个家。以后有事多听你嫂子的，照顾好你念牛哥。”念珠就在心里默默地念叨:“爹，儿子忘不了您的交代。我会一辈子听香包姐的话，为念牛哥养老送终。”

香包又喃喃说道:“爹，有个事儿我想跟您说道说道。念珠去年高中毕业没考上大学，我让他复读了再考。可他心里老大不情愿，您帮我劝劝他。念珠和念牛就兄弟两人，念牛是个废人，魏家想红火起来，就指望着念珠了。念珠要是能考上大学，那该多好呀。”

念珠见香包姐把话说到了爹的坟头前，不禁无奈地叹了口气。爹谢世之后，念珠戴着黑纱在生产队劳动了半年，却不想突然之间广播上宣布恢复高考的消息，且对往届生和应届生报名一视同仁。村上家庭条件稍好一些的回乡青年就都踊跃着报名参加高考，念珠心血来潮也报了名。其后，念珠没少挑灯夜读，可却在那千军万马争过独木桥的竞争中名落孙山。岂料念珠在为自己意料之中的失败心安理得准备再打锄头之际，香包却来了劲，死活要念珠去复读。香包给出的理由是国家既不限制报考年龄，随意放弃对不起国家，对不起自己，更对不起地下有知的爹。念珠敬重香包姐，就勉强又进了学校。可谁知第二年又以五分之差落榜。念珠遂打定主意，死了上大学的心。谁知香包却在这件事上罕见地与念珠犟起来，香包说家里人手再紧张，也不能眼睁睁地看着魏家失去一个改变命运的好机会。念珠就跟香包姐闹起了别扭，但到底还是念珠气短，最终跟香包姐举手投降，乖乖地背着铺盖又进了香陵中学。不过，叔嫂二人定下君子协议，这是最后一次复读。虽说又开始了学业，但念珠心里总不踏实。他明白那万里挑一的高考实在太难了，一年一年地浪费时间委实可惜。家里就香包姐一个完劳力，念牛哥泥菩萨过河自身难保，黑子和凤儿还都需要人照顾。这个家太需要他替香包姐扛起担子。说心里话，几次落榜他并不难受。他还真担心自己万一考上大学，屁股一抬走人时，这一大家子让香包姐如何操持。心里有想法，就时时在香包姐跟前流露出反悔的意思，想终止最后一次复读，可又实在奈何不了香包姐不容置疑的决绝。这会儿香包姐跟爹又说起这件事，念珠心中如何不惆怅。

香包继续说道："爹，您要是觉得我说的有道理，就把那纸灰扬得高一点儿，我就希望咱念珠能展开翅膀，飞得又高又远，把咱魏家一家人都带得飞起来。"

念珠不由自主地把头抬起来望向天空，那蝴蝶般的黑色纸灰果然在一阵清风助力下翻滚得更高了。香包当然也看到了高扬的纸灰，就把脸转向念珠，目光中透出不可违逆的神色。念珠的目光与香包姐的目光碰在一起，僵了一阵，念珠先是讪讪地笑了。

一个让槐树村沸腾的消息传了开来：生产队要分田到户了！按照混账发永的说法，对这回的分田，上头宣传是联产承包责任制，但实际是猫叫了个咪，跟过去的包产到户没啥两样。说起包产到户，槐树村人并不陌生，多年前的那一场运动让人至今心有余悸。初时，大家兴高采烈地接手了划归各家各户的农田，豁着命卖力地精耕细作，却不料未等收成归仓，一声命令之下，那分出去的农田又收归生产队不说，分田后几家干得最红火的竟被树成复辟典型，大会小会没少挨批。如今又唱的这一出，莫不是还要逗着农民玩一场？混账仍做着五队的会计，再说他也是队上少有的能看上报纸的人，多少对政策懂一些。混账拍着胸脯说这回上头要来真的，外面有些地方已经搞得热火朝天，槐树村吃大锅饭的日子快结束了。

香包对分田的说法将信将疑。这一天又是礼拜日，趁着休工香包来到老右家，跟德文婶子聊天。香包是个不爱串门的人，但跟德文婶子却是例外。原因是德文婶子常从自己工作的服装厂给香包拿回碎布头，香包把那些布头做成香包，一段时间还通过知青推销卖到汉京城，给香包带来了不少家庭补贴。后来知青们陆续回城，雅娟也离开了槐树村，香包的香包也就做得少了，碎布的需求也就少了。不过，香包跟德文婶子的情感却越来越深。香包感激德文婶子给她提供的帮助，德文婶子喜欢香包的清纯善良。每到德文婶子礼拜天从县城回来，香包都如做功课般跟婶子会面聊上一番。德文婶子有几次带着女儿丽英回村子，丽英竟也跟香包一见如故，两个人亲得不行。

香包跟德文婶子说了一些体己话。对于香包提出的有关分田的疑惑，德文婶子说她也搞不明白。可巧老右从外面回来，德文婶子就问丈夫对分田的事儿是啥看法。一段时间以来，香包觉得老右比过去精神多了，随着社员们一起在田里出工时，老右腰身比过去挺得直了，脸色也平展多了，香包就猜想老右可能碰上了顺心事。老右进屋，见老伴跟香包聊天，也不像过去那样刻意躲开，而是大大方方地凑上去，跟老伴和香包说起了自己的看法。

老右说：“昏昏沉沉地等了几十年，天终于快亮了。一切颠倒的东西还得再正回来。土地本来就是农民的，只有交到农民手里才能最大限度地长出财富。长期把土地跟农民分开，农民没心思干活，人哄地，地哄人，这社会就只剩下完蛋的份儿了。”

香包一阵惊喜：“德文叔，照你的说法，生产队的土地真的要分给个人了？”

德文婶子嗔怪丈夫：“你就是死不改悔，当初就因为那张嘴换了个右派帽子。几十年苦头还没吃够，说起话来嘴上还是不把门。”

老右笑着把手搭在头顶：“我说真话心里舒坦。这几十年戴着帽子，说不成真话，我就闭嘴不说话。现在春天来了，我心里高兴，就不由得又想说真话。我估计再不会有人给我寻事，连我现在这顶老右的帽子恐怕也戴不长了。”

香包睁大了眼睛：“德文叔，你是说要给你的称号予以纠正？”

老右坚定地点了点头：“正义虽然有时候会迟到，但终究是要来的。”

香包看着德文婶子，动情地说：“婶子，真要是那样，苦日子可就要熬到头了。”

老右突然拍了一下脑袋，对香包说：“香包，我还要告诉你一件事，现在上头正在平反冤假错案，你不妨把苗伟的案子也反映一下。”

“苗伟？”香包浑身一颤，“你是说我哥哥的案子冤枉？”

“事情过去这么多年了，我总觉得蹊跷。”老右分析说，“我当时虽然没有去现场，可听人说苗伟是在得知花妹触电死后才急急忙忙跑回家的。花妹是严重的智障，缺乏最基本的判断能力，她的触电应当与苗伟没有太大关系。仅仅因为花妹的死就给苗伟定罪，还不是因为苗伟的家庭出身不好？从这一点上讲，可以算是政治迫害，就可以当成冤假错案来纠正。”

香包激动不已：“德文叔，我该怎么办？”

老右坚定地说：“写申冤材料。现在对冤假错案的纠正有专门的机构和人员负责。”

正说话间，营长走进了院子。未及走近老右身边，营长就呵呵地笑着问：“德文，你这几天该是急得像热锅上的蚂蚁了吧？摘帽的通知迟迟不来，你这个老右的外号还得让人叫着。”

老右也哈哈笑起来：“该来的少不了。至于别人叫我老右，我倒不在乎。右派有什么不好？这个社会要前进，就少不了左派、右派、中间派，相互斗争才能找寻出真理。”

营长由衷地赞叹道：“德文你真是个硬骨头，二十多年了，性子依然那么拗。”

营长似乎发觉了香包激动的神情，问老右给孩子又做了什么鼓动的宣传。香包眼光中闪着泪花，说德文叔让她为哥哥苗伟申冤哩。营长就看着老右不作声。老右说：“苗伟是个好孩子，背井离乡投奔槐树村，蒙受了一场不白之冤，实在让人心里难受。”

营长正色道：“德文，党中央拨乱反正，深得人心。但拨乱反正不是把过去的一切都否定。苗伟是我的干儿子，我自然比谁都在意这件事。当年为了苗伟，我还到县城去找过我的战友，苗伟被判了九年刑，也算是从轻处理了。如今要想翻案，难不成说花妹的死跟苗伟一丁点儿关系都没有？”营长又停了一会儿，若有所思地说：“我对当下的事儿有些看不懂。就拿吵得不可开交的分地这件事儿来说，共产党辛辛苦苦把土地从地主手里夺过来分给农民，又担心贫富差距太大，把土地集中到生产队。过去搞的‘三自一包’‘四大自由’那一套，被认作复辟全部纠正了。现在这样搞，不是又走回头路么？我只怕毛主席他老人家打下的江山变了颜色，那才让人痛心哪！”

老右半晌没吭声。直到香包跟德文婶子告别时，老右才回过神来，对香包说：“我跟你说的话，你再琢磨琢磨。现在上头号召要解放思想，这思想要是锈了，一切都麻烦了。”老右说着话，还用手拍着脑门。香包听得似懂非懂，机械地点着头。

香包回到家，把和老右和营长说话的内容又跟念牛、念珠学了一遍，末了，问念珠啥叫解放思想。念珠说解放思想就是要把过去思想里的那些条条框框全部打碎，一切都要尊重事实，尊重客观规律。念珠又说现在全国正在开展一场轰轰烈烈的真理问题大讨论。什么是真理？真理不是伟大领袖说出来的，真理是经过客观实践检验出来的。过去那种凡是伟大领袖的指示都必然英明的认识是极端错误的。听着念珠嘴里一串一串的新名词和那些胆大妄为的说法，香包只觉得心跳加速。

“以后还会再割资本主义尾巴么？”想起久远的一幕，香包仍心有余悸。

“不会了！”念珠坚定地摇了摇头，“党中央要在农村实行联产承包责任制，就是要坚决打破大锅饭，最大程度地调动农民的生产积极性，以后地就由咱农民自己种，想种啥就种啥；牲畜由咱农民自己养，想养多少就养多少，只要不犯法就行！”

香包搓着手：“念珠，这么说好日子真的要来了？”

念珠说：“香包姐，学校里都学了中央的文件，我听了心里真像点起一把火，就想着回家红红火火地干一场。”

香包摇了摇头：“念珠，眼下这些事轮不着你激动。你一定要想法子考上大学。前几日，念莲姐还叮咛我要督促你加把油，咱魏家就靠你光宗耀祖呢。爹在阴间一直等你给他喜报哩。”

念珠沉默着低下了头。

香包又问起让她揪心的事：“念珠，德文叔说让我给苗伟哥申冤，这事儿能做不能做？”

“咋不能做？”念珠瞪大了眼睛，“花妹是个傻女子，自己触了电，干吗让苗伟哥担责？现在平反冤假错案，苗伟哥的案子也该翻一翻。”

“给苗伟翻案，会不会再有人给咱找事儿？”

“解放思想么，就是要敢想敢干！”念珠握紧了拳头，“拨乱反正，以后不会再随便给人戴大帽子了。申冤材料我来写，多抄几份，给县委、县政府、县法院分别寄出去。”

香包的眼眶中满是泪水，念牛的脸上也有了笑意。

槐树村当真就开始分地了。分给各家的土地被称为责任田。按照上头的说法，这并不是走回头路，土地虽然分给各家耕种，但所有权还归生产队，以后根据需要随时还会调整。但不管怎么说，各家各户有了自己在作物上可以说了算的土地，怎会不兴高采烈、扬眉吐气？几个月的日子里，人们奔走相告，各家恨不得把所有亲朋都带到属于自己的那块责任田的地头炫耀陶醉一番。

分田是按照人头计算的。各生产队因为人口与土地比例的不同，人均分地会出现差异。五队的地亩面积说起来比其他队还要宽裕一些，人均可以分得一亩八分。念珠家算上念牛、香包、黑子、凤儿，五口人分了九亩地。抓阄的时候，凤儿抢着把小手伸进那装阄的小匣子里，竟然就抓到了离村口不远、灌溉很方便的一片旺地。香包高兴地在凤儿脸蛋上左右亲个不停。连着几个晚上，香包高兴得合不上眼，白天抽空就要到田头站一站。

礼拜天，念珠从学校回来，香包又兴奋地带着念珠去欣赏自家的领地。深秋时节，田里的晚苞谷已经扬花，抱穗的苞谷秆绿油油的显得很精神，数不清的蜜蜂和金龟子一类的飞虫在苞谷顶花和穗头间穿梭飞舞，一阵阵馨香扑鼻而来。念珠不由自主地翕动着鼻翼。香包从地埂边抓起一把土在鼻子下嗅着说："这土这么肥，由不得庄稼不旺势。赶着生产队收了这茬苞谷，下一茬就该咱自己种，自己劳务，自己收了。"

念珠问香包下一料作物准备种啥。香包说待队里这茬苞谷收了，把地好好地耕一遍，先种上麦子，待来年麦子收过，再好好筹划多种些作物。念珠担心香包一个人忙不过来，说要是爹活着，就能帮香包姐一把。香包眼圈一红，说爹喂了一辈子牲口，如果爹能牵着牲口在自家地里耕上一回，不知该有多高兴。念珠说反正他也是最后一年复读，到了明年夏天高考一结束，他就能回来帮香包姐操持家务了。香包就又沉下脸，嗔怪念珠又说丧气话，说念珠明年若是还落榜，就继续去复读。念珠笑着说再复读就该惹人笑话了。

苗伟出狱了。

香包是在接到一封发自监狱的信后，和念珠一起把苗伟接回槐树村的。那信是一封通知函，盖着监狱的大印，信中说苗伟服刑期间积极改造，经上级审查批准，允许其提前出狱，通知家属前去办理手续。喜出望外的香包连颠带跑地到了香陵镇中学，把这个喜讯告诉了念珠。念珠当下跟老师请了假，叔嫂二人立马上县城搭乘公共汽车，又步行小半天，风尘仆仆地赶到监狱，果然就接出了苗伟。

屈指算来，苗伟从被抓走那天至今，整整七年零三个月。现在的苗伟看着比过去更清瘦了，脸孔成了古铜色，只是眼睛仍然炯炯有神。香包看见哥哥时，泪如雨下，呜咽着说她只怕这辈子难见哥哥。苗伟说他在监狱里有吃有喝卖力劳动没受啥罪，只是放心不下孤苦一人的妹妹。香包说到槐树村这么多年，谁也没为难过她。说着又指指念珠，说念珠兄弟就是她的保护神。苗伟紧握着念珠的手，说没想到念珠兄弟如今长成了这么一表人才的帅小伙子。

对自己未来的落脚点，苗伟显得很惆怅。苗伟跟香包说，自己出狱前想了很久，花妹家不能去了，住在妹妹家有些不伦不类，他甚至想着再回四川老家去。香包说爹娘去世后就她和哥哥两个骨肉兄妹，哪能再忍心天各一方？槐树村虽说给哥哥留下痛苦的记忆，但槐树村有她这个妹妹，是骨肉相连的一家人。香包指着念珠说："要不是念珠兄弟，说不定当初我得跟你一起把监狱坐上几年。这一次，念珠兄弟又到处给你申冤。申冤材料都是他写的。"苗伟说："念珠兄弟，我这回是提前出狱。监狱说是因为我表现好给我减了刑，但和我一起服刑的人中表现好的多了去了，为啥单单给我减刑，八成就是你的申冤材料起了作用。"念珠有些腼腆："我就是试着替香包姐把心里的苦水倒一倒，也不知道起没起作用。"

见苗伟对回到槐树村有些犹豫，念珠说："苗伟哥，你在槐树村待的时间不长，说你不是的人很少，花妹的死让你担责，好多人还替你鸣不平哩。人在哪里跌倒，就在哪里爬起来。现在形势好了，咱家分了九亩地，我还在学校上学，念牛哥身残下不了地，家里就靠香包姐一个劳力。你要肯回槐树村，就住在咱家里，跟香包姐一起料理家务。莫不是帮了一家人的大忙，我爹在天之灵也会高兴的。"

苗伟低头沉默了一阵，好半晌才抬起头来，红着眼圈对香包说："香包，你碰上念珠这样的好兄弟真是福分。"

苗伟就随着香包和念珠回了槐树村。自然又引起了一场骚动。苗伟看见从未谋面的外甥女凤儿，先是喜欢得不得了。凤儿凭空掉下来个舅舅，又新奇又高兴。好在屋子还算宽敞，香包把爹原先住过的屋子收拾了一番，安排哥哥住下来。人一多，院子里一时又添了几分热闹。

听到苗伟回村的消息，营长和老右一起去看苗伟。见到两个长辈，苗伟慌得不知所措，连说他回来了没先去拜访干爹和德文叔，反倒让两位先来瞧自己，真是惭愧。营长说：“苗伟你提前回来，说明你罪不重。你德文叔和我常念叨你哩，他怕你出来了再有思想包袱，我们来就是想跟你说道说道。”

苗伟朝老右感激地点着头：“德文叔，香包跟我说，槐树村乡亲里边，她觉得最亲的就是德文婶子。”

老右说：“苗伟，你出事之前在槐树村只待了一年多时间，我觉得你是一个有为青年。一场牢狱之灾，可千万不敢把你消磨垮了，现如今万象更新，你一定要振作起来，好好生活，把在监狱里损失的时间夺回来。”

苗伟嗫嚅着说：“德文叔，我还不清楚槐树村能不能容下我，当初我可是因为上门招婿才落下户口的。”

老右说：“户口既落下了，就没有人有权力赶你走。当初德茂有资格收你做干儿子，今天我也敢认你做干儿。谁要是跟你过不去，我先是不答应！”

营长呵呵笑着说：“德文现如今把右派的帽子摘了，县上给他落实政策，过段时间就该回城里了，这阵子说话底气足得多了。”

一旁站着的香包高兴得蹦了起来。

苗伟深情地说：“好人总有好报，德文叔吃了几十年的苦，到底是苦尽甘来。”

老右说：“在我眼里，苗伟和我是一类人。”

苗伟眼睛睁得老大：“德文叔，我是犯人……”

老右把手掌往前一伸，做了个阻止的动作：“苗伟，今天咱们不谈这些。我只是想告诉你，卸掉包袱，甩开膀子干上一场，用事实证明咱是好样的。”停了一下又说道：“另外，我还想建议你抽空去看一看魏玉良，他毕竟给你做了大半年的岳父。花妹是他的独生女儿。花妹一死，他的精神就垮了，现在从早到晚昏昏沉沉地打发日子。”

提起花妹，苗伟只觉得一阵酸甜苦辣五味杂陈。那个从一到十都数不连贯的女人当初也算是懵懵懂懂把他爱得一塌糊涂，他的岳父虽然是冲着女儿的缘由给了他短暂的庇护，但毕竟让他感受和体味了被人看重、被人欣赏的尊严。而自己的一次疏忽，让美好生活成了昙花一现，爱他的女人死了，给他庇护的岳父岳母也废了。从这一点上讲，他觉得自己坐几年监狱一点儿也不冤，他应该为自己的过错负责。这几天，他几次想着去看看岳父岳母，但却缺些勇气。他无法面对想象中可能已经苍老的那两张面孔，他担心会在叱骂甚或比叱骂更难堪的举动中被赶出那家院子，他更担心他的登门会被人误以为不知天高地厚，还惦记着花妹的家产。老右的提醒，正触到了他的敏感神经。隐隐作痛之际，他下意识地点了点头，又无可奈何地摇了摇头。

营长看穿了苗伟的心思，鼓励着说道：“苗伟，你是成年人，应该会想问题。当年的事情，不管有错无错，不论错误大小，魏玉良总是丢了女儿，你安慰一下他们老两口还是应该的。”

香包插话说：“伯和德文叔说得对着哩，瞅工夫，我和我哥一起去看花妹她父母，豁出去让人打一顿骂一顿，咱心里敞亮些。”

当苗伟在香包相伴下踏进那方既熟悉又陌生的院子时，眼前的情景让他不由得发呆。偌大的院子，除了破败，难有其他感受。离开这里七年多，两千七百多个日日夜夜，时光似乎在这个院子锈死了。不唯高高低低的房屋外观没有一丁点儿变化，就连院内的陈设也好像从来无人触动过。院子中央那个小花坛还在，早前生机勃勃的各类花卉已被毫无章法的杂草取而代之。因为野草年复一年的轮回茂盛，残枝枯叶经年积累，中间隆了起来，恰似一个浑圆的大坟冢。房子几处墙皮脱落下来，墙面上就像生出了巨大的疥疮，墙角下是积成一堆一堆的灰土。苗伟的心里就像灌进了一大缸陈醋，酸得难以自已。原来自己在电网圈起的世界中改造时，花妹的父母所承受的煎熬丝毫不亚于他。

房檐下的躺椅上蜷缩着老支书魏玉良。曾经叱咤槐树村大半辈子的风云人物，如今像一只无人搭理的丧家犬一般，可怜地守在已被人遗忘的故地。魏玉良大概已经对外面的世界麻木了，直到苗伟走到咫尺之远喊了一声“爹”时，魏玉良才睁开惺忪的眼睛，含糊不清地问了一句：“谁呀？”

苗伟喉结艰难地滚动了几下，哽咽着说：“我是苗伟。”

魏玉良把身子往起欠了欠，似乎是因为缺了力气，又把身子躺了下去，半晌才说道：“你是花妹的女婿？可惜花妹已经死了。”

香包说：“魏叔，我哥刚回来，这就过来看你和婶子……”

“可怜的花妹呀……”呜呜咽咽的哭声从屋里传出。香包循声望去，花妹娘从房间走出来。看得出来，这个女人已经褪尽了往日的精致，皱纹爬满了脸颊，两鬓已是银色。

苗伟朝女人喊了一声：“娘！”

花妹娘睁着眼，把苗伟盯了半晌，嘴里喃喃地说道：“你真是苗伟，你回来了，可我的花妹回不来了。”说着话，哭声又响起来，转身又趔趄着回了房间。

苗伟依然呆立在魏玉良的身边。香包操起墙角一柄已落满灰尘的扫帚，在院子里扫了起来。扫地声惊动了魏玉良，魏玉良又把身子撑起来，冲着香包有气无力地说：“你别扫了，小心把花妹的魂吓着。”香包却坚持着把院子扫了一遍。扫完地，香包站在苗伟身边，对着魏玉良说道：“魏叔，你跟我婶子要保重自己。花妹走了，你们心里难受，我哥也难受。现在我哥回来了，你有啥事招呼一声。”

魏玉良依旧闭着眼睛没有吭声。

香包知道这种尴尬一时无法化解，就拉了一把苗伟，像是对苗伟又像是对魏玉良轻声说道：“别让魏叔心里添堵，咱们先回去，等魏叔这边有啥事，招呼一声，咱随时过来。”

苗伟突然“扑通”一声跪在地上，声音不高却是一字一顿地说：

“爹，还有娘，我跟花妹是拜过堂的。我就是你们的儿子，花妹死了，我还叫你们爹娘。以后你们有使唤我的时候，就发个话。”说完把头在地上“咚咚咚”地磕了三下。

苗伟抹着泪，转身随着香包往院外走去。扭头之际，一眼瞥见了他和花妹曾经住过的那间屋子还开着门。透过门，感觉房间的摆设仍丝毫未动。他的脚步突然觉得沉重起来，他多想再跨进那个房间去看一眼，却到底没有勇气转身进去。

待要出门的时候，魏玉良苍凉的声音虽然不高却清楚地传入苗伟耳膜:“苗伟，你要是惦记花妹了，就过来走走。”

苗伟的眼泪像泉水一样涌了出来。

按照原先的责任田分配计划，各家正式接手土地的时间要等到秋料作物归仓之后。但阄抓过之后，各家的地亩位置确定下来，大家的心思就都被牢牢地拴在自家地头，集体出工也大都成了应景之行，往往几十口子劳力干着干着就悄无声息地四散到各自的田头或忙或养眼去了。老队长魏东风知道自己已是日薄西山，干脆就做一天和尚撞一天钟，不为实效只为体面，每天象征性地敲敲钟，晚上记工分的时候，任由社员凭着自觉性自报工作量，反正大家对今年的年终决算已基本不在乎了。

各队普遍存在这种情况。终于有一天，村上的高音喇叭中传出了令村民狂欢的消息。魏胜利支书说接公社通知，为了全面提高广大社员的工作积极性，尽快让联产承包责任制发挥效果，即日起各队向社员交接承包田，因秋作物未收割而形成的地畔不清问题，可待收割后详细勘定。像是听到了动员令，随着胜利支书的声音在空中飘荡，各家各户的人们纷纷夺门而出，霎时间男女老少四散在空旷的田野上。相邻土地的主家就开始合计起地畔的大体位置，以确定地面上即将成熟的苞谷归属。有那认真的，就找来绳子从地头到地尾按分地时楔好的橛子拉一道界线，以避免收获时因为有意或者无意的马虎闹起不快。

秋分时节，苞谷叶已经泛黄，离收割还剩下不到二十天时间，大家扳指头掐算着掰苞谷的时间。田间的地头上时不时有蹲守的人，不用说那是怕贼的仔细人。

念牛见天往自家地头走几遭。别人来回一趟也就一顿饭工夫，念牛得用上一个时辰。看着一大片肥沃的土地，念牛像做梦一般。他咋也想不到半辈子只能挣着工分的土地，如今竟成了自家的。骂了几十年的地主，如今竟轮着自家尝尝滋味了。可这地主的感觉真好啊。他这会儿只恨自己那半条不争气的腿早早地飞了，当初身子残了不参加劳动心里没啥，如今心里的憋屈劲儿简直说不成了。他拄着拐杖站在田头，听着那苞谷叶在阵阵清风中唰啦唰啦作响，嗅着那即将成熟的苞谷芯子散发的甜丝丝的浓郁香味，像喝醉了酒一样晕晕乎乎。他有时候一站就是半天，直到黑子或者凤儿来唤他回家吃饭，他才恋恋不舍地一扭一拐着一步三回头离开地头。再后来，香包怕念牛过了饭点，肚子饿得慌，就时不常把当年给爹往饲养室送饭的那一套家当拿出来，给念牛把饭装上，让黑子给叔叔送到地头去。念牛乐得跟自己的土地厮守在一起，索性一天到晚待在田头。

念牛家第一个在地头搭起了草庵房。初时苗伟给妻弟送饭，见妻弟站着吃饭艰难，就和着泥巴堆起个小墩子，供念牛坐着歇息。有了这个土墩子，念牛似乎得了一张龙椅。一天不坐上几个时辰，就好像皇帝没有上朝一般。再后来，苗伟建议说干脆就在地埂上搭一个小草庵子，方便收获时看管。念牛当然举双手赞成。苗伟手巧，很快用家里闲着的几个破椽、旧棍搭了个骨架，把树枝和茅草搭在外头，一个能遮阳挡风的小庵房就建成了。苗伟又在庵中支起了半扇门板当床使。庵房内既有门板可以躺下，念牛有时就在那庵房里过夜。

念牛家的庵房在村子里起到了示范作用。不几天工夫，田野里的庵房就星罗棋布地立了起来。不用说，没搭庵房的人家少不了心里惴惴不安，生怕那小偷趁虚进了自家的田地。

秋收终于开始了。念珠的学校放了两周秋假。毕业班大部分同学舍不得复习的时间，仍赖在学校看书做作业。念珠心里牵挂着一家大小，急急忙忙地赶回家。有了念珠和苗伟两个壮劳力，香包一下子觉得心里有底气多了。活儿一干开，一家六口齐上阵，香包和凤儿满地跑着把苞谷棒子从苞谷秆上掰下来，黑子用篮子把棒子运到地头，念牛负责把棒子皮剥下来，把棒子拴成辫子。那最累的活儿当数挖苞谷秆，自然就由苗伟和念珠承担。一家人流水线作业，劳动效率自然就高得多。到了饭点，香包也是因地制宜，把念牛挑出的不太熟的青苞谷，急急忙忙拿回家煮熟，用盆子端到田头供一家人享用。念珠吃着青苞谷，看着小山一般金黄色的苞谷棒堆，高兴地说这就叫野炊，是城里人难得享受的一种意境。凤儿惦着吃青苞谷已经很长时间了，现在娘让她可劲儿往饱着吃，心里如何不欢喜。

念牛家是五队第一个把地里收拾干净的人家。三天时间，苞谷棒辫子全部拉回家，齐刷刷顺着一根根竖起的棍子盘在房檐下，恰似十几根金黄色的大柱子。挖下的苞谷秆堆在地头，像小山一般。因为念牛家地腾得早，牲口使用上就占了先机。这一次分地时，考虑到生产队原有的牲口不可能每家每户都分得到，就决定仍然把饲养室保留下来，将牲口继续集中饲养，牲口作为唯一的集体财产，由各家各户根据需要申请役使，如出现扎堆使用时，抓阄决定使用顺序。念牛家第一个开始耕地，饲养室圈里的牛马自然是挑着用。没有人在后面催着，苗伟就把那耕地在犁完下种后，又仔仔细细地耙了两遍，磨了一遍，把九亩地整得跟一大片海绵一般。

看着地头如山的苞谷秆堆，香包愣起了神。苗伟不解地问妹妹想啥心事。一旁的念珠笑着说他知道香包姐心里琢磨啥。苗伟和香包就都把目光转向了念珠。

念珠说："那年工作组让民兵把咱家养的羊和兔子都杀了，香包姐好长时间缓不过劲儿，那会儿不光愁着人家让不让养，光是喂养的饲料就让人难怅得不行。现在政策好了，想养啥咱自己说了算。看见这些能当饲料的苞谷秆，香包姐心思肯定又活泛了。"

香包不好意思地笑了："念珠说得对，我就寻思着这恁多的苞谷秆，烧了多可惜，如果当作饲料，能养多少羊，能喂多少兔子？"

苗伟说：“香包你缓着来，有念珠兄弟和念牛给你撑腰，有我给你搭把手，以后的日子一准会越来越旺。但目下最重要的是别让念珠分心，念珠正冲刺高考，这是头等大事。”

香包点着头，说哥哥说的对着哩。回身对念珠说：“家里的大活儿已经完了，你明天就回学校去。你看人家利强秋假就没回村上。赶明儿人家考上大学，你考不上，跟咱过世的爹不好交代。”

念珠说他随身带着书本，可以干活学习两不误。又说念莲姐家里劳力也缺，他打算再去念莲姐家里帮几天忙。香包就叮咛念珠一定把心思多用在复习功课上，干活别太累着，看书比干活儿更重要。

香包又看着苗伟：“哥哥，我觉得你也该去花妹家看看，花妹家更缺劳力。花妹爹过去当干部，不太下地干活儿，身子骨软，花妹娘更不用说，我真担心他们一家的地没人侍弄。”

苗伟低着头沉思起来。其实这件事情已经在苗伟心里折腾了好几个来回了。花妹家的情况他不是不知道，指望着花妹的爹娘下田去把那几亩成熟的苞谷收割了再播上麦子，只怕是比赶鸭子上架都难。作为花妹的丈夫，作为魏玉良夫妇曾经的女婿，苗伟觉得他有义务帮上一把。可他心里又存着顾虑。一来他怕魏玉良夫妇不领情，让他热脸蹭个冷屁股，挨一顿臭骂，丢人现眼；二来也怕魏玉良甚至村上的人对他上门帮忙的动机产生怀疑，毕竟花妹已经死了，魏玉良夫妇年岁也大了，偌大的家业等着有人继承，万一别人以为自己心里惦着花妹家里的产业，让他情何以堪。现在妹妹说起这件事，不禁觉得左右为难。

香包说：“哥，我知道你的心思。常言说心里没冷病，不怕吃西瓜。咱就是惦着一份情分，坦坦荡荡地做事，怕别人咋的？再说，现在跟过去不一样了，当初咱兄妹两人无家可归，你到花妹家算是高攀。如今没人拿白眼瞧咱，过不了几年，咱家的日子肯定还会好的。到那时候，想想我们一路只顾着自己，有条件帮花妹家而不去帮，良心上会不安的。”

念珠附和着香包，说心底无私天地宽，应该打消顾虑，在力所能及的范围内帮一帮花妹的爹娘，见香包和念珠分析得入理，苗伟就打定主意去花妹的家里忙活几天。香包又想起了老右德文叔，说她这几天抽空再过去看看，也不知道德文婶子回来了没有。

一家人说着话，享受着丰收的喜悦。

槐树村人几十年间第一次体验了一日三餐用粮食填饱肚子的滋味。原先在大部分村民的生活中，一年开两次荤，一次是过阴历年，初一和初二两天的时间，不管是居家还是走亲戚，饭碗里诸如面条和馍馍的精食会把寻常的地瓜、萝卜赶开；另一次就是三夏大忙时节，虽说人们黑不当黑、白不当白地拼命干活，伙食却约定俗成主打麦面饭食，因为跟碌碡过年是农人的古训。除去这两段日子，家家户户较着劲哄自己的肚子，主妇们变着花样节约粮食。曾有女人发明了苞谷芯子捣碎加上调料做出美食的法子，后来在短时间被推崇后迅速被唾弃得无声息了，因为人们发现便秘的滋味比饿肚子更难受。可这联产承包责任制实施了不到半年时间，人们竟然不约而同地把惯常吊在嘴上的“节约”二字抛到了脑后。早上吃馍喝粥，中午吃面条或饸饹，晚上竟然还是粥加馍馍。红苕当然也有，却成了饭食中的点缀，或者两餐中的点心。有老人就说，这人世间变了样子，玉帝那里也开恩，一夜之间把灶王爷全招回去了。

大田里的麦子被厚厚的积雪盖上了被子，往年雷打不动的冬季农田基本建设竟然不搞了，过去一天得响几次的出工铃还挂在路口，只是那铃上的拉绳早被卸下。据说卸绳的时候原本想把铃儿一起卸下，还是营长劝了一句，说保不准过不了多长时间还能再用上，那铃儿才像文物一样被保存下来。铃声不响了，就没有谁招呼着大伙儿没活寻活干。村子里闲着的人多了，天冷的时候就都袖着手闲转，太阳出来的时候，柴垛边上、阳光照得着的墙角处，就会挤上一堆一堆的人。丢方成了男人们无时无处不玩的游戏，初级的玩家丢四方，资深的玩家丢七方。偶尔也能看见高雅一些的象棋摆起来。不过那是阳春白雪的游戏，远不如丢方来得更简单、更实在。

六十多岁的戏匣子像是忘了年龄，见天掂着个板胡，人走到哪里，吱吱呀呀的声音就响在哪里。有人听得高兴，间或给几声掌声，戏匣子就显出得意，越发地起劲。有人听得烦闷，说戏匣子制造噪音，戏匣子也不在乎，依然我行我素。终于有一天，戏匣子板胡锯起的时候，旁边有人跟着唱了起来，唱的还是那当年被批判过无数次的《夸陪房》。又过了一段时间，戏匣子张罗起一帮人，凑钱买了一丈宽幅的白布，又不知从哪里淘来了几个牛皮刻的娃娃，堂而皇之地在村口老槐树下支起了个摊子，一到晚上就唱起皮影。一时间，竟惹得邻村的人也赶过来凑热闹。

槐树村沉浸在温饱与休闲的双重幸福中。

这天，老右到念牛家寻香包说话。一段时间以来，老右在槐树村已经成了令人羡慕的人物。老右不但被摘掉了帽子，而且据说会恢复公职、补发工资，这就意味着老右原先在村子里挨白眼的十几年时间，一直悄没声息地挣着工资，现在一下子攒了个大疙瘩拿回家。有人说老右的财富很快会超过槐树村最有钱的人。不管怎么说，老右苦尽甘来的转折是不争的事实，老右当然也一改往日低眉顺眼的孙子样，走起路来脚步显得轻快多了，进出别人家也没了顾忌。老右到念牛家，自然让念牛和香包都感到高兴。

老右特意把香包、念牛、苗伟三个人招呼到一起，表情严肃地说他有个事想跟大家商量一下。香包说：“德文叔是我家的恩人，有啥事用不着商量，德文叔发话就行。”

老右说他已经接到县上的通知，让他尽快回去上班。他这一走，槐树村留下那一间大院子和一亩多责任田就没人打理了。他跟老伴商量了一下，老伴说她在槐树村就信得过香包，香包若是愿意，就把责任田委托给香包打理。老婆的想法正合他意，他就过来征求一下香包一家人的意见。香包没想到德文叔夫妇在偌大的槐树村几百户人家中独独最信任自己，一时激动得不知说什么好。苗伟看着妹妹说：“土地是庄户人的命根子，德文叔把命根子托付给咱们，真有些担当不起呀。”念牛低着头用手掌狠狠地拍了一下自己的大腿。老右把脸转向念牛问：“念牛，你不愿意接我家的地么？”香包替念牛回答：“德文叔，念牛是心里高兴，又气他那不争气的腿脚。”

香包说：“德文叔，你放心回城里去，地就交给我们，我家的劳力不赖，有我和我哥两个，大活就能撑起来。念牛虽下不了田，一双手上的功夫可强着呢。念珠兄弟还时不常地回家搭把手，保准把咱的地经管得不比别人差。待秋夏两料收成下来，我们就把粮食晒干给你运到县城去。”

老右摇了摇头：“香包，你错了。我没想着把地租给你，那样我不成了地主？这地是生产队分给我的，我现在进城了，估计过几年土地调整时保不准就会再收回去，趁着现在地还在我名下，你就先把它种上几年。地里的收成，是你们一家的劳动所得，用不着给我。我恢复公职，自然也就吃商品粮，不用再靠那块土地了。”

原来老右想把一时不会收回的责任田无偿赠给香包一家。香包条件反射地瞪大眼睛：“德文叔，这怎么行？”

老右微微地笑道：“香包，其实有句话我没说透。我看得出来，你们兄妹二人都是善良到极致的人。当初为了摆脱别人的欺负，你们逃到槐树村，我何尝不理解你们的心情，因为我也是一直生活在别人的白眼中。苗伟遭了一场大灾，现在好不容易回来了，可苗伟名下没有土地，我就怕苗伟心里空落，就跟你婶子合计着把我名下的土地先匀给苗伟，等到下次土地调整时，苗伟正式分地不迟。”

苗伟的眼泪扑簌簌地流了出来，哽咽着说：“谢谢你，德文叔！你信得过我，我不会让你失望的。”

老右精神头显得极好：“香包，你看现在政策多好。只要勤快，就能过上好日子。你手巧，心思又活络，可真得大干一场。我记得你喜欢养鸡，当年你还送我一只公鸡。后来你的鸡被工作组祸害了，让人心疼。你何不再大张旗鼓地多养些鸡呢？国家鼓励农民以家庭为单位开展规模性养殖，你办个养鸡场，收入少不了。”

香包心有余悸：“德文叔，政策不会变么？我只怕鸡养起来，工作组又来了。”

老石坚定地点着头：“现在是一个新的时代，过去的荒唐一去不复返了。”

香包激动地搓着手，把目光在院子里转了一圈，最后定格在当年鸡舍的位置上。她仿佛看见了一群扑棱着翅膀的公鸡母鸡在啄食斗闹。

“你要是愿意，”老石像是卖关子，半晌没有说话，直到香包眼光中流露出急切的神情，才又慢慢吞吞地说，“我离开村子，那一间空院子也闲下来，不如废物利用，就把那院子办个小养鸡场，房子和围墙都是现成的。扎些篱笆就成，花不了多少钱。”

香包只觉得热血沸腾：“德文叔，我真像做梦一般。”

念珠的高考再一次遭遇了滑铁卢。

得知自己落榜的消息，念珠忽然有了一种轻松感。两年的复读生活，虽也称得上夜以继日，但骨子里却有一种耗费光阴的感觉。念珠喜欢槐树村，喜欢生他养他的那一方院落，喜欢香包姐一手打理起来现在已蒸蒸日上的日子。说心里话，如果不是为了照顾香包姐的情绪，念珠可能早把铺盖卷从学校搬回了槐树村。离高考还剩下不到一个月的时间，念珠甚至还在别人挥汗如雨的复习中时不时赶回槐树村帮家里干些活。香包姐嘱他不敢耽误了学习，念珠却说劳逸结合是必要的学习方式。高考结束的那一天，念珠没有心思和别的同学探讨答卷的对错，更无意去和人家分享考后的轻松，他像一只第一次成功放飞的鸟儿一样哼着小调欢快地回到家里。待香包问念珠考得如何，念珠说他自己兑现了诺言，把答应香包姐第二次复读的任务完成了，希望香包姐也能信守诺言，不要在落榜后让他没完没了地把那学上下去。那天利强沮丧地来找念珠，说高考榜单下来了，念珠离录取线差三分，自己差了二十分。利强说不想再耽搁时间，他要跟自己的表兄一起去南方闯天下，他撺掇念珠跟他一起南下。念珠嘿嘿笑着说他学下的知识在槐树村待着够用了，不想抛下一家人外出。香包知道消息后心里难过，忍不住就吧嗒吧嗒地掉眼泪。念珠就给香包姐宽心，又找了一些真真假假的例子说明不上大学未必干不出事业，诸如伟大领袖毛主席当年也只是在大学里给人家当图书管理员，等等，把香包说得哭笑不得。

念珠跟香包姐说他要铆足了劲儿大干一场。

夏粮本就喜获大丰收，秋粮又丰收在望。粮食储存成了让念珠一家人头疼的事儿。屈指算来，香包一家的九亩责任田连同老右委托代种的一亩多地，竟产下七千多斤麦子。交罢公购粮后，家里还剩下五千斤麦子。头一次面对堆得像山似的存粮，一家人没有不陶醉的。但很快，喜悦之后就有了新的麻烦，家里装粮食的口袋不够用了。苗伟专程去香陵镇买回了两个大号的苇子囤，上下套着放在自家居住的房子中央。可谁知这粮食多了，把耗子也养得繁茂起来，院子里的耗子常常像梭子般穿来穿去，苗伟制作了鼠夹子，香包还借来了一只大花猫，但好像都敌不过鼠群的庞大，收效甚微。没奈何又买来了毒鼠强，几天的工夫，屋子里臭气熏天。死耗子在难以发现的角落里散发出恶臭，全家人下大力气集中清理一遍后，臭气少了些，活耗子却又卷土重来，新一茬耗子聪明起来，毒鼠强再也发挥不了用场。香包在愁闷之际又觉得好笑，原来这财富的过度拥有也是一种负担。眼看着秋粮又该归仓了，香包就在心里琢磨着苞谷的存放计划。

这一日，念珠拿着一张纸给香包看。香包接过那张纸，见上面用铅笔画着一个房子一样的图案，只是没有窗户，房子的底部是网格般的空心基础。就问念珠这是什么东西。念珠说这是他设计的小型粮仓，是他根据《致富信息》上粮仓的建设要领自行设计的，他打算在院子一角建一个粮仓。香包一阵惊喜，又叫来苗伟欣赏。苗伟琢磨了一阵，竖起了大拇指。苗伟问粮仓底部架空的地板用什么材质。念珠说架空的高度只要能防止耗子打洞就行，他设想用盘火炕用的大炕坯来解决问题，而且这种方式外地也有成功的例子。苗伟思索了一阵说应当可以。

香包本就倚重念珠，见哥哥也首肯念珠的设计，不由得高兴地鼓起掌来。香包又征求念牛的意见，念牛当然也同意。一家人很快达成共识，由念珠实施他的建设计划。

有苗伟的鼎力相助，念珠很快就备好了建设小粮仓的土坯和炕坯。为了确保地基牢实，念珠又在邻村的砖窑上买回了一千块红砖，在院子的一角选好地址，像模像样地放线，破土动工。苗伟本就心灵手巧，在领会念珠设计方案的基础上又进行了补充完善。短短三天工夫，一座小型粮仓竟平地而起。念珠为他的得意杰作起名“仓房”。

仓房比平常居住的房屋要小得多，四面建墙，底部架在稀疏的砖垛上，半墙上设有一个可供人弯腰进出的小门，四周没有窗户，房顶上搭盖着和一般房屋无太大差别的木椽和瓦片。这样的小房子，对耗子而言，不用说可以成为禁区。

念珠标新立异的仓房很快成为槐树村一个热点话题。槐树村几十年家家户户缺粮吃，没有人为存粮费过心思，也就从来没有一户人家建过粮仓。现在念珠别出心裁，自然就让人们有了新奇感。瞧稀罕的人一个接着一个，有人说念珠家里没了长辈，任由念珠胡成精。但更多的人则为念珠的大胆创新啧啧称奇。利强把念珠的杰作前前后后仔细地观察一番，末了请求念珠帮自家也建一个。念珠本不想在别人家逞强，扛不住老同学死缠硬磨，只好点头答应下来。

既然有了实践经验，念珠轻车熟路。不几天工夫，利强家的仓房也建成了。魏东风自那年妻子被念富杀死后一直没有续弦，虽说他身为队长，小有实权，家里日子还算殷实，但缘于乡俗，却轻易没有女人肯上门为这个因血光之灾丧偶的男人填房，魏队长就一直打着光棍。可魏队长实际上身子没闲着，除去冬梅时不常上门替他解闷外，为求蝇头小利的女人投怀送抱的还真不少。只是可怜了利强，冷不丁的娘就没了，比起别人家的孩子就恓惶了很多。利强人虽小，却也精灵，见冬梅常来家里，隔三差五的还有别的女人，不免就想起娘，又在心里气恨父亲，常想着法子跟父亲作梗。魏队长虽说在外头强势，但对儿子却有一丝柔情。感念儿子缺了母亲，就对儿子多了些包容，利强便慢慢地养成了我行我素的做派。联产承包责任制一推开，生产队解散，魏队长势倒了，免不了常躲在屋子里，在回忆昔日风光中暗自伤神。无奈之际，自然又把振兴家庭的希望寄托在儿子身上。那天儿子突发奇想要请念珠在家里建个仓房，魏队长有心不同意，却不敢拂了儿子的兴头，也就听之任之。待仓房建成，心里也有几分高兴，毕竟这是儿子长大成人后在家里干下的第一件正经事儿。

魏队长依然被人们习惯性地称作魏队长。魏队长家里也建了个仓房，少不了就有人问起魏队长仓房那玩意儿到底顶事不顶事。魏队长就显得一脸严肃，说现在的年轻人了不起，念珠捣鼓的那个仓房实在是好东西，防潮防鼠，又方便又实用，给庄户人解决了大问题，以后粮食丰收了就再不会有后顾之忧。魏队长对念珠的粮仓做了肯定的评价，念珠的粮仓自然就迎来了众人的喝彩。

常言说榜样的力量是无穷的。继魏队长之后，就有人接二连三地上门央念珠帮自家也建个仓房。念珠刚回乡不久，身上正觉得有使不完的劲，既是乡亲们求上门来，也就慷慨应允相助。但念珠毕竟单枪匹马，时间和精力总还有限，有些人的愿望就迟迟难以满足。混账发永也想给自家建个仓房，上魏队长家把念珠的杰作前后左右里里外外欣赏琢磨了一番，心说这玩意儿也没啥复杂的，回家跟老婆儿子一商量就照猫画虎，依葫芦画瓢地自个儿动起手来。也不知那邪乎出在哪里，四面墙垒到半人高时，原本看着不错的空心房却哗啦啦垮塌下去。再找念珠上门寻找原因时，对着一堆破土坯，念珠也说不出个子丑寅卯来，无奈何只有把地面清理干净，还是请念珠出马，从头再来。仓房落成后，发永背了小半袋麦子上念珠家表示感谢。念珠自然极力推辞，香包也帮腔说乡里乡亲帮点小忙给报酬就显得生分。发永是干会计出身的，做事有些较真，说他原本不想麻烦念珠，既然念珠为他家耽搁了两天时间，不意思一下，他心里过不去，就硬把那麦子留下了。发永送麦子感谢念珠的事儿开了个头，后面就有人看样学样，在念珠帮忙施工的仓房落成时就会装上三十或五十斤麦子送到念珠家，初时香包和念珠总会婉言推辞一阵，久而久之也就习以为常。只不过在念珠和香包看来，乡亲们送麦子是礼尚往来的馈赠，不是交易，故而对别人送来的麦子不论多少，不论好坏，概以感激之心相待。

短短小半年时间，念珠竟成了槐树村乃至周围几个村子尽人皆知的小泥瓦匠，成了专门建盖仓房的能手。槐树村有一小半人家院子里都竖起了念珠的杰作。周围村子也星星点点留下了槐树村小匠人魏念珠手笔。不用说，因了别人的酬谢，念珠家的麦子比别人家里多得多，自家的仓房里堆得满满当当。香包笑言说念珠当初盖仓房是给自己出门揽活做铺垫哩。

麦子又种上了。入冬之前，照例又是庄户人家歇口气聚在墙根晒暖的时光。念珠忽然跟香包提说一件大事。念珠说这一段时间他想了好久，要致富得多动脑子，敢于创新。现在政策好，只要不违法乱纪，能想到的就要努力去做。种粮食虽说是农民的老本行，但投入产出比例太低了，他想着能不能在地里种点经济作物。提起经济作物，香包自然就想起了过去生产队唯一的经济作物——棉花。就跟念珠说种棉花对劳力要求太高，间苗、喷药、掰叉，尤其是成熟时节的采收，一天也不能耽搁，怕家里人顾不过来。念珠说经济作物种类多得海了，除了粮食之外，其他可以换钱的果树、药材等，都是经济作物。香包就问念珠有没有具体的想法。念珠说他想给地里种上果树。香包问种啥果子。念珠说最好是苹果。

念珠给香包详细叙述了他的调研成果。念珠说他查了资料，本地处于北纬三十九度，正是温带植物苹果的最佳生长区域。自家的责任田北面五六里地就是后沟，不但湿气大，昼夜温差也会比别的地方突出，利于苹果成熟时的糖分积淀。再说苹果不像本地传统的水果桃子、杏子一类，因为收获季节集中，不易存放，很难作为商品推向市场，苹果恰恰相反，收获期相对较长，易于存放，如果放在地窖中，可以存贮半年之久。念珠又给香包算了一笔账：一年种两料庄稼，麦子每亩收六百斤，苞谷收七百斤，产值不过五六百元。但如果种上苹果，一亩地少说能收果子五千斤，按一斤苹果三毛钱算，一亩地收入就是一千五百元。

念珠的一番分析把香包也说得心潮激荡。但香包有些心疼栽果树生产周期长，前几年不挂果地里没有收成。念珠说苹果树苗可以在庄稼地里先套栽，夏季作物照样有收成，秋季作物个头高影响苗木生长，可以套种些蔬菜之类的东西，不愁换不来收入。香包夸念珠脑瓜子活络。念珠说这些法子都是从《致富信息》上看来的，他相信科学技术是生产力，以科学技术为龙头，日子保准芝麻开花节节高。念珠嘴里的新名词让香包咂嘴的同时，心里着实服气。

念珠又跟香包说他想把老右叔家里的养鸡营生也规整一下。自老右德文离开槐树村后，老右就把自己的责任田和住宅院落都委托香包打理。征得老右同意，香包在老右的院子里养了五十多只鸡，每天也能产几十枚鸡蛋。日子好过了，香包也舍得给家人增强营养。除不定期地给老右家里送些鸡蛋，自家消费一小部分外，大部分还是拿到集贸市场上换了钱。家里的零花钱就再没出现过困顿。可念珠觉得不能小富即安，那么大一个院子只养一小群鸡，委实有些浪费。他建议香包模仿现代化的养鸡场运行模式，把鸡舍分层搭建在空中，用灯光替代日照，这样鸡群的规模可以无限扩大。除了鸡蛋带来收入之外，鸡粪还可作为优质的有机肥料销售出去。把香包听得眼睛瞪得老大。

说干就干，念珠见香包姐赞成他的看法，更觉劲头十足。他说现在正是秋末冬初，是最适合栽种苹果树的时令，不妨就在麦子地里先套种五亩树苗。香包问念珠哪里有树苗供应，念珠说汉京城南的秦岭山脚下有个果树研究所，对外销售各种优质果树苗，他打算到那里走一趟。香包现在已经有些迷信念珠，哪有不听的道理。

第十四章

这一日，香包收到了一封邮递员送来的信。打开一看，原来是当年在槐树村插队的知青雅娟寄来的。雅娟原来跟香包要好，后来随政策调整回城在一家国营工厂当了工人，断断续续地跟香包保持着书信往来。雅娟不止一次邀请香包去汉京城玩，奈何香包一门心思拴在一家大小身上，哪能腾出时间外出，也就回信客套两句而已。在这回的信中，雅娟除了旧话重提外，又给香包提供了一个重要信息。雅娟说她的舅舅现在升任省工艺美术公司的经理，手里掌握着实权。舅舅记得早先槐树村有人做香包，就跟雅娟闲聊问起槐树村现在还有没有人有兴趣把这项传统的民间工艺好好挖掘一下，说现在的工艺美术市场比多年前红火多了，光是来汉京城旅游的外国游客需求量就大得不得了。雅娟觉得这是个好机会，建议香包再把做香包的事儿揽起来，不见得比在土地上刨食挣钱少。

香包做香包的手艺是跟德文婶子学来的。在那个穷得叮当响的年月，德文婶子给香包传授了手艺，又提供了金贵的碎布头。香包在偶然的机缘中通过雅娟的关系用香包换了不少钱，那些不为外人知悉的收入曾给家庭提供了巨大的帮衬。这些往事深深刻在香包的记忆中，每每想起来，香包的心里就涌出暖意。现在香包虽说已不太在意做香包能带来多少财富，但那种不解的情缘依然让她心动。

香包知道，现时家里没有吃闲饭的人。除了上学的凤儿和黑子，其他人恨不得一个顶两个用。念珠就不用说了，单哥哥苗伟就似乎要把自己在监狱中虚度的时间全补回来，只要不是睡觉或端碗的时候，苗伟手里永远都忙活着。半年以前，苗伟和念牛合计着把念牛原先懈怠了一阵的笊篱编织营生又张罗起来。苗伟贪心，还在香陵镇供销社采买回一捆竹子，寻个篾刀破篾编织，居然成功地编出几个竹筐。那竹筐比本地人常使唤的柳条筐结实耐用，拿到镇上自然就卖出了好价钱。苗伟的兴头就更高了。念牛少不了又跟着苗伟学起竹编，把一间屋子整成了编织作坊。香包为一大家子人提供伙食服务，还得照料老右叔家院子里那一群产蛋的鸡，忙得连轴转。如果再去做香包，只怕是精力和时间上都顾不过来。

香包有心给雅娟写信说明自己无力再做香包，又虑着拂了雅娟的美意。纠结之际又跟念珠提起这件事情。念珠却觉得这是个不可多得的好机会。念珠说现在百废俱兴，每个家庭、每个人都可以发挥自己的专长，依靠劳动致富，但种地、养殖，甚至包括念牛哥和苗伟哥搞的编织都是极为传统的原始产业，一旦大家都搞起来，最终必然形成恶性竞争，无利可图。要想立足于不败之地，就得选一些有技术含量的门路。做香包靠的是灵气，香包姐有这条件，不妨就好好地挖掘一番。念珠想起当年香包姐落难时，自己到知青大院寻雅娟，雅娟和宏涛仗义出手相帮的情形，说雅娟也算是这个家的贵人，雅娟提供的信息保准错不了。关于香包担心精力顾不过来的忧虑，念珠说不能把香包姐拴在厨房里，以后大家做饭时共同搭把手，至于那边鸡群的饲养，得认真筹划着改一改思路。

念珠的说法实际正合了香包的真实意愿，香包不由得又对这个富有卓识、善解人意的弟弟心生感激，当下就决定重操旧业。念珠又建议香包去一趟县城，听听德文婶子的意见，毕竟德文婶子是香包姐做香包的开门师傅。

老右摘帽后被安排在县文史馆任馆员。最近又调到县史志编纂办公室任临时负责人，整天跟一帮年岁一般大的老家伙东奔西走，收集史料。德文婶子去年为了让女儿丽英顶替接班，提前办了退休手续。在家里做起了丈夫和女儿的专职炊事员。香包风尘仆仆地赶到老右家时，老右一家三口正围着饭桌吃饭。一见香包进门，一家人高兴得不得了，德文婶子拉着香包的手就让香包先上桌吃饭。香包说她肚子不饿，德文婶子就故作生气地说香包太外气了，大老远跑了一通路，哪有肚子不饿的道理。老右打趣着说当年他戴着帽子的时候，从来不敢留人在他家里吃饭，那是怕别人触上霉头，难不成香包现在心里还有顾虑？香包笑着说德文叔啥时候说话都风趣，也就大大方方地挨着丽英坐了下来。香包瞅了一眼桌上的碗碟，问咋没有炒鸡蛋。又指了指她刚刚带进屋子里的一篮鸡蛋，说现在养的那群鸡产蛋真不少，不可着劲儿吃都对不起那群欢势的鸡，她寻常只怕给婶子家送蛋送得太多，一时吃不完放久了不新鲜，以后就让哥哥送勤一些。丽英听着香包的话就发笑。香包愣愣地看着丽英莫名其妙。德文婶子也笑了一阵，说香包真是实在人，难为苗伟来家送鸡蛋时她已经说过多少回不要再送，可依然挡不住，这大半年来鸡蛋不断地吃，把一家人都吃腻了，丽英只喊着吃鸡蛋吃出了鸡粪味道，说再收下的鸡蛋，就让转送给别人。香包就显得有些不好意思。老右说啥叫物极必反，这就叫物极必反。爱吃甜食的人让他每顿饭吃上半碗白糖，几天过去，见了糖不呕吐才叫怪事，所以说平平常常、普普通通才是最舒心的状态。香包点着头，说德文叔把道理讲得明白。

老右又跟香包问起了营长德茂。香包说营长伯现在年岁大了，寻常待在家里，不太在外面转悠。老右说德茂是好人，就是思想有些僵化，赶不上时代的要求，习惯了生产队集体经济，在情感上老也割舍不下，嘱香包要多去看看他。香包恭敬地点着头。

老右问香包去年地里的收成。香包高兴地说多少年来庄稼人头一回发愁粮食没地方存放了，念珠心血来潮建了个放粮的仓房，又防耗子又防潮，村子里看样学样。念珠现在帮着乡亲们把仓房建得遍地开花。老右一脸惊喜，说念珠是他自小看着长大的，鬼精灵一个，念珠要折腾起来，能红火得翻了天，槐树村魏姓后生中，就指望着念珠干大事。香包就又告诉老右说念珠做主在责任田里种上了果树苗子，还张罗着想把养鸡的方式改变一下，把规模再提高。老右咂着嘴巴称道说不愧是年轻人，就是敢想敢干。

香包又笑着说："今来看德文叔和婶子，也是念珠让我来的。"

老右和德文婶子就都把目光集中在香包的脸上。

香包就把知青雅娟给她写信，让她重操旧业的话讲了一遍。香包说："当初我跟婶子学了这手艺，德文叔又给我画了那些范画，没想到最后还从城里换来了钱。这恩情我一辈子也忘不了。现在雅娟让我再做香包，我吃不准敢不敢把事儿应承下来。另外我也担心屋里的农活忙，精力上顾不过来，还怕有人知道了说我不务正业哩。"

德文婶子先是喜笑颜开："这是好事么，只要能给家里挣来钱，不就跟在大田里劳动一样有意义么。"

老右神情显得严肃："香包，你婶子说得对，现在上头号召各业并举，可要抓住一切机会。能把香包这门手工艺术发扬光大，既弘扬了文化，又提高了家庭收益，这是多好的一件事儿啊。这玩意儿真要能搞起来，说不定还能带动一方产业，那你就成致富带头人了。"

德文婶子说："我现在退休了，闲着在家没事干。香包你把活揽下来，我也能帮你一把。"

一直没有说话的丽英突然插嘴："我也算一个。"

德文婶子把脸转向女儿："难得有你感兴趣的事，你若肯跟香包搭伙做香包，我好好地教教你。你要知道，香包的手艺原本就是我教的。"

丽英虽说也算槐树村人，却很少回村上。年少时因为父亲戴着右派帽子，少不了因成分问题在学校受人欺负。父亲在农村改造的时候，丽英从不愿回村上去看父亲。母亲礼拜天回槐树村时，丽英就一个人待在县城的屋子里。久而久之，丽英的性格就有些孤僻。高中毕业后，丽英也是连着参加了两次高考，只可惜似乎没把父亲的基因传承下来，两次失利后，就窝在家里当起了待业青年。为了让女儿尽快参加工作，德文婶子就按政策提前退了休，让丽英接班顶替，在自己原先上班的服装厂当了工人。丽英就业问题解决了，性格却没有多大变化。单位上班时我行我素，下班回家仍然窝在屋子里，耐受单人世界的寂寞。老右和妻子看在眼里，急在心里。他们倒不太在意丽英的性格，只是觉得丽英已经是二十五岁的大姑娘，不谈婚论嫁，实在是给父母心里添堵。老右让妻子跟女儿好好谈谈心，德文婶子瞅机会跟女儿提说找对象的事，却遭到女儿一阵抢白。后来有人上门牵媒拉线，丽英却愣是拒绝与任何小伙子见面。老右夫妻无奈，任由女儿的婚姻成了一块心病常受煎熬。现在丽英愿意跟香包一起做香包，自然就有机会改变那种自我封闭的状态，德文婶子当然心里高兴。

老右也兴奋地哈哈笑了起来："事业就是这样干起来的。等你们干出了名堂来，保不准你们会成立一个公司，红火得不一般。"

"私人还能成立公司？"香包感到诧异。在她的心目中，公司就跟政府机关一样。县城里的百货公司、农业生产资料公司，那些唬人的单位比香陵镇政府牛气多了，难道国家还能允许个人搞那些机构？

老右说："公司是现代社会生产经营的基本模式。随着社会的进一步发展，私有经济会越来越兴旺，单打独斗的个体工商户也需要开展规模化经营，成立公司就成了最基本的选择。公司由志同道合的股东自愿联合在一起，有钱出钱，有力出力，齐心协力地干。这样，事业能不兴旺发达么？"

香包听着老右的话，新奇之际感到内心升腾起一股力量。

香包很快给雅娟回了一封信，感谢雅娟能时时挂念她这个朋友。她告诉雅娟德文叔的右派帽子现在摘掉了，在县城工作，德文婶子跟她很要好。他们夫妻都愿意帮她把香包做好，有了他们相助，她就有了信心。末了，她请雅娟把人家工艺美术公司对做香包的具体要求，如个头大小、颜色、布料质地、品种等内容告诉她。过了不长时间，香包收到雅娟的回信。雅娟说工艺美术公司对香包没有具体要求。既是民间工艺，就要求尽可能体现乡土气息，希望香包能尽快做一批样本。如果可能的话，让香包带着样品去一趟汉京城，跟工艺美术公司的人当面洽谈。雅娟特意提出如果可能的话，让香包把弟弟念珠也带来，说如果跟工艺美术公司签订供货合同的话，可以让念珠把个关。

香包没想到雅娟还记得念珠，就把雅娟的回信拿给念珠看。念珠说当年香包姐被县公安局关到看守所时，他找雅娟，雅娟又求宏涛大哥写的申诉材料，看来雅娟把那段经历还牢牢地记着。念珠认为雅娟和宏涛都是热心肠的好人，既然雅娟提出来让念珠跟着去一趟汉京城，就应该按她说的办。

虽说已有多年没做过香包了，但香包手艺仍然没有丢。她翻出了多年前压在箱底没有送人的几个香包，还有老右早年为她画的香包图案。琢磨了一番，又专程去了一趟香陵镇，扯回来一些花花绿绿的布料，没歇气地做出了十来个品种，计有老虎、猴子、蚂蚱、熊猫、雄鸡、蝎子、乌龟、寿桃、南瓜、花篮等。为了能让自己的作品尽量完美一些，香包又带着她的作品去县城征询老右夫妻的意见。德文婶子竖着拇指说香包心灵手巧，手艺学上手就丢不下，现在做的东西一点儿也不比早前的赖，水平已把她这个师傅甩出了半条街。老右说，过去做的香包大都是送人的，只要乡亲们喜欢就行，现在做出的东西是商品，还要考虑外面的人尤其是城里人的好恶。在造型上，要讲究简单传神，颜色的描摹上要注意尽量不使用容易褪色的染料。老右又对几个具体的品种提出了改进意见。香包认认真真地记在心间。回到槐树村后，香包按照老右的点拨，把十几个品种重新构思，稍加调整。再拿给念珠看时，念珠称赞相较于原先的样品，造型更明快，形象更神气，表面也更干净了。

香包担心她离家后没人做饭，说大人能凑合，黑子和凤儿不能对付，就提出让念珠独自带着样品去汉京城。念珠说那成何体统，人家工艺美术公司要和制作者本人见面沟通，岂能让别人代理。再说，香包姐若不去，也显得对雅娟不礼貌，对工艺美术公司没诚意。念牛也稀罕地发表了意见，说他觉得香包进城是去做大事，不该婆婆妈妈地惦记着小事，他和苗伟两个大男人在，不愁照顾不好家，保准不让黑子和凤儿受恓惶。香包见丈夫也支持她外出，不由得心中高兴，就决定和念珠一起去一趟汉京城。念珠说等家里的事情都摆顺了，就把全家人招呼着一起好好玩一趟汉京城，让黑子和凤儿也开开眼界。念珠又戏言保不准不久的将来家里能买上一辆汽车，让一家人风风光光地坐车到城里去兜风。香包笑念珠异想天开。没想到苗伟却神情严肃地对着香包说："念珠的愿望一定能实现。"

县城的汽车站有直接发往汉京城的班车。香包是第二次涉足这个地方。回想九年前初次到达这一方天地的场景，香包感慨万千。那个时候，她和哥哥苗伟如逃犯般辗转几个昼夜方才在这里下车，前路茫茫，命运难测。她是以几乎卖身的方式求得她和哥哥的一处容身之地，而买家姓甚名谁，善恶良莠，她都毫不知情。幸运的是，接站的念莲姐让她在那忐忑不安甚或莫名的恐惧中感受到了一丝温情。其后的事情就不用说了，香包常常在夜深人静时和爸爸妈妈说话，她觉得是爸爸妈妈的在天之灵保佑她寻得了好归宿。如今，她已经是这一方土地的主人，脚下站着的大地让她感到心里踏实，槐树村那一间不大不小的院落让她心里充满豪气，而站在她身边的这个虎虎生气的弟弟更时常让她有一种莫名的骄傲。

班车从县城开到汉京城，一百多里的路程也不过就开了两个多小时。下车后，按着雅娟信上告诉的搭车路线，香包和念珠倒了三次公交车，却仍然还在好似迷宫般的街道上转悠。香包有生以来第一次进大城市，九年前，她与哥哥辗转从四川奔槐树村时虽也在下火车时经汉京城中转，但那个时候他们压根儿不敢在这个陌生城市做短暂的逗留，因为他们担心被当作盲流抓住遣返原籍。他们是从火车站出来后直接乘坐一辆长途汽车离开的，可以说与这个大都市擦肩而过。而今天，真正置身这个城市，方才感觉这个城市真的大得出奇。街道是如此宽阔，马路上并行的两辆汽车竟然只占了半边道通行。马路边上是不息的自行车和人流，间或还有摩托车在车流中灵巧地穿梭前行。大街两侧是清一色的水泥楼房，很少有低于三层的。一栋栋楼房外仅能看见上下左右整齐排布的窗户，有开着的、有关着的，香包明白那每扇窗户后面都有一间房子，窗户开着的房子里必然有人在。香包突然就想着如果把汉京城里的楼房都换成平房，那汉京城的面积还得比现时的城区大过四五倍。

透过车窗，一溜巨大的青灰色砖墙映入香包的眼帘，香包一阵激动，她猜想这就是传说中的古城墙。看到香包的神色，念珠说那就是汉京城的城墙，几年前才修复的，现在在全世界都有名气，好多外国人就是冲着看汉京城的城墙才到中国来旅游的。香包粗略地估摸着，那城墙高有四丈，光是顶端那像锯齿一样的垛子就有半人高，再看看城墙脚下，一条不太宽的河流紧紧依偎着城墙伸向远方，这自然就是护城河了。原来走了大半天，才到了汉京城的城墙边上。

终于到达雅娟信中告诉的那个目的地车站。念珠跟香包商量着先找地方打个尖，两个人就进了街边一家小面馆。小面馆是一栋楼房下面几间住宅房子改装成的，明显是一个住户别出心裁把自家一楼的房子面朝大街，打开一个小门干起了营业食堂。面馆显得很窄小，靠墙摆着四张方桌。大约是因为已经过了饭点，面馆里没有顾客。见有人进来，一个三十来岁的女人迎上来问念珠是不是要吃饭。念珠点了点头。女人把念珠和香包招呼到一张桌子旁坐定，又拿了一块抹布把那本来干净着的桌面又擦了一遍。

女人问念珠要吃荤面还是素面？不待念珠作答，又急着介绍说荤面一碗三毛钱，素面一碗两毛钱。念珠看了看香包，说就来两碗荤面。那女人脸上就堆起了笑。不长时间，女人从里间端出来两碗顶上置放着肉臊子的细面摆在桌上。走了大半天的路程，念珠的肚子有些饿，就狼吞虎咽地吃了起来。香包怕念珠不够吃，又把自己碗里的面条给念珠用筷子挑了一些。

面馆的女人坐在邻桌旁的凳子上，看着香包和念珠的举动，就忍不住说道：“这位小兄弟，看看你媳妇对你多体贴！”

念珠把头一扬，有些嗔怪地说：“你别胡说，她是我姐。”

女人不好意思地连连道歉，说农村里常有进城卖鸡蛋的夫妻到她这里歇脚吃饭，方才她见小妹挎着一篮鸡蛋，以为他们是夫妻呢。

香包说：“大姐，我们进城看一个朋友，鸡蛋是送朋友的。”

女人有些好奇：“妹子，你说话咋跟你弟不是一个口音？”香包虽已离开家乡多年，但浓浓的四川口音听着仍是分明。

念珠看了一眼香包，笑着说：“我姐从小在四川长大。”

女人显得很健谈：“现在你们农村人日子好过多了，地都分给各家各户，想种啥种啥，想养啥养啥，啥能赚钱就干啥。不像过去生产队时以粮为纲，农民的手脚都捆得紧紧的。”

香包惊讶这女人对农村过去的情况很熟悉：“大姐，你咋知道农村的情况？”

“我原来是插队知青。”女人爽朗地说，“下乡的时候，我们跟社员一起出工，苦是苦了点，但想起来还挺有意思的。”

一听说女人也曾下过乡，香包就觉得有一丝亲近感：“大姐，那你回城后公家没给你安排工作？”

“我这不是工作么。”女人一脸的笑意。停了停又说道，“我回城后待业了一段时间，后来在街道上办的餐馆当服务员，再后来汉京市政府鼓励回城知青自谋职业，政府还提供优惠政策。我就把家里这套房子改成面馆，挣的钱比当服务员多多了。”

念珠感叹道：“国家的政策不光是惠及农村，城市也一样。只要勤快，都能致富。”

吃罢饭，念珠顺便向面馆的女人打问雅娟住的那个院子具体方位。女人热情地出门站在大街边上，比画着告诉念珠，往前走一百来米，右拐再往里走两个电线杆，就是省建三公司的家属院。

省建三公司家属院的大门口并没有挂牌子，见有外人进来，门房便有人走出来。大概注意到念珠和香包的装束，又加香包挎着一个鸡蛋篮子，以为是串街的小贩，就伸出手臂做了个拒绝的姿势说院子里不准叫卖东西。念珠说来看朋友王雅娟，门房回身指了指身后的一栋楼说就在那栋楼的三层，从东往西数第三间房子，又友好地提示说今天来看他们正是时候，礼拜天他们两口子都在。

站在门房指点的那间房子门口，香包意外地发现闭着的房门上还贴着一张已有些褪色的剪纸红喜字。她和念珠对视了一下，念珠伸出手轻轻地敲了几下门。房门吱呀一声从里面打开，几年不见的雅娟站在门口，脸庞比过去圆润了许多，腹部已微微隆起，显然已经怀上了孩子。雅娟看见香包，兴奋地伸出双臂把香包搂住，嘴里“香包姐、香包姐”地喊个不停。香包把鸡蛋篮子递给念珠，拉着雅娟亲热得泪水在眼眶里打转转。

让香包和念珠意外的是，房间里走出来的另一个人，竟是原来槐树村知青大院的宏涛大哥。看到宏涛大哥，念珠一愣，脱口而出：“咋是你呀？宏涛大哥！”香包也惊讶地张大了嘴巴。宏涛接过念珠手里的鸡蛋篮子，笑呵呵地招呼着香包和念珠进屋，一边又忙不迭地说：“快进屋歇歇。走了大半天路，累坏了吧！”

屋子里的墙上挂着一张硕大的镶框结婚照，照片上的主人公正是宏涛和雅娟。香包和念珠这才明白，原来宏涛和雅娟已结为夫妻。香包盯着那张结婚照，兴奋地把两只手握起来贴在胸前，看了好一会儿才转过身问雅娟：“这么大的高兴事，咋不在信上说一声？”雅娟盯了一眼宏涛：“他不让告诉村里人，怕引起大家猜测，又怕麻烦乡亲们。”

宏涛拉着念珠的手，把念珠上下打量了一阵说：“这才几年不见，就变成真正的大小伙子了，要是在大街上碰见，不经意的话都认不出来。”又笑了笑打趣着问：“找下对象了没有？”

念珠不好意思地低下头，把手在头上挠着。

雅娟说：“等念珠谈对象结婚时，有香包姐把关张罗，保险妥妥地美得不行。”

念珠下意识地看了一眼香包，感觉脸突然间烫起来。

宏涛让雅娟快去准备些饭食。香包说刚跟念珠在街上的面馆吃过了。雅娟嗔怪地说香包姐弟俩太外气了，大老远过来怎么还在外面吃饭，要是让槐树村的乡亲们知道了，还不成笑话了。念珠插话说他知道城里人在家里做饭不方便，何况现在不在饭点上，不想给雅娟姐添麻烦。雅娟说保准是念珠这个鬼精灵坚持在外面吃的饭。

香包和雅娟亲热地拉着话。念珠打量着这间屋子里的陈设，是两间房子连起来的套间屋，外面靠墙处摆着一个长沙发。沙发对过的墙角摆着一个小茶几，茶几上竟然还摆着电视机。靠窗户的地方撑着一辆擦得瓦亮的自行车，念珠认得那是名牌凤凰自行车。顺着套间开着的门瞄一眼里间，一张硕大的软沙发床罩着粉红的床罩，旁边是三开门朱红色的大衣柜，紧挨着大衣柜摆放了一台缝纫机。这几年念珠为了给家里采买东西也进过几趟城，依着念珠对城里人的认识，宏涛大哥和雅娟的日子也算是殷实的那一类。

宏涛问念珠现在做些啥事，有啥大的抱负。念珠不好意思地说自己高中毕业，复读了几年没考上大学，现在还得待在农村老家修理地球。宏涛说高考制度恢复后他也参加了一次高考，一进考场，才知道耽误了的青春绝不是简简单单发愤几天就能补回来的。不过，能走过那独木桥的人毕竟是少数，每个人的人生道路都会走得有声有色。现在政策好了，农村才真是大有作为的广阔天地。好多城里人也都开始羡慕起农村人了。

香包插话说：“咱念珠真了不起，回到村子没几天时间，现在成了小匠人，给各家各户盖了不少粮仓，手艺可真不赖哩。”

“唔？”宏涛眉毛一扬，“这么说，念珠和我是同行了。”

香包和念珠不解地盯着宏涛。一旁的雅娟解释说：“他回城后，安排在省第三建筑公司工作，在建筑工地上干了几年，做过瓦工、钢筋工。因为表现好，提拔成了管理人员，现在常做项目负责人。”

宏涛显得很兴奋：“在槐树村插队那几年，跟不少的乡党们打过交道，可念珠兄弟给我留下的印象实在是太深了。他第一次来找我时才十几岁，我就觉得他以后一定能成大器。这回雅娟请香包来汉京城，还是我提出来让念珠兄弟来一趟。这不念珠兄弟还跟我做着一样的事儿，看来真的是心有灵犀啊。”

念珠不好意思地挠着头：“宏涛哥，我哪能跟您比。您是正儿八经建楼房的，我就是过家家闹着玩的。”

拉了一阵家常，香包把精心制作的香包样品拿出来。看着那些栩栩如生、活灵活现的动物和花卉造型，宏涛先是一阵咂嘴。雅娟把那些样品一一拿在手里端详一阵，夸香包的手艺比过去更了得，说这些玩意儿比她记忆中的香包更漂亮了。香包说过去是偷偷摸摸地做，用的布料也是从服装厂的边角废料中收集来的，全是凑合。现在好了，她可以正大光明地在院子里心平气和地琢磨，布料也是精心在供销社选购的，何况还有德文叔和德文婶子全心全意地帮她。说到德文叔，宏涛问是不是村里的那个“四类分子”老右。香包点着头说就是，又不由得称赞德文叔心地善良、知识渊博。说德文叔要不是几十年的右派帽子压着，说不定都能当上大官。宏涛说当年在村子他跟老右也说过话，觉得老右是个了不起的人，多年的不公正待遇，毁了老右半生，好在如今拨乱反正了，老右还可以发挥余热。

香包急着要雅娟带她和念珠去工艺美术公司跟人家管事的见面。雅娟说不打紧，香包姐既然好不容易来一趟汉京，玩上几天再说。念珠说他已经来过好几次汉京，香包姐也还担心着家里的一大群人，放心不下哩。雅娟把眼一瞪：“念珠，你可不能这样。你来过汉京，香包姐可是头一次来。她日常多辛苦的一个人，难道进了一趟城连个转悠的机会都不给她？”念珠就不好意思地闭上了嘴巴。待香包再要开口说话时，宏涛不由分说地用手势阻止香包：“就按雅娟说的办，你们姐儿俩在这里待两天，让雅娟陪着你们玩一玩，关键是我还有好多话想跟念珠兄弟聊一聊。”

晚间，念珠和香包就在雅娟家里歇脚。雅娟和香包在套间里关起门躺下，扯起当年槐树村陈谷子烂芝麻的琐碎事儿。念珠和宏涛就在外间的折叠沙发上将就着歇息聊天。宏涛关心地问念珠未来的打算，念珠就把他跟香包姐打算在养鸡种植上做文章的事儿说给宏涛。宏涛却突然问念珠愿不愿来汉京城发展。念珠一时怔住了。

宏涛说现在的城市建设迈上了快车道，各单位都在争先恐后地盖办公楼、家属楼，建筑公司的工程多得干不过来，干活的工人数量也远远满足不了需求。为了多施工、赶工期，现在各工地都在放手招农民工。农民工都按计件工资管理。只要肯吃苦，挣的钱比在农村的土地里刨食多了去了。宏涛觉得念珠脑瓜子活，手也巧，进城肯定能干出大名堂。保不准以后还可以自己组建一班人马做包工头，经营一个有规模的劳务队，那票子不就大把大把地赚么？

自那年宏涛为搭救落难的香包仗义出手，念珠就对这个非亲非故的城里人有了几许崇拜。他知道宏涛是个能干人，更是个善良人。宏涛给他提的建议肯定不赖。不过从他高考结束回乡到现在一年多的时间，他一直热血沸腾地谋划着在农业生产上蹚出一条致富的路子，订阅的那份《致富信息》成了他不离左右的精神食粮。念珠是个爱思考的人，他虽然接收到海量的致富信息，但他知道必须结合槐树村的具体情况，在生产条件、销售渠道等因素上因地制宜。一段时间以来，他想过不少项目，但总也确定不下一项具备特色的致富门路，更没有想到离开土地到城里来发展。现在宏涛大哥的一席话无疑颠覆了他固有的生活理念。可仔细想想，偌大的汉京城，对他来讲，着实太陌生了，吃在哪里？住在哪里？会不会有人欺负乡下人？再说，离开槐树村那一方热土，离开亲亲热热的一家人，离开香包姐，他的心里有一种说不上的空落落的感觉。

见念珠半晌不说话，宏涛又开导念珠好男儿志在四方，切不可让农民意识束缚了头脑。农民意识就是目光短浅，目光短了机会就容易丢，机会丢了以后后悔也来不及。

念珠说："宏涛哥，我就担心我适应不了城里的生活，不能胜任工作，城里的建筑都是高楼大厦，万一出了差错不是耍的。"

宏涛呵呵地笑了起来："念珠兄弟，你以为城里建楼跟你盖粮仓一样得靠匠人么？我告诉你，再高大、再复杂的建筑都是靠流水线作业的，先由设计单位出设计方案，画出施工图纸，施工单位组织施工力量，按照图纸打地基、砌基墙、上楼板，这中间还有专门负责监督施工质量的监理公司，工地上的工人只需要按照要求认认真真地扎钢筋、灌水泥浆、砌砖抹墙就行，这可比你盖粮仓简单多了。盖粮仓得要匠人，而建筑工地上只要会劳动，就有用场。"

原来高大的建筑是这样盖起来的，念珠不由得有了一种跃跃欲试的念头。又想着自己一直在学校读书，家庭的担子老在香包姐肩上压着，自己这刚回村上，一转眼又要离开，觉得对不起香包姐。念珠内心敬重宏涛，也不把宏涛当外人，就把自己的顾虑说出来："宏涛哥，我要是离开槐树村，香包姐会更累的。"

宏涛沉默了一小会儿说道："念珠，你真是个有情有义的人。当初你香包姐被公安局抓走，为了救她，你敢上刀山、下火海的那种勇敢劲儿，我到现在还记得清清楚楚。你香包姐嫁到魏家也算是幸运。不过我觉得你的担心有些多余，毕竟你哥哥和香包的哥哥都还是好劳力，香包不会太累。再说过几年你娶个媳妇进门，你香包姐就会有帮手了，你们家的日子一定会更红火。"

念珠忽然有一种异样的感觉，有朝一日自己真要娶回来一个媳妇，会帮香包姐分忧么？

第二天，雅娟带着念珠和香包搭公交车到了省工艺美术公司。省工艺美术公司的办公地点竟然在游人如织的鼓楼顶上。香包常听人说"汉京有座钟鼓楼，半截都在云里头。"今天置身这宏伟的建筑脚下，不免一阵激动，虽说比起老远的大厦，鼓楼不算太高，但在这方圆几百米未建新楼的老街区，鼓楼仍显得鹤立鸡群。仰头看看鼓楼的顶端，不免脖子发酸。四四方方的建筑，占地足足一亩多，光是砖砌的基座就有三丈高，基座下端一个拱形的通道，能容得下两挂马车相向而过。基座上端是四层次第渐小的塔式楼房，每层伸出的外椽上罩着金光闪闪的琉璃瓦，琉璃瓦上还有千奇百怪的神兽造型。各层外椽的下方又有一圈走廊，每层的走廊上都站满了观望指点的游客。见香包看得出神，雅娟又指着不远处另一栋类似的建筑物："那边就是钟楼，是汉京城的最中心位置，东西南北四条大街就在那里交会。钟楼和鼓楼是汉京城的标志，钟楼在东边，鼓楼在西边，早上站在钟楼顶上看日出，晚上站在鼓楼顶上看日落。"香包不由得咂起了嘴。雅娟又对念珠说："这可都是几百年前老先人盖的，那时候靠的就是两只手，也不知道人家是咋样把那么重的木头抬到几十米高的空中。我常跟宏涛说别看他们现在整天盖大楼，但比起老先人的这些杰作，他们那些成果实在算不得什么。”念珠由衷地点着头。

鼓楼是对游客开放的景点，游客需购票进入。雅娟跟检票点的人说明来意，工作人员对雅娟一行免票放行。随着游客人流，雅娟一行上了鼓楼。

平生第一次进入这样辉煌的建筑里，香包简直有些不敢相信自己的眼睛。这哪里是人待的地方，分明是神仙处所。脚下的地板、四周的墙壁、中央的柱子，无不金光闪闪，就连房顶上也是美妙的绘画。华丽的屋子里，靠墙设着几个卖货的柜台，柜台前三三两两的游客转悠着，内中竟然还有大鼻子、黄头发的外国人。雅娟指着那些柜台说：“这里的货物都是卖给游客的，货源大部分都来自省工艺美术公司。香包姐的香包以后也会摆在那些柜台里。”想着自己在槐树村低矮的土房中一针一线制作的小玩意儿将来能摆在这么华贵的场所，甚至会被那些高鼻子蓝眼睛的外国人买回去漂洋过海带到世界各地，香包忽然有一种说不出滋味的感叹。

省工艺美术公司在鼓楼顶端第四层，这里未对游客开放，偌大的房子里半边放着七八张办公桌，半边像仓库一样堆放着各种木质的、纸质的、石质的、金属的奇奇怪怪的物件。一看见雅娟等人，一个五十来岁的男人扬手招呼。雅娟把念珠和香包带过去，喊了声“舅舅”，指着香包跟男人介绍说这就是当年她在槐树村插队时的好朋友香包，做香包做得可好了。又跟香包介绍说这是她的舅舅。雅娟的舅舅呵呵笑着说：“香包做香包，真有意思。做得不好了，对不起自己的名字。”香包弯了一下腰说：“谢谢叔叔，给你添麻烦了。”雅娟的舅舅用眼神询问念珠是谁。雅娟说这是香包的弟弟。念珠自我介绍说姐姐第一次来汉京城，他给姐姐带路的。

雅娟的舅舅把香包带来的香包样品一一过目。一边打量着，一边笑眯眯点着头一边说道：“比我想象的要好。记得七八年前雅娟插队时带回来的那些香包，看着有些粗糙，眼前这些东西可要精致得多了。”

香包不好意思地说：“当年的香包是用收集的碎布头做的，做的时候还得偷偷摸摸，总怕人看见。现在不一样了，咱农民拿着钱想买啥就买啥，想干啥就干啥，胆子大了心就细了。”

在对香包作品赞许的同时，雅娟的舅舅又提了一些改进意见。诸如小动物的面部特征尽量少用染料描画多用针线缝制，公鸡的翅膀不宜采用塑料等。雅娟的舅舅解释说，香包作为具备乡土特色的民间工艺品，一定要表现出原汁原味。现代元素一多，就会让购买者感到不伦不类。香包认真地点着头，用心把雅娟舅舅的话记下来。

雅娟舅舅问香包还能开发出多少香包品种。香包说这些样品都是自己本家一个堂叔帮她画的草图，要想扩大品种，还得找那个堂叔帮忙。雅娟插嘴说香包的堂叔原来是个右派，现在已予以纠正恢复工作。雅娟的舅舅说看得出来，那个堂叔是个极有灵性的知识分子。又说，根据他的判断，现在国家已经全面开放，来中国旅游的外国友人会越来越多，旅游市场的小商品需求量会越来越大。其实他们公司把鼓楼上头未开放的这一层楼暂时租下来，也是为了及时掌握旅游市场的前沿信息。香包体积小、乡土气息重、没有污染，在未来的旅游市场肯定会火爆起来，说不定会形成一种规模化的产业。现在先要做好产品的挖掘工作，多搞出些品种。比如，动物中十二生肖要齐全，还得涉及多个造型。再就是要保持一定的量，既然作为商品推出，就不能断档。指望香包一个人单打独斗，估计是满足不了需求的。

香包想起了德文婶子和丽英，说她会再找几个帮手满足这边的需要。雅娟舅舅说一旦打开销路，就不是几个帮手能解决问题的事。不过刚开头可先试着放一批货，看看市场的反应，但要对未来的规模生产有思想上的准备。雅娟舅舅又开导香包，说随着农村政策的大变革，生产效率会越来越高，富余劳动力会越来越多，从事副业生产大有前景。单纯从收入角度看，副业生产要比种粮来钱快得多，如果能把香包做好，或许是一条独特的副业致富路子。

雅娟舅舅的话让念珠听得心潮澎湃。他订阅的《致富信息》源源不断地提供各类副业生产信息和生产诀窍。但精明的念珠明白，要在那些看似诱人的内容中筛选出完全适合自己的项目，绝非易事。如今香包姐掌握的这一门手艺，原料简单易求，销路前景看好，关键是缺少竞争，利润空间一定可观，真的是天时地利人和都占得住，实在是千载难逢的机会。他略略思索了一阵，插嘴道："叔叔，我们村子里不缺人，尤其是那些做完饭就闲着没事的婶子和大姐们。如果能把他们组织起来，用流水线作业的方法，从裁布、缝制、装饰等各个工序上分别作业，既能提高功效，又能统一质量，还能让大家共同赚钱，莫不是一举多得的好事。"

雅娟的舅舅眼睛一亮："这小兄弟真有经营头脑。如果能那样，那些干活的人在劳动的过程中实质上会成为你们的雇佣人员。你们以经营的方式把技术和销售渠道作为资本，做大做强产业，成为中央号召的先富起来的人。"

念珠害羞地挠着头笑了。

雅娟的舅舅当下就表态省工艺美术公司与苗香包结成香包采购关系。雅娟的舅舅又强调说采购方毕竟是公家，最后还得要大家商量着拍板，尤其是采购价格不能他一个人说了算。不过，他坦言收购价格不会让香包失望。末了，他要香包回去后和那位支持她的堂叔商量商量，尽量把香包品种再扩大一些，力争能达到三十种以上。待到进入市场，根据销售情况，再确定各品种的生产比例。雅娟的舅舅又提出及时送货的问题。念珠说他这回来就是要跟叔叔这边见个面，以后送货的事就由他来负责，一个月送一次行，一周送一次也行。雅娟的舅舅递给香包和念珠一人一张名片，说这上面印着他的名字和电话，以后可以从乡下直接给他打长途电话。念珠问什么时候打电话方便。雅娟的舅舅说从现在开始至少每周打过来一个电话，又呵呵笑着说如果香包家里能安上电话就好了。念珠表情认真地说："叔叔，要不了多久，我家一定会通上电话。"

念珠想起雅娟写给香包姐的信中提到要签订合同的事，就怯怯地问了一句："叔叔，我们要不要签个合同？"雅娟的舅舅又笑了："我原来跟雅娟说过要签合同的事，但这得有个过程。现在我们就是前期的考察研究，等水到渠成时，我们肯定要签采购合同。用我们的行话说，那就叫下单子。一旦下了单子，你们做的香包我们这边要是拒收，就得赔偿你们；你们那边要是不能如期提供货物，也得赔偿我们。”

香包吓得伸了一下舌头。念珠却显得一本正经：“叔叔，您放心。我们回去后就尽快研发新产品，再物色合适的工作人员，争取早日拿到你们正式的单子，保质保量地完成生产任务。”

离开省工艺美术公司，香包忽然对雅娟说她有些心虚。雅娟盯着香包，眼神中流露出疑惑。香包说将来万一跟人家订下合同，自己人手不够，做不出来或者人手太杂，做出来的东西不符合人家的要求，要给人家赔偿可咋办？

没想到念珠胸有成竹地说道：“香包姐，商品经济就是这样，相互少不了约束，合同就是用来约束各方的。不过你放心，只要咱的香包销路没问题，就不愁找不来人手。我们对找来的帮手，也需要用经济手段鼓励和约束，只要把各个环节都把控好，就不会有闪失。再说了，有那么多人跟你在一起，德文叔、德文婶子，还有念莲姐，你心虚什么？”

雅娟呵呵地笑着说：“香包姐，我看出来了。有念珠兄弟给你做靠山，你们家里没有成不了的事情。”

既然已经跟雅娟的舅舅说妥了后面的事情，香包觉得此行汉京城的目的已经达到，就跟雅娟提出告辞，说槐树村一家大小还等着她回去张罗哩。雅娟却抓住香包的手不肯放下，说好不容易大老远来一趟城里，不陪着香包玩一玩咋也过意不去。见念珠不说话，雅娟干脆使出激将法：“念珠，你现在也算是男子汉大丈夫了，香包姐整日里辛辛苦苦在家忙家务，你难道就忍心她一辈子拴在锅台上，绑在院子里，连开个眼界的机会都不给她？”

雅娟的话其实也符合念珠的想法，香包姐对这个家庭贡献太大了，她有资格在自己身上花些精力。他点着头，附和着雅娟：“雅娟姐的美意你应当领，也该看看这花花世界，也该到大商场给自己选件衣服什么的。”又把脸转向雅娟：“只是我知道香包姐的心思，常言说客走主安，我们待在这里，少不了给你和宏涛哥添麻烦。”

雅娟摆着手：“念珠，瞧你说的哪里话。你们从家乡过来，说说有趣的事情，让我们回忆一下多年前的事，我和宏涛高兴都高兴不过来。今早出门的时候，宏涛还跟我说他要跟你深谈哩。我这会儿要是放你们离开，没准宏涛还会怪罪我哩。”

见雅娟诚心挽留，香包试探着说道：“要是时间允许，能不能去一趟动物园？”

雅娟连连点头：“好哇好哇，老乡到了城里，都想去动物园转一转，虽说那些动物都是从野外抓来的，但却很少能在野外看得见。”

“我明白了。”念珠笑眯眯地说，“香包姐去动物园是为了工作，刚才雅娟姐的舅舅要求咱扩大香包品种，香包姐肯定想把动物园的动物都瞧上一遍，琢磨挖掘新的品种哩。”

香包感激地盯着念珠，没有说话。

汉京市动物园热闹极了，这里的游人比鼓楼那边多得多，男女老少摩肩接踵。看装束有城里人，有乡下人，只不过看不见高鼻子的外国人。人群中多有一家三代拉手游玩的情景。正是阳春时节，虽说春意正浓，但人们身上都已套上了夏装，洋气的女人们穿着各式各样的裙子，不少小伙子上身穿起了短袖。售票窗口前已经排起了几长溜的队，看得出今天的游人很多。

念珠买完票转过身，正要去招呼远远站着聊天的香包姐和雅娟，却瞥见了一个熟悉的身影。只见那人手里拽着一把绳头，头顶上几十只形状颜色各异的气球随风摆动着，正在向游客兜售气球。念珠紧往前走了几步，原来那人是多年未在槐树村现身的瘸拐子。

瘸拐子自从那年因念富的杀人案受到牵连被抓走以后，就再没回过村子。瘸拐子服刑的时候，他的爹娘阉客老两口过得恓惶。时间不长，瘸拐子娘得了臌症，下葬前肚子凸得像一面大鼓。村里人都说见不上儿气得要了命。女人一死，阉客像孤魂野鬼一样，游荡了半年时间，也追随着婆娘去了阴间。癞拐子的家就成了荒草萋萋的鬼宅。有传言说癞拐子出狱后回过一趟家，在院子门外抹了一通眼泪，没进院子就头也不回地离开了槐树村。村里人也就把这一家人淡出了记忆。不想今天念珠竟然在这里碰见了癞拐子。

那癞拐子头发长得几乎搭在肩膀上，鼻梁上架着一副近年来颇为流行的麦克镜，上身穿一件花格子短袖衫，红色的喇叭裤裤脚扫着地面，两只胳膊上的刺青是醒目的大龙。看来这家伙在城里也算是前卫人物。念珠当年跟癞拐子有过冲突，但也感念癞拐子曾经在集市上买羊时给他帮过忙。这会儿异地遇同乡，自然要和癞拐子招呼一声。待念珠走到癞拐子跟前喊了一声“二癞哥”时，癞拐子一下愣住了，傻傻地用一只闲着的手卸下鼻梁上的眼镜，迟疑地问：“你是……”念珠大大方方地回说：“我是槐树村的魏念珠。”

癞拐子如梦方醒，上上下下把念珠打量了一遍，半晌方才说道：“你如今这么大了，个头比哥都高出这许多。”说着话竟然一只手把念珠环抱着拥抱起来，嘴里又说着：“没想到，没想到，咋在这里见到你了。”

癞拐子抓住念珠的肩膀问念珠是一个人出来玩吗。念珠就顺手朝着香包和雅娟站着的方向指了一下。癞拐子顺着念珠的手势望去，嘴里说道：“呦，你嫂子可是没啥变化。”癞拐子又问念牛的情况。念珠说在家忙活着做些手工活。念珠问癞拐子还回不回槐树村。癞拐子说在城里混日子比在农村划得来，在土里刨食的营生他实在提不起兴趣。念珠惦着香包姐和雅娟等得着急，就跟癞拐子告辞。癞拐子忽然从手里的一撮绳子中抽出一根，牵出一只气球递给念珠，说让念珠送给嫂子。念珠连连摆手，却扛不住癞拐子死活坚持。念珠只好接过拴气球的绳子，又随手掏出五角钱的纸币递给癞拐子。癞拐子哪里肯要，念珠不由分说硬是塞到了癞拐子花格短袖胸前的口袋里。

念珠转身离去的时候，癞拐子突然冒出一句：“念珠兄弟，你和你嫂子才是般配的一对。”

念珠不由得又是来气，他就想起了当年癞拐子帮他买羊回家的路上问他想不想摸嫂子奶的事，嘴里又忍不住骂了一句："癞拐子，多少年过去了，你他妈还是嘴贱。"

动物园里集纳了千奇百怪的动物，每到一种动物笼舍前，香包就会默默地注视着或欢快或懒散的动物发一阵呆。念珠心里明白，香包姐是在用心地琢磨动物的举止神态，努力地在脑海中定格记忆。雅娟显然是这里的常客，已少了兴趣，有一搭没一搭跟香包和念珠做着介绍。大半天的工夫，念珠转悠得肚子有些饿，想着香包姐和雅娟可能也饿了，见不远处有家专供游客的包子店，店前买包子的人排了一小溜，念珠就让香包姐和雅娟坐在路边的石椅上歇歇脚，自己去站队买包子。

念珠买回包子，三个人就坐在石椅上吃了起来。吃饭的当口，雅娟跟念珠说："念珠，当年宏涛跟你打过一回交道，就把你牢牢地记住了。这回香包姐到城里来，还是他让我写信要把你一起叫上。今早上出门时他还说要跟你再好好谈谈，你们两个人可真是缘分深呀。"

念珠说："宏涛哥想让我来汉京城跟他一起发展哩。"

香包瞪大了眼睛："你宏涛哥是国家干部，你能跟他一起发展啥？你可是个农民。"

雅娟若有所思地说："我明白了，怪不得宏涛让我写信把你叫来。原来他的心思在这里。"雅娟顺手指了指远处一栋正在施工的大楼："他们的建筑公司现在活路多得忙不过来。为了提高效率，公司内部鼓励搞承包，宏涛也一直想着自己拉竿子承包几个工程。可干工程就得有人，现在不少人手都是从农村招来的临时工。念珠你对农村熟，脑子又活络，宏涛八成想跟你联手做些事。"

香包心有顾虑："念珠，宏涛是盖高楼大厦的，那得要多高的手艺？万一哪里出了问题，可不是闹着玩的。"

念珠就把宏涛跟他讲的楼房建造过程又跟香包姐说了一遍。末了打趣着说："按宏涛哥的说法，建筑工地的工人只要肯卖力负责任就行了，这显然比我自己琢磨着建仓房容易多了。"

雅娟显得很自豪："念珠，你宏涛哥我了解。他最大的特点就是实在。他说出的话绝没有水分。"

香包目光定在远处的基建工地上，好长时间，才轻轻地说道："念珠，宏涛哥给你提供了一个好机会，一旦失去了，说不定将来会后悔的。"

念珠挠着头："我今天一直在想这事，宏涛哥肯定是美意。我知道跟着他干不会吃亏，但我就是放不下咱家里那些让人觉得红火的事。再说香包姐你忙里忙外真的不容易，现在又要大张旗鼓地做香包，我这个时候一离开，你就更吃不消了。"

香包思索了一阵，像是下定了决心："念珠，人一辈子最怕的就是丢掉机会。宏涛哥是咱家的贵人，他给咱提供的机会，可一定要珍惜啊。"

"可家里那一堆……"念珠喃喃地念叨着。

"家里你不用操心。"香包说，"我哥不是吃闲饭的，念牛也是勤快人，你放开手脚在外面干，比窝在家里强多了。"

念珠突然想起癞拐子，随口说道："香包姐，你猜我刚才在大门口见到谁了？"

香包满脸疑问。

念珠说："我咋也没想到，多年没见面的癞拐子让我碰见了。那只气球还是他硬塞给我的。"

雅娟问："是槐树村那个跟念富一起犯案的癞拐子么？"

念珠点了点头。

香包说："癞拐子也是可怜人，不明不白地被判了刑。只是那家伙荒着自家的院子，到这汉京城瞎混啥？"

念珠鼻子哼了一下："人家癞拐子嫌在土地里刨食吃没劲儿。"

雅娟说："连癞拐子都知道城里的钱比农村好挣，念珠你却是患得患失。依我看，你就听香包姐的，跟你宏涛哥放开手脚在汉京城里大干一场。赶明儿干出个模样来，就在城里安下家，把香包姐和念牛一大家子也都接过来，强似守着那几亩地。"

念珠抬头看着远方，漫天的火烧云把西边的天空染得通红，错落有致的高大建筑像剪影一般构成了一幅美丽的图画。想着自己或许会成为这美景的绘制人之一，念珠突然有一丝兴奋。

去了一趟汉京城，香包觉得长了太多太多的见识，同时也为取得的收获兴奋不已。跟工艺美术公司已经敲定了固定的供货关系，根据雅娟舅舅分析的情况，未来发愁的不是做好的香包能不能卖出去，而是自己的制作数量能不能满足市场需求，也许自己以后的大部分精力得放在香包制作上。而另一个意外的决策，是念珠要跟着宏涛进城闯荡，这让香包心里七上八下。说实在话，香包对念珠太倚重了，自打她进了魏家，风风雨雨一路走来，多少节骨眼上，都是这个小她一些的男子汉挺身而出，甚至她有时候觉得正是因为有了这么一个给她遮风挡雨的兄弟，老天爷才公平地让她摊上了一个残疾丈夫。在她的潜意识里，她早已把念珠当成了魏家的顶梁柱，当成了自己的主心骨。而今，念珠一旦离开槐树村，她心里有一种空落落的感觉。可她心里明白，念珠是一只雄鹰，得在广阔的天地里飞翔，汉京城有更大的空间，念珠在那里肯定能大展宏图。自己必须鼓励念珠，让念珠甩开包袱，从槐树村飞出去。同时她得加倍努力地经营好这个家，为念珠高飞提供坚实的保障。

香包跟念珠说她想把一家人招呼到一起商量商量。念珠一听嘿嘿地笑了，说香包姐跟他想到一块儿去了，他这几天也正琢磨着开一个家庭会，跟苗伟哥和念牛哥一起合计合计未来的大事。没想到香包姐倒是说到他前头去了。香包说她已经把在城里谈妥的事儿给念牛和苗伟哥说过了，他们两个人都挺高兴，说苗伟哥还预言念珠将来会成为大企业家。把念珠听得心里热乎乎的。

这天吃罢早饭，一家人煞有介事地聚在屋子里开会。香包早早地把爹的画像摆在板柜上，又在像前焚起了一炷香。德强老汉一辈子没照过相，唯一的遗像是去世前半年，村里来了一个画像先生，香包死磨硬缠让爹同意花了三块钱，为爹画了一张八寸的画像。爹去世后，那画像就被香包精心地供奉在爹原先住过的房子里，每遇中秋、端午、春节、元宵之类的节日，都忘不了在遗像前献上一碗饭，点上一炷香。家里遇到需要决断的大事，香包也会到遗像前喃喃地念叨一番。今天，一家人商议决定家运的大事情，自然少不了请过世的爹见证。

依着多年来养成的习惯，香包俨然成了一家主事的角色。按说念珠成年以后，见识和胆识早已超过了香包，香包也是打心眼里服气这个兄弟，可基于心灵深处那一份思维定式，念珠凡事必得香包姐拍板方才实施。念牛是个老实人，对妻子一味顺从，每每难有说得上价值的见解。苗伟因为自己特殊的身份，似乎在家事上少些决断的主动性。所以这样的家庭会议，很难指望念牛和苗伟拿出建设性的意见。但念珠觉得现在面对的抉择是一家人的事，有必要全家人统一认识，也就对香包姐召开家庭会议的提议极力赞成。为了显示充分的民主，念珠把黑子和凤儿也都唤来。待一家人坐定，香包把这一回进城的事跟大家说了一遍。香包话没说完，凤儿就先是嘟着嘴怪怨娘和叔叔不把她也带着一起去动物园看大象和老虎。念珠在凤儿肩膀上拍了一把，说以后的机会多的是，少不了要让凤儿和黑子一起把汉京城逛个遍。凤儿顿时高兴得蹦了起来。

念珠瞅着凤儿和黑子说："自我记事起，咱家的光景就苦。后来香包姐来了，日子一天天好起来。香包姐为这个家受了不少苦，现在我从学校回来，本想着给香包姐搭把手，这一旦去了城里，屋里劳力总还是少。念牛哥下不了田，苗伟哥一个人顾不过来，黑子和凤儿还小，我实在有些放心不下。"

不常说话的苗伟开了腔："我出来这几年，世事变化太大了。但我越来越感觉到，现在的变化跟过去几十年的变化大不一样，过去的变化是转圈圈，今天变过去，明天又变回来。而现在的变化好像是大踏步地往前跑，谁的步子慢，谁就被落下了。所以，咱们的手脚都得麻利一些。香包跟念珠进了一次城，把新路子给咱闯出来了，一定要抓住机会，铆足劲往前奔。"

香包高兴地看着哥哥。念珠的脸上也露出兴奋的神色。

苗伟在香包和念珠的神色中受到了鼓励：“其实咱们家有着巨大的优势。”

一家人都把目光集中在苗伟的脸上。

苗伟扳着指头：“咱们家有四个壮劳力。先说念珠兄弟，有文化、有力气、肯吃苦，这样的人才窝在槐树村，真是浪费了资源，莫说今天有宏涛帮衬你，就是没有宏涛，你迟早也会走出去，无疑你是这个家里最有希望的人。再说念牛兄弟，身子虽残，但意志实在强，你做事的细心程度很少有人能赶得上，前段时间咱们还商量着要把德文叔家的鸡舍改造一下，念牛兄弟给咱把这一块盯上，保准呱呱叫。香包你就不说了，能不能做好香包就看你跟德文婶子、念莲姐咋合计了。至于我么，总还算年轻力壮，可以把田里的活儿包揽下来，在种粮的同时，多动些脑子，种些经济作物，既省劳力又多挣钱。要把咱家的优势发挥出来，干脆咱们几个人分工把口，各司其职，不信把日子过不旺。”

香包激动地捂了一下嘴巴：“哥，没看出来，你脑子里一天没闲着。”一直以来，苗伟只知埋头干活，在外面很少抛头露面，在家里也沉默寡言。香包只当是哥哥坐了几年监狱把人坐傻了，还整日里操心着尽快让哥哥从阴影中解脱出来。这会儿一听哥哥发表了一通颇有水准的高论，情知哥哥的内心世界并不是死水一潭，如何不高兴万分？只要哥哥能振作起来，她无疑又多了份坚实的依靠。

念珠对苗伟的话并不意外：“香包姐你小瞧人了，别看苗伟哥平常话不多，可他的心里装着大事情。我跟他搭伙盖仓房时，他的能耐和想法能把我甩出几里地。依我说，他是有领导才能的人。苗伟哥既然都替咱谋划到这份上，那我就举双手赞成。”

香包说：“念珠，你莫要给苗伟哥戴高帽子了，他只要肯把田里的活儿揽下来，其他人都能轻装上阵。”

念珠说：“香包姐，我说的是心里话。”

一旁的念牛嘴里嗫嚅地想说话却没有发出声来。香包见状说道：

“念牛，你莫要担心，真要让你把养鸡的事管起来，有大家伙搭手，你只需要用好眼睛就行了，给鸡喂料和收蛋的事不需要你费力。”

念牛显得有些结巴：“我不是……这个意思，大家千万不要把我当个废……人，我除了腿上不方便，手上的力气可是大着哩，把养鸡的事交给我，我保准让鸡吃得壮壮的，蛋下得多多的。”

黑子突然喊道：“让我干啥？”

香包笑了，指着黑子，又在凤儿额头上点了一下：“你，还有你，最大的任务就是把书念好，将来有大出息，跟念珠叔去城里干大事。”

凤儿歪着头说：“那我就可以天天在动物园看老虎了。”

一家人都哈哈大笑起来。

念珠一家人就这样通过家庭会议决定了家庭发展规划，可谓农副种植、畜禽养殖、手工生产、进城务工，全面开花。家庭成员分工把口，苗伟主事责任田的种植，念牛经管养鸡，香包组织香包生产，念珠进城发展兼做家庭外联。用念珠总结的话说，从现在开始，一家人解放思想，分工协作，团结一致奔小康。

第十五章

槐树村兴会的事情闹得沸沸扬扬，不亦乐乎。

关于兴会的事情，说来话长。槐树村在方圆几十里也算个大村，解放初年，每年的农历四月初有一场庙会，四村八乡的人聚拢在槐树村赶会看热闹。跟槐树村沾点亲带点故的外乡人就会拖家带口地在槐树村歇两天脚。槐树村的人会像过节一样以东道主身份做好接待工作，乐尽地主之谊。庙会大约持续三天时间，少不了还会演大戏助兴。这四月初恰好是夏收开镰前一个月左右，正是农人们摩拳擦掌大干一场的前夕，庙会就成了战前休整放松、信息交流、农具采购的活动场所。槐树村因了这一年一度的庙会，也就在香陵镇区域以及周边乡村享有一些名声，村人们也把庙会引以为傲。只是随着后来的合作化和人民公社的发展进程，集体经济不太需要那种简单的物资交流方式，长达数日的休闲无疑也成了一种浪费宝贵劳动力的行为，连带着香陵镇的三日一集改为一周一集，周围大大小小的庙会一律被取缔了。槐树村的四月庙会就成了一代人的记忆。生产队一解散，生产方式自由了，三夏大忙前的短暂休闲中，村里的一帮老古董们就想起了早年的庙会。据说第一个提起兴会动议的是杠生的爹戏匣子，人都说匣子老了老了，却还喉咙痒着，想在庙会上唱一唱。但不管怎么说，戏匣子的动议得到了一帮人的鼓噪支持。

兴会的事，也受到了村两委会的支持。现时的槐树村治理结构大不同以前，村上虽然有党支部，但村民委员会作为真正民选的领导机构，实际上扮演着核心角色。杠生现在是村委会主任，执掌着一村的大权。也正是因为这个因素，戏匣子才理直气壮地率先倡议兴会大计。说起杠生当村主任，还有故事。当年魏玉良支书因女儿花妹触电身亡，精神受挫，把支书宝座给了民兵连长魏胜利。魏胜利干着干着，形势发生了变化，村上实行了自治，村上领导不再由上头指定了，就依规对村支委和村委会连着搞了两次选举。却都因为票数太过分散，没能选出村带头人。后来镇政府亦即原先的公社给槐树村派了几个工作人员，指导选举，工作人员挑了不大起眼的杠生做候选人，又反复动员村上的骨干人物统一思想，这杠生后来也就真的在选举中胜出。其实大家都心知肚明，杠生的获选原因恰好是因为杠生少些能耐。几十年的高压管控，让村民面对强势的父母官心里有些逆反，他们宁肯生活在无政府状态下，也不愿再选出个强势的头儿。按照规定，村党支部书记仍可由上级委派，魏胜利支书后来就仍被镇党委指定为新一届支部书记。只不过魏胜利支书懂得今非昔比，也就挂着个书记的头衔不大理事。杠生被推到前台，面对着一大堆村务，既无经验，又无魄力，就成了维持会长的角色。这回自己的老爹发起兴会的事，又得了一干人支持，杠生当然也代表组织表示了赞同。支委会本就主要负责党务工作，对这种提振村子地位，激发村民兴趣的活动，也乐得顺水推舟。

由戏匣子为首，吸收营长德茂和混账发永等人成立了一个兴会筹备理事会，戏匣子自任理事长，紧锣密鼓地张罗开来。早先杠生娘大嘴活着的时候，戏匣子撇下家务只顾外头热闹时还虑着老婆唠叨，如今大嘴死了，戏匣子也算是我行我素，由着性子来了。

庙会少不了唱戏，庙会规模的大小也决定于请来的戏班子档次的高低。解放初，槐树村逢会时一般都演挂衣本戏，请来的多是地区的剧团。那阵子槐树村在周围狠狠地火了一把。后来庙会式微，但还会唱几个晚上的自乐班，虽然只是一大片白布后几个牛皮影子跌跌撞撞，用大家的话说整夜都是台下双眼对着台上独眼，但说唱中生、旦、净、末、丑，仍是面面俱到。有了戏，庙会就有了魂。现在要把已经成为久远记忆的庙会再唤回来，请戏就成了整个工作中的重头戏。但要请戏就得有经费，生产队现在已经取消，过去供村上行政开支的提留款没有了，村委会可怜的经费仅靠着当年村上公共用地的承包费支撑，维持运营都难，哪能匀出钱来干别的事，这兴会的费用就只剩下拉赞助搞摊派一项了。混账做了个预算，请正规的剧团演两个晚上的挂衣戏，得筹上四千元钱，加上其他会务开支，没有五千元，这个庄是坐不住的。但扳着指头把村上的户数从头算到尾，真正能拿出大钱的人没几家，逐户搞摊派，又怕招来一片骂声还无效果。有心舍弃大戏，由戏匣子拉起个草台班子临时应应景，却怕把兴会的事儿搞塌伙。这着实就让筹备理事会成员们挠头作难。最后还是戏匣子一锤定音：规划着演大戏，经费的筹措一边走一边看，先在村子里发起倡议，号召大家慷慨解囊，说不准会有意外，万一到时候实在凑不出钱，就把自乐班顶上去，反正长脸和丢人是全村老少爷们儿大家的事儿，理事会尽心尽力就行了。

因为不是硬性摊派，加上槐树村人从几十年贫困中慢慢地走了出来，对于本属公益事业的兴会也还有些兴趣，谁也不愿意在这种表现自我的平台上失色，捐款的积极性还算说得过去。东家出五元，西家拿三元，不几天时间，竟也凑了千把元。可这距预算的经费数目还差了一大截子。理事会的几个人一商量，大部分人都倾向于量体裁衣，紧铁打镰，就琢磨着把请正规剧团的念头打消了。戏匣子却心有不甘，说不如再搞个二轮筹款，把村里人的积极性再挖掘挖掘，并率先表示自己愿意把买棺材的一半钱拿出来，出五十元。见戏匣子情真意切，大家也都表示附和。又把村上各家各户的光景分析了一来回，最后决定由理事会成员分别对重点户进行筹款动员。

念珠家的日子这几年过到了上风头，营长按理事会议定的分工范围，把念珠家作为重点户进行动员。一进念珠家的院子，营长就觉得一阵浓浓的经营气息，院墙边上堆着刚买回来的果树苗子，整整齐齐地码放在墙角，屋檐下十几袋化肥堆得有一人多高，当院的一张桌子上竟然摆放着十几块花花绿绿的绸布。香包正端着那几块绸布出神。

见营长伯来家，香包忙不迭地招呼让座，又手脚麻利地去倒茶。营长端过香包递来的茶水，看着那桌上的绸布，笑眯眯地问香包是要给凤儿做衣服么，又不解地问为啥要这许多花色。香包不好意思地笑着说这是做香包用的布。香包早年做香包时给营长送过，营长知道香包的手艺，只不过在营长的心中，那无非是找块小布头闲着做个耍货玩玩而已，却不想要买这么些大幅的布料，不免有些诧异，随口打趣着说："香包，你家日子过得红火起来，做个耍货香包也要买这上好的布料？"香包笑着摇头："伯，我哪有精力做耍货！这可是正儿八经的副业哩。"

营长听着有些莫名其妙。香包就把自己进城通过雅娟的舅舅和省工艺美术公司建立香包收购关系的事说了一遍，末了又试探着说自己还想把村子里闲着的妇女们都召集起来一起动手，有钱大家挣。营长听后吐着舌头称赞："乖乖，如今这世道真是变了，连这种小玩意儿都能正正经经挣钱了。香包你要把这事儿闹成了，不也就成了广播上常说的致富带头人了么？"香包谦虚地笑道："我哪有那么高的水平，我只是觉得有这么一条挣钱的道儿，不让大家伙一起走走怪可惜的。"营长由衷地伸出了大拇指。

营长朝院子四周瞄了一圈，问其他人都干啥去了。香包说："念珠前几日招呼大家开了个家庭会，一家人分了工。念牛养鸡，苗伟种地，我做香包，念珠进城务工。估计这会儿都忙各自的事了。"

"进城务什么工？"营长一脸的疑惑。

香包就又把雅娟的丈夫宏涛动员念珠进城搞建筑的事说了一遍，又强调说念珠这几天心里正热，马不停蹄地跟他那些同学联络，要拉起个队伍，进城投奔宏涛去。

"真的变了，"营长像是喃喃自语，"生产队解散了，农民没人管了，精壮劳力都跑了，这地以后没人种了咋办？”

香包想起老右说过营长伯对现如今社会变化思想转不过弯的事儿，就又笑道：“伯，你放心，咱现在的人手富余着哩，过去生产队吃大锅饭，不少人出工不出力。现在不一样，人人都铆着劲儿，一个人恨不得干几个人的活儿。就说我家那十来亩地，除了农忙时大伙一起上手外，寻常时就我苗伟哥一个人忙活，不也把地侍弄得舒舒服服的。”

营长若有所思地点着头：“香包，你说得有道理。”

营长的话题转到了此行的使命上：“咱村上兴会，经费筹措上有些缺口，理事会让挨家挨户动员大家多出一些，争取把兴会的事办成功。”

香包说：“兴会是给村上办好事哩，难得你们几个老人家热心张罗。上一次捐款时，我家本想多捐一些，念牛嘟囔着说怕乡党们笑话刚过了几天好日子就烧得显摆起来，只捐了十元。”

营长喝了一口水，清了清嗓子说：“念牛这话不对。热心公益事业，咋能成显摆？大家要都是这心态，啥事都弄不成了。”顿了一下又说道：“不过我看了一下现在的捐款册子，你们家算是捐得多的，已经很不错了。捐款嘛，还得讲个自愿。槐树村是个大家庭，大家的小家庭日子过好了，莫要忘了这个大家庭。”

香包想起了往事，眼圈不由得红了起来：“伯，你说的对，没有槐树村这个大家庭，哪有我们这个小家。当年我和哥哥从四川逃难到这里，不就是槐树村这个大家庭肯接纳我们么！那一回老家的民兵过来抓我，要不是这里的父老乡亲护着我，哪有我的今天？”

营长也深有感触：“看看现在，想想过去，真的像做梦一般。”

说话间念珠风风火火地进了院子，热情地跟营长打过招呼，又从包里掏出一包烟，抽出一根递给营长。营长摆摆手指了指揣在口袋中的烟袋锅，说那洋玩意儿没劲。念珠问德茂伯今日咋有空来串门。香包抢着说：“伯为了村上的公益事业忙活，为了能把兴会的事儿办得漂亮，正跑前跑后地忙着筹款哩。”

营长说：“念珠，你如今是顶天立地的男子汉了。听你嫂子说你要进城去干大事业？”

念珠害羞地挠着头：“伯，我复读两年都落榜了。眼看着干不成大事，对不起我香包姐的苦心，对不起关心我的家人。这就想着做些事，报答大家。”

营长摇着头：“不见得高考成功了才能成大事，好多没上过学的人不也把大事做成了么？”

香包说：“在我眼里，念珠就是最棒的，念珠看准的事，一定能成功。”

惦着营长的来意，香包又急着说：“念珠你回来得正好，伯是村上兴会筹备理事会的人，他正挨家挨户动员筹款。你说咱家咋表示？”

念珠脱口说道：“香包姐，这事你看着办！”又咬了一下嘴唇，表情严肃地说：“伯奔波的这件事，到底是为了村上的公益，咱们家过去在村上穷得出了名，现在能过上好日子，村上的恩情咱得记着。还有一件事儿不能忘了，苗伟哥当年还拜伯做干儿子哩，所以捐款的事，伯就能替咱家做主。”

营长说：“念珠这娃跟你嫂子一样善良，把别人的好处都记在心里。”

念珠继续说道：“依着我的意见，咱家先出上一二百元，后面看着集资的情况，如果有缺口，咱们再掏腰包。”

香包接过话头，不假思索地说：“伯，我家先出二百。”

营长激动得嘴唇有些哆嗦：“到现在全村才集了千把元，上回你家捐了十元也是出钱多的，这回再要能拿出二百元，这庄就坐住了。有你们做出表率，不愁大家不积极响应，兴会的事保准能成功。”

念珠看着香包，用商量的口吻说：“香包姐，我还有个想法。咱槐树村兴会的事总算是盛事一桩，咱们可不要忘了那些曾经也是咱们村里人的知青们，我想跟宏涛哥通个气，让他到时候把当年在村上插队的知青招呼着回槐树村叙叙旧，也算是故地重游。”

营长沉默片刻，突然一拍大腿：“念珠，这是个好主意呀，我们理事会咋都没想起来呢？那些城里娃当年在咱们村插队落户，跟咱们在一起劳动，好多人表现都不赖哩。如果能让他们回来一趟，咱们庙会上就有了新内容。多好的一件事儿。”

癞拐子突然风风光光地回了槐树村。

癞拐子的派头把槐树村人的眼睛狠狠地辣了一回，着实在村子里引起了一番轰动。癞拐子是乘坐一辆乡下不曾见过的出租轿车进村的。初时，村里人以为上头又来了视察工作的领导，没想到那汽车径直开到已经作古的阉客家破败不堪的院门前停下。车上钻出了一男两女三个人，显然都是城里人打扮。那两个女人的共同特点是穿着紧身到邪乎的白裤子，眼看着要被屁股活生生从后面撑破，高跟鞋尖得像钉子，身后留下的脚印就像钉掌的驴子走过一样把地面戳出小坑，顺带扬起些土屑。那男的更是了得，个头和面相是男人，着装打扮却是女人。花格衬衫红裤子不说，那长头发竟然还像波浪般从后脑勺一直爬到后肩上。村里的热心人就上去打问究竟，更有一帮小孩子围上来瞧稀罕。那男人在破院子门前踱了几步，比看坟头的阴阳先生神气多了，只是走起路来有些颠。待到男人把那大蛤蟆镜卸下来，村里人才认出来是多年不见的癞拐子回来了。

癞拐子当年在村子里的修行比较差，因而在吃那场官司的时候就少有人同情。癞拐子满刑后像在人间蒸发了，村里人也就把他在记忆中渐渐淡漠了。没想到这家伙打扮得花里胡哨招摇回村，看来在外面挣了些钱。尤其让村里人津津乐道的是，癞拐子当日在街道上每见到一个小孩，就从口袋里掏出一张面额一元的崭新票子递给孩子。癞拐子带着两个女人，大摇大摆地穿行在街道上，看见认识的人就把手扬起来，点着头喊一声“哈喽”。不少人被吓了一跳，像是看活宝一样在不知所措中把癞拐子一行的背影目送出老远。

癞拐子最后径直进了村委会主任杠生的家。杠生比癞拐子小两岁，当年也算是跟癞拐子一同耍过。见癞拐子上门造访，杠生不免为癞拐子的装束和陪员感到些惊讶。让座倒茶后，杠生问癞拐子这两个同行的女同志是什么人。癞拐子放肆地伸开左右手把紧挨自己两边坐着的女人分别拍了一把，说是他的两个秘书。

杠生说：“二癞哥，你如今发达了，连秘书都配了两个。”

癞拐子摇了摇头：“杠生，你莫要乱叫。我有大名，我叫魏华贵。”

“魏华贵！”杠生下意识地叫了一声，瞬间又明白过来，“噢，我得叫你华贵哥。”

癞拐子把院子四周扫视了一番：“杠生，你如今是村长，算是咱槐树村几百户人家的带头人，你要领着大家奔富裕哩。你看看你这屋里，还跟十几年前一样，没啥变化，这咋能行？你不在村里树立个富裕的榜样，村里人连个学习的目标都寻不下。”

杠生急于想知道癞拐子在外面的事业：“华贵哥，你如今发达了，可以给咱村子引进一些项目，帮助村子尽快发展起来。”

癞拐子说：“哥哥我如今在外头搞的都是大单的贸易。说实话，哪一桩生意下来，都强似在咱槐树村干一辈子。槐树村这破地方能引来啥项目？要资源没资源，要人才没人才。我要是不姓魏，都不会再回这穷地方。”

不知道什么时候戏匣子站在癞拐子身后，气哼哼地说：“二癞，你别忘了，你是喝槐树村井水长大的。你父母的骨头现在还埋在公墓哩。”

癞拐子回过头一看是杠生的爹回来，站起身，哈着腰说：“匣子叔好。”又把手伸出去要跟戏匣子握手。

戏匣子没理会癞拐子伸出的手，仍然把双手背在身后：“金窝银窝，不如自己的老窝。二癞你虽然有钱了，却不能忘本。槐树村穷是穷了点，但穷得刚强。等这回兴会成功了，槐树村还是方圆几十里响当当的村子。”

癞拐子一听戏匣子的话，忙问兴会是咋回事？杠生就把村子里一帮老人成立理事会，筹备着把早年废掉的庙会再兴起来的事跟癞拐子叙述了一遍。末了又强调说：“真是难为了这些老人家，兴会得请戏助兴，大戏班子请起来贵着哩。为了筹款，几个老辈人真是难帐得很。”

癞拐子眉毛一扬：“不就是花几个钱么，难怅啥哩？”

戏匣子显然有些来气：“二癞，你站着说话不腰疼，有能耐你出些钱，也算你为家乡办点好事。”

癞拐子说：“匣子叔，我出五十块钱。”

戏匣子鼻子哼了一声：“五十块钱不算少，但也不算多。念珠家一次出了二百。”

癞拐子犹豫了一下说道：“那我出三百。”

戏匣子脸上露出了喜悦：“二癞你要真能拿出三百块钱来，也算你为槐树村做了贡献。”

癞拐子当下就指天拍胸地说他是个说到做到的人，绝不会放空炮，只是今天身上没带那么多钱，要不然现在就把钱拿出来。戏匣子说起会还有一段时间，到时候能把钱拿回来就行。戏匣子问起癞拐子这回回来的用意。癞拐子说自己在外面混了多年，想想总不是个长法，这就打算回来把老宅子整一整，也好让过世的父母在那边能安心一些。戏匣子说要果真这样，德功哥地下有知，也不枉了临终前对儿子的挂念。

癞拐子又问杠生自家责任田的事：“我这几年虽在外头，但户口还在村子里，当初生产队划分责任田时，我家的地不知划到哪里，我现在回来总得把地认一认，要不然的话，别人得耻笑我连一份家业都守不住。”

杠生挠着头：“这事儿还真麻烦，地都分了几年，谁也说不清当初你家的地如今归着谁种。不过按着当年分地的政策，凡户口在村上的，不管人在不在，分地都有份额，这事儿你随后问问魏东风。他是五队的队长，当初五队的地是他主持划分的。”

癞拐子脸上露出了异样的神情：“魏东风、魏东风……”

杠生知道癞拐子当年犯法被判入狱的来龙去脉，知道癞拐子和魏东风梁子结得深，想消一消癞拐子的怨气：“魏东风婆娘死了以后，日子过得挺恓惶，寻常连个热饭都吃不上。”

癞拐子随口说道："那是报应！"

癞拐子既已答应为兴会的事儿捐款三百元，不由得戏匣子高兴，心说自己拉了一笔大赞助，也好在理事会其他成员跟前长长脸。想着癞拐子如今家里已破败得不能歇脚，就示好说二癞既已回来，就别见外。自家院子拾掇好之前，先在他家安顿住下来。癞拐子借坡下驴，就势跟匣子叔道谢。

却不想这癞拐子在杠生家一夜未住完，就惹起事端来。

癞拐子要借宿杠生家，除了癞拐子本人外，当然还得安顿同行的两个女秘书。杠生家里住房也算宽敞，杠生媳妇就把自家姑娘招呼着住到自己屋里，让癞拐子的两个女秘书住到姑娘房子里。杠生娘大嘴死后，戏匣子就独居一屋，杠生就跟癞拐子挤到老爹的房子里。客主一同歇息，本也无事，却不想戏匣子年纪大了瞌睡少，半夜醒过神来，照例又打开炕头小灯，戴上花镜打算看那不知翻了多少遍的戏本。灯一亮，方才想起今晚房间还歇着客人。一眼望去，却不见炕头一角的癞拐子。初时想着癞拐子或许是去了茅房，也就没太理会。可是足足几袋烟的工夫过去，仍然不见癞拐子的踪影，心里就有些疑惑。想想癞拐子毕竟在外头混了多年，谁也搞不清癞拐子现如今的底细，谁敢保证那家伙不会趁着夜深人静在自家屋里顺手牵羊摸些东西溜之大吉。心里越想越放不下，就悄悄起身披衣下炕，蹑手蹑脚地走出屋子。走到大门口，一摸门闩好好地关着，情知癞拐子并没走出院子，就又在茅房等处走了一圈，依然不见癞拐子踪影，情急之下就站在当院喊起了二癞。喊声没唤来癞拐子，倒先把儿子和儿媳妇唤醒了。杠生媳妇一出房子，杠生的姑娘也跟着娘出来了。等到一家人齐刷刷站在当院，才听见癞拐子懒洋洋的回应声："喊啥哩，喊啥哩？"声音分明是从杠生姑娘的房子传出来。原来癞拐子半夜时分悄悄地跟那两个女秘书住到了一起。槐树村有个习俗，留宿客人是不能男女同住的。即便是出嫁的女儿带着女婿回娘家，晚上也得分房而居，否则就会给娘家人带来厄运。这癞拐子的举动，无疑犯了大忌，何况还是跟两个不知底细的女人二配一，这件事如果让人知道了，堂堂的村长杠生家不成了窑子院？待癞拐子一手提着裤子，一手揉着眼睛从女秘书住着的房间走出来时，戏匣子已是气得浑身哆嗦，顺手操起墙根靠着的扁担照癞拐子抡去。借着房间透出的光亮，癞拐子看得清楚，一闪身，戏匣子扑了一个空，脚底下站不稳，扑通一下摔了一跤。杠生连忙去扶爹，嘴里骂癞拐子羞了先人。折腾声惊动了房间里的两个女秘书，她们也一前一后地走出院子，嘴里不干不净地骂着嫌叨扰了自家的好梦。杠生的姑娘已经六岁了，多少也知道些人间伦理，今晚娘让她给客人腾地方，本就有些不情不愿，这会儿借势发泄，就照着那骂人的女子脸上啐了一口。被啐的女子岂肯示弱，顺手甩了杠生姑娘一个耳光。这下无异于捅了马蜂窝，杠生的媳妇扑上去，一把揪住打自家姑娘那女子的头发，登时间两个女人就在当院滚打起来。慌得杠生顾不上仍躺在地上哼唧的爹，又去拉扯自家的媳妇。癞拐子这才如梦方醒，高声地斥责那打架的女子。半晌工夫，两个女人从缠斗中被拉扯开，依然是不依不饶意犹未尽的样子。要是因着别的事儿，杠生媳妇这会儿早已破开嗓子高声叫骂起来，但今夜不同，杠生一家都不约而同地为了自家的名声，在噤声中怀着一腔怒火与癞拐子一行斗争着。

戏匣子艰难地从地上爬起来，战栗着上气不接下气地骂道："癞拐子，你……你狗日的该千刀万剐！"又指着院门："你滚……还有那两个脏货，快滚！"

癞拐子用戏谑的口吻说："匣子叔，你不想要钱了？"

"谁他妈要你的臭钱！"戏匣子一跺脚，又去拿掉在地上的扁担。

癞拐子把头前的刘海拨拉了一把，对那两个傻站着的女秘书说了声："走！"两个女秘书不情不愿地进屋穿齐整衣服，拿出自己随身带的东西，又是一左一右地挟着癞拐子。杠生早已打开了院门，一家人盯着三个幽灵般的鬼影消失在夜色中，个个恨得牙根痒痒。

却说癞拐子带着的那两个女人，哪里是什么女秘书。癞拐子刑满释放后，跟自己服刑期间的狱友接上了线。那狱友原来是个诈骗犯，回归社会后不思悔改，又重操旧业。癞拐子跟狱友厮混了一段时间，看样学样也得了一些骗人的真本事。诸如，常拿三块钱一副的玻璃眼镜冒充玉石眼镜高价向人兜售，或是穿上白大褂在大医院冒充医生欺骗进城看病的农民。后来那狱友马失前蹄，再次被抓进公安局，癞拐子就单打独斗找些营生，寻常做些贩卖气球、汽水、冰棍的正经生意，偶尔拮据时也干几票刀尖上舔血的活儿。癞拐子居无定所，当然也没有媳妇，但癞拐子没少睡女人，反正这年头大街小巷野鸡多的是。癞拐子日常收入总有小半数给了那些不知名姓的女人。前一阵子癞拐子突发奇想觉得自己在外面人五人六，却连个真正能落脚的窝都没有，这就想着回一趟老家，把自家的老窝收拾一下。又思谋着衣锦荣归，一个人不免单薄，这就花钱请了两个野鸡做伴，美其名曰自己的秘书。回村后出了这档事也不足为奇。

癞拐子被杠生一家赶出家门，又羞又气，却又无计可施。有心去敲别人家的门，看着两个嘟嘟囔囔的女人，把村上跟自己曾经对劲的人在心里掂量一番，终觉没有一个肯半夜三更收留他们这种组合的人留宿。一咬牙，跺跺脚，拉着两个女人深一脚浅一脚，在浓浓的夜色中离开了槐树村。

却说念珠把村上兴会并且有意邀请宏涛联络知青回村助兴的意思写信告诉宏涛之后，不几天就接到宏涛的回信。宏涛在信中说他把念珠信中的内容打电话跟几个能联络上的知青说了，大家异乎寻常地热情，都愿意故地重游，还有人建议给第二故乡送一份礼，正在热情地酝酿礼品内容。宏涛希望念珠跟村上主事的人沟通一下，届时能有人接待。念珠自是高兴，就拿着宏涛的信给营长看了。营长说这些城里娃把槐树村的水喝了几年，到底情感上没忘了这个角落。至于送礼的事情，就不要强求，他们能回来捧场足够了。营长嘱念珠给宏涛回信，就说村里父老乡亲热情欢迎知青们回村叙旧，家家户户都会做好接待他们的准备。有他们参加，庙会一定会更有色彩。

念珠琢磨着知青们回村的事，却有了更多的想法。对于村上恢复庙会的事，他没有太多的感觉，只当是村民肚子吃饱了，日子过好了，在精神生活上又有了追求。为了能体现自家热心公益活动，他合着香包姐的意思慷慨解囊捐了款，但他的心里却时时惦着大事，那就是宏涛哥让他拉竿子进城务工和香包姐大批量做香包这件事。这两项工作都离不开人手，进城务工需要壮小伙子，做香包需要手脚灵巧的姑娘媳妇，可谁会轻易相信他们叔嫂二人，谁敢把金贵的土地和家里忙不完的活路搁下，去跟他们干那些听着漂亮但一时见不到实惠的营生呢？若是宏涛哥能回到村上来，这不正是一个好机会么？宏涛当年在村上就是知青头，颇得村上人的尊重，现在他又是一个不大不小的领导干部，他若肯站在自己身后说句话，不愁没人响应。不过，念珠心里有一个疙瘩，那就是利用庙会和知青回村这两件事，堂而皇之地成就自己的个人事业，是不是假公济私？念珠把自己的想法和顾虑说给香包姐。香包拿不准主意，问念珠为什么不跟营长伯摊开说一说。念珠说营长伯本就不大赞成村民撇开粮食搞副业生产，组织人进城务工的事他能支持么。香包沉默了一阵说不如去县城找老右德文叔商量一下。一句话提醒了念珠，当下就决定尽快去一趟县城。

见到老右，念珠把来意一说，老右立马夸奖念珠脑瓜子活络，想问题有章法。念珠说自己最担心别人说他搭庙会的顺风船。老右哈哈笑着说：“念珠，你作为年轻人，思想解放得还不够。”老右说上头号召让一部分人先富起来，先富带动后富，只要在正道上寻求致富的路子，就不要怕别人说闲话。再说庙会那玩意儿，也要随着时代的进步赋予新意，单纯地你来我往抱拳拜会、看戏吃喝，已经没有太大意义，如果把它跟经济发展、提高区域活力结合起来，生命力就会旺盛。既然这次知青们能回来，就把庙会办成一次交流大会，既是情感交流又是信息交流，更是观念交流。通过知青们在城乡之间搭起一座桥梁，这将成为槐树村一件里程碑式的大事。如果能在这次交流大会上拉起一支进城务工的队伍，岂不是结下了一枚硕果？

老右一席话把念珠听得如雷贯耳，心说老右叔不愧学问大，站得高看得远。没想到老右接着提出更大胆的想法。老右说下一步香包还要组织人做香包，不妨就在这次交流会上把妇女们也组织起来，在槐树村成立两个响当当的队伍，一是以青壮劳动力为主力军的进城务工队，二是以青年妇女为主力军的手工队。这必然会成为一人起步、带动大家共同致富的典范。而这两个队伍就靠着念珠和香包分别做领头人了。念珠听得吐出了舌头，说这样会不会把自己全家推到风口浪尖上，万一出现啥闪失也没法跟乡亲们交代。老右说念珠想问题周到一些固然好，但年轻人应该勇于挑战，至于风险嘛，跟大家伙说清楚，槐树村人本质上都淳朴，只要跟大家坦诚相待就行。老右鼓励念珠一定要甩掉一切思想包袱，轰轰烈烈地大干一场，又叮嘱他务必先要跟宏涛达成共识。

离开老右家，念珠觉得浑身充满了力量。看看时间还早，念珠索性一溜小跑赶到县城的长途汽车站。一打问，开往汉京城的班车还有，就买下一张车票，急急火火地奔往汉京城。掌灯时分，赶到宏涛家。宏涛夫妻看见念珠，略显意外。念珠前一次进城时和宏涛推心置腹地交过心，从情感上已和宏涛亲近，故而也少了礼节和客套。宏涛问念珠来汉京城要办啥事。念珠说专程过来见宏涛哥和雅娟姐。雅娟抱怨念珠大老远地跑着不嫌累。写个信不就得了。念珠说有些事不跟宏涛哥和雅娟姐当面说，不当面听听宏涛哥和雅娟姐的意见，心里不瓷实。

宏涛问念珠是不是为了村上兴会邀请知青们回村的事。念珠点了点头正想把来意说清楚。雅娟却抢着说："念珠你不知道，你宏涛哥把槐树村乡亲们邀请大家回村上叙旧的事儿说给大家，大家的热情可高了。好多人问那知青大院现在还能住不能住，还想在那院子里住上一天两天，再好好回味一番。"念珠兴奋地一口气把自己的想法和老右叔的建议都说给宏涛和雅娟。不待念珠话说完，宏涛使劲儿在自己的膝盖上拍了一巴掌说："好主意，就把这个庙会当成我们大干前夕的动员会。"

宏涛告诉念珠，知青们都想着回村时给乡亲们送上一份大礼。他已经和几个关键人物商妥，由知青们出资请省剧团的演员到槐树村演上一场戏，知青中有和剧团瓜葛深的人。剧团里有个当红小旦还是知青出身，一听说是回城知青要请戏到曾经下乡的地方去献礼，立马上上下下奔走着动员剧团把演出费用压到四成。念珠不由得兴奋地跳了起来，说村上筹备兴会的人为了经费挠破了头，还不就是因为请戏花钱太多，如果把省城的剧团搬到村上去，那庙会就在方圆盖了帽，费用的问题也就不在话下。

宏涛在念珠肩上又拍了一把："念珠，你雅娟姐还有好消息要告诉你。"

雅娟略显些神秘地笑笑："念珠，进城务工是你们男人的事儿，可别忘了，女人顶起半边天，一点也不比你们男人差。"

念珠有些莫名其妙："雅娟姐，你说的谁跟谁呀？"

雅娟伸出大拇指："在槐树村，最棒的人莫过于香包姐，她做的香包该在全世界扬名了。"

念珠由衷地点着头："香包姐的能耐还是雅娟姐挖掘出来的。"

宏涛随后的一通话才让念珠明白了事情的原委。原来香包上回送到工艺美术公司的那些香包样品，被送到一场展览会上展览。没想到引起了一阵轰动，除了收获大量的订单外，还引起相关部门的注意，拟将香包制作工艺作为非物质文化遗产推荐上报，香包也就成了非物质文化遗产传承人。念珠不知这非遗传承人分量有多重。宏涛说据他估计，获此殊荣的别说是槐树村，就是香陵镇，甚至全县境内，恐怕再也找不出第二个人来。

念珠把双手紧紧抱在胸前，忍不住咚咚的心跳说："我恨不得立时飞到槐树村，把这个消息告诉香包姐。"

这天，营长又到念珠家串门。见营长满面春风的样子，香包打趣着说德茂伯庙会筹办的事情干得顺心，走起路来都有精神。营长说他现在算是明白了，这老脑筋不及时转弯，就容易锈住。前几日老右捎话让他去一趟县城叙旧，跟老右聊了大半天，让他的脑子一下子开了窍，就连这次庙会的组织，听老右一番见解，也不由得让人心里像开锅的水一样沸腾起来。香包就问营长伯，德文叔都有啥见解。营长说不聊别的，光是老右给村上设计的两个机构成立活动就能让人大开眼界。老右建议村上搞两个组织，一个是槐树村青年务工队，一个是槐树村香包生产专业合作社。香包听着一愣，问营长生产队不是刚解散了，咋又要搞合作社。营长爽朗地笑着说这个合作社不是从前的合作社，它是真正把农民团结在一起取长补短、共同奔小康的组织。香包似懂非懂地点着头。营长说两个机构一旦成立起来，不用说务工队得让念珠挂帅，那香包专业社自然要香包挑头了。

香包掩嘴笑着说："念珠兄弟年轻有为，能当大任。而我就是个没见过大世面的女人，哪能挑头搞什么合作社。"

营长说："香包，可不能自己看不起自己，都快成非遗传承人了，这种殊荣方圆百十里谁能享有？再说了，老右德文说他现在快退休了，老胳膊老腿的还想再回槐树村溜达，有他给你当参谋，你就直着腰杆做事吧。"

香包惊喜地问："德文叔还想回来？"

营长脸色忽然严肃起来："香包，我今日找你来，有一件正经事跟你商量。"

香包把营长安顿着坐下，又把沏好的茶水递到营长手里，笑吟吟地说："伯你有啥话，慢慢地吩咐。"

营长呷了一口茶水，慢慢地道出一番话来。原来，前几日老右在和营长聊天中，跟营长道出了一节小烦恼。老右说自家的女儿丽英二十八岁了，到现在还没寻下对象。估计这孩子过去因为自己的右派身份长期自卑，一定程度上有些自闭。不免就让老两口着急。营长脑子里一转悠，就想起了苗伟。营长试探着把苗伟提出来，并强调当年苗伟还拜他做干爹，他这个干儿子现在还是独身。老右笑了笑说营长和他真是心有灵犀，老右还说苗伟来过他家，跟丽英有过接触，这是一桩不错的姻缘。末了营长又不无调侃地说："香包，按说这种事跟你这个做妹妹的提说，有些不太顺当，但咱们这种特殊的关系，也只能这样了。你若觉得可以，我就仍然以苗伟干爹的身份张罗这件事。”

香包只觉得一阵激动，不由得思绪又回到多年前。那阵子为了安身，她几乎是以卖身的方式来到这个陌生的村子，老天爷眷顾，让她碰到一家好人。作为包袱的哥哥苗伟，其后也不得不以类似的方式取得落脚的权利。而今天，却有人不计较身份地位主动地向哥哥求亲，且主家又是德高望重的大学问家德文叔。抚今追昔，怎能不让她心潮激荡。哥哥从监狱出来以后，虽说以饱满的精神状态干着各类营生，但只有香包心里清楚，长期服刑后埋在心中的阴影是不会轻而易举褪去的。解开哥哥心结的最好办法，无疑是尽快让他成立一个家庭。但转念一想，哥哥是死过妻子的男人，又是劳改释放犯，若与丽英联姻，难免会亏了人家。再说丽英一个黄花闺女，也未必肯顺着她爸的意思。瞬间的喜出望外之后，眼中的光亮渐渐黯淡下去，嘴里嗫嚅着说道：“哥哥是坐过监狱的人。”

营长把眉毛一扬：“香包，苗伟过去犯法的事，德文跟我也说了。他说据他的分析，花妹当年的死亡应当跟苗伟没有必然的关系，苗伟并没有做错啥事。把苗伟抓起来判刑，纯粹就是一起错案，他还说要帮着苗伟申冤，让苗伟洗刷过去的不白之冤，堂堂正正地挺起腰板做人。”

香包胸膛禁不住剧烈起伏，把两只手紧紧地捂在胸前。想说话，喉咙里却像被堵住，一阵哽咽。

一阵女人的号啕声从大街上传来。香包知道，这是冬梅又犯病了。冬梅自去年冬天开始，忽然得了一种怪病，一看见水就吓得大呼小叫，别说是去涝池边上，就是看见下完雨地上积下的一洼泥水，也能把冬梅吓个半死。冬梅的赤脚医生自然是干不成了。冬梅的丈夫把冬梅送到县上的医院检查，医生说是得了狂犬病。治了十几天，回村后却未见症状得到缓解，隔三岔五在村口哭号一阵也就成了不算稀罕的事。后来村上就有人说这是当年被民兵打死的杠生家的那只看家狗大黑报冤哩。外头的动静惊动了在后院踢毽子的凤儿，凤儿兴奋地撇下毽子，嚷着去看疯女人，小跑着要出院子时，却被香包一把抱在怀里。香包在凤儿头上轻轻地拍了一把，问凤儿如果外面哭叫的女人是妈妈，凤儿还会高兴地去看么。凤儿不解地歪着头问妈妈怎么能疯呢。香包的眼泪就在眼眶中打转转。凤儿懂事地替妈妈擦了擦眼睛，说她不去看疯女人了。

营长想起了冬梅当年在香包兄妹落户前透露香包身世的往事，深有感触地说："果然是人在做天在看。莫非眼前这一幕就是报应？"

苗香包被推荐为非遗传承人的消息很快就像插了翅膀一样传遍了四乡八村。不几天工夫，竟然把县上的领导都惊动了。这天，香陵镇政府一名干部领着县广播站的一名记者来槐树村采访苗香包。现时的香陵公社已被镇政府取而代之，镇政府的干部跟香包说记者是县长亲自安排来了解香包致富事迹的，要把香包树立成全县的模范人物。镇政府当然要走在县政府动作的前头，苗香包拟被镇政府推荐为全镇万元户典型。为表彰先进，镇政府决定奖励苗香包一台名牌缝纫机。香包一边谦逊地表示自己实际上没啥能耐，愧当先进，一边却在心里犯起了嘀咕，为啥日子困顿的时候，上头没有一个人怜念自家，日子一过到上风头，政府竟然还上赶着在胖子身上贴膘，这政府咋也喜欢锦上添花？那记者回去不久，县广播站就播出了一篇文章，盛赞槐树村村民苗香包心灵手巧，带领一家人在致富路上高歌猛进。苗香包一时成了全县家喻户晓的人物。

在老右魏德文的直接参与下，槐树村第一届庙会改换了名头，大号"槐树村经济振兴动员大会"。大会内容当然保留了传统庙会的基本内容，请来的剧团竟然是本省最有名气的剧团，那个近年来已红遍南北的旦角演员王宝琴据说也铁定出阵。这如何不让槐树村乃至全香陵镇的人大大骄傲一番。在传统节目之外，大会又确定了三个议程：一是新组建的进城务工队誓师成立，二是香包专业合作社对外挂牌，三是插队知青回村联欢。这红火的阵势不免又把上头惊动了。县广播站上次采访香包的那个记者又来了，这回屁股后面还跟了几个人，有人脖子上还挂着照相机。广播站的记者说随行的人是省电台和省报社的记者，这回要把槐树村在全省范围内宣传一番。这消息自然又在槐树村引起一阵轰动。有人说，槐树村自解放以来放了两个卫星。一个是当年出了魏念富杀人案，村上召开了近万人公审大会，出了踩踏事件，让槐树村一夜扬名。如今这是第二个卫星，搞经济振兴，要在全省扬名了。

既是兴会，就少不了外乡人凑热闹捧场。槐树村各家各户都把跟自己沾亲带故的人请来赴会。起会的前两天，街道上就已经出现了数不清的新面孔，这是那些耐不住性子提前到来的人。槐树村的东道主们个个脸上洋溢着幸福与自豪。如今大家都能吃饱肚子，没有人担心客人待得久了多吃自家几顿热饭，谁都想变着法子把自家的殷实给亲戚们展示一番，只恨自家女人厨艺太差，把饭食做不出新花样来。

念珠把刚买回来不久的手扶拖拉机装点一新，特意在机头前拴了一个红绸牡丹。他要驾驶这辆车子去接念莲姐和外甥女毛妞来赶会。待车子发动着的时候，香包忽然走上前拉住念珠的胳膊说："我跟你一起去接姐姐。"

念莲家的院子没有太大变化，毛妞的爷爷和奶奶已经过世。家里人一稀，院落就显得有些空荡荡的。香包站在院子里，眼泪就忍不住一颗一颗滚落下来。念莲在香包的脸上怜爱地摸了一把，笑问香包高高兴兴的咋又伤心起来。香包就势抱住念莲的胳膊，抽抽噎噎地说："姐姐，我从四川逃难过来，就像刀口下逃脱的羊羔一样，不知道前面哪里还有刀子等着我。就是在这个院子，我悬着的心才放到肚子里。我跟毛妞在这里踢毽子的时候，爷爷和奶奶在一旁坐着，念珠兄弟也在。那场景像刀子一样在我心里刻着。"香包的话感染了念莲，念莲的眼圈也红了。

手扶拖拉机一路咚咚地唱着欢歌，顺着乡间小道奔驰。正是仲春时月，大地一片生机，返青的麦田像是一望无际的绿色海洋，麦海中又见小岛般的各类果园星罗棋布。花开得正当时，雪白的是梨花，粉色的是桃花，嫣红的是李子花。最耀眼的是一方油菜田，一片金黄色毫无保留地展示着春日里的王者气势。一群大雁从空中飞过，雁群在头雁的带领下，频繁地变换着队形，一会儿成为横队，一会儿成为竖队，一会儿又成为人字形队，抛下一串串悦耳的雁鸣声。

随着手扶拖拉机的奔跑，路边的麦田和果园齐刷刷地向后退去，香包的眼睛忽然模糊，思绪又回到自己被公爹和念珠从念莲姐家当新媳妇接回时的情景。那时候，牛车咯吱咯吱地转动着轱辘，爹坐在车辕上甩着响鞭，可爱的念珠兄弟像小卫士一样做押车娃，守护在她身边。而今，爹去了另一个世界，留下了些许遗憾。念珠兄弟长大了，成了顶天立地的男子汉，振兴老魏家、振兴槐树村的希望就寄托在他的身上。

毛妞忽然喊着让舅舅停车。念珠把拖拉机停下，不待回过头问毛妞做啥，毛妞已飞身下了后车厢，三脚两步地赶到一片柳林前，麻利地折下一撮柳枝摆弄起来。念莲嗔怪地跟香包说毛妞老大不小的一个女孩子，还是一身的匪气。

香包却摇着头说："姐，我跟毛妞一般大的时候，多想像毛妞一样干开心的事，但却不敢。"

念莲若有所思地点着头："香包你说的对，老天爷欠咱们的，补到了孩子身上。"

片刻工夫，毛妞转身回来，把一只柳条帽戴在自己头上，另一只不由分说戴在念珠头上。看着念珠，说舅舅像英雄八路军。想了想，又把自己头上的柳条帽卸下来，端端正正地扣在香包的头上，俏皮地歪着头看了一阵，拍着手说："妗子才真像个女游击队长。"

未到村口，念珠老远就看见拄着拐杖的念牛和苗伟并肩站在老槐树底下，黑子和凤儿正在一旁玩耍。看见拖拉机回来，凤儿和黑子蹦蹦跳跳地迎上去。念珠把车停下，香包几个人从车厢跳下来。念莲问念牛几个人待在村口干什么。念牛说今天早上村里来了一个赶会照相的师傅，不少人家请那师傅去照全家福。苗伟就提议着在村口接上姐姐，全家人在老槐树底下照张相。

念莲的目光从老槐树巨大的树干上慢慢移到树冠上，那原本不太起眼的小榆树已然长成粗壮的枝干，与老槐树浑然成为一体。

一阵阵锣鼓声传来，随着鼓点，一队高跷舞着彩带花环朝着老槐树奔过来。

槐树村当真沸腾了……

后　记

年少时的记忆往往是刻骨铭心的。

一九七九年，十七岁的我考上大学离开了农村，之后就在城市中落了户。虽然在喧闹的都市里过了四十余年，也算经历了一些风风雨雨，但不可磨灭的记忆似乎只沉淀在童年与少年的岁月中。

那是一个被贫穷填充的世界。村子里家家户户住着土坯房，房顶上大多是黑灰色的麦草，偶有瓦片盖顶的，算是富户。村民们称得上家当的财物不外乎诸如铁锨、镢头、锄头等粗糙而又简单的小农具。若是谁家有一台缝纫机或自行车，那必是十里八乡尽人皆知的稀罕了。至于着装，则更为简单，大部分人没有外套与衬衣之分。相当多的人一件衣服穿四季，冬天的棉衣取出棉胎后，就是春秋的夹衣。夏天高温时，则干脆光起膀子。

那是一种被饥饿包裹的人生。因为粮食不够吃，南瓜、红薯是主要的果腹之物，当瓜菜也出现短缺时，人们只能将伙食缩成一天两顿甚或一顿。油和调料是奢侈品，荤腥只能是梦中的享受。村子里的乞丐络绎不绝，但面对境况差不了多少的施主，多是面面相觑，摇头叹气。

那是一方文明被扭曲了的社会。以血缘关系划分的户族之间明争暗斗、睚眦必报，村口天天都有不绝于耳的骂街声。为了屋后南瓜秧上丢失的一颗青瓜，为了院门前柴垛上一处不明原因的凹陷，抬头不见低头见的乡亲们会淘出对方几代祖宗诅咒，甚至大打出手，常常酿出流血事件。

虽然一穷二白，但整个社会却稳定得出奇，每个人都得服服帖帖地委身于划定的方寸之间，人人身上都贴着标签。除了天差地别的商品粮户口和农业户口外，更有那细化且与生俱来的雇农、贫农、中农、富农等家庭成分，赋予每个社会成员以严格的等级差别。而维系这种等级的手段就是不可撼动的户口管理，它将每一个人像螺丝一样紧紧拧在庞大的社会机器上。为了打破城乡界限，闭塞的乡村也曾以知识青年插队落户的方式迎来了城乡人员的“融合”，但固化的等级福利和根深蒂固的身份意识，终究以油水难融的状态形成了一道奇特的风景。

然而，一如在苍凉的戈壁上依然会倔强地生出团团青绿一样，物质与精神双重匮乏的农民，却在对生活的热爱中恬淡安详地安度时光。有人安贫乐道，对现实充满感激与满足；有人不甘贫困，在夹缝中发愤图强；有人在深受蹂躏中胸怀光明，达观地面对磨难。清苦中，克勤克俭、任劳任怨、助人为乐等传统美德，仍然是主流的做人信条。热爱劳动的生产能手受人尊敬，耍奸溜滑的奸佞小人遭到唾弃。一人有难，众人相帮。卑微中，一道道动人心弦的田园佳话催人泪下。还有那些年纪轻轻就离开父母、以接受再教育名义体验农民生活的城里孩子，在震撼于农村的苦痛之余，为偏僻的角落带去了几许清新。遗憾的是，那众多可歌可泣的人和事今天想起来只能令人唏嘘，多少个当时被视为感天地泣鬼神的壮举，却在其后缺失了推崇的价值，演绎成一幕幕耐人寻味的悲喜剧。

曾几何时，一场改革浪潮席卷中国大江南北。短短几年的工夫，中国农村像被施了魔法一样发生了翻天覆地的变化，人们不再为温饱而发愁，腰包鼓起来的农民真正昂首挺胸地直起腰来。

几十年过去了，历经那场变化的群体已渐渐变老，而年轻的一代则只能在听闻传说与阅读资料中感知沧桑。为了能再现那个时代，我觉得有责任把那一段记忆记录下来，这就是我写这本书的初衷。

《落户》虽然是虚构的，但个中的人物和散碎的情节又的的确确是真实的。我只不过是想通过一个故事，让读者有兴趣进入一段不该忘记的历史中，去咀嚼，去体味。如果这部书能唤起读者的爱恨与思索，那便是我最大的欣慰。

因为从小拾麦穗、捡麦粒，我见不得浪费。每每看见宴席上大量剩余的食物被倒进泔水桶，心里就觉得痛楚。鉴于自己的父辈曾因个人成分问题被“革命群众”集体批斗，我极度厌恶各种形式的群众运动。我很想通过《落户》告诉年轻一代，能吃饱肚子，是上苍的恩赐；人与人之间只有和睦相处，才能获得幸福。我衷心希望人们敬畏自然，和衷共济。从这一点出发，这部小说其实是想通过一场基于婚姻关系的落户过程，吟唱一曲蹉跎岁月中努力拼搏并最终绽放出人性光辉的赞歌。

《落户》前后写了大约半年时间。每当夜深人静，秉笔抒怀时，我的眼前就浮现出那些大多已故去的本家长辈和一众乡亲。他们是苦难的一代人，又是淳朴善良的一代人。他们养育了我们，奉献了社会，但却承受了难以言说的磨难，他们是永远值得怀念和歌颂的人。

刘林海

2022 年 7 月 6 日

图书在版编目（CIP）数据

落户 / 刘林海著. -- 北京：作家出版社，2022. 8
ISBN 978-7-5212-1931-9

Ⅰ. ①落… Ⅱ. ①刘… Ⅲ. ①长篇小说- 中国 -当代
Ⅳ. ①I247.5

中国版本图书馆CIP数据核字（2022）第105795号

落　户

作　　者： 刘林海
责任编辑： 郑建华　李　雯
封面插图： 朱紫微
装帧设计： 段凯寓
封面题字： 高建群
出版发行： 作家出版社有限公司
社　　址： 北京农展馆南里10号　　**邮　　编：** 100125
电话传真： 86-10-65067186（发行中心及邮购部）
86-10-65004079（总编室）
E-mail:zuojia@zuojia.net.cn
http://www.zuojiachubanshe.com
印　　刷： 三河市北燕印装有限公司
成品尺寸： 152×230
字　　数： 351千
印　　张： 24
版　　次： 2022年8月第1版
印　　次： 2022年8月第1次印刷
ISBN　978-7-5212-1931-9
定　　价： 56. 00元